KATIE MACALISTER

Black Dragons

Ein Flirt mit dem Feuer

Die Romane von Katie MacAlister bei LYX:

Black Dragons:
1. Black Dragons – Ein Flirt mit dem Feuer
2. Black Dragons – Wo Rauch ist, ist auch Liebe *(erscheint November 2016)*

Light Dragons:
1. Light Dragons – Drache wider Willen
2. Light Dragons – Eine feurige Angelegenheit
3. Light Dragons – Heiß geküsst

Silver Dragons:
1. Silver Dragons – Ein brandheißes Date
2. Silver Dragons – Viel Rauch um Nichts
3. Silver Dragons – Drachen lieben heißer

Aisling-Grey-Serie:
1. Dragon Love – Feuer und Flamme für diesen Mann
2. Dragon Love – Manche lieben's heiß
3. Dragon Love – Rendezvous am Höllentor
4. Dragon Love – Höllische Hochzeitsglocken

Noble-Serie:
1. Ein Lord mit besten Absichten
2. Ein fast perfekter Bräutigam
3. Eine Ehe mit kleinen Hindernissen
4. Prinzessin ohne Furcht und Tadel

Vampir-Serie:
1. Blind Date mit einem Vampir
2. Küsst du noch oder beißt du schon?
3. Kein Vampir für eine Nacht
4. Vampir im Schottenrock
5. Vampire sind zum Küssen da
6. Ein Vampir kommt selten allein
7. Vampire lieben gefährlich
8. Ein Vampir in schlechter Gesellschaft
9. Ein Vampir liebt auch zweimal
10. Keine Zeit für Vampire

Time-Thief-Serie:
1. Time Thief – Keine Zeit für Traummänner
2. Time Thief – Kommt Zeit, kommt Liebe

Matchmaker-Serie:
1. Flitterwochen mit einem Unbekannten
2. Schatz gesucht, Traummann gefunden (*erscheint September 2016*)

Außerdem erschienen:
Beißen will gelernt sein (E-Book-Novella)
Beißen für Anfänger (Anthologie, Katie MacAlister schreibt als Katie Maxwell)
Geister, Flüche Flitterwochen (E-Book-Kurzgeschichte)
Ein Vampir für mich allein (E-Book-Novella)
Steamed. 30° West – 100° Liebe

Weitere Romane von Katie MacAlister sind bei LYX in Vorbereitung

KATIE MACALISTER

BLACK DRAGONS

EIN FLIRT MIT DEM FEUER

Roman

Ins Deutsche übertragen von
Theda Krohm-Linke

LYX

LYX in der Bastei Lübbe AG

Die Originalausgabe erschien 2015 unter dem Titel *Dragon Fall*
bei Forever, einem Imprint von Grand Central Publishing, New York, USA.

Für die deutschsprachige Ausgabe:

1. Auflage
Redaktion: Birgit Sarrafian
Umschlaggestaltung: © Umschlaggestaltung und Artwork
© Birgit Gitschier, Augsburg unter Verwendung
mehrerer Motive von Shutterstock (FXQuadro)
Satz: Greiner & Reichel, Köln
Druck und Bindung: CPI books GmbH, Leck
Printed in Germany
ISBN 978-3-7363-0188-7

www.lyx-verlag.de

MIX
Papier
FSC FSC® C083411

1

Vor zwei Jahren

Arvidsjaur Center für geistig Verwirrte
Eingangsgespräch: geleitet von Dr. Kara Barlind
Übersetzung ins Englische

Anmerkung Dr. Barlind: Das ist das Gespräch, das ich bei Einlieferung mit Patientin A auf Wunsch ihrer Familie geführt habe. Patientin A zeigte deutliche Anzeichen von Schizophrenie und gab nur widerwillig zu, dass ihre Geschichte eher einem Fantasy-Film als dem realen Leben entsprach. Sie hatte jedoch das große Bedürfnis, ihre Geschichte zu erzählen. Dazu ermutigte ich sie in der Hoffnung, dass dies der Genesung zuträglich sein möge.

GESPRÄCH:

Dr. Barlind: Guten Tag, Miss A. Wie geht es Ihnen?

Patientin A: Mir ist es schon besser gegangen, und mein Name ist Aoife, nicht Miss A. Es ist ein irischer Name, und er wird Ii-fe ausgesprochen.

Dr. Barlind: Entschuldigung, Aoife. Manche Patienten ziehen es vor, in unseren Berichten anonym zu bleiben, aber ich werde vermerken, dass Sie lieber bei Ihrem Namen genannt werden möchten. Wollen Sie uns erzählen, was Ihren Bruder und Ihre Schwester dazu bewogen hat, Sie in unsere Obhut zu geben?

Patientin A (schaudernd): Darüber möchte ich lieber nicht nachdenken, aber ich nehme an, wenn jemand etwas unternehmen soll, bleibt mir nichts anderes übrig, als Ihnen zu erzählen, was gestern Abend passiert ist. Es war doch gestern Abend, oder nicht?

Patientin zeigt deutliche Anzeichen von seelischer Belastung, und ich bestätige ihr, dass sich der auslösende Moment gestern Abend zugetragen hat.

Patientin A: Okay, gut, ich dachte schon, ich wäre auch hier mit der Zeit etwas durcheinandergeraten. Allerdings kann ich Ihnen versichern, dass das nicht so abgedreht ist, wie es sich anhört. Wo soll ich anfangen?

Dr. Barlind: Wo immer Sie mögen.

Patientin A: Ich denke, alles hat mit dem Date angefangen. Ich hatte ja keine Ahnung, dass etwas so … Merkwürdiges … passieren würde. Ich meine, Terrin sah absolut normal aus. Und vor allem hat er auf mich nicht den Eindruck gemacht, er könnte sterben und nach Belieben wiederauferstehen.

Patientin A schaudert erneut und reibt sich die Augen, als wollte sie auf diese Weise Bilder aus ihrem Kopf vertreiben, hört aber auf damit, bevor sie sich selbst verletzt.

Dr. Barlind: Dann fangen Sie doch am besten mit Ihrer Verabredung mit diesem Mann an.

Patientin A: Ja. Das Date. Zuerst war alles ganz normal. Nicht gerade durch die Decke, aber ganz nett …

»Ist die Band nicht toll?«

Bässe wummerten um uns herum, hingen schwer in der Abendluft und weckten in mir ein Verlangen. Sexueller Natur.

»Was?«, brüllte mein Date, da ich ihn sonst über dem Lärm der schwedischen Band auf der Bühne nicht gehört hätte.

Ich schaute ihn an. Ich kannte Terrin erst seit ein paar Tagen. Ich war ihm auf dem GothFaire-Jahrmarkt begegnet, wo wir beide in einer Schlange anstanden, um uns aus der Hand lesen zu lassen. Wir waren ins Gespräch gekommen und hatten uns schließlich für das Konzert verabredet.

»Ich sagte, die Band ist toll. Findest du nicht auch?«, schrie ich ihm ins Ohr. Wir hüpften in der dichtgedrängten Menge im Takt zur Musik, als ob das stetige Hämmern des Schlagzeugs ein Urbedürfnis nach Bewegung in uns weckte. Ich machte mir ein bisschen Sorgen, ob es Terrin wirklich gefiel, nicht weil er dafür zu alt sein könnte – er schien etwa im gleichen Alter zu sein wie ich, Mitte dreißig –, sondern weil er irgendwie etwas von einem Buchhalter an sich hatte. Er war die *Nettigkeit* in Person – alles an ihm war angenehm: seine gutmütigen braunen Augen, seine akzentfreie Stimme, seine kurz, aber nicht zu kurz geschnittenen braunen Haare und sein unauffälliges Gesicht. Er sah aus wie ein absolut solider, unauffälliger Spießer.

Ich hingegen war alles andere als unauffällig. Zumindest in ethnischer Hinsicht.

»Es ist ganz schön betörend, oder?«, antwortete er in der gleichen Lautstärke.

»Betörend?«, brüllte ich.

»Der Zauber der Musik, meine ich. Selbst hier, am Rand der Menge, spürt man ihn.«

Ich starrte ihn an. Was zum Teufel meinte er damit? Vielleicht war es ein Fehler gewesen, mich mit ihm zu verabreden, aber ich hatte gedacht, dass bei einer öffentlichen Veranstaltung wie der GothFaire schon nichts passieren könnte. Ich hatte mich bestimmt verhört. »Ich habe die Band noch nie gehört, und ich wohne seit meiner Kindheit hier in der Gegend, aber sie sind gut. Anders. Die Musik macht mich …« Ich brach ab, nicht weil mir schon der Hals vom Schreien wehtat, sondern weil ich zögerte, das seltsame Gefühl preiszugeben, das mich überkommen hatte.

Terrin wirkte zwar wie ein netter, normaler Mann, aber ich wollte es nicht riskieren, etwas zu sagen, das schlimme Konsequenzen heraufbeschwören konnte.

»Geil?«, fragte er, wobei er sich weiter im Takt zur Musik bewegte.

Ich riss die Augen auf. Hatte er gemerkt, dass mich plötzlich das Verlangen überkam, ihn zu küssen? Ihn zu berühren? Seine Haut auf meiner zu spüren …? Verstört schob ich diese Gedanken beiseite. Terrin mochte ja ein netter Kerl sein, aber deshalb brauchte ich mir noch lange nicht vorzustellen, wie er mich berührte und umgekehrt. »Äh …«

»Ist schon in Ordnung«, schrie er, legte einen Arm um mich und zog mich an sich. Er lächelte mich an, aber in seinen Augen stand nichts weiter als freundliches Interesse. *Vertrau mir,* schienen sie zu sagen. *Ich bin ein korrekter Buchhalter.* »Kein Grund, verlegen zu sein. Du kannst dich dem Drang sowieso nicht widersetzen.«

Ich schmiegte mich kurz an ihn und atmete den Geruch von Seife, Shampoo und nettem Mann ein. Die Schlampe in mir fiel beinahe in Ohnmacht, aber mein Gehirn merkte an, dass nichts an ihm so besonders war, das seinen Kommentar gerechtfertigt hätte.

»Äh … ja.« Es kostete mich mehr Überwindung, als ich gedacht hätte, mich von ihm loszureißen. Gott sei Dank schien er nicht beleidigt zu sein. Er lächelte nur nichtssagend und ergriff meine Hand.

Wir lauschten der Band bis zum Ende des Songs, dann schlug er vor, wir sollten uns den Rest des Jahrmarkts anschauen.

»Ich habe das meiste schon gesehen«, sagte ich zu ihm, als wir das große Zelt verließen. Es stand am Ende des Geländes, auf dem die Verkaufsstände und Attraktionen der GothFaire u-förmig angeordnet waren. Ich zeigte auf das Schild, das neben dem Zelteingang hing. »Die Zaubervorführung habe ich heute schon gesehen. *Herregud,* das war vielleicht toll. Hast du die Magier auch gesehen? Sie sind Vater und Sohn, und bei diesem Trick mit den Eiern habe ich echt Gänsehaut bekommen.«

»*Herregud?*« Terrin runzelte verwirrt die Stirn.

»Oh, Entschuldigung, das ist ein schwedischer Ausdruck. Es heißt so viel wie *Du lieber Himmel* oder *Oh mein Gott*.«

»Ich dachte, du wärst Amerikanerin«, sagte Terrin. Er hielt mich immer noch an der Hand, als wir über den Hauptgang des Jahrmarkts schlenderten. Es waren immer noch einige Leute unterwegs, um sich die Zukunft voraussagen oder aus der Hand lesen zu lassen oder sich die Zeit mit den gruseligen Dingen zu vertreiben, die der Jahrmarkt zu bieten hatte.

»Ja, das bin ich auch. Mom ist aus Irland und mein Dad aus dem Senegal. Er hat meine Mom kennengelernt, als er in New York Architektur studiert hat. Sie hat Harfe im Central Park gespielt; er kam vorbei und blieb stehen, um ihr zuzuhören. Er sagte immer, er habe sich auf den ersten Blick in sie verliebt.« Ich schwieg. Insgeheim fragte ich mich, warum ich ihm so viel über meine Familie erzählte.

»Und wie bist du dann hierhergekommen?«, fragte er und machte eine weit ausholende Geste, die wahrscheinlich eher ganz Schweden als nur die GothFaire umfasste.

»Dad hat bei IKEA gearbeitet. Und nein, ich weiß nicht, wie man die Möbel zusammenbaut. Bei solchen Dingen habe ich zwei linke Hände.«

Er hob meine Hand und tat so, als bewundere er sie. »Ich finde deine Hände wunderschön. Also, was möchtest du jetzt gerne machen? Aus der Hand haben wir uns ja schon lesen lassen. Warst du schon bei der persönlichen Zeitreise-Beratung? Ich habe mir sagen lassen, sie sei sehr gut.«

Ich sah zu dem Stand, auf den er zeigte. »Nein, das ist nicht so mein Ding. Ich bin völlig zufrieden mit dem Hier und Jetzt.«

»Ah, eine Traditionalistin. Dann lass mal sehen. Piercings?«

Wir blickten beide zum Körper-Piercing-Stand. Dann sahen wir uns an.

»Keine Piercings.« Terrin zog die Lippen zusammen.

Ich lachte. »Ja, ich stehe auch nicht auf Schmerzen oder darauf, kleine Dinge durch meine Körperteile stechen zu lassen. Ich habe es gerade so hingekriegt, mir mit sechzehn Ohrlöcher stechen zu lassen.«

Terrin blieb vor einem rot-schwarz gestrichenen Stand stehen. »Hmm. In einer halben Stunde gibt es eine Einführung in Dämonologie. Das könnte interessant sein.«

»Ach, Dämonen«, sagte ich, verzog ein wenig das Gesicht und ging weiter. »Darüber bin ich schon lange hinaus.«

»Wirklich?« Er warf mir einen überraschten Blick zu. »Du hast ja ungeahnte Tiefen, meine Liebe.«

»Ja, irisch-senegalesische Amerikanerinnen, die in Schweden leben, sind in der Regel sehr tiefgründig. Was ist das?« Ich zeigte auf ein Schild mit einer Kamera. Wir blieben vor dem Stand stehen, damit ich die Aufschrift lesen konnte. »Was ist denn eine Seelenfotografie?«

»Vermutlich eine Umschreibung für ein Aura-Foto, aber das ist nur eine Vermutung.«

»Oh, ich glaube, darüber habe ich mal was gelesen. Ein gemeinsames Foto wäre doch lustig, oder?« Ich schenkte ihm ein gewinnendes Lächeln, aber dann bekam ich plötzlich Bedenken, ich könnte den Eindruck erwecken, dass ich an etwas wie eine Aura glaubte. »Ich meine, nicht dass es so etwas wirklich gibt, oder so.«

»Fotografien?«

»Nein, Auren.«

Er reichte dem gelangweilten Teenager, der vor dem Stand an der Kasse saß, Geld und hielt zwei Finger hoch, um anzuzeigen, dass wir zusammen fotografiert werden wollten. »Dann überrascht es mich allerdings, dass du ein Foto haben möchtest.«

»Oje«, ich warf ihm einen konsternierten Blick zu, »bin ich jetzt ins Fettnäpfchen getreten?« Er wirkte zwar nicht beleidigt oder verärgert, aber ich wusste ja auch nicht, wie sich ein so ruhiger, unemotionaler Typ verhielt, wenn er sich aufregte. »Du glaubst an Auren, stimmt's?«

»Es ist schwierig, an etwas nicht zu glauben, wenn du es schon gesehen hast.« Er hielt den langen, schwarzen Vorhang zur Seite, damit ich das Zelt betreten konnte. Vor uns stand eine altmodische Kamera auf einem dreibeinigen Stativ, so ein Ding mit großen viereckigen Glasplatten und einem mächtigen Ziehharmonikabalg, wie aus einem Stummfilm. Eine Frau saß gerade auf einer niedrigen Bank und ließ sich fotografieren. Der Fotograf, ein kahlköpfiger kleiner Mann mit einem karottenfarbenen Haarkranz und einem kunstvoll gezwirbelten Schnurrbart, stand hinter seiner Kamera und sagte ihr, sie solle an etwas Schönes denken.

Wir setzten uns in den behelfsmäßigen Wartebereich.

»Hast du wirklich schon mal eine Aura gesehen?«, fragte ich Terrin leise.

Er nickte. »Auf Fotos, ja. Mit bloßem Auge kann ich sie leider nicht erkennen.«

»Oh.« Ich entspannte mich. Schlagartig ging es mir besser. Vorsichtig formulierte ich meinen nächsten Satz. »Ich habe einmal auf einer Website einen kritischen Artikel darüber gelesen, wie Leute so etwas machen, weißt du. Bevor der Film entwickelt wird, kann man es so drehen, dass hübsche Halo-Effekte um den Kopf des Fotografierten entstehen, und vor allem bei digitalen Aufnahmen ist das natürlich supereinfach.«

Er zog leicht die Augenbrauen hoch, und ich merkte schon, dass es ihm nicht gefiel, wie ich seine Aura-Fotos schlechtmachte. Hastig versuchte ich, meine Aussagen zu relativieren – es war ja nicht nötig, dass ich den Abend ruinierte, indem ich die spaßbefreite Skeptikerin gab. »Aber viele Leute sind ganz begeistert davon, sogar Fachleute! Und sie richten ja auch keinen Schaden an, oder? Schließlich ist es ja nur ein Foto.«

»Ja, in der Tat.« Er schwieg einen Moment und musterte mich mit mildem Interesse. »Ich finde es merkwürdig, dass du die GothFaire besuchst, da du ja nicht so besonders an solche Dinge wie Auren zu glauben scheinst.«

»Soll das ein Witz sein?« Ich stieß ein kurzes, bitteres Lachen aus. »Hier in Nordschweden führen wir nicht gerade das aufregendste Leben. Wenn du in die nächste Stadt fahren willst, bist du stundenlang mit dem Zug unterwegs, und außer Wasser, Schnee, Angeln und so gibt es hier nicht viel Interessantes. Und die meiste Zeit ist es sowieso so kalt, dass du nicht viel anderes machen kannst, als mit einem Buch und einer Flasche Brandy am Kamin zu hocken. Als Rowan – das ist mein Bruder – mir sagte, dass es hier so hoch im Norden einen Jahrmarkt gibt, da wollte ich mir das natürlich nicht entgehen lassen. Ich war an allen drei Tagen hier.«

»Ah, jetzt verstehe ich, welchen Reiz die Veranstaltung für dich hat.«

Der Fotograf winkte uns zu sich, nahm die Tickets, die Terrin ihm reichte, und wies uns an, uns auf die Bank zu setzen.

Steif saßen wir nebeneinander, während der Fotograf eine Platte herauszog und eine andere hineinschob.

»Nicht, dass ich das, was andere Leute glauben, nicht respektieren würde«, sagte ich zu Terrin. »Jeder kann glauben, was er will, und ich mache mich ganz bestimmt nicht lustig, wenn jemand tatsächlich an Dämonen, Auren oder Zeitreisen glaubt. Ich meine, es ist eben eine Glaubenssache. So wie im Film immer Musik spielt, wenn Leute singen. Da weißt du auch, dass da eigentlich kein Orchester ist, aber du glaubst es trotzdem, um dir den Spaß daran nicht zu verderben.«

Der Fotograf gab uns die Anweisung, wir sollten uns leicht einander zuwenden und dann in die Kamera schauen.

»Ja, das scheint mir eine vernünftige Einstellung zu sein«, stimmte Terrin mir zu.

»Bleiben Sie so etwa sieben Sekunden lang«, sagte der Fotograf und verschwand unter dem schwarzen Tuch, das über der Kamera hing.

»Aber du glaubst, dass ich unrecht habe?«, sagte ich, wobei ich weiterlächelte.

»Nein, unrecht nicht, es fehlt dir eher an Wahrnehmung.«

Die Kamera klickte, und der Fotograf tauchte wieder auf. Er nahm eine andere quadratische Glasplatte und schob sie in die Kamera. Ich blickte Terrin an. »Mir fehlt es an Wahrnehmung? Du hältst also das ganze Zeug hier auf der GothFaire für real?«

»Ja.« Dieses Eingeständnis schien ihm nicht weiter unangenehm zu sein. Sein Gesichtsausdruck war so freundlich und gelassen wie zuvor.

»Bleiben Sie bitte so.«

Wir hielten die Pose. Ich wartete, bis der Fotograf ein weiteres Mal aus den Tiefen des Kameraumhangs aufgetaucht war, und stand auf, als er uns sagte, wir könnten unsere Bilder in einer Viertelstunde abholen. Wir verließen das Zelt gerade, als ein älteres Paar eintrat.

»Und du glaubst also auch daran?«, fragte ich und zeigte auf den Stand neben uns.

»An die Weissagungen aus der Kristallkugel? Ja, natürlich. Hast du dir schon einmal die Zukunft aus der Kristallkugel voraussagen lassen? Das ist faszinierend, echt faszinierend.«

»Ich habe mir vorher noch nie wahrsagen lassen, und als ich den ersten Tag hier war, habe ich die Dame, die das macht, gefragt, wie das überhaupt geht.«

»Schade, dass der Stand zuhat, sonst würde ich dich zu einer Sitzung einladen.« Wir schlenderten über den Jahrmarkt. Mir fiel auf, dass Terrin nicht mehr meine Hand ergriff, und ich fluchte im Stillen, weil ich ihm so viele Fragen über das, woran er glaubte, gestellt hatte.

Und trotzdem … ach verdammt, wenn ich eine Beziehung mit ihm eingehen wollte, dann musste ich doch wissen, ob wir zueinanderpassten. Deshalb wies ich mit dem Kinn auf einen Stand rechts von uns und fragte: »Kommt dir das nicht auch ein bisschen wie Harry Potter vor?«

»Meinst du die Amulette und Talismane?« Er überlegte. »Ich weiß, was du meinst, aber dafür mache ich eher die Popkultur verantwortlich als die Frau, die diesen Stand mit magischen Dingen zum Anfassen führt.«

»Äh … ja.« Dazu hätte ich vieles sagen können, schluckte es aber lieber herunter.

»Der Beweis ist überall hier, meine Liebe, du musst ihn nur sehen wollen. Da zum Beispiel …« Er wies auf etwas hinter mir. Ich drehte mich um und sah einen großen Mann mit schulterlangen schwarzen Haaren, der über den Mittelgang offensichtlich auf dem Weg zum Parkplatz war. Neben ihm ging ein anderer, ebenfalls dunkelhaariger Mann, der sich ständig umschaute, als suche er jemanden. »Das sind Drachen.«

Ich hörte auf, den Körperbau des ersten Mannes zu bewundern, und blickte Terrin verblüfft an. »Was ist mit ihnen?«

»Diese beiden Männer«, sagte Terrin und wies erneut auf

die beiden Männer in Schwarz, »sind Drachen. Schwarze Drachen. Sie könnten aber auch Ouroboros sein, allerdings bin ich über die Geschehnisse im Weyr nicht mehr so auf dem Laufenden, seit er zerstört wurde.«

»Und ein Weyr ist …?«

»Die Vereinigung der Drachensippen.«

»Ja, natürlich. Du behauptest also …« Ich brach ab und wies kopfschüttelnd auf die beiden Männer, die gerade hinter den Ständen verschwanden. »Du behauptest also, dass diese beiden Männer – diese beiden völlig normal aussehenden Männer – Drachen sind? Du meinst, Drachen im Sinn von schuppiger Haut, Flügeln und Schwänzen, die im Mittelalter Jungfrauen gefressen haben?«

»Die Jungfrauen-Opfer sind ja schon vor langer Zeit abgeschafft worden«, sagte er sanft. »Aber um deine Frage zu beantworten: Ja, es sind Drachen.«

»Sie haben aber ausgesehen wie Männer«, erwiderte ich.

»Wenn du die Wahl hättest, als Mensch oder in Drachengestalt herumzulaufen, wie würdest du dich entscheiden?«

Das sah selbst ich ein. »Okay. Ein Punkt für dich.«

»Es gibt also wesentlich mehr als das, was sich an der Oberfläche zeigt. Das Gleiche gilt für Auren.«

»Ach, komm«, sagte ich, weil ich mal wieder meinen Mund nicht halten konnte. Mir wurde immer klarer, dass er als Freund für mich ganz bestimmt nicht infrage kam. Es war ja sein gutes Recht, zu glauben, was er wollte, aber ich sah schon unzählige Auseinandersetzungen und Diskussionen über unsere unterschiedlichen Standpunkte auf mich zukommen. Gegensätze mögen sich ja anziehen, aber das bedeutete noch lange nicht, dass sie auch harmonisch miteinander leben konnten.

Er zwinkerte mir zu und holte aus den Tiefen seiner Jeanstasche einen Ring in Gold und Elfenbein hervor, den er mir auf der Handfläche hinhielt. »Du glaubst mir immer noch nicht, hm? Vielleicht kann ich das ändern. Möchtest du ein bisschen Magie sehen, Aoife? *Echte* Magie?«

Ich betrachtete den Ring, der auf seiner Hand lag, dann blickte ich ihm in die Augen, aus denen er mich immer noch amüsiert anschaute. »Du hast einen *Zauber*ring.«

Ich konnte meine Ungläubigkeit nicht verbergen.

»Ja, genau. Und höchstwahrscheinlich hat ebendieser Ring die Drachen angelockt. Du kannst ihn gerne berühren, wenn du möchtest. Er schadet dir nicht – seit er neu gemacht wurde, hat er – wie soll ich sagen? – seinen eigenen Kopf entwickelt. Du kannst ihn nicht benutzen, wenn er es nicht wünscht, und bis jetzt hat er nur für wenige Personen eine gewisse Zuneigung erkennen lassen. Dazu gehören sein ursprünglicher Schöpfer und die Frau, die ihn neu geformt hat, aber sie möchte ihn nicht benutzen und hat ihn mir zur Aufbewahrung übergeben. Ich habe versucht herauszufinden, ob er einfach inaktiv ist oder eher wählerisch in Bezug auf die Personen, auf die er reagiert.«

Natürlich nahm ich den Ring. Ich liebe Schmuck, und er sah so alt und abgetragen aus, dass ich ihn mir gerne einmal genauer ansehen wollte. Allerdings erwartete ich nicht, dass sich in dem Moment, in dem ich ihn berührte, tatsächlich etwas Magisches ereignete.

Und so war es dann auch.

»Ich gehöre vermutlich nicht zu den besonderen Leuten«, sagte ich und fuhr mit dem Finger über die Außenseite des Rings. So wie es aussah, war er aus Elfenbein und an den Rändern in Gold eingefasst. Er hatte keine Gravur, und es war auch keine Zeichnung in das Elfenbein eingeritzt, aber er fühlte sich in der Hand gut an. »Will denn die Person, die ihn ursprünglich angefertigt hat, ihn nicht zurück?«

»Der Urheber?« Ein Anflug von Erheiterung glitt über Terrins Gesicht. »Ich bin sicher, dass er ihn nur zu gerne wieder in seinen Besitz bringen würde, aber das wäre nun wirklich nicht klug.«

»Ach ja?« Ich schob den Ring auf den Finger und bewunderte ihn. »Er ist nicht so auffällig, oder?«

»Nein, er sieht ganz normal aus«, sagte Terrin. Er blickte über meine Schulter, als hinter mir jemand leise aufschrie. Da hinter mir das Piercing-Zelt lag, dachte ich mir nichts dabei. »Aber er ist trotzdem äußerst gefährlich.«

»Und warum wollen ihn diese beiden Männer, die du für Drachen hältst, haben, wenn er so böse ist?«

»Der Ring an sich ist nicht böse; es ist der Benutzer, der darüber entscheidet, ob er für einen guten oder einen bösen Zweck benutzt wird. Und alle Drachen, nicht nur die der schwarzen Sippe, haben nach dem Ring gesucht, seit der Weyr zerstört wurde. Aber das ist eine lange Geschichte, zu lang, um sie dir jetzt zu erzählen.«

»Oh-oh.« Ich streckte meine Hand aus und betrachtete den Ring. »Da ich mich nicht in Luft aufgelöst habe, als ich den Ring über den Finger geschoben habe, verstehe ich nicht ganz, was daran magisch sein soll.«

Terrin schmunzelte. »Es ist kein Tolkien-Ring. Seine Magie ist … einzigartig. Sowohl für den, der ihn benutzt, als auch für das, wofür der Ring benutzt werden will.«

Ich blickte auf den Ring und erwartete beinahe, dass ein kleines Augenpaar meinen Blick erwidern würde. »Wow, das ist … unheimlich.«

»Wie ich schon sagte, es ist einzigartig.«

»Auf jeden Fall ist er hübsch. Ich hoffe nur«, sagte ich und begann den Ring abzuziehen, »dass es kein Elfenbein von einem Elefanten oder so ist. Ich glaube fest an Karma, und ich möchte mir nicht vorstellen müssen, was mir Schlimmes passiert, weil ich einen Ring aus totem Elefant bewundert habe.«

»Elfenbein? Oh nein, es ist nur Horn.« Einen Moment lang war das Zwinkern wieder in seinen Augen. »Von einem Einhorn, und ich kann dir versichern, dass das fragliche Einhorn sein Horn für diesen Zweck freiwillig hergegeben hat.«

»Na gut«, knurrte ich und zog den Ring vom Finger. Ich wollte ihn Terrin gerade zurückgeben, als ein markerschütternder Schrei durch die Abendluft gellte, so laut und schrill, dass er deutlich über der hämmernden Musik zu hören war.

2

Terrin war schon losgerannt, bevor ich zu der Erkenntnis gekommen war, dass jemand in ernsthaften Schwierigkeiten steckte. Zum Glück dauerte es nicht lange, bis mein Verstand einsetzte, und ich lief hinter ihm her. Ich hatte zuerst gedacht, der Schrei käme aus dem Dämonenzelt, ich merkte jedoch schnell, dass er von der großen Wiese hinter dem Zelt kam, die als Parkplatz diente. Zwei andere Personen rannten ebenfalls in diese Richtung – ein großer blonder Mann, der nur aus Muskeln zu bestehen schien, und eine kleine ältere Frau mit weiß gesprenkelten Haaren. Ich überholte die Frau, aber der Mann war weit vor mir. Als ich um das Zelt herumlief und zur Wiese kam, stolperte ich, und wenn die Frau mich nicht am Arm gepackt hätte, wäre ich hingefallen.

Vor uns standen, erhellt von einer kleinen tragbaren Lampe, vier Reihen von Autos. Terrin stand vor der ersten Reihe einem großen, dünnen Mann gegenüber, der eine Art Schwert schwang. Auf dem Boden zwischen Terrin und dem Mann lag eine Frau, und bevor ich richtig begriff, was geschah, hob der dünne Mann die Arme, sodass das Schwert vor dem Abendhimmel schimmerte, und ließ es dann auf Terrins rechte Schulter heruntersausen. Er schlug ihm fast komplett den rechten Arm ab. Ich stand da, entsetzt und völlig benommen. Vor mir schien sich der Boden aufzutun, und ich musste mich nach Leibeskräften zusammenreißen, um nicht auf der Stelle in Ohnmacht zu fallen.

Der verstümmelte Terrin fiel auf die Frau.

Der blonde Mann, der vor mir gewesen war, stürzte sich auf Terrins Angreifer, und eine Sekunde lang sah ich etwas Silbernes zwischen ihnen aufblitzen. Dann war der Schwertmann auf einmal verschwunden und hinterließ nur dicken schwarzen Rauch, der schwer in der Luft hing, bevor er sich schließlich auflöste. Ich blieb wie angewurzelt stehen, obwohl eine Stimme in meinem Kopf schrie, ich müsse etwas unternehmen, um Terrin zu helfen.

Die alte Dame ging an mir vorbei zu der Stelle, wo Terrin leblos auf dem Boden lag, leicht gekrümmt über einem dunklen Teich von Blut, das aus seinem Körper sickerte. Der blonde Mann bückte sich und hob die Frau auf, die unbeweglich auf der Erde gelegen hatte.

Ich sank auf die Knie, weil meine Beine mich nicht mehr trugen, und beobachtete ungläubig, wie der Mann mit der Frau auf den Armen auf mich zutaumelte. Die alte Dame ging neben ihm und redete mit starkem Akzent schnell auf ihn ein. »Bring sie in meinen Wohnwagen, Kurt. Sie ist nicht verletzt, nur benommen. Aber es war dumm von ihr, mit dem Dämon alleine fertig werden zu wollen. Schließlich ist sie ja keine Hüterin …«

Sie würdigten mich keines Blickes, als sie an mir vorbeigingen, und ich starrte ihnen kurz nach.

»Hey«, versuchte ich zu rufen, aber meine Stimme war nur ein heiseres Krächzen. Ich räusperte mich und versuchte es noch einmal. »Hey, ihr könnt nicht einfach so gehen. Mein Freund braucht Hilfe.«

Mittlerweile war das Paar fast schon wieder mitten auf dem Jahrmarkt, und offensichtlich konnten oder wollten sie mich nicht hören, weil sie immer weitergingen.

Mir wurde übel, als ich das betrachtete, was von Terrin übrig geblieben war. Ich wusste, dass ich irgendetwas tun musste –

vielleicht war er ja gar nicht tot. Vielleicht war er nur bewusstlos? Vielleicht konnte man seinen Arm wieder annähen.

Bei dem letzten Gedanken musste ich mich übergeben. Ich beugte mich vor und brachte alles heraus, was ich gegessen hatte, bevor die Band gespielt hatte. Als sich mein Magen wieder beruhigt hatte, krabbelte ich zu der Stelle, wo Terrin lag, und berührte vorsichtig seinen Hals.

Er war noch warm, aber ich fühlte keinen Puls.

Irgendwie kam ich wieder auf die Beine und stolperte instinktiv zurück zu den Lichtern und dem Lärm des Jahrmarkts, dorthin zurück, wo andere Leute sich um die Situation kümmern und den Albtraum beenden konnten.

Als ich am nächstgelegenen Stand ankam – der mittlerweile geschlossen hatte –, war ich völlig außer Atem. Alle Stände am Mittelgang waren zu. Nur aus dem großen Zelt drang noch Musik, aber weit und breit war kein Mensch zu sehen. Die einzigen Lebewesen waren ein paar Krähen, die an verschüttetem Popcorn und anderem Abfall pickten.

Mit zitternden Händen zog ich mein Handy aus der Tasche und wählte die Notrufnummer. »Da liegt ein Mann … ein Freund … Ein Typ hat ihn mit einem Schwert erschlagen und ist dann in einer Rauchwolke verschwunden«, sagte ich zu der Frau in der Notrufzentrale. Mein Hals war so zugeschnürt, dass ich nur krächzen konnte. Jedes einzelne Wort tat weh.

»Rauch?«, wiederholte die Frau.

»Ja, schwarzer Rauch. Erst war er da und dann nicht mehr.«

»Menschen lösen sich nicht in Rauch auf, Madam.«

»Der Mann schon. Können Sie bitte die Polizei hierher schicken?«

»Wo sind Sie?«, fragte die Frau.

Ich sagte es ihr und erklärte, der Mord habe sich auf dem Parkplatz ereignet.

»Sind Sie sicher, dass Ihr Freund tot ist?«

»Ja«, krächzte ich.

»Hat sonst noch jemand diesen angeblichen Angriff gesehen?«

»Angeblich? Er war nicht angeblich! Es ist direkt vor meinen Augen passiert. Hören Sie, mir ist ja klar, dass sich das merkwürdig anhört, aber der Typ mit dem Schwert hat meinen Freund angegriffen, und dann machte es *puff!*, und weg war er! Verschwunden! Noch zwei weitere Leute haben es gesehen. Würden Sie also bitte die Polizei herschicken? Wer weiß, wo dieser Irre ist, und mein Freund liegt tot auf der Erde und hat keinen Puls und … und …« Ich brach in Schluchzen aus.

Die Frau versicherte mir, dass sie sofort medizinische Hilfe und die Polizei schicken würde, und fragte, ob ich so lange am Telefon bleiben möchte. Ich sagte Nein und legte auf, hielt allerdings das Handy so fest umklammert, als wäre es ein Rettungsring. Ich wischte mir das Gesicht (und auch die Nase, muss ich leider gestehen) am Jackenärmel ab und wünschte mir verzweifelt, ich könnte den Tag noch einmal von vorne beginnen.

Als ich Blaulicht in der Ferne sah, setzte ich mich wieder in Bewegung. Weit hinter der Weide, die während des Jahrmarkts als Parkplatz benutzt wurde, sah ich einen Krankenwagen und zwei Streifenwagen durch das lang gezogene Tal auf mich zukommen. Ich ging zurück an die Stelle, wo Terrin niedergestreckt worden war, um den Krankenwagen gleich dorthin dirigieren zu können.

Terrin war nicht mehr da.

Ich schaute mich nach allen Seiten um, das Herz schlug mir bis zum Hals, und die Augen traten mir beinahe aus den Höhlen, so sehr strengte ich mich an, ihn zu finden. »Er war doch hier«, sagte ich laut und rannte die Reihe der Autos entlang. Dann blieb ich stehen und rannte noch einmal in die andere Richtung. »Ich weiß, dass er hier war. Genau hier. Oh mein Gott, der Mörder ist bestimmt zurückgekommen!«

So fand die Polizei mich – an den Autoreihen auf und ab rennend und vor mich hin plappernd. Ich schnappte mir den erstbesten Polizisten und zerrte ihn zu der Stelle, wo auf dem Boden immer noch Terrins Blut zu sehen war. »Da! Es war genau da! Und jetzt ist er weg!«

Der Polizist und sein Kollege untersuchten den Boden. Der Krankenwagen fuhr vor, und die Sanitäter eilten herbei.

»Haben Sie gesehen, wie jemand den Körper weggeschafft hat?«, fragte einer der Polizisten.

»Nein! Es muss der Mörder gewesen sein. Wahrscheinlich hat er sich zurückgepufft, den armen Terrin in Stücke gehackt und ist mit Terrins Einzelteilen im Rucksack geflohen!«

Die Polizisten und die beiden Sanitäter starrten mich an. »Zurückgepufft?«, fragte schließlich einer der Polizisten.

»Er hat sich in schwarzen Rauch aufgelöst, nachdem er Terrin niedergeschlagen hat«, sagte ich und rang vor Verzweiflung die Hände. Warum suchten sie nicht endlich den Parkplatz nach Anzeichen für den Mörder ab? »Es muss doch eine Blutspur geben, der Sie folgen können.«

Der zweite Polizist zog sein Notizbuch heraus. »Würden Sie den Verstorbenen bitte beschreiben?«

»Ich nehme an, bevor er in Stücke gehackt worden ist, oder?« Ich holte tief Luft und versuchte, mein Gehirn, das sich wie irre im Kreis drehte, in den Griff zu kriegen. »Er war etwa drei Zentimeter größer als ich, Mitte dreißig, schmächtig, braune Haare und Augen, kantiges Kinn, goldgeränderte Brille. Seine Haare lichteten sich schon, aber nicht sehr, nur ein bisschen. Äh …« Ich versuchte mich zu erinnern, was er angehabt hatte, aber ich sah immer nur Blut und einen abgetrennten Arm vor mir. »Er trug ein hellblau kariertes Hemd, eine blaue Sportjacke, Jeans und schwarze Schuhe.«

Der Polizist notierte sich die Beschreibung. »Hatte er irgendwelche Tätowierungen oder Narben? Trug er auffälligen Schmuck?«

»Nein.« Plötzlich fiel mir der Ring ein, den ich in der Hand gehalten hatte, als Terrin ermordet wurde. Unwillkürlich fuhr meine Hand zu meiner Hosentasche. Anscheinend hatte ich ihn geistesabwesend dort hineingesteckt. Zumindest war er in Sicherheit – obwohl es jetzt zu spät war, ihn zurückzugeben. »Er sah einfach nur aus wie ein netter Typ.«

»So wie der Herr da?«, fragte der erste Polizist und wies über meine Schulter.

Ich drehte mich um, und die Welt hörte auf, sich zu drehen. Zumindest meine Welt. Neben dem nächstgelegenen Stand standen Terrin und der blonde Mann, der die Frau weggeschleppt hatte, und unterhielten sich angeregt.

Ich trat einen Schritt auf ihn zu, wobei ich mich fragte, ob gerade die ganze Welt verrückt geworden war. Terrin sah kein bisschen so aus, als täte ihm sein Arm weh – geschweige denn, dass er ihm beinahe abgehackt worden wäre.

»Das … das ist er«, hörte ich mich sagen.

»Der Mann da ist das Opfer?«, fragte der Polizist.

Ich trat einen weiteren Schritt auf Terrin zu. »Ja, das ist er. Nur … er ist ja gar nicht tot. Aber er war tot. Er hatte keinen Puls, und sein Arm war fast ab, aber jetzt ist er es nicht mehr …«

In diesem Moment blickte Terrin in meine Richtung und sah mich. Er lächelte und hob grüßend die Hand, bis er die Polizisten und den Krankenwagen hinter mir sah. Sein Lächeln erlosch, und ich marschierte auf ihn zu.

»Du lebst«, sagte ich zu ihm. Die Polizisten und Sanitäter waren direkt hinter mir.

»Ja.« Er schaute mich verwirrt an. »Sollte ich nicht?«

»Du bist doch gerade getötet worden. Von diesem großen dünnen Mann mit dem Schwert.« Ich tippte ihm auf die Schulter, die verletzt worden war. Sie fühlte sich vollkommen unversehrt an.

Terrin blinzelte, dann lächelte er strahlend über meine Schulter hinweg. »Guten Abend, Officer. Gibt es ein Problem?«

»Diese Dame behauptet, sie seien verletzt worden. *Sehr schwer* verletzt worden.«

»Das stimmt auch«, warf ich ein. »Er war tot.«

»Ganz offensichtlich nicht«, sagte der Polizist und warf mir einen merkwürdigen Blick zu.

»Ich weiß doch, was ich gesehen habe.« Ich wandte mich an den blonden Mann, mit dem Terrin geredet hatte. »Sie waren doch auch da. Sie haben doch gesehen, was passiert ist. Sagen Sie ihnen, dass der Schwert-Typ Terrin getötet hat und in einer Rauchwolke verschwunden ist.«

Blondie schürzte einen Moment lang die Lippen, dann schüttelte er den Kopf und sagte etwas auf Deutsch. Einer der Polizisten stellte ihm eine Frage in derselben Sprache, und Blondie antwortete auf Schwedisch. »Ich habe keinen Toten gesehen. Einer meiner Kolleginnen ging es nicht gut, und ich habe sie zu ihrem Wohnwagen begleitet. Das ist alles.«

»Sie lügen!« Ich muss zugeben, dass ich nahe daran war zu schreien, aber ich war auch mit Recht empört. Ich zeigte auf Blondie und Terrin. »Sie lügen beide. Ich weiß doch, was ich gesehen habe.«

Polizist Nummer zwei konsultierte sein Notizbuch, während Polizist Nummer eins die Sanitäter davon abhielt zu fahren. »Sie haben gesagt, Sie sahen, wie dieser Herr hier niedergeschlagen wurde, wobei sein Arm fast komplett vom Körper abgetrennt wurde, und dass sein Körper in einer großen Blutlache lag. Sie behaupten auch, sein Angreifer hätte sich *in einer Rauchwolke aufgelöst.*«

Letzteres betonte er spöttisch. Ich ließ mich jedoch nicht beirren. Ich marschierte zu der Stelle, wo Terrin zu Boden gestürzt war und wies auf den feuchten Fleck im Gras. »Sehen Sie. Genau hier. Sehen Sie das? Das ist Blut. Sein Blut, als er getötet wurde.«

»Ich bin nicht tot, Aoife«, sagte Terrin sanft. Er spähte über meine Schulter auf den Boden. »Das sieht aus, als ob jemand Fruchtpunsch verschüttet hätte.

»Hören Sie, ich weiß nicht, was hier vor sich geht«, sagte ich zu dem Polizisten, der seinem Partner leise etwas zumurmelte. »Ich habe keine Ahnung, ob dieser Terrin vielleicht ein Duplikat oder so etwas ist, aber ich habe doch keine Halluzinationen gehabt. Ich habe gesehen, wie er getötet wurde. Dieser blonde Mann hat es auch gesehen, ganz gleich, was er jetzt behauptet. Offensichtlich versuchen sie, irgendetwas zu verschleiern, aber da mache ich nicht mit, verstehen Sie? Ich weiß schließlich, was ich gesehen habe.«

»Beruhigen Sie sich«, sagte Polizist Nummer eins und ergriff mich am Arm. »Es hat ja keinen Zweck, dass Sie sich so aufregen. Sie sehen doch, dass ihr Freund gesund und munter ist.«

»Das ist nicht mein Freund!«, schrie ich. Ich war völlig frustriert, weil niemand mir zuhörte. »Das ist ein Betrüger. Oder sein Zwillingsbruder. Oder was weiß ich. Aber auf jeden Fall ist er nicht der Mann, der *direkt vor meinen Augen getötet wurde*!«

»Ich glaube, Sie sollten jetzt mit uns kommen«, sagte der Sanitäter und ergriff mich am anderen Arm. »Sie sind aufgebracht, und wenn Sie ein bisschen Abstand zu der Sache gewinnen, werden Sie bestimmt wieder ruhiger.«

»Ich bin völlig ruhig«, sagte ich und stemmte meine Absätze in den Boden, um nicht von ihnen zum Krankenwagen geschleppt zu werden. »Und ich glaube auch nicht, dass ich nicht weiß, was ich tue. Sie halten mich für irre, oder? Nun, das bin ich nicht. Die beiden da sind es!«

In diesem Moment holte mich der zweite Sanitäter ein, was blöd war, weil er meinen Lauf in die Freiheit unterband.

Ich möchte die nächsten Stunden nicht im Detail wiedergeben, weil sie über alle Maßen schrecklich und frustrierend waren. Je mehr ich protestierte und erklärte, die Wahrheit zu sagen, desto weniger glaubten mir die Menschen um mich herum.

Die Leute in dem Krankenhaus, zu dem man mich gebracht hatte, waren alle sehr nett, aber keiner von ihnen hörte mir zu, und vor allem glaubten sie mir nicht. Sie spritzten mir etwas, wonach sich mein Gehirn anfühlte wie Sirup, und steckten mich ins Bett in einem Zimmer mit vergitterten Fenstern. Am nächsten Morgen erschienen meine Schwester Bee und mein Bruder Rowan. Ich erklärte ihnen, was passiert war, und verlangte meine Freilassung.

»Es tut mir leid, Aoife, aber der Arzt sagt, du hättest einen Nervenzusammenbruch gehabt«, sagte Bee zu mir. »Er meinte, es wäre nicht gut, wenn du jetzt alleine bliebst.«

Rowan schlug ihr auf den Arm. »Das durftest du ihr gar nicht sagen.«

»Nervenzusammenbruch?« Ich saß auf der Bettkante, nur in meiner Unterwasche und dem Krankenhaushemdchen. Am liebsten wäre ich auf der Stelle nach Hause gegangen, um mich in meinem eigenen Bett zusammenzurollen. »Ich hatte keinen Nervenzusammenbruch. Ich habe eine Mordverschwörung gesehen! Es klingt zwar alles unwirklich, aber ich weiß doch, was ich gesehen habe.«

»Es war tatsächlich unwirklich, was du angeblich gesehen hast«, erwiderte Bee kopfschüttelnd. »Das kannst du nicht gesehen haben. Du musst es dir eingebildet haben. Hast du davor irgendetwas gegessen? Vielleicht hat dein Date dir Drogen verabreicht.«

»Drogen?« Ich bedachte sie mit einem Blick, der besagte, wie lächerlich ihre Vermutung war. »Ich stand nicht unter Drogen. Ich habe in Terrins Gesellschaft weder etwas gegessen noch getrunken. Das kannst du schon einmal von deiner Liste der Möglichkeiten streichen. Akzeptiere doch einfach, was ich dir erzähle.«

»Dass du gesehen hast, wie sich ein Mann in Rauch aufgelöst hat?« Rowan blickte mich zweifelnd an. »Aoife, das gibt es einfach nicht.«

»Holt mich hier heraus, dann beweise ich es euch schon«, bat ich. »Wir gehen zur GothFaire, und ihr könnt euch die Stelle selber anschauen. Wahrscheinlich gibt es ja nicht viel zu sehen, aber dann steht ihr wenigstens schon einmal da, wo ich gestanden habe, und könnt euch mit eigenen Augen davon überzeugen, dass ich so nahe dran war, dass ich mich gar nicht geirrt haben kann.«

Sie warfen einander vielsagende Blicke zu, und zu meinem Entsetzen schüttelte Bee den Kopf. »Wir haben lange mit dem Arzt gesprochen, und er glaubt wirklich, dass es dir guttut, wenn du eine Weile mit Leuten zusammen bist, die wissen, wie sie mit solchen Situationen umgehen müssen. Du wirst sehen, in ein paar Tagen bist du wieder auf dem Damm.«

Angstvoll sah ich sie an. »Du willst damit nicht sagen … du meinst nicht …«

»Wir unterschreiben die Papiere, um dich in eine entsprechende Einrichtung überweisen zu lassen. Sie heißt Aardvark Center für geistig Verwirrte.«

»Arvidsjaur Center für geistig Verwirrte«, korrigierte Rowan sie.

»Ist doch egal. Der Arzt sagt, es sei wirklich nett da und sehr modern, und wir besuchen dich auch, sobald sie es erlauben.«

»Ich bin nicht verrückt!«, heulte ich. »Das könnt ihr mir nicht antun! Ich habe doch nur gesehen, wie ein Mann gestorben ist und ein anderer Mann sich in Rauch aufgelöst …«

»Aoife, Liebes, das ist zu deinem eigenen Besten«, sagte Bee mit beruhigender Stimme.

Rowan sah zum Glück etwas weniger sicher aus. »Ich weiß nicht, Bee – sie einfach so wegzusperren kommt mir auch ein bisschen … hart vor.«

»Sehr hart«, sagte ich voller Panik. Ich musste hier heraus, weg von den beiden, damit ich in aller Ruhe überlegen konnte, wie ich meinen Fall ruhig und überzeugend vorbrachte.

»Wenn sie vielleicht ein paar Wochen bei dir in Venedig bleiben könnte …«, schlug Rowan vor.

Bee warf ihm einen Blick zu, den ich nicht deuten konnte, und schüttelte leicht den Kopf. »So ist es am besten, wirklich. Hier wird sie gut versorgt.«

In diesem Moment brannten bei mir die Sicherungen durch. Ich wusste nicht, warum meine Schwester unbedingt wollte, dass ich eingesperrt wurde, oder warum sie mir nicht glaubte, als ich ihr erzählte, was ich erlebt hatte, aber ich wollte mich auch nicht mehr mit ihr darüber streiten. Ich rannte zur Tür.

Natürlich war es das Falscheste, was ich tun konnte, und als die Krankenschwester mir erneut eine Sirup-Spritze verpasste, waren Rowan und Bee bereits gegangen. Am nächsten Tag wurde ich in den Süden in die Klapsmühle gebracht.

Mir ist es egal, was die anderen sagen. Ich weiß, was ich gesehen habe.

3

»Ich weiß nicht, ob das wirklich eine gute Idee ist, Bee.«

Meine Schwester, die gerade ein paar Kleidungsstücke in einen Koffer warf, blickte auf. »Dich allein zu lassen? Dr. Barlind hat gesagt, du seiest absolut in der Lage, allein zu …«

»Natürlich macht es mir nichts aus, allein zu bleiben. Zwei Jahre Intensivtherapie haben Wunder bewirkt«, sagte ich fröhlich lächelnd, um ihr zu vermitteln, dass ich auf keinen Fall mehr irre war.

»Dass ich nach Afrika gehe?«

»Nein, *das* halte ich natürlich für eine gute Idee. Du wirst allen diesen Menschen helfen, an frisches, klares Wasser zu kommen.«

Sie schüttete ihre Unterwäscheschublade komplett in den Koffer und blickte sich dann im Zimmer um. »Ich weiß sowieso nicht, warum du unbedingt hier wohnen willst, wirklich nicht. Rowan kommt erst in zwei Monaten zurück, und dann bist du hier ganz alleine.« Sie blickte aus dem Fenster. Hinter einer struppigen Hecke blickte man auf graubraunen Sand, der sich am bläulich grauen Wasser entlangzog. Ein paar Möwen flogen am Himmel auf der Suche nach Futter, und selbst durch die Isolierverglasung der Fenster konnte ich ihre hohen, durchdringenden Schreie hören. »Das würde ich ja meinem schlimmsten Feind nicht wünschen.«

»Das kommt daher, weil du mittlerweile ein Stadtmensch geworden bist, Miss Venedig.« Ich rieb meine Arme und blickte auf das endlose Meer. »Mir gefällt die Einsamkeit an der schwedischen Küste. Vor allem nachdem ich zwei Jahre mit vierzig anderen Personen zusammengewohnt habe. Hier kannst du dir selber beim Denken zuhören.«

»Du hast Glück, wenn du über dem ständigen Möwengeschrei überhaupt etwas hörst. Aber ist ja egal, du brauchst mir nicht zu sagen, wie gerne du hier bist. Das weiß ich ja. In der Hinsicht kommst du nach Daddy.« Sie schwieg und blickte auf das Familienfoto, das auf ihrer Kommode stand. Dann wandte sie sich wieder ihrem Koffer zu. »Versprich mir, dass du mich anrufst, wenn es wieder einen … Zwischenfall gibt, ja?«

»Es wird keinen Zwischenfall geben«, sagte ich, richtete mich auf und lächelte sie strahlend an. Im Stillen mahnte ich mich, das Lächeln ein bisschen herunterzuschrauben, da Bee wesentlich mehr wahrnahm als Dr. Barlind. Bee wusste immer ganz genau, wenn ich ihr etwas vormachte, und ich wollte auf jeden Fall vermeiden, dass sie ihre Reise absagte, um den Babysitter für mich zu spielen.

»Nein, natürlich nicht. Ich verstehe trotzdem nicht, warum Dr. Barlind darauf besteht, dass du dich deinen inneren Dämonen stellst, indem du noch einmal auf diesen komischen Jahrmarkt gehst, auf dem alles angefangen hat. Oh!« Sie warf mir einen aufmerksamen Blick zu, und mir brach innerlich der Schweiß aus. »*Deshalb* hast du gesagt, du hältst es für keine gute Idee, oder? Also da stimme ich dir zu. Das führt für dich nur zu Problemen.«

Erneut rieb ich mir die Arme und drehte dem Strand den Rücken zu. Im Gegensatz zu meinem Bruder und meiner Schwester, die beide Großstadtmenschen waren, konnte ich stundenlang an unserem Strand spazieren gehen. »Nein, das macht mir keine Probleme … Schließlich drehe ich nicht gleich wieder durch, wenn ich auf den Jahrmarkt gehe, und ich kann schon verstehen, was Dr. Barlind meint, wenn sie sagt, ich solle mich meinen persönlichen Dämonen stellen. Sie hat viel Erfolg mit diesen kathartischen Erfahrungen, und sie glaubt daran, dass niemand geheilt werden kann, bevor er sich nicht seinen Problemen stellt. Ehrlich gesagt habe ich aber überhaupt keine Lust, noch einmal auf die GothFaire zu gehen. Stell dir mal vor, irgendeiner erinnert sich daran, dass ich die Frau war, die durchgedreht ist? Ich würde ja vor Scham im Erdboden versinken.«

Bee zuckte mit den Schultern. »Und wenn schon. Was interessiert uns das? Du kennst sie doch gar nicht.« Sie packte ihre Toilettenartikel ein. »Soll ich die Reise absagen und den nächsten Monat lieber hier mit dir verbringen? Vielleicht ist es ja einfach zu viel verlangt, dass du so kurz nach deiner Entlassung hier alleine …«

»Nein«, unterbrach ich sie mit fester Stimme. »Mir geht es gut. Wirklich. Dr. Barlind hätte mich bestimmt nicht gehen lassen, wenn es anders wäre, oder?«

»Mmm«, sagte Bee nachdenklich. Sie packte alles in ihren Kulturbeutel und zog den Reißverschluss zu. Dann schaute sie mich an. »Aoife, du bist ein kluges Mädchen. Wenn du der Meinung bist, du brauchst nicht auf den Jahrmarkt zu gehen, dann lass es auch. Warum willst du all diese unangenehmen Erinnerungen aufwühlen? Bei allem gebotenen Respekt für Dr. Barlind, aber wichtig ist einzig und allein, dass du jetzt außer Gefahr bist.«

»Ich war nie in Gefahr«, widersprach ich, schwieg aber dann. Ich holte tief Luft und dachte an Dr. Barlinds Lieblingsausspruch: *Denk lieber zweimal nach, bevor du einmal sprichst.* Wenn ich jetzt zu viel Wirbel machte, würde Bee ihre Reise absagen, und ich brauchte unbedingt Zeit für mich, um die Überreste meines Lebens wieder einzusammeln. Ich wollte nicht noch einmal auf die GothFaire, ich wollte das Gesicht des blonden Mannes, der gelogen hatte, nicht noch einmal sehen, und ganz bestimmt wollte ich nicht noch einmal an die Stelle, wo ich gesehen hatte … nein, es war besser, daran nicht mehr zu denken.

»Aoife?«, fragte Bee.

»Du hast recht«, sagte ich. Wenn ich sie mit dieser kleinen Notlüge davon abhalten konnte, ihre Reise abzusagen, war es in Ordnung. Der Gedanke an zwei wundervolle einsame Monate war in meinen Augen das größte Geschenk. »Ich bin sicher, für meinen Geistesfrieden wäre es besser, die GothFaire zu meiden.«

Sichtlich erleichtert lächelte sie mich an und tätschelte mir auf diese herablassende Art, die große Schwestern manchmal an sich haben, die Wange. »Braves Mädchen. Oje, hast du auf die Uhr gesehen? Wenn ich jetzt nicht endlich aufbreche, kriege ich meinen Flug nicht mehr.« Sie umarmte mich und küsste mich auf beide Wangen. »Ruf mich an, wenn du mich brauchst. Oder Rowan. Du weißt ja, wie lieb wir dich beide haben.«

»Ich euch auch«, sagte ich und ging mit ihr zum Auto. »Pass gut auf dich auf. Lass dich nicht kidnappen, weil du Moms Seite der Familie Dads Seite vorziehst.«

»Ha, als ob das so wäre! Ich knutsche dich!«

Winkend fuhr sie los. Ich ging wieder ins Haus zurück, machte die Tür hinter mir zu und seufzte erleichtert über die wundervolle Stille. Wirklich, es gab keinen idealeren Ort als dieses Haus, das mein Vater gebaut hatte, als er mit uns nach Schweden gezogen war.

»Du fehlst mir«, sagte ich zu dem Familienbild, das vor sieben Jahren aufgenommen worden war. Es war das letzte gemeinsame Foto gewesen. Meine Mutter strahlte in die Kamera, mit ihren roten Haaren und Sommersprossen sah sie aus wie das stereotypische irische Mädchen, während die sanften braunen Augen und die schokoladenbraune Haut meines Vaters Wärme und Liebe vermittelten. Tränen traten mir in die Augen, aber ich blinzelte sie weg. »Dr. Barlind sagt, Trauer ist zwar in Ordnung, aber man soll nicht daran festhalten, und wenn man seine Gefühle zum Ausdruck bringt, kann man sie loslassen. Also mache ich das. Ich bin traurig. Ich vermisse euch beide. Und ich bin wütend, dass ihr in den Senegal geflogen seid, obwohl ihr wusstet, dass es gefährlich ist. Ich bin wütend auf die Männer, die euch getötet haben, und noch wütender auf die Politiker, die die Situation zu verantworten haben. Aber vor allem liebe ich euch, und ich wünschte, ihr wärt hier, damit ich mit jemandem reden könnte.«

Das Foto antwortete mir nicht – wie sollte es auch? Das wäre verrückt gewesen, und ich war nicht verrückt. Bei dem Gedanken musste ich laut lachen, um die kleine Stimme in meinem Kopf zu übertönen, die mich darauf hinwies, dass die Wahrheit tief in meiner Psyche verborgen lag, ganz gleich, wie oft ich zu Dr. Barlind gesagt hatte, ich hätte mich vor zwei Jahren geirrt und sei nicht ganz bei Verstand gewesen, ganz gleich, wie oft ich allen erzählt hatte, der Aufenthalt im Arvidsjaur Center habe mir gutgetan und ich sei seitdem wie neugeboren.

»Ich höre dir nicht zu«, sagte ich zu dieser Stimme. Einer der Nebeneffekte der Therapie war, dass ich jetzt laut mit mir selber redete. Dr. Barlind sagte, es sei vollkommen normal, und wenn ich es unterdrückte, würde ich aufhören, mit meinem emotionalen Ich zu kommunizieren, und genau das sei die Ursache für die meisten Probleme auf der Welt. »Ich bin völlig normal und überhaupt nicht seltsam, und ich will nicht über Dinge nachdenken, die unmöglich sind, deshalb ist es nicht ratsam, Ärger heraufzubeschwören.«

Das gefiel der Stimme nicht, aber wenn ich etwas in den letzten zwei Jahren gelernt hatte, dann, mich von der Stimme in meinem Kopf nicht herumkommandieren zu lassen. Deshalb ging ich jetzt auch barfuß in mein Zimmer und betrachtete den kleinen Koffer, der auf einem Stuhl lag. Darin befanden sich die Dinge, die ich aus dem Arvidsjaur Center mitgebracht, aber noch nicht ausgepackt hatte. Da lag der Koffer und bereitete mir fast Qualen, weil er bedeutete, dass ich zwar die kleine Stimme in meinem Kopf ignorieren, aber nicht so tun konnte, als ob die Realität nicht existierte.

»Gut. Du kannst auch gleich den Mund halten«, beschied ich ihm. Mit hoch erhobenem Kopf öffnete ich den Koffer und holte die Tasche mit den Taschenbüchern heraus, die Bee mir während meines Aufenthalts ständig mitgebracht hatte. Als Nächstes räumte ich die Schlafanzüge und den Morgenmantel heraus, den man mir gegeben hatte, gefolgt von der Hose und der Bluse, die ich vor zwei Jahren angehabt hatte, als sie mich in die Klapsmühle gesteckt hatten.

Unter diesen Sachen lag ein kleiner cremefarbener Umschlag, auf dem in Druckbuchstaben sorgfältig mein Name und mein Einlieferungsdatum vermerkt waren. Darin befand sich der Inhalt meiner Taschen an jenem Tag – Führerschein, ein bisschen Geld, Schlüssel und der Schmuck, den ich getragen hatte. Ich legte Kette und Ohrringe in meinen Schmuckkasten und betrachtete dann stirnrunzelnd den übrig gebliebenen Gegenstand.

Es war ein Ring.

»Terrins Ring«, sagte ich und stieß ihn mit dem Finger an. Ich hatte ihn ganz vergessen, aber hier lag er und sah aus wie ein ganz normaler Ring.

Er hat magische Kräfte, hatte Terrin gesagt. Einen Moment lang überwältigten mich die Erinnerungen an jene schreckliche Nacht, und ich schloss die Augen, aber ich hatte die Stimme in meinem Kopf nicht zwei Jahre lang ignoriert, ohne gewisse Tricks zu lernen.

»Na gut, du willst also magisch sein?« Ich schob den Ring an den vierten Finger meiner rechten Hand. »Dann mal los.«

Ich streckte die Hand aus, aber es passierte natürlich nichts.

Ich schnaubte verächtlich. »Du bist auch nicht magischer als ich«, sagte ich und räumte weiter meine Sachen ein.

Durch Bees Kommentare ins Schwanken geraten, wäre ich beinahe nicht zur GothFaire gefahren, aber dann dachte ich daran, wie Dr. Barlind mir erklärt hatte, dass man sich seinen Problemen eher stellen müsse als sie zu ignorieren, und so fuhr ich doch in den Nachbarort, wo der Jahrmarkt stattfand. »Na gut, ich mache es, aber ich will auf keinen Fall eine kathartische Erfahrung erleben«, grummelte ich, als ich auf der vertrauten Wiese parkte. Die GothFaire war an den gleichen Ort wie vor zwei Jahren zurückgekehrt, und genauso wie an jenem schicksalshaften Abend strömten die Menschen in das große Zelt, in dem gleich die Band auftreten würde.

Ich blieb ein paar Minuten lang in meinem Wagen sitzen und umklammerte das Lenkrad so fest, dass meine Knöchel weiß hervortraten. Mein Atem kam stoßweise.

»Ich schaffe das«, sagte ich beschwörend in die Stille hinein, die mich umgab. »Es ist doch nur ein Wanderzirkus. Terrin ist ja sowieso nicht hier.«

Wer sagt das denn?, fragte die ärgerliche Stimme in meinem Kopf.

Langsam stieg ich aus dem Auto, wobei ich mich bemühte, ruhig zu bleiben. Ruhe würde mir dabei helfen, die schlimmsten Erfahrungen zu überstehen.

Angst ist ein Tyrann, hatte sie in der schlimmen Woche gesagt, in der sie mir eine Elektroschocktherapie verordnet hatte. *Lass dich nicht zum Opfer machen. Wenn du deine Angst nicht beherrschen kannst, kannst du gar nichts beherrschen.*

»Leichter gesagt als getan«, murmelte ich. Ich verdrängte

die Erinnerungen an jene schreckliche Woche und schloss das Auto ab. Ich folgte einer Gruppe von drei Mädchen, die direkt auf das große Zelt zustrebten.

Als ich an der ersten Reihe vorbeikam, schaute ich unwillkürlich an den Autos entlang, ob nicht irgendwo eine Leiche lag. »Ha, Schlaukopf. Hier ist keiner. Du kannst also aufhören, mir Angst einzujagen und dich endlich so verhalten, wie Dr. Barlind es uns beigebracht hat.«

Die Messe war im Großen und Ganzen so, wie ich sie in Erinnerung hatte – merkwürdige Stände, laute Musik und Leute, die laut lachten und sich angeregt unterhielten. Ich schlenderte den Mittelgang entlang und beobachtete die Leute. Nach und nach entspannte ich mich.

»Kein Terrin«, hauchte ich erleichtert. Ich hatte nicht wirklich erwartet, dass er auftauchte, aber mein Kopf hatte mich ja schon darauf hingewiesen, dass es möglich gewesen wäre. »Siehst du, inneres Ich? Hier ist nichts als ein Jahrmarkt mit lauter gepiercten Leuten und Dämonologen.« Ich kam an einem Stand vorbei, auf dessen Schild »Haustier-Geist-Wahrsagerin« stand. »Und Geister, die mit Tieren reden.« Nichts Ungewöhnliches also.

Ich schwöre, ich konnte spüren, wie mein Gehirn ungläubig die Lippen schürzte.

Zehn Minuten später startete ich mein Auto und holperte über die Wiese auf den Ausgang zu.

»So schnell fahren Sie schon wieder?«, fragte der junge Mann, bei dem ich den Parkschein bezahlen musste. Er hatte auf einem Klappstuhl gesessen, eine Campinglampe neben sich und ein Buch in der Hand. »Sie sind aber nicht lange geblieben. Wollen Sie Ihr Geld zurück? Normalerweise machen wir das nicht, aber da Sie noch nicht einmal so lange geblieben sind, um sich eine der Vorführungen anzuschauen …«

»Das ist nicht nötig. Ich war nur hier, um … äh … etwas zu überprüfen.«

»Oh. Haben Sie es gefunden?«

»Nein. Es war eigentlich genau andersherum«, antwortete ich ihm mit einem freundlichen Lächeln. »Aber keine Sorge – jetzt kann ich meiner Therapeutin sagen, sie soll sich entspannen. Ich werde ganz bestimmt keinen weiteren Nervenzusammenbruch mehr bekommen.«

»Äh …« Der Mann wich ein wenig zurück. »Das ist gut.«

»Ja, das ist es.« Ich winkte ihm fröhlich zu und bog auf die Straße ein. Beim Fahren summte ich leise vor mich hin und genoss das Gefühl der Freiheit nach zwei Jahren des Eingesperrtseins.

»Ein fröhliches neues Leben liegt vor mir«, sagte ich. »Dr. Barlind meinte, ich hätte bestimmt großes Potenzial. Ich muss nur noch herausfinden, für was. Vielleicht sollte ich wieder anfangen zu malen. Oder zu schreiben. Gedichte vielleicht! Dichter sind immer von Ängsten und Qualen getrieben, und nach allem, was ich durchgemacht habe, könnte ich wetten, dass die düsteren, gequälten Gedichte nur so aus mir herausfließen … Heilige Fruchtfliege!«

Das Auto geriet ins Schleudern, als ich fest auf die Bremse trat, und der schreckliche, dumpfe Schlag, mit dem irgendetwas Großes gegen meine Stoßstange prallte, hallte in meinem Kopf wider. Seit meinem Vater in meiner Kindheit in einer abgelegenen Ecke von Nordschweden einmal ein Rentier vors Auto gelaufen ist, habe ich Angst davor, ein Lebewesen anzufahren. Und jetzt hatte ich fröhlich vor mich hin gebrabbelt und nicht auf die Straße geachtet …

Mir war ganz elend zumute, als ich aus dem Auto ausstieg und durch die Dunkelheit auf die Straße hinter mir spähte.

»Bitte, lass es ein altes Tier sein, das sowieso gestorben

wäre … bitte, lass es ein altes Tier sein, das sowieso gestorben wäre«, betete ich mantraartig und taumelte auf die Stelle zu.

Der Mond stand nur als schmale Sichel am Himmel, aber wir waren so weit im Norden, dass dank der Mitternachtssonne der Himmel nicht so schwarz war wie anderswo. Eigentlich herrschte eher ein dunkles Zwielicht – zu dunkel zum Lesen, aber hell genug, um die Umrisse großer Objekte zu erkennen.

Mein Herz verkrampfte sich, als ich den großen schwarzen Haufen mitten auf der Straße sah.

»Bitte, lass es ein altes Rentier sein, das sowieso gestorben wäre, oh bitte«, betete ich mit tränenerstickter Stimme. Ich hatte das Gefühl, mich jeden Moment übergeben zu müssen, aber was auch immer es war, ich konnte es ja nicht einfach da liegen lassen.

Der große schwarze Haufen entpuppte sich als großer schwarzer Hund. »Oh mein Gott«, stöhnte ich. Heißes, heftiges Schuldgefühl überwältigte mich. »Ich habe ein Haustier getötet, das von irgendjemandem geliebt wird!«

Ich kniete mich neben den Hund, und meine Tränen fielen auf meine Hände, als ich das Tier abtastete. Das Herz war mir schwer. Wenn ich doch nur aufgepasst hätte. Wenn ich nur nicht so mit mir selbst beschäftigt gewesen wäre. In diesem Moment hätte ich alles gegeben, um die letzten fünf Minuten rückgängig zu machen.

Der Hund war warm, als ich ihn berührte. Blut war keines zu sehen, auch die Gliedmaßen schienen alle heil zu sein, aber das Tier bewegte sich nicht. »Neiiiin!«, heulte ich. Am liebsten hätte ich das arme Geschöpf umarmt und ihm neues Leben eingehaucht. »Nein, das kann nicht – ach du lieber Bohneneintopf!«

Zu meinem Erstaunen zuckte der Hund, dann sprang er auf und schüttelte sich. Und wenn ich sage, schütteln, dann meine ich ein Schütteln mit vollem Körpereinsatz, bei dem nicht nur

Kopf und Ohren in Bewegung sind, sondern auch die Seiten, der Schwanz und offensichtlich Unmengen von Sabber. Er war groß, mit dickem schwarzem Fell und langen Lefzen, von denen Sabberfäden langsam zu Boden tropften.

»Du bist gar nicht tot. Alles okay?« Hoffnung stieg in mir auf. »Habe ich dich nur erschreckt? Mann, bist du groß! Du bist ja mindestens so groß wie ein kleines Pony, oder? Lass mich nur mal sehen, ob du auch wirklich keine ernsthaften Verletzungen hast …« Ich klopfte ihn ab, aber er machte nicht den Eindruck, als ob ihm etwas wehtäte. Eigentlich wirkte er vor allem benommen. Ständig schüttelte er den Kopf und schickte lange Sabberfäden auf die Reise. Das meiste bekam mein linker Arm ab.

»Aber das ist mir egal«, sagte ich zu dem Hund und stand auf. »Solange es dir nur gut geht.«

Prompt setzte er sich hin und heulte. Ich zuckte vor Mitgefühl zusammen.

»Ja, gut, du bist nicht völlig unverletzt, aber wenigstens bist du nicht tot, und das ist das Wichtigste. Hier … äh …« Ich blickte mich um, sah aber nirgendwo in der Nähe Häuser. »Verdammt! Die Häuser hier können leicht zwei oder mehr Kilometer auseinanderliegen. Sieht so aus, als wäre ich jetzt für dich verantwortlich. Na toll! Komm, heul nicht schon wieder! Ich kümmere mich um dich, versprochen. Wir brauchen auf jeden Fall einen Tierarzt. Kannst du laufen? Hier entlang, mein Junge. Oder Mädchen. Was auch immer du bist, Hündchen. Jetzt geht's ins Auto.«

Ich öffnete die hintere Tür. Der Hund blickte auf das Auto, dann sah er mich an. Ich klopfte auf mein Bein. »Na komm, Hündchen. Spring ins Auto!«

Einen Moment legte er den Kopf schief, dann erhob er sich und humpelte zum Auto, um vorsichtig auf den Rücksitz zu springen. »Na, Gott sei Dank, ich dachte schon, ich müsste dich hineinheben. Ich weiß nicht, ob ich das geschafft hätte. Du siehst so aus, als würdest du nicht viel weniger wiegen als ich. So, dann wollen wir jetzt mal ein Tierkrankenhaus suchen.«

Zweieinhalb Stunden später kam ich aus einer Vierundzwanzig-Stunden-Tierklinik, dem schwedischen Äquivalent für 180 $ ärmer. »Ich verstehe nicht ganz, warum ich ihn nach Hause fahren soll.«

»Sie haben ihn auch angefahren«, sagte die Tierärztin, eine ältere Frau mit einer Kurzhaarfrisur, die zu ihrer ruppigen Art passte. »Sie sind für ihn verantwortlich.«

»Ja, aber Sie haben einen Zwinger, in dem er bleiben könnte, bis seine Besitzer ihn abholen kommen.«

»Er hat kein Halsband, keine Hundemarke, keinen Mikrochip, und Sie haben gesagt, Sie hätten ihn auf der Landstraße weitab von jedem Ort überfahren.«

Als sie »überfahren« sagte, zuckte ich zusammen.

»Deshalb ist er Ihr Problem«, fuhr sie fort und öffnete die hintere Tür meines Autos. Der Hund hüpfte hinein und legte sich auf die gesamte Rückbank. »Wir haben keinen Platz und auch nicht genug Leute, um uns um ihn zu kümmern.«

»Ja, aber …«

Sie unterbrach mich mit einem Blick, unter dem ich mich wand. »Wenn Sie darauf bestehen, ihn hierzulassen, wird er morgen vom Tierheim abgeholt. Ein Hund dieser Größe ist praktisch nicht zu vermitteln, auch wenn er ein reinrassiger Neufundländer ist. Er wird auf jeden Fall innerhalb der nächsten sechsunddreißig Stunden eingeschläfert. Können Sie das mit Ihrem Gewissen vereinbaren?«

»Nein«, sagte ich kläglich und stieg ins Auto. Der Rest der Fahrt verlief in tiefem Schweigen … wenn man das Schnarchen eines Hundertfünfzig-Pfund-Hundes außer Acht lässt.

4

»Für heute Nacht kannst du hierbleiben«, sagte ich zu dem Hund, als wir nach Hause kamen. »Aber meine Schwester ist allergisch gegen Hunde, deshalb wird dein Aufenthalt hier nur von kurzer Dauer sein, und dann müssen wir etwas anderes für dich finden.«

Der Hund lief weg, als ich ihn aus dem Auto ließ.

»Hey!«, schrie ich ihm hinterher, als er über die Einfahrt und die wenigen Grasbüschel flitzte, die hier so nahe am Wasser wuchsen. Er sprang über ein großes Stück Treibholz auf den felsigen Strand. »Verdammt, Hund, lass mich doch nicht hinter dir herrennen. Oder willst du etwa nach Hause? Kennst du von hier aus den Weg nach Hause? Nach Hause, Hündchen, nach Hause!«

Ich folgte ihm, wobei ich halb hoffte, er würde zur Straße laufen und dann dorthin, wo er hingehörte, aber stattdessen galoppierte er am Strand dicht am Wasser entlang, bis er schließlich im Halbdunkel verschwand.

»Na toll, jetzt ist er weg. Na, wenigstens hat ihm die Tierärztin bescheinigt, dass er gesund ist.«

Ich ging zurück zum Haus, wobei ich mir einredete, dass es das Beste war, den Hund einfach zu vergessen, aber das wollte mir nicht gelingen.

Die Tierärztin hatte ja recht – ich war tatsächlich für den Hund verantwortlich. Er mochte ja nicht verletzt sein, aber ich hatte ihn schließlich angefahren, und da ich ein Mensch war und er nicht, musste ich dafür sorgen, dass er entweder zu seinen Besitzern zurückkam oder Leuten übergeben wurde, die ein neues Zuhause für ihn fanden.

»Hey, Hund«, rief ich und rannte ihm erneut an den Strand nach. Das schwache Licht am Horizont schimmerte auf dem tintenschwarzen Wasser, sodass die großen Felsblöcke und Baumstämme am Strand zu erkennen waren. Es roch nach Seetang, feuchtem Sand und salziger Luft. »Hier, Junge! Leckerchen! Zumindest wenn du mit mir ins Haus kommst!«

Vor mir hörte ich über dem leisen Plätschern des Wassers ein dumpfes *Wuff*.

»Hund?«, schrie ich. Mein nächster Nachbar war gute fünf Kilometer von mir entfernt, ich brauchte also keine Angst zu haben, jemanden aufzuwecken. »Hey, Hund, wenn du etwas Totes, Stinkendes gefunden hast und dich darin wälzen willst, rate ich dir, dir das gut zu überlegen. Zum einen ist der Geruch nicht annähernd so attraktiv, wie du vielleicht denken magst, und zum anderen glaube ich nicht, dass du in meine Badewanne passt – Oh nein, nicht schon wieder!«

Mittlerweile hatte ich den Hund erreicht. Er drückte seine Nase gegen einen schwarzen Umriss auf dem Boden.

»Wenn das ein toter Seehund oder sonst etwas Ekliges ist …«, begann ich, um ihn zu warnen, hörte aber auf, als ich den Umriss genauer betrachtete.

Es war ein Mann.

Zu meinen Füßen lag ein toter Mann.

Genau hier auf dem Strand. Es war Ebbe, und der Boden war feucht und voller Seetang. Ich starrte auf die dunkle Gestalt und fragte mich, wer da schrie.

Das war wohl ich.

»Nein!«, protestierte ich. Am liebsten hätte ich mich auf dem Absatz umgedreht und wäre vor dem entsetzlichen Anblick davongerannt. »Nein, nein, nein. Das halte ich nicht aus. Es können doch nicht ständig tote Männer vor mir auf dem Boden liegen. Beim letzten Mal haben sie mir Elektroschocks verpasst. Ich weigere mich, noch einmal für verrückt erklärt zu werden. Deshalb, guter Mann, können Sie nicht tot sein. Ich verbiete es Ihnen!«

Ich bückte mich, um den Mann auf den Rücken zu drehen, zog aber erschreckt die Hand zurück, als mich ein heftiger Stromstoß durchfuhr.

»Was war das denn?« Ich rieb mir die Finger. Hatte der Mann irgendwelche elektronischen Teile bei sich, die nass geworden waren? Bevor ich jedoch darüber nachdenken konnte, stöhnte er und bewegte seine Beine. Kurz hob er den Kopf, sank aber dann sofort wieder in sich zusammen.

»Was ist das, mein Tag für Tote, die nicht wirklich tot sind?« Allein schon der Gedanke schmerzte. »Hey, Mister, sind Sie okay?«

Das war eine blöde Frage – er lag mit dem Gesicht nach unten, offensichtlich von der Flut angeschwemmt und bewusstlos. Aber wenigstens lebte er.

Zögernd streckte ich einen Finger aus und berührte den nassen Stoff seines Ärmels. »Mister?«

Dieses Mal bekam ich keinen Stromschlag, deshalb zog ich an ihm, bis er auf den Rücken rollte. Seine Haare glänzten nass. Sie waren so schwarz wie die Nacht und klebten an seinem Kopf. An seinen Wangen und seinem Kinn hingen Algen und Sand. Er hatte ein eckiges Kinn, und auch sein Gesicht war kantig, mit hohen Wangenknochen, die ihm ein slawisches Aussehen gaben. Mir juckte es in den Fingern, ihm den Sand aus dem Gesicht zu wischen. Und auch die rötlich schwarzen Stoppeln an seinem Kinn hätte ich am liebsten berührt. Sie sahen so weich und verlockend aus …

Entschieden verdrängte ich den Gedanken. Was fiel mir

nur ein, über den Bartwuchs eines Mannes nachzudenken, der möglicherweise dem Tode nahe vor mir lag?

»Zuerst das Wichtigste«, sagte ich mir, als ich sah, dass sich sein Oberkörper in einem regelmäßigen Rhythmus hob und senkte. Obwohl eine rasche Untersuchung keine offensichtlichen Zeichen von Verletzungen ergab, war es klar, dass er einen Arzt brauchte. Also holte ich mein Handy heraus und wählte die Nummer des Notrufs.

»Um was geht es?«, fragte eine kühle, unpersönliche Frauenstimme.

»Am Strand vor meinem Haus liegt ein bewusstloser Mann. Er lebt zwar und atmet, und ich sehe auch keine äußerlichen Verletzungen, aber er hat sich vielleicht den Kopf gestoßen oder so.«

»Wo sind Sie?«

Ich gab ihr die Adresse durch.

Missbilligend bemerkte sie: »Das ist aber sehr weit draußen.«

»Ja, ich weiß. Meinen Eltern gefiel das. Wie schnell kann denn jemand hier sein? Der Wind wird stärker, und ich sollte ihn wohl besser zudecken, bis die Sanitäter eintreffen.«

»In Maslo hat es gebrannt«, antwortete sie. Maslo war der größte Ort in der Nähe. »Es wird eine Weile dauern, bis ich Ihnen jemanden schicken kann.«

»Machen Sie Witze?«, sagte ich schockiert über ihre gleichmütige Antwort. »Der Mann ist bewusstlos. Er könnte eine Gehirnverletzung haben.«

»Sie haben doch gesagt, er atmet, und sie sähen keine Anzeichen für äußere Verletzungen.«

»Nein, aber …«

»Das nächstgelegene Krankenhaus ist …« Ich hörte, wie sie auf der Tastatur herumhämmerte. »Zweiundsiebzig Kilometer entfernt in Kirkeist.«

Ich wusste genau, wo das Krankenhaus war, schließlich hatte ich vor zwei Jahren eine schreckliche Nacht dort auf der geschlossenen Station verbracht. »Wollen Sie damit andeuten, ich soll einen verletzten Mann transportieren? Und wenn er nun Rückenverletzungen hat?«

»Wenn Sie das annehmen, müssen Sie ihn eben vorsichtig bewegen.«

Ich schüttelte ungläubig den Kopf. »Sie wollen mir doch nicht im Ernst erzählen, dass ich den armen Kerl in ein so weit entferntes Krankenhaus bringen soll. Das ist ja fast unmenschlich. Ist der Notruf nicht verpflichtet, sofort jemanden zu schicken und Hilfe zu leisten?«

»In Ihrem Gebiet leider nicht, nein. Dort gibt es nicht genügend Mittel, um einen Notruf einzurichten. Sie werden von anderen Gebieten angefahren, aber nur wenn Kapazitäten frei sind, und ich sagte Ihnen ja bereits, dass alle verfügbaren Einheiten mit dem Brand in Maslo beschäftigt sind.«

Ich biss die Zähne zusammen und unterdrückte den Wunsch, auf die Frau am Telefon einzuschlagen. Ich reagierte sonst nicht so gewalttätig, aber Frustration und ein langer, emotionsgeladener Tag hatten mich an den Rand meiner Kraft gebracht. »Es muss doch noch eine Klinik geben, die nicht so weit weg ist wie Kirkeist.«

Tapp, tapp, gingen die Tasten. »Es gibt zwei, aber sie haben leider keinen Notdienst. Vier Kilometer von Ihnen entfernt gibt es einen Arzt, der wohl Dienst hat, aber da steht die Uhrzeit nicht dabei. Wenn Sie wollen, kann ich Ihnen seine Nummer durchgeben.«

»Dann tun Sie das«, knurrte ich und klopfte meine Taschen nach einem kleinen Notizblock und einem Stift ab. Ich schrieb Namen und Adresse des Arztes auf. Einen Moment lang dachte ich ernsthaft darüber nach, der Frau zu sagen, was ich von ihr hielt, aber Dr. Barlinds Devise *Nur ein ruhiger Geist ist ein gesunder Geist* brachte mich dazu, dass ich lediglich ein knappes »Danke« hervorstieß und auflegte.

»So, Hündchen, heute scheint der Tag zu sein, an dem ich alle rette. Hmm.« Ich musterte den Mann. Er sah ziemlich kräftig aus. Ich bezweifelte, dass ich ihn so einfach hochheben und ins Auto tragen konnte. »Ich nehme nicht an, dass du jemals einen Schlitten gezogen hast?«, wandte ich mich an den Hund.

Der setzte sich und blinzelte mich an.

Ich seufzte. »Das habe ich mir schon gedacht. Ganz zu schweigen von der Tatsache, dass ich sowieso keinen Schlitten habe. Bleib hier, Hündchen, und pass auf den Mann auf, während ich eine Decke oder so etwas hole.«

Zu meiner Überraschung war der Hund tatsächlich noch da, als ich wiederkam. »Sehr gut, du bekommst Bonuspunkte für Gehorsam. Wenn dir jetzt noch zwei Daumen wachsen, würde ich vor Freude durchdrehen. So, Mister, das wird jetzt leider ein bisschen unangenehm für Sie.«

Eine Viertelstunde später war ich mächtig ins Schwitzen geraten. Mein Schnaufen und Keuchen waren der beste Beweis dafür, dass ich in der Klapsmühle nicht allzu viel Training gehabt hatte. Aber es gelang mir, den Mann auf die Decke zu rollen und über den Sand und die sandig-schmutzige Einfahrt zum Haus zu ziehen.

»Ich hoffe … oh, verdammt … hoffe wirklich, dass Sie keine Rücken… Heilige Möwe! … Rückenverletzung haben, denn wenn das der Fall ist, mache ich sie jetzt mindestens hundert Prozent schlimmer. Heilige Mayonnaise und alle Soßen.« Schwer atmend lehnte ich mich an mein Auto und rieb mir die Hände, die vor Schmerz brannten, so fest hatte ich die Decke umklammert.

Der Mann lag auf dem Boden, immer noch bewusstlos, aber ab und zu zuckten seine Arme und Beine, und er murmelte etwas Unverständliches. Unwillkürlich fragte ich mich, ob er träumte oder halluzinierte.

»Aber das ist ja auch egal«, sagte ich schließlich zu dem Bewusstlosen und packte ihn unter den Achseln. »Ich kann nur hoffen, dass meine Bemühungen als guter Samariter nicht in einem Rechtsstreit mit Ihrer Familie enden.«

Mit einem wenig damenhaften Grunzen hievte ich den Mann ins Auto, und drapierte ihn so bequem wie möglich auf der Rückbank. Der Hund beobachtete mich mit wachem, interessiertem Blick, und als ich zögerte, weil ich nicht wusste, was ich mit ihm anfangen sollte, trottete er zur Beifahrerseite und wartete darauf, dass ich ihm die Tür aufmachte.

»Ja, warum nicht«, sagte ich. »Du kannst gerne mit mir zum Arzt fahren. Je mehr, desto besser.«

Als meine Eltern nach Schweden zogen, suchten sie sich eine schwach bevölkerte Region an der nordöstlichen Küste, um dort ein Haus zu bauen. Sie wollten Einsamkeit, und sie bekamen sie eimerweise. Das nächste Haus war gut fünf Kilometer entfernt, und die nächste Stadt – wenn man ein paar verwitterte Gebäude und einen kleinen Laden für Fischköder, der auch als Post und Mini-Supermarkt diente als Stadt bezeichnen konnte – klebte wie eine Nacktschnecke an der Küste. Dort wohnten hauptsächlich Fischer, Leute wie meine Eltern, denen es nichts ausmachte, in der Einöde zu wohnen. Ich fuhr durch den Ort die Straße entlang, die zu weiteren kleinen Ortschaften führte. In der größten, etwa fünfzehn Kilometer entfernt, gab es ein paar Einrichtungen mehr, unter anderem Dr. Anders Ek, einen Arzt.

»Da sind wir ja«, sagte ich, als das GPS in meinem Handy mich zu einem kleinen grünen Haus mit weißem Lattenzaun führte. Ich blickte auf die Uhr. »Autsch! Er schläft vermutlich. Na ja, wir wollen mal hoffen, dass er mehr Mitgefühl besitzt als die Dame beim Notruf. Bleibe hier, Hündchen, und pass auf den Mann auf. Nicht, dass er sich aus dem Staub macht …«Es dauerte eine Weile, als ich an die Tür hämmerte, bis das Licht in dem Fenster darüber anging. Ein paar Sekunden später wurde ich von einem alten Mann in einem Pyjama und einem meergrünen Bademantel gemustert. Seine grauen Haare standen ihm wirr um den Kopf, was mich an ein Foto von Albert Einstein erinnerte.

»Ja? Was ist los? Wer sind Sie?«

»Mein Name ist Aoife. Sind Sie Dr. Ek?«

»Ja, ja. Wie spät ist es?« Der Arzt blickte blinzelnd zum Himmel. »Pah, um diese Jahreszeit kann man nie sagen, wie spät es ist. Sind Sie krank?«

»Nein, aber ich habe einen Mann am Strand gefunden, und beim Notruf hat man mir gesagt, irgendwo sei ein großer Brand, um den sie sich kümmern müssten, und ich sollte den Mann zu Ihnen bringen.«

Er sah nicht allzu erfreut aus, als ich auf mein Auto wies. »Ich habe geschlafen.«

»Ja, nun, ich konnte ihn ja nicht am Strand liegen lassen, oder? Und Sie wissen ja, wie weit das Krankenhaus entfernt ist.«

Er schnalzte mit der Zunge und sagte widerstrebend, ich solle den Mann hereinbringen. Dann drehte er sich um und ging wieder ins Haus.

»Ich allein?«, rief ich hinter ihm her. »Ich habe ihn ja kaum ins Auto gekriegt, und es hat seinem Kopf wahrscheinlich schon nicht gutgetan, dass ich ihn über den Strand gezogen habe.«

Der Arzt sagte etwas, was ich nicht hören konnte, und wedelte abwehrend mit der Hand. Dazu wären mir einige Erwiderungen eingefallen, aber eingedenk der Merksätze über eine glückliche Psyche, die Dr. Barlind mir als Schlüssel zu einem erfolgreichen Leben eingebläut hatte, hielt ich den Mund. Ich hatte den Mann schon halb aus dem Auto gezogen, als hinter mir ein metallisches Klappern ertönte. Der Arzt schob eine altmodische Trage aus dem Haus, wie man sie nur noch in alten Schwarz-Weiß-Filmen sieht. Immerhin hatte sie Räder, was bedeutete, dass ich den armen Mann nicht an den Füßen hinter mir herziehen musste.

Es dauerte eine Weile, bis wir an der Seite des Hauses angekommen waren, wo sich der Notfallraum des Arztes befand. Darin standen eine Art Massageliege, ein Schrank voller Wattetupfer und Verbandsmaterial, ein paar medizinische Geräte aus Edelstahl und sogar eine Sauerstoffflasche. Wir schoben den Mann hinein, und ich trat einen Schritt zurück, wobei ich mich fragte, ob ich fahren oder mich besser draußen hinsetzen und auf die Diagnose warten sollte.

»Ist das Ihr Hund?«

Ich blickte über die Schulter zu dem Hund, der uns aus seinen unheimlich wissenden Augen anschaute.

»Nein, eigentlich nicht. Ich habe ihn heute Abend fast überfahren, aber er war nicht verletzt, und der Tierarzt konnte ihn nicht dabehalten, deshalb bleibt er bei mir, bis ich seine Besitzer finde. Sie kennen ihn wahrscheinlich nicht, oder?«

»Nein.«

»Das habe ich mir schon gedacht. Es wäre auch zu schön gewesen.«

»Hier«, sagte der Arzt und drückte mir eine angeschlagene Nierenschale aus Emaille in die Hand. »Halten Sie das mal.«

»Äh … ich wollte eigentlich nach Hause fahren. Es ist schon spät, und …«

»Das ist doch Ihr Mann«, sagte der Arzt und warf mir einen Blick über seine dicken Brillengläser hinweg zu. »Sie können ihn nicht hierlassen. Ich werde ihn zusammenflicken, und dann müssen Sie ihn wieder mitnehmen.«

»Sie sind doch Arzt«, sagte ich. Irgendwie hatte ich ein merkwürdiges Déjà vu.

»Ich habe keinen Platz für ihn. Ich bin pensioniert, wissen Sie, und ich helfe nur gelegentlich aus, wenn Not am Mann ist. Nein, halten Sie es nicht so schief. Sie müssen es gerade halten.« Er goss etwas Alkohol in das Becken und warf eine Schere, eine Pinzette und etwas, das aussah wie ein Skalpell hinein, bevor er sich über den Mann beugte. Er zog ihm ein Augenlid hoch und leuchtete mit einer kleinen Taschenlampe direkt in die Pupillen des Mannes. »Hmm.«

»Hmm?« Ich hätte gerne hingeguckt, wäre aber gleichzeitig am liebsten auch weggerannt. Aber meine Neugier siegte. Ich spähte ihm über die Schulter. »Ist er schwer verletzt?«

»Ich habe ihn noch nicht untersucht, aber Anzeichen einer Gehirnerschütterung zeigt er schon mal nicht.«

»Das ist gut.« Ich trat einen Schritt zurück, als sich der Arzt umdrehte und die Schere aus dem Alkoholbad nahm. Damit schnitt er dem Mann das klatschnasse Hemd vom Leib.

»Ah.«

»Ah?« Ich kam mir vor wie ein Papagei. »Ist das ein gutes oder ein schlechtes Ah?«

»Es bedeutet, dass ich keine äußeren Verletzungen sehe.«

Erneut schaute ich dem Arzt über die Schulter. Innerlich wappnete ich mich gegen den Anblick von Blut oder zumindest einer vom Salzwasser ausgewaschenen klaffenden Wunde. Aber da war nichts. Was es zu sehen gab, ließ mich allerdings überrascht blinzeln. Der Mann hatte einen muskelbepackten Brustkorb, auf den sich jeder Hollywoodschauspieler etwas hätte einbilden können. »Wow!«, sagte ich bewundernd. Er hatte auch Haare auf der Brust, zwar nicht so, dass er wie ein Affe aussah, aber man konnte ihn auch nicht mit einer gerupften Gans vergleichen. Eine schmale Haarlinie verschwand in seinem Hosenbund.

Plötzlich stieg in mir die überwältigende Hoffnung auf, dass der Arzt ihm auch die Hose vom Leib schneiden würde.

Entschlossen schob ich diesen unpassenden, schmutzigen Gedanken beiseite und betrachtete das Gesicht des Mannes. Seine hoch angesetzten Wangenknochen und die schwarzen Haare weckten eine ferne Erinnerung bei mir. War er ein Prominenter, dessen Foto ich mal gesehen hatte? Nein, das war es nicht. Die Erinnerung lauerte am Rand meines Bewusstseins, aber sie ließ sich nicht greifen.

Dr. Ek summte vor sich hin, als er ein Stethoskop aus der Tasche zog und den Brustkorb des Mannes an verschiedenen Stellen abhorchte. Dann drehte er ihn grunzend auf die Seite und horchte seinen Rücken ab, bevor er ihn wieder in die Ausgangsposition rollen ließ. »Kein Wasser in den Lungen. Das, meine Liebe, bedeutet, dass Ihr Mann wahrscheinlich bei Bewusstsein war, als er ins Wasser gegangen ist. Das ist ein gutes Zeichen.«

»Er ist eigentlich nicht mein Mann«, protestierte ich.

Der Arzt zog eine buschige Augenbraue hoch. »Sie haben ihn aber so angeschaut, als wäre er es.«

Ich wurde knallrot. »Oh, äh … ich war …« Ich räusperte mich. »Ich war nur froh, dass er nicht verletzt ist.«

»Mmm-hmm.« Er klang nicht sonderlich überzeugt, und ich konnte es ihm nicht verdenken. Meine Wangen brannten, weil ich dabei ertappt worden war, wie ich einen bewusstlosen Mann anstarrte. »Wenn Sie sich beherrschen können, könnten wir ihm auch die Hose ausziehen.«

»Hey! Ich habe zwar die Muskeln an seinem Brustkorb und diese süßen kleinen Nippel und sein Sixpack bewundert, aber das bedeutet noch lange nicht, dass ich mich auf den Mann stürze, wenn Sie die Hose … Heiliger Suppenlöffel!«

Der Arzt hatte den Gürtel und den Reißverschluss geöffnet und dem Mann die Hose bis zu den Knien heruntergezogen. Leider – oder zum Glück, je nachdem, wie man es sehen wollte – hatte er dem Mann mit der Hose zugleich die Unterhose ausgezogen.

»Na, der Mythos über Männer und kaltes Wasser kann wohl gleich begraben werden«, sagte ich und starrte auf den Schritt des Mannes, bis mir bewusst wurde, dass der Arzt mich um Hilfe gebeten hatte. »Oh, Entschuldigung!«

Hastig stellte ich die Schale ab und half dem Doktor dabei, den Mann von seinen Schuhen, den Socken und der Hose zu befreien. Der Arzt warf mir einen Blick zu und legte ein Handtuch über die intimen Teile des Mannes.

»Ich habe meine Libido völlig unter Kontrolle, das versichere ich Ihnen«, sagte ich würdevoll zu ihm.

»Es geht mich ja nichts an, was Sie mit Ihrem Mann machen«, sagte er schulterzuckend und untersuchte ihn weiter.

Ich setzte einen möglichst nonchalanten Gesichtsausdruck auf und hielt ihm die Schale hin, falls er weitere Instrumente brauchte.

Brauchte er aber nicht.

»Ich kann keine blauen Flecken entdecken«, sagte der Arzt. »Nichts, was darauf hinweisen würde, dass er von der Flut hin und her geworfen wurde, wie Sie gesagt haben.«

»Ich habe gesagt, er ist von der Flut an den Strand gespült worden, aber vielleicht ist er ja auch dahin geschwommen und dann zusammengebrochen. Meinen Sie, sein Gehirn ist okay?«

»Das kann ich ohne Computertomografie nicht sagen, aber

ich sehe keine Anzeichen für irgendwelche Schäden.« Er richtete sich auf und zog seine Latexhandschuhe aus. »Lassen Sie uns mal versuchen, ob wir ihn mit ein bisschen chemischer Hilfe wieder wach bekommen.«

Er hielt dem Mann eine kleine Plastikphiole unter die Nase. Der Geruch nach Ammoniak war überwältigend, und nach zehn Sekunden hustete der Mann. Blinzelnd versuchte er, die Hand des Arztes wegzuschieben.

»Ah.« Der Arzt lächelte mich an. »Das ist ein gutes Ah. Er wacht auf.«

»Das sehe ich.« Ich trat zur Seite, um den Mann anzusehen. Er blinzelte und schirmte mit einer Hand seine Augen vor der hellen Untersuchungslampe ab. Der Arzt bog sie herunter, sodass sie dem Mann nicht mehr direkt ins Gesicht leuchtete, und fragte: »Wie geht es Ihnen?«

Der Mann blickte zuerst den Arzt und dann mich an. Verwirrt und vermutlich auch misstrauisch kniff er die Augen zusammen. Er sagte etwas, was ich nicht verstand.

»Äh … haben Sie das verstanden?«, fragte ich den Arzt.

»Nein. Es klingt Russisch oder so wie eine dieser osteuropäischen Sprachen.«

»Russki?«, fragte ich den Mann.

Er wollte den Kopf schütteln, stöhnte aber leise und fasste sich an den Hinterkopf.

»Das liegt bestimmt an dem Gänseei, das Sie da hinten haben«, sagte der Arzt und schob die Hand des Mannes sanft beiseite, um die Umgebung der Beule abzutasten. »Ich finde die Beule nicht so schlimm, aber Sie spüren sie jetzt, was? Ihr Kopf tut weh, oder?«

Der Mann sagte wieder etwas und hielt sich vorsichtig den Kopf, als er sich aufsetzte und seine Beine seitlich von der Liege schwang.

Das Handtuch rutschte dabei herunter. Überrascht blickte er an sich herab, dann warf er mir einen Blick zu.

Ich blickte ihm fest in die Augen, als ich mich bückte, das Handtuch aufhob und es ihm reichte. Und wenn Sie glauben, das wäre leicht gewesen, dann irren Sie sich.

»Sprechen Sie nicht Schwedisch?«, fragte ich ihn, als er sich das Handtuch um die Hüften schlang.

Er blickte mich nur an.

»Englisch?«, fragte ich. »Hoffentlich sind Sie kein Russe, diese Sprache spreche ich nämlich nicht.«

»Ich bin kein Russe«, sagte er mit einer heiseren Baritonstimme, die wie eine samtene Welle über meinen Körper hinwegrollte. Er hatte einen ganz, ganz leichten Akzent, den ich nicht einordnen konnte, der mir aber irgendwie slawisch vorkam. Finster blickte er den Arzt und mich an. »Wer sind Sie? Warum haben Sie mich auf den Kopf geschlagen und gefangen genommen? Wenn Sie beabsichtigen, mich zu töten, wird mein Bruder meinen Tod rächen, auch wenn wir im Moment nicht miteinander reden.«

»Wow! Geradewegs von ›Wer sind Sie?‹ zu ›Rache für den Tod‹? Das ist aber ein ziemlich gewagter logischer Sprung.«

»Können Sie sich mit ihm unterhalten?«, fragte der Arzt, der offenbar kein Englisch verstand.

»Ja. Er sagt, er sei kein Russe, und warnt uns, dass sein Bruder uns umbringt, wenn wir ihn töten.«

»Ach ja?«, fragte der alte Mann interessiert. »Wer ist denn sein Bruder?«

»Keine Ahnung. Ich frage ihn mal.« Ich wandte mich wieder an den geheimnisvollen Mann. »Der Doktor – er ist Arzt und kein irrer Mörder – will wissen, wer Ihr Bruder ist.«

»Ich werde keine einzige Ihrer Fragen beantworten«, sagte er ganz schön würdevoll, wenn man bedachte, dass er nur mit einem winzigen Handtuch bekleidet war. Er stand auf, hielt sein Handtuch fest und schwankte einen Moment lang, blieb aber aufrecht stehen.

Ich musste zugeben, dass er für einen Mann mit einer Riesenbeule am Kopf, der zudem bewusstlos gewesen war, ziemlich gut aussah. Sein Brustkorb wies ein paar Narben um die Rippen herum auf und eine ziemlich hässliche Schramme, die seine hübsche Brustbehaarung unterbrach, aber ansonsten war er wirklich nett anzusehen.

»Was hat er gesagt?«, fragte der Arzt.

»Er weigert sich zu antworten.«

Der Mann blickte sich im Raum um und runzelte finster die Stirn. »Wollen Sie mich hier foltern? Sie sollten wissen, dass mein Bruder auch das rächen wird.«

»Das ist ein Untersuchungszimmer, keine Folterkammer«, sagte ich mit einer Mischung aus Ungeduld und Erheiterung. Was war das denn für eine Drama Queen!

»Dann bringen Sie mich jetzt in meine Zelle«, sagte er hochmütig. »Und bringen Sie mir etwas zum Anziehen, es sei denn, Sie beabsichtigen, mich den Elementen auszusetzen, um mich auf diese Art umzubringen. Allerdings wird eine solche Behandlung nicht den gewünschten Effekt haben. Das ist schon früher versucht worden, und ich habe viele Jahre lang überlebt, bevor ich befreit wurde.«

»Es hat schon einmal jemand versucht, Sie zu töten?«, fragte ich entsetzt. Mein Blick fiel auf die Narben an seinem Brustkorb. »Vielleicht sollten wir Sie einmal fragen, wer Sie sind. Und das tue ich jetzt auch. Wer zum Teufel sind Sie?«

Er gab einen verärgerten Laut von sich. »Ich bin Kostya. Und wie ist Ihr Name, Sterbliche?«

Ich warf ihm einen Blick zu, der zeigte, dass ich seine arrogante Art nicht sonderlich schätzte. »Aoife. Das ist Dr. Ek.«

»Was sagt er jetzt?«, erkundigte sich der Arzt.

»Sein Name ist Kostya, und es hat schon einmal jemand versucht, ihn umzubringen.«

»Hören Sie sofort auf, in dieser nordischen Sprache zu sprechen. Ich kann Sie nicht verstehen, und es irritiert mich.«

Damit kam er bei mir nicht weit. Ich ignorierte Kostya. »Er scheint zu glauben, wir hielten ihn gefangen, und anscheinend droht er den Leuten gerne mit seinem Bruder, wer auch immer das sein mag. Er verlangt auch, dass wir ihm etwas zum Anziehen bringen.«

»Ach ja? Ihr Mann scheint ja ziemlich störrisch zu sein.«

»Ja, er kann einen wirklich auf die Palme bringen, oder? Und ein für alle Mal, er ist nicht mein Mann.«

Kostya bedachte uns beide mit einem finsteren Blick. »Sie machen sicherlich Pläne für mein Ableben. Nun gut. Ich kann Sie nicht daran hindern, aber ich will Sie daran erinnern, dass mein Bruder …«

»Ja, ich weiß, Ihr Bruder verprügelt uns, wenn wir Sie töten. Mit was für Leuten haben Sie Umgang, dass Sie solche Narben haben, jahrelang den Elementen ausgesetzt sind und anderen Leuten mit ihrem großen Bruder drohen müssen?«

»Drake ist mein jüngerer Bruder«, sagte er sichtlich beleidigt.

Ich brach in lautes Lachen aus, aber das beleidigte ihn nur noch mehr.

»Es tut mir leid«, sagte ich, streckte eine Hand aus und berührte ihn am Arm. Er starrte auf meine Hand, als wäre sie eine dreiköpfige Krabbe. »Normalerweise lache ich andere Leute nicht aus, aber sie haben so ein wütendes Gesicht gemacht, dass ich einfach nicht anders konnte. Hören Sie mal, hier scheint ein Missverständnis vorzuliegen, also fangen wir noch einmal von vorne an. Ich bin Aoife, und ich habe Sie bewusstlos auf dem Strand vor meinem Haus gefunden. Das ist Dr. Ek. Er ist schon im Ruhestand, aber er hat sich freundlicherweise bereit erklärt, einen Blick auf Sie zu werfen, nachdem ich Sie aus dem Meer gezogen hatte. Keiner von uns ist daran interessiert, sie zu töten, zu foltern oder nackt in der Kälte stehen zu lassen, und abgesehen davon ist es Juli und somit nun wirklich nicht besonders kalt. Offensichtlich haben Sie einen Schlag auf den Kopf bekommen – Sie werden sich wohl nicht daran erinnern, was passiert ist, oder?«

»Was haben Sie mit meinen Kleidern gemacht?«, fragte er und wich leicht vor mir zurück, sodass meine Hand von seinem Arm glitt.

»Ich habe gar nichts damit gemacht. Dr. Ek hat Ihr Hemd aufgeschnitten, deshalb können Sie es vermutlich nicht mehr tragen, aber Ihre anderen Sachen liegen hinter Ihnen auf dem Stuhl. Sie sind allerdings klatschnass. Warum beantworten Sie eigentlich meine Fragen nicht? Ich habe doch ganz höflich gefragt.«

»Sie haben mir für die Antworten nichts zu bieten«, sagte er herablassend. Er drehte sich um, um seine Kleider zu ergreifen, aber dann fiel ihm anscheinend ein, dass er mir seinen nackten Hintern zuwandte. Ich konnte einen guten Blick darauf werfen, bevor er das Handtuch mit einer Hand nach hinten drehte und mit der anderen seine Hose ergriff. Angewidert hielt er sie hoch. »Die ist ja nass.«

»Wie nett von Ihnen, dass Sie bestätigen, was ich gerade gesagt habe.«

»Die Kleider Ihres Mannes sind nass«, warf Dr. Ek ein. Offensichtlich wollte er auch an der spaßigen Unterhaltung teilhaben. »Ich kann ihm ja eine von meinen Hosen leihen. Warten Sie hier mit ihm und passen Sie auf, dass er nicht in meinen Giftschrank einbricht.«

Dr. Ek ging an mir vorbei zur Tür. Der Hund schaute auf und sah ihm nach.

»Wohin geht er?«, fragte Kostya. Er hatte den Stuhl zwischen uns geschoben, um sich zu bedecken. »Holt er diejenigen, die mich vernichten werden?«

»Sie können auch immer nur an das eine denken, was?« Ich hob meine Hände, um ihm zu zeigen, dass sie nichts Bedrohliches enthielten. »Er holt Ihnen trockene Sachen. Und Sie brauchen gar nicht erst zu glauben, dass ich Sie für die Antwort auf ein paar höfliche Fragen bezahle.«

Er wollte mir gerade antworten, aber anscheinend hatte er eine Bewegung hinter mir wahrgenommen, denn er trat zur Seite und starrte in die Ecke. Dann wandte er sich wütend an mich: »Was haben Sie mit Jim gemacht?«

»Jim?«, fragte ich verwirrt.

Er zeigte auf die Tür. »Sie brauchen nicht zu leugnen, dass Sie Jim gefangen genommen haben. Oder ist er Ihnen etwa verkauft worden?«

»Ich glaube, Dr. Eks Vorname ist …«

»Nicht der Sterbliche. Jim«, sagte Kostya und zeigte wieder auf die Tür. Ich drehte mich um. Da saß nur der Hund und schaute uns an.

»Oh«, sagte ich. »Ist das Ihr Hund? Ich hatte ja keine Ahnung. Ich meine, er war gar nicht in der Nähe des Strandes, als ich ihn über…, äh … als ich ihn gefunden habe. Aber er hat schon ziemlich an Ihnen herumgeschnüffelt, als Sie da am Strand lagen. Na, das ist ja ein Zufall!«

»Jim gehört mir nicht«, schnaubte er. »Er gehört der Gefährtin meines Bruders, Aisling.«

»Wirklich? Aber es ist trotzdem merkwürdig, dass ich Sie beide zusammen gefunden habe. Ich wandte mich zu dem Hund und klopfte auf mein Bein. »Hey, Jim. Komm her, Junge.«

Der Hund legte den Kopf schräg, rührte sich aber nicht.

»Er scheint seinen Namen nicht besonders gut zu kennen. Spricht Ihre Schwägerin ihn anders aus?«

»Jim«, sagte Kostya und verzog angewidert die Mundwinkel, »sag dieser Sterblichen, wer du bist.«

Warnsirenen schrillten in meinem Kopf. Richtige Sirenen, die einen für einen Augenblick taub machen und dich dann mit dem überwältigenden Verlangen zurücklassen, vor diesem Mann, der glaubte, Hunde könnten sprechen, die Flucht zu ergreifen.

»Äh«, sagte ich und wich ganz langsam vor Kostya zurück. »Tut mir leid, aber ich muss jetzt gehen.«

Ich drehte mich um und rannte zur Tür, aber gerade als ich sie aufreißen wollte, drückte sich Kostya plötzlich von hinten mit seinem nackten Körper an mich. Sein Atem glitt heiß über mein Gesicht, als er sagte: »Du wirst nirgendwohin gehen, Frau. Du bist jetzt *meine* Gefangene.«

5

»Ich weiß nicht, was mich mehr stört: Dass du glaubst, mit einem Hund reden zu können, oder dass du hier splitterfasernackt vor mir stehst, lediglich einen Ständer als Waffe hast, und mich gefangen nehmen willst.« Ich war spontan zum Du übergegangen und sprach in einem vernünftigen Konversationstonfall mit ihm, mit dem man gerne Irre beruhigt und sie davon abhält, gewalttätig zu werden. Dabei bemühte ich mich nach Leibeskräften, nicht daran zu denken, wie nett sich der nackte Kostya an mir anfühlte. Seine harten Linien wurden durch meine Kurven gemildert. Wir demonstrierten auf eindrucksvolle Weise, wie Männer und Frauen zusammenpassten, aber jetzt war nicht der richtige Zeitpunkt, um sich mit diesem Thema zu befassen.

Seine Augen waren schwarz, stellte ich fest, als er mich finster anblickte. Nicht dunkelbraun, sondern richtiggehend schwarz, so schwarz wie seine Pupillen, aber glänzend schwarz, mit kleinen Silbersprenkeln. Leider glitzerten sie im Moment eher zornig. »Wie meinst du das?«, wollte er wissen. »Was für ein Ständer?«

»Es gibt keinen Ständer«, sagte ich. Mich beherrschten auf einmal völlig unterschiedliche Wünsche und Sehnsüchte: Am liebsten hätte ich seinen Kopf gepackt und ihn geküsst, bis wir über die abstruse Situation nur noch lachen konnten, aber ich wäre ihm auch gerne auf den Fuß getreten, hätte ihm mein Knie zwischen die Beine gerammt und wäre dann weggelaufen.

Daraufhin wirkte er nur noch irritierter. Ich versuchte die

Hitze seines Körpers, der sich an meinen presste, zu ignorieren. »Und warum hast du es dann erwähnt?«

»Ich habe es nur als Beispiel genommen, um darauf hinzuweisen, wie verletzlich du bist«, sagte ich und beschloss, die Situation mit Humor zu nehmen. Dr. Barlind war eine große Verfechterin von Humor in schwierigen Situationen. »Wenn du jemanden brauchst, mit dem du reden kannst, kann ich dir eine großartige Therapeutin empfehlen. Sie hat mir wirklich sehr geholfen, als ich völlig verwirrt war.«

Mein Gehirn wies darauf hin, was mit Leuten passierte, die sich weigerten, die Wahrheit zuzugeben, nur weil das mit Schocktherapie endete, aber wie gewöhnlich ignorierte ich das.

»Ich brauche keine Therapie«, schnaubte er. Dann fiel ihm plötzlich auf, wie fest er mich gegen die Wand drückte, denn er blickte nach unten. Mit seinem Brustkorb schob er meine Brüste so zusammen, dass sie förmlich nach oben gepresst wurden. In jeder anderen Situation hätte ich das nicht so gut gefunden, aber jetzt waren sie äußerst zufrieden mit ihrer Position, und das störte mich mehr als alles andere.

»Hör auf, meine Brüste anzuglotzen«, herrschte ich ihn an, bevor ich es zu gut fand.

Er warf mir einen Blick zu. »Du hast mich eben auch angeglotzt.«

»Du warst auch nackt. Und trotz deiner Narben siehst du nicht gerade schlecht aus. Es wäre ja übermenschlich gewesen, dich nicht wenigstens ein kleines bisschen anzuglotzen. Ich möchte die volle Punktzahl dafür, dass ich dir das Handtuch aufgehoben habe, ohne auch nur einmal nach unten zu gucken. Es war nicht leicht, aber ich habe es geschafft, und gerechterweise solltest du mich dafür loben.«

»Dann kannst du mich auch nicht dafür verdammen, dass ich deine Brüste angucke, wenn sie so vor mir drapiert sind.«

»Das liegt ja nur daran, dass du mich gegen die Tür drückst.« Ich zählte bis fünf, um ihm Zeit zu lassen, einen Schritt zurückzutreten. Das tat er aber nicht. »Du drückst mich übrigens immer noch gegen die Tür.«

»Du bist meine Gefangene«, wiederholte er.

An diesem Punkt merkte ich, dass er roch wie der Met, den man manchmal bei diesen einheimischen Festen zu trinken bekommt – ein warmer sommerlicher Duft nach Honig mit einer schärferen Note, die prickelnd über meine Haut glitt. Obwohl mir klar war, dass ich so schnell wie möglich von ihm wegmusste, überfiel mich auf einmal das heftige Verlangen, meine Lippen auf seine zu drücken.

Auf den ersten Blick ein verrückter Gedanke, aber er machte Sinn. Und so tat ich das Einzige, was dazu führen würde, dass er mich losließ … ich schlang die Arme um ihn und kniff ihn in den Hintern.

Er sprang genau in dem Moment zurück, als Dr. Ek die Tür öffnete, sodass ich erneut geradewegs in Kostyas Arme katapultiert wurde.

»Ihr konntet wohl nicht warten, bis ihr zu Hause seid«, sagte Dr. Ek und blickte uns über seine Brillengläser hinweg an. Er hielt Kostya einen Stapel von abgetragenen Sachen hin. »Das ist ein gutes Zeichen für die Beule am Hinterkopf, die Ihr Mann davongetragen hat. Aber wenn ihm schlecht wird, bringen Sie ihn doch besser ins Krankenhaus. Da können sie den Schädel röntgen.«

Kostya zog sich an und hielt mir einen mindestens fünfminütigen Vortrag darüber, wie unfair es von mir sei, ihm vorzuwerfen, er würde meine Brüste anglotzen, wo es doch auf der Hand lag, dass ich scharf auf seinen Körper war. Zugleich gab Dr. Ek mir Anweisungen, auf welche Warnsignale ich achten müsse, sollte Kostya doch eine Kopfverletzung haben. Ich ließ sie beide reden, dann wandte ich mich zu Kostya und sagte: »Ich wollte dich nicht anmachen. Ich habe deinen Hintern nur angepackt, damit du mich loslässt. Und, Dr. Ek …« Den Arzt redete ich auf Schwedisch an. »Ich bin Ihnen sehr verbunden, dass Sie so gewissenhaft sind, aber ich werde keineswegs auf ihn aufpassen. Ich habe Ihnen ja gesagt, dass wir kein Paar sind, und er hat offensichtlich eine Schraube locker. Ich möchte jedenfalls nichts mit ihm zu tun haben.«

»Wir müssen nett zu denen sein, die nicht so vom Glück begünstigt sind wie wir«, sagte Dr. Ek und schob uns zur Tür. Zu meiner Überraschung hatte Kostya gar nichts dagegen einzuwenden, hinausgeschoben zu werden. Er schnappte sich lediglich seine nassen Sachen und seine Schuhe. »Sie sollten einen netten Mann nicht verschmähen, nur weil er nicht ganz richtig im Kopf ist. Nun, wenn Sie über eine Kreditkarte verfügen, wäre mir das lieber als ein Scheck.«

Jim, der Hund – ich nehme mal an, dass Kostya seinen Namen tatsächlich kannte –, folgte uns und stieß mit seiner Nase an mein Bein, als ich an der Haustür abrupt stehen blieb. »Was? Ach ja, Sie wollen natürlich Ihr Geld. Äh …« Auf Englisch sagte ich zu Kostya: »Der Arzt muss bezahlt werden. Du hast wahrscheinlich kein Bargeld dabei? Spielt keine Rolle, ob es nass ist oder nicht.«

Kostyas schwarze Augen sprachen Bände, was natürlich nicht im Mindesten hilfreich war.

»Na gut«, stieß ich hervor und öffnete mein Portemonnaie, das ich am Körper trug. »Du kannst es mir ja zurückgeben. Ist Visa okay, Dr. Ek?«

Das war es, und kurz darauf befanden wir uns auf dem gepflasterten Weg, der über eine winzige Rasenfläche führte. Die Sonne befand sich immer noch im Dämmerungs-Modus, und die Bäume auf der anderen Straßenseite zeichneten sich dunkel vor einem dunstigen, bernsteinfarbenen Himmel ab. Ab und zu flitzten dunkle Schatten über den Himmel – Fledermäuse auf der Jagd. Ich holte tief Luft. Es roch schwach nach Flieder, aber vor allem war es Kostyas betörender Duft, der mir in die Nase stieg.

Ich drehte mich zu Kostya um und schüttelte ihm fest die Hand. Dann sagte ich betont munter: »Es war sehr interessant, dich kennengelernt zu haben, und ich hoffe, deinem Kopf geht es schon besser. Du kannst den Hund sicher zu deiner Schwägerin bringen. Das Geld für deine Arztrechnung kannst du für wohltätige Zwecke deiner Wahl spenden. Auf Wiedersehen!«

Ich drehte mich um und ging zum Auto, wobei mir absolut bewusst war, dass Mann und Hund dicht hinter mir waren. Ich seufzte, als ich das Auto erreichte. »Ihr habt kein Auto, oder? Na gut, ich nehme euch mit in die Stadt; von da aus kommt ihr sicher alleine zurecht.«

»Man kommt mir auf die Spur, wenn ich ein Fahrzeug miete. Ich werde stattdessen deines benutzen«, entschied Kostya. Er nahm mir einfach die Schlüssel aus der Hand, ignorierte meinen Protest und setzte sich hinters Steuer.

»Was zum …? Oh, du wirst nicht auch noch mein Auto klauen!«, knurrte ich. Ich riss die hintere Tür auf, schob Jim ins Auto und setzte mich neben ihn. Gerade noch rechtzeitig – Kostya fuhr bereits an, bevor ich die Tür geschlossen hatte.

»Wo wohnst du?«, wollte Kostya wissen.

»Was? Bist du wahnsinnig? Glaubst du wirklich, ich sage dir, wo mein Haus ist? Du kidnappst mich mit meinem Auto!« Ich setzte mich auf und überlegte mir, wie ich Kostya am besten außer Gefecht setzen konnte, ohne dass er gegen einen Baum fuhr.

»Ich bin nicht wahnsinnig. Ich weiß nur nicht, wo ich bin, aber offensichtlich wohnst du hier in der Gegend. Dorthin fahren wir, und du wirst mir alles erzählen, was ich wissen will. Danach kann ich nach Hause zurückkehren und mit meinem Vernichtungskampf gegen die roten Drachen fortfahren.«

Rote Drachen? Oh nein, er war genau wie Terrin. Er glaubte ebenfalls an Drachen.

»Du setzt meine Alarmglocken gegen Verrückte so was von in Gang«, sagte ich zu seinem Hinterkopf. Suchend blickte ich mich nach etwas um, mit dem ich ihm eins über die Rübe ziehen konnte, aber eigentlich suchte ich nur halbherzig – zum einen war es gefährlich, den Fahrer eines Autos bewusstlos zu schlagen, und zum anderen hatte der arme Kerl schon eine Riesenbeule.

Armer Kerl?, fragte der gesunde Teil meines Gehirns. *Von wegen armer Kerl! Er kidnappt dich gerade!*

»Hör mal«, sagte ich so ruhig und vernünftig, wie ich nur konnte. Mit dieser Stimme war ich bei Dr. Barlind immer gut gefahren. »Ich weiß, wie es ist, wenn alles um einen herum ein bisschen … intensiv wird. Aber Kidnapping ist keine Lösung. Willst du nicht lieber rechts ranfahren, damit wir darüber reden können? Ich helfe dir, so gut ich kann, ich verspreche es.«

Zu meiner Überraschung fuhr er auf den grasbewachsenen Randstreifen. Wir waren gerade aus dem winzigen Ort heraus und in dem endlosen grauen Weideland, wo Schafe und Kühe sich den Lebensraum mit Elchen und Rentieren teilten. »Ich brauche einen sicheren Ort, von dem aus ich die Lage beurteilen kann, Ich muss feststellen, ob ich verfolgt werde oder ob sie glauben, dass ich tot bin. Wenn sie gesehen haben, wie du mich gerettet hast …«

»Wer sind sie?«, fragte ich, als er nicht weiterredete. Aus irgendeinem Grund empfand ich Mitgefühl mit ihm, trotz der Tatsache, dass er geistig nicht so gesund war, wie ich zuerst geglaubt hatte. »Willst du damit sagen, dass jemand etwas dagegen haben könnte, dass ich dich aus dem Wasser gezogen habe?«

»Ja, sie würden dich wahrscheinlich töten, wenn sie es wüssten«, sagte er nüchtern. »Natürlich erst, nachdem sie dich gefoltert haben, um herauszufinden, was du weißt.«

»Ja, natürlich.« Zu meiner Überraschung wurde mein Mitgefühl immer größer. Auch mir war es schon einmal so gegangen wie diesem armen Mann. Niemand hatte mir geglaubt, und ich wusste nur zu gut, dass ein mitfühlender Zuhörer einem Seelenfrieden verschaffen konnte.

»Ich lasse es aber nicht zu«, sagte Kostya plötzlich und bedachte mich mit einem durchdringenden Blick aus seinen onyxschwarzen Augen. »Du hast mir Freundlichkeit erwiesen, und deshalb werde ich nicht zulassen, dass dir jemand etwas antut.«

»Das ist sehr edel«, antwortete ich. Seine Erklärung rührte mich trotz der ungewöhnlichen Umstände. Ich fühlte mich seltsam beschützt, was mir nicht ganz unrecht war, auch wenn es mir lieber gewesen wäre, mein Beschützer wäre ein bisschen mehr bei Verstand.

»Führst du mich zu deinem Zuhause?«, fragte er.

Ich zögerte.

»Ich habe geschworen, dass dir kein Leid zustoßen wird«, sagte er. Offensichtlich interpretierte er meine unausgesprochenen Bedenken richtig. »Das schließt auch mich selber ein. Ich bin keine Gefahr für dich.«

»Nun …« Ich biss mir auf die Lippen und wägte alles ab. In Kostyas attraktivem Kopf war zwar offensichtlich mehr als eine Schraube locker, aber das hatten andere von mir ja auch immer behauptet. Ich wusste nur zu gut, wie es war, falsch beurteilt zu werden, ohne etwas dagegenhalten zu können, und ich hatte mir geschworen, nie wieder in diese Lage zu kommen.

Schuldete ich es ihm da nicht, ihn genauso zu behandeln, wie ich gerne behandelt werden wollte?

»Na gut«, sagte ich. »Es ist schon spät, und da vermutlich sowieso kein Hotel oder B&B mehr aufhat, in dem du absteigen könntest, darfst du gerne den Rest der Nacht in meinem Haus verbringen. Aber sobald du mich auch nur in irgendeiner Weise angreifst, werde ich nicht zögern, mich zu verteidigen. Und ich bin durchaus in der Lage, mit den Gewehren meines Vaters umzugehen.«

Ich sah im Rückspiegel, dass er das Gesicht verzog. »Ich nehme Frauen nicht mit Gewalt, wenn du das fürchtest.«

»Das fürchtet *jede* Frau«, erwiderte ich. Wir stiegen beide aus, und er hielt mir die Tür auf, als ich mich auf den Fahrersitz setzte. Ich warf ihm einen vorsichtigen Blick zu, als er sich neben mich hockte, dann fuhr ich an, wobei ich sagte: »Eins solltest du wissen. Ich habe einige Zeit in einer Einrichtung für Leute verbracht, die an mentaler Verwirrung leiden, und aus diesem Grund gebe ich mich nicht mit Menschen ab, die es für lustig halten, Witze über geistige Verwirrung zu machen. Wenn du also einfach aufhören könntest, von Drachen, sprechenden Hunden und dieser Art von *Alice im Wunderland*-Geschichten zu reden, wäre ich dir sehr dankbar. Das ist nicht lustig.«

Er warf mir einen nachdenklichen Blick zu. »Geistige Verwirrung? Du warst in einer Irrenanstalt? Bist du geisteskrank?«

»Ja, ja und nein, natürlich nicht, ich bin nicht geisteskrank.« Die kleine Stimme in meinem Kopf jubelte und schwenkte ein winziges Fähnchen, das sie allerdings fallen ließ, als ich hinzufügte: »Vor ein paar Jahren ist etwas passiert, und ich dachte, ich hätte etwas gesehen. Etwas … Unmögliches. Da es niemand sonst gesehen hat, wurde ich in eine teure Klinik eingewiesen, wo man mir dabei geholfen hat, zu der Feststellung zu gelangen, dass ich mich geirrt habe.«

Bei meinen Worten empfand ich eine tiefe innere Enttäuschung, so als ob ein kleiner Teil meines Geistes sich verzweifelt zusammenrollen würde.

»Was ist denn passiert?«

»Hmm?« Ich war so in Gedanken vertieft, dass ich Kostyas Frage beinahe überhört hätte. »Oh, das war so ein Jahrmarkt mit allen möglichen unheimlichen Ständen.«

»Die GothFaire?« Kostya runzelte die Stirn. »Ich meine, da bin ich vor ein paar Jahren auch schon einmal gewesen. Was ist denn Unmögliches passiert?«

Irgendetwas zupfte am Rand meines Bewusstseins, blieb aber verschwommen. Ein paar Minuten lang fuhr ich schweigend weiter und überlegte, was ich ihm erzählen konnte und was nicht. Schließlich gewann mein elendes Ich die Oberhand. »Ich habe gesehen, wie ein Mann getötet wurde. Direkt vor meinen Augen. Und der Mann, der ihn umgebracht hat, löste sich in eine schwarze Rauchwolke auf, als ein anderer Mann etwas mit ihm machte – ich habe nicht gesehen, was es war, aber ich glaube, er hat mit einem Messer auf ihn eingestochen. Und dann war der Mann, der getötet worden war, auf einmal wieder da und kein bisschen verletzt.«

Ich umklammerte das Lenkrad so fest, dass meine Finger wehtaten. Ich blickte Kostya nicht an.

»Ah«, sagte er schließlich, und dann konnte ich es nicht mehr aushalten und warf ihm doch einen raschen Blick von der Seite zu. Er saß entspannt auf dem Beifahrersitz und blickte aus dem Fenster.

»Ah? Mehr hast du nicht dazu zu sagen? Nur ›Ah‹, als würdest du jeden Tag so eine Geschichte zu hören bekommen? Findest du sie denn nicht wenigstens seltsam?«

»Nein, eigentlich nicht.« Er blickte mich an. Seine schwarzen Augen schimmerten unergründlich im schwachen Licht. Aber seine Stimme klang nicht spöttisch, noch nicht einmal mitfühlend, was ich persönlich ja tausendmal schlimmer fand. »Du hast gesehen, wie ein Nicht-Sterblicher beinahe von einem Dämon erschlagen wurde. Es kommt zwar eher selten vor, aber ab und zu eben doch. Nicht jeder Dämon ist so zivilisiert wie Jim.«

Die Haut auf meinen Armen prickelte. »Du willst doch damit nicht etwa sagen … nein, das kann nicht dein Ernst sein. Wenn du nämlich so verrückt wärst, dann lägest du jetzt angeschnallt auf einem Tisch, und Dr. Barlind würde dir erzählen, dass die Elektroschocktherapie dir hilft, die mentalen Blockaden aufzubrechen, die dich daran hindern, wieder gesund zu werden. Du willst doch nicht ernsthaft behaupten, der Hund auf dem Rücksitz sei ein Dämon. Ich habe dich bestimmt falsch verstanden.«

»Nein, keineswegs.« Er blickte wieder aus dem Fenster. »Jim ist allerdings ein geringerer Dämon – ich kann mich nicht genau an seine Kategorie erinnern, aber ich würde mal sagen, sie ist niedrig. Trotzdem besitzt er alle Eigenschaften eines Dämons. Ich verstehe allerdings nicht, warum er sich weigert zu sprechen.«

»Hunde können nicht sprechen«, sagte ich mit ruhiger Stimme. Und das obwohl sämtliche Alarmsirenen in meinem Kopf schrillten.

»Dämonenhunde doch. Jim, sag der Sterblichen, dass du sprechen kannst.«

»Kann ich das?« Ich verriss das Steuer, als ich die Männerstimme vom Rücksitz hörte. »Oh, wow, ich kann tatsächlich sprechen. Wie cool ist das denn? Denkt euch bloß, ich kann sprechen! Sprechen, sprechen, sprechen. Ich kann sprechen. Boah, Baby, du solltest besser auf die Straße gucken als auf mich, denn dieser Baum kommt ziemlich … iiih!«

Ich trat heftig auf die Bremse, der Wagen geriet ins Schleudern, und wir rutschten die Böschung hinab, wo wir kurz vor einer Steinmauer zum Stehen kamen.

Ich zitterte am ganzen Körper. Vorsichtig schnallte ich mich ab und drehte mich zum Rücksitz um.

Der Hund hechelte, machte runde Augen, aber sonst war nichts Seltsames an ihm.

Abgesehen von der Tatsache, dass ich ihn gerade sprechen gehört hatte.

»Du kannst nicht sprechen«, sagte ich zu ihm.

»Doch, ich glaube schon«, antwortete er.

Ich blinzelte.

»Okay«, sagte ich und wischte mir mit zitternder Hand den Schweiß von der Stirn. »Ich habe irgendwie einen Rückfall. Ich weiß nicht, einen psychotischen Flashback oder so.«

»Vielleicht sollte dann besser der Mann fahren«, sagte der Hund mitfühlend. Ich schloss die Augen. Am liebsten hätte ich laut geschrien und wäre so schnell wie möglich davongerannt. »Du siehst so aus, als würdest du gleich das ganze Auto vollkotzen.«

»Das hier passiert nicht«, sagte ich, wobei ich mir immer noch über die Stirn rieb. »Ich muss Dr. Barlind anrufen, und sie wird mich wieder einsperren, und ich will nicht mehr eingesperrt werden! Ich bin nicht geisteskrank, verdammt noch mal! Ich bin absolut klar im Kopf!«

»Das kann ich nicht beurteilen«, sagte Kostya, »aber ich bin der gleichen Meinung wie Jim. Wenn du dich übergeben musst, sollte ich besser fahren.«

Ich öffnete die Augen und blickte ihn finster an. »Das ist alles nur deine Schuld.«

»Das weise ich von mir«, antwortete er hochmütig, machte den Eindruck dann allerdings zunichte, indem er fragte: »Wieso ist das meine Schuld?«

»Du hast mir die Idee vom sprechenden Hund in den Kopf gesetzt! Wenn du das nicht getan hättest, wäre alles in Ordnung.« Ich schlug ihm auf den Arm. »Verdammt, jetzt werde ich wieder eingesperrt, und du auch. Ich werde allen erzählen, was du über diesen Hund gesagt hast … dass er ein Dämon ist.«

»Hey, du brauchst ›Hund‹ nicht so zu sagen, als bestünde ich aus Kacke oder so«, kam prompt der Protest vom Rücksitz. Ich ignorierte es. Es war schließlich nur eine Sinnestäuschung, weiter nichts. »Dämon? Was soll das heißen? Ich soll ein Dämon sein? Ich dachte, ich sei ein Hund. Das hat die Tierärztin doch auch gesagt. Und sie hat zu Aoife hier gesagt, ich sei ein besonders schönes Exemplar.« Im Rückspiegel konnte ich sehen, wie der Hund an sich herunterblickte. »Echt attraktiv, das finde ich auch. Hey, ich habe einen weißen Fleck auf der Brust. Das ist ja cool.«

Zu meiner Überraschung wirkte Kostya auch ganz erstaunt über die Worte des Hundes. »Was redest du denn da? Natürlich bist du ein Dämon. Was für ein Spielchen spielst du?«

»Ich weiß nicht. Finde den weißen Fleck auf dem schwarzen Hund?« Jim, der sprechende Hund, zuckte mit den Schultern. Ich schwöre bei allen Göttern, er zuckte tatsächlich mit den Schultern! »Was für ein Spiel möchtest du denn spielen?«

»Warum bist du nicht bei Aisling?«

»Ach, zwanzig Fragen also?« Jim kniff die Augen zusammen. »Okay, ich fange an. Was ist ein Aisling?«

Kostya starrte ihn eine Weile schweigend an, dann wandte er sich zu mir. »Befiehl ihm, die Frage wahrheitsgemäß zu beantworten«, sagte er nach kurzem Nachdenken.

»Hä?«

»Gib ihm den direkten Befehl, die Frage wahrheitsgemäß zu beantworten.«

»Was für eine Frage?«

»Warum es nicht bei Aisling ist.«

»Es tut mir leid, ich kann nicht … das ist alles so … Ich schwöre dir, ich bin geistig gesund. Mittlerweile bin ich geistig völlig gesund, aber ich darf meinen Halluzinationen nicht so nachgeben. Dr. Barlind sagt …«

»Zum Teufel mit Dr. Barlind, wer auch immer er sein mag.«

»Sie.«

Kostya wedelte ärgerlich mit der Hand. »Du bist nicht geisteskrank. Der Hund ist ein Dämon. Es spricht, und es gehört Aisling. Befiehl ihm, die Frage wahrheitsgemäß zu beantworten.«

»Das ist blöd – na gut! Ich frage ihn, aber du unterziehst dich als Erster der Elektroschocktherapie.« Erneut drehte ich mich zu dem Hund um. »Hund …«

»Jim. Du musst seinen Namen sagen.«

»Du kannst einen schon in den Wahnsinn treiben, weißt du das? Hund, der du anscheinend Jim heißt, laut der Aussage des Mannes neben mir, bitte beantworte …«

»Befiehl es ihm.«

»Pah! Jim, ich befehle dir, wahrheitsgemäß auf die Frage zu antworten, warum du nicht bei jemand namens Aisling bist.«

Der Hund schürzte die Lippen, zog die Nase kraus und sagte: »Ich kenne niemanden namens Aisling.«

»Zufrieden?«, wandte ich mich an Kostya.

Stirnrunzelnd lehnte er sich auf seinem Sitz zurück. »Nein. Obwohl das natürlich die Gerüchte erklärt, dass man Jim gar nicht mehr bei den grünen Drachen gesehen hat. Vielleicht ist es jemand anderem übergeben worden … aber nein, Aisling würde sich nie von ihm trennen. Dazu hat sie viel zu sehr an ihm gehangen.«

»Also, das klingt jetzt vielleicht übertrieben pedantisch, angesichts der Tatsache, dass wir beide völlig durchgeknallt sind, aber warum redest du von dem armen Hund ständig als ›es‹? Er ist doch offensichtlich ein Rüde.«

»Von Dämonen redet man immer mit geschlechtsneutralen Pronomina«, antwortete Kostya geistesabwesend.

»Hey! Mein Geschlecht ist überhaupt nicht neutral!«, sagte Jim und beugte sich vor, um an sich zu schnuppern. »Hier, guckt mal, zwei prachtvolle Nüsse, so groß, wie man sie sich nur vorstellen kann. Na ja, *du* kannst es dir vielleicht nicht vorstellen, weil ihr Männer sie immer in die Hose stopfen müsst, aber ich finde, sie sind perfekt dazu geeignet, vor der Damenwelt zu paradieren.«

Ich warf Kostya einen Blick zu. Langsam hatte ich das Gefühl, an einem Abgrund zu stehen. Ein Schritt in die falsche Richtung, und ich würde in eine Tiefe stürzen, aus der es keine Rückkehr mehr gab. Kostya saß gedankenverloren da und starrte aus dem Fenster. Mit einer Hand rieb er sein stoppeliges Kinn.

»Kostya, ich befehle dir, mir wahrheitsgemäß zu beantworten, ob dieser Hund auf dem Rücksitz gerade etwas über seine Eier gesagt hat.«

Die Ungläubigkeit, mit der er mich anschaute, war beinahe komisch. »Bei mir funktioniert das nicht, Sterbliche.«

»Entschuldigung. Ich dachte nur, weil ich das ja bei Jim machen sollte …«

»Jim ist ein Dämon. Offensichtlich bist du jetzt seine Dämonenfürstin obwohl ich lieber nicht daran denken möchte, was Aisling dazu zu sagen hat. Daher kannst du ihm Befehle geben, und er muss gehorchen.«

Ich starrte ihn einen Moment lang an. »Was bin ich jetzt?«

»Eine Dämonenfürstin.« Er wandte sich wieder zum Fenster. »Ich wünschte, ich könnte Kontakt zu Drake aufnehmen.

Es muss doch einen Grund dafür gegeben haben, dass Jim von Aisling getrennt wurde.«

Ich schüttelte den Kopf. Dann beschloss ich, dass ich nur eines tun konnte, wenn ich geistig gesund bleiben wollte. Also tat ich es.

»Wohin gehst du?«, fragte Kostya, als ich aus dem Auto stieg und die Straße entlangging.

»Weg von dir.«

»Warum? Ich habe doch nichts Schlimmes gemacht.« Ich hörte noch nicht einmal seine Schritte, als er mich einholte. Ich ging einfach weiter. »Ich habe nichts Unpassendes über deine geistige Labilität gesagt, auch nicht darüber, dass du deine Brüste in einer schamlosen Aufforderung an mich gepresst hast, und noch nicht einmal darüber, dass deine Fahrkünste bei Weitem nicht so beeindruckend sind, wie ich glaubte.«

Ich blieb stehen und warf ihm einen finsteren Blick zu. »*Meine* Fahrkünste? Ich kann gut Autofahren, du arroganter Sohn einer Meerhexe!«

»Meine Mutter ist keine Meerhexe, obwohl ich zugeben muss, dass ich sie manchmal am liebsten auch so nennen würde …«

Ich schlug ihm auf den Arm. »Ich fahre hervorragend. Ich habe mich bloß zu Tode über Bo-Bo, den sprechenden Hund, erschreckt.«

»Ich heiße Jim«, sagte der fragliche Hund, der ebenfalls hinter uns hergekommen war. »Gehen wir Gassi? Ich fürchte nämlich, ich muss mal einen Haufen machen, und ihr wollt bestimmt nicht den Geruch in die Nase kriegen.«

Ich zeigte auf eine Wiese auf der anderen Straßenseite. »Geh dort drüben hin und erledige das.«

Er grinste mich an, ein echtes Grinsen, mit Zähnen, hochgezogenen Mundwinkeln und einem amüsierten Ausdruck in den Augen. »Du hast es kapiert, oh Herrin!«

»Hör auf damit!«, fuhr ich ihn an und wandte mich wieder an Kostya. »Geh weg. Und nimm den Dämonenhund mit. Du kannst mein Auto nehmen. Ich komme schon irgendwie nach Hause.«

Kostya packte mich an den Armen und schüttelte mich leicht. »Du scheinst unter anderem die Existenz von Jim zu leugnen. Ist das so? Du willst nicht zugeben, dass ich ein Drache bin und Jim ein Dämon?«

»Ach nein, du bist also tatsächlich ein Drache?« Ich musste den Drang unterdrücken, in hysterisches Gelächter auszubrechen.

»Ich war immer schon ein Drache.« An seinem Tonfall merkte ich, dass er ein wenig verstimmt war, aber bevor ich etwas über seinen geistigen Zustand sagen konnte – von meinem ganz zu schweigen –, endete die Welt, wie ich sie kannte.

Oder vielmehr die Welt, in der ich in den letzten zwei Jahren gelebt hatte. Vor meinen ungläubigen Augen schien Kostyas Gestalt einen Moment lang zu flimmern, und dann verwandelte er sich in einen schwarzen Drachen, komplett mit glänzenden schwarzen Schuppen, Klauen und einer dünnen Rauchsäule aus seinen Nüstern. Ich erstarrte, glotzte ihn an, und mein Gehirn versuchte das Unmögliche zu verarbeiten, aber bevor ich auch nur einen Pieps von mir geben konnte, flimmerte der Drache wieder, und Kostya stand an seiner Stelle.

Das war der Moment, in dem meine traurige kleine innere Stimme sich erhob und vor Freude schrie.

»Jetzt bring mich aber einer ins Bett!«, sagte ich. Ich konnte es immer noch nicht fassen, dass ein Drache – *ein Drache!* – vor mir gestanden hatte, seine Klauen auf meinen Armen.

Ich habe es dir doch gesagt, sagte die innere Stimme. *Terrin hatte also wahrscheinlich die ganze Zeit recht, hä? Jetzt geht das Leben wieder los. Ich frage mich nur, was ein Dämonenfürst so macht?«*

Und in diesem Moment fiel bei mir der Groschen. »Du bist der schwarze Drache, den ich auf der GothFaire an jenem Abend gesehen habe. Du bist der Mann, den Terrin mir gezeigt hat.«

»Ich kenne niemanden namens Terrin. Und was deine Forderung angeht …«

»Was für eine Forderung?«, fragte ich verwirrt, während mein Gehirn noch damit beschäftigt war, das Puzzle zusammenzusetzen. Kein Wunder, dass Kostya mir so bekannt vorgekommen war. Aber das bedeutete auch, dass alles, was Terrin mir erzählt hatte, wahr war. Und das wiederum bedeutete, dass ich kein bisschen irre war. Erleichterung überfiel mich, als ich hinzufügte: »Ich habe nichts von dir verlangt.«

»Doch. Du wolltest dass ich dich ins Bett bringe. Mir ist klar, dass du meinen Körper begehrst«, sagte Kostya in dem gleichen strengen Tonfall zu mir, den mein Vater immer benutzt hatte, wenn er mich bei etwas erwischte, was ich nicht durfte. »Aber *jetzt* sind weder Zeitpunkt noch Ort richtig für solche Handlungen. Ich will jedoch gerne zugeben, dass mir dieser Gedanke nicht zuwider ist. Du bist recht wohlgestaltet. Später werden wir uns im Bett vergnügen. Aber im Augenblick müssen wir uns auf anderes konzentrieren.«

Ich kicherte. Ich konnte nicht anders, es kam einfach so aus mir heraus.

Erneut runzelte er die Stirn. »Findest du mich erheiternd?«

»Ich finde deine Wortwahl erheiternd. *Wohlgestaltet* vor allem. Ich glaube nicht, dass ich das jemals irgendwo gehört habe, außer vielleicht in einem Roman von Georgette Heyer. Und ein für alle Mal …« Ich schwieg kurz, um mich zu sammeln. Anscheinend hatte mein Gehirn beschlossen, dass Kichern angesagt war, und wollte deshalb den Vorgang wiederholen. »Ein für alle Mal, ich begehre deinen Körper nicht. Nicht, dass ich dich hässlich fände oder so, im Gegenteil. Selbst mit diesen Narben ist dein Brustkorb echt nett anzusehen, und mir gefallen auch deine Beine, weil sie nicht so dünn sind, und du hast tolle Schultern und so, aber ich habe noch nie körperliche Attribute höher eingeschätzt als wichtigere Dinge.«

»Was für wichtigere Dinge?« Er stemmte die Hände in die Hüften, und ich hätte am liebsten erneut gekichert.

»Intelligenz, Sinn für Humor und, ach ja, kein mythisches Geschöpf zu sein.« Ich schluckte ein erneutes Kichern herunter. »Ich meine, du hast schon cool ausgesehen, aber trotzdem. Ich mag meine Männer lieber ohne die Belastung, die es mit sich bringt, wenn man seine Gestalt verändern kann.«

»Ach ja?« Kostya zog eine Augenbraue hoch.

»Ja.«

»Dann wird dir das hier nicht gefallen.« Er zog mich an sich, senkte seine Lippen auf meine, und sein Atem war heißer, als ich es mir je vorgestellt hätte. Und dann küsste er mir das letzte Restchen von Verstand aus dem Kopf.

Etwa fünf Sekunden lang. Danach begann mein Gehirn wieder, Gedanken zu formulieren, und sie alle waren äußerst positiv, was seine Kusstechnik anbelangte. Mein Körper stimmte voll und ganz zu und schaltete sofort in den Verführungsmodus. Meine Hände glitten wie von selbst in seine Haare, wobei ich sorgfältig darauf achtete, seine Beule nicht zu berühren, und zogen ihn enger an meinen Körper, um die Hitze noch ein wenig zu verstärken.

Es kam mir, als ob Feuer durch mich hindurchfuhr, als der Kuss tiefer wurde, und seine Hände über mein Hinterteil streichelten. Als ich meine Hüften an ihm rieb, stöhnte er in meinen Mund, einen Laut, den ich am liebsten erwidert hätte. Seine Lippen waren heiß, seine Zunge war pures Feuer, und sie entzündete überall in meinem Körper weitere geheime Feuer.

Ich überlegte gerade ernsthaft, ob ich ihm die Kleider vom Leib reißen und ihn hier mitten auf der Straße belästigen sollte, als er sich von mir löste. Selbst im schwachen Zwielicht konnte ich das Leuchten in seinen Augen erkennen, so als ob sie von einer inneren Kraft erhellt wurden, die im Mondlicht glitzerte.

»Nein«, sagte ich. »Nein, das hat mir nicht im Geringsten gefallen. Mach es noch einmal, damit es mir noch ein bisschen mehr missfallen kann.«

Er verzog leicht seine Mundwinkel, und um seine Augenwinkel bildeten sich winzige Falten. »Wenn ich das täte, würdest du letztendlich nackt auf dem Rücksitz deines Autos liegen. Und so gerne ich das auch tun würde, es wäre zu gefährlich. Hier ist es nicht sicher. Jemand könnte uns überraschen, und ich möchte dich keiner Gefahr aussetzen.«

»Das ist wirklich umsichtig von dir, aber ich bezweifle, dass wir hier tatsächlich in Gefahr sind. Schweden ist ein ziemlich sicheres Land.« Ich nahm die Hände aus seinen Haaren und trat einen Schritt zurück, verlegen, weil ich so heftig auf seinen Kuss reagiert hatte, aber auch erfullt von einem seltsamen Begehren, das ich noch nie zuvor verspürt hatte. »Ich will dir gerne zugestehen, dass ich dich vielleicht doch nicht so ganz abstoßend finde. Und du hast recht – wir sollten das nicht noch einmal machen. Ich bin nicht die Art von Frau, die jeden fremden Drachen küsst, der ihr über den Weg läuft. Wow, ich fasse es nicht, dass ich das gerade gesagt habe. Bist du nicht beeindruckt davon, wie gut ich mit der Situation umgehen kann? Ich bin es nämlich. Ich schreie nicht, tobe nicht und rufe noch nicht einmal die Polizei, damit sie dich festnimmt. Nein, Sir, ich stehe einfach nur völlig normal, als wäre nichts geschehen, obwohl meine ganze Welt bis ins Mark erschüttert wurde. Da sind Dämonen, die wie Hunde aussehen, und Drachen, die wie sündhaft attraktive Männer aussehen, und Männer, die getötet werden und ohne einen Kratzer auf einmal wieder da sind. Wirklich, ich finde, ich habe einen Orden dafür verdient, wie gut ich das alles wegstecke, vor allem nach dem, was ich durchgemacht habe.«

»Wenn du einen Orden kriegst, will ich auch einen«, sagte Jim, der offensichtlich erfrischt näher kam. »Schließlich passiert es nicht jeden Tag, dass du herausfindest, du bist ein Dämon und kannst sprechen. Wieso bist du knallrot im Gesicht, Iffi?«

»Mein Name ist Aoife. Es kann doch nicht so schwer sein, das zu sagen: Iife.«

»Spitznamen sind ein Zeichen von Zuneigung, Babe. Wie ist denn der Plan? Gehen wir zu Fuß zu deinem Haus, oder fahren wir wie zivilisierte Leute?«

Ich blickte den Hund an und dann Kostya. Es dauerte ein bisschen, bevor ich mich zwingen konnte, nicht mehr auf seine Lippen zu schauen und an den Kuss zu denken, um zu fragen: »Du hast gesagt, ich sei eine Dämonenfürstin. Das bedeutet vermutlich, dass ich sein Boss bin, oder?«

»Ja. Es gibt acht Dämonenfürsten, die Abaddon regieren, aber sie haben Legionen von Dämonen, nicht nur einen. Ich kenne keine anderen Dämonenfürsten, die nicht auch Fürsten von Abaddon sind.«

»Und Abaddon ist …?«

»Die Sterblichen haben ihr Konzept der Hölle darauf aufgebaut, aber es ist nicht das Gleiche. Zwar in mancher Hinsicht ähnlich, aber nicht identisch«, fügte er hinzu. Ich bin übrigens hungrig, und mein Kopf tut weh. Ich möchte etwas essen und mich dann eine Weile ausruhen, aber wenn du nicht fahren willst, dann kann ich es ja tun.«

»Dann gehorchen mir also Legionen von dämonischen Hunden?« Die Haut auf meinem Rücken prickelte bei dem Gedanken.

»Soweit ich weiß, nicht. Theoretisch ist jeder ein Dämonenfürst, an den ein Dämon gebunden ist. Aus einem Grund, den ich nicht verstehe, ist Jim an dich gebunden. Möchtest du nun fahren oder nicht?«

Ich gab seinem Drängen nach und kehrte zum Auto zurück. Ein Teil von mir staunte immer noch darüber, wie problemlos ich mental in einen anderen Gang geschaltet hatte. Ich war von totaler Ablehnung auf einmal mitten in eine Welt geraten, in der Hunde redeten und Männer Drachen waren. »Ich fahre. Aber verwandle dich bloß nicht in einen Drachen, während du in meinem Auto sitzt. Ich will nicht, dass deine Klauen mir Löcher in die Polster reißen.«

Empört verdrehte er die Augen. Ich überließ ihn seinen Gedanken, wie auch immer sie aussehen mochten, und konzentrierte mich aufs Fahren. Innerlich jedoch versuchte ich, mit den Tausenden von Fragen klarzukommen, die mir durch den Kopf gingen.

Erst fünfzehn Minuten später dachte ich daran, die Frage zu stellen, die auf der Hand lag. »Was hast du eigentlich bewusstlos auf dem Strand vor meinem Haus gemacht? War ein … ich weiß nicht … Drachenkiller hinter dir her? Gibt es so etwas überhaupt? Der heilige Georg oder so?«

»Der heilige Georg war ein Arschloch.«

Ich blinzelte ihn erstaunt an.

»Ist das nicht der richtige Ausdruck?« Er runzelte die Stirn. »Das habe ich online mal gelesen. Oder heißt es anders?«

»Nein, nein, *Arschloch* ist korrekt. Ich bin nur ein bisschen überrascht, dass ein Drache solche Ausdrücke kennt. Und auch noch aus dem Internet.«

»Ich kenne mich natürlich mit dem Internet aus.« Der Blick, den er mir zuwarf, war voller Verachtung. »Ich mag ja über vierzig Jahre in Gefangenschaft gewesen sein, aber ich bin kein Schwachkopf. Nachdem mein Bruder mich befreit hat, habe ich schnell gelernt, welche Fortschritte in der Gesellschaft gemacht worden sind. Ich habe einen Laptop, ein Tablet und ein intelligentes Telefon.«

»Ein Smartphone.«

»Ich kann Texte verschicken. Ich bin äußerst verdrahtet«, schloss er so stolz, dass ich ihn nicht durch mein Kichern verärgern wollte.

»Offensichtlich habe ich mich geirrt, und du bist Mr Technology. Erzähl mir, warum du als ansehnlicher Mann herumläufst, wenn du ein Drache bist.«

»Mit der menschlichen Gestalt passt man leichter in Autos. Ganz zu schweigen vom Sitzen auf Stühlen«, sagte er friedlich, wobei er schon wieder aus dem Fenster schaute. »Die Drachengestalt bleibt im Allgemeinen der Paarung und dem Kampf vorbehalten. Wir haben mit den Jahren festgestellt, dass es viel einfacher ist, in körperlicher Hinsicht nicht aufzufallen, wenn wir den Menschen um uns herum ähneln. Möchtest du dich mit mir paaren?«

Erneut geriet der Wagen leicht ins Schleudern, aber dieses Mal war entweder meine Reaktion besser geworden, oder solche Überraschungen waren langsam ein alter Hut, denn ich achtete nicht auf das Gekreische von der Rückbank und fuhr weiter. »Ist das ein Angebot oder eine Frage?«, sagte ich zu Kostya.

Er beugte erst die eine, dann die andere Schulter und reckte seinen Hals nach links und rechts, bevor er sich wieder zurücklehnte. Mit geschlossenen Augen antwortete er: »Was wäre dir denn lieber?«

»Weißt du, ich glaube, ich kann aufrichtig sagen, dass mir noch nie ein Mann so kurz nach dem Kennenlernen so einen Antrag gemacht hat. Ich will es nicht, und wie ich bereits vor ein paar Minuten sagte, ich habe null Interesse an einer Paarung mit dir, da ich annehme, dass das bei Drachen auch nicht anders abläuft als bei uns.«

»Wir sind flexibel. Wir können es entweder machen wie die Sterblichen oder wie Drachen. Letzteres ist angenehmer, erfordert aber einen größeren Raum sowie ein Grundstück für die Jagd.« Seine Stimme klang mittlerweile schläfrig, als ob er erst jetzt die Erschöpfung über die Ereignisse des Abends spüren würde. Ich wusste genau, wie er sich fühlte, zumal die Situation auch für mich nicht stressfrei gewesen war. »Das ist so … ich meine, es gibt ein Wort für diese Art von Sex, wenn du dabei aussiehst wie ein winziger T-Rex. Iiih, ich darf gar nicht daran denken.«

»Drachen sehen nicht aus wie winzige T-Rex. Wir haben ausgezeichnete Gestalten, die niemand nachmachen kann.« Er hob die Hand in einer vagen Geste. »Du würdest nicht iih sagen, wenn du die Freuden kennen würdest, die man in Drachengestalt erleben kann. Ist es noch weit zu deinem Haus?«

»Etwa vierzig Minuten. Du kannst ein Nickerchen machen, wenn du willst. Ich wecke dich, wenn wir in den Ort kommen.«

»Mmm-hmm.«

Er klang jetzt sehr müde, und kurz darauf war er eingeschlafen. Auch Jim schnarchte auf dem Rücksitz, und den Rest der Fahrt konnte ich in Ruhe darüber nachdenken, wie sich mein Leben plötzlich verändert hatte.

Was sollte ich nur mit einem großen schwarzen Dämonenhund anfangen? Wie sollte ich meinem Bruder und meiner Schwester beibringen, dass ich jetzt eine Dämonenfürstin war? Würden sie mir überhaupt glauben, wenn ich es ihnen erzählte, oder würden sie mich schleunigst wieder in die Klapsmühle verfrachten?

Was mir noch mehr Sorgen bereitete, war die Frage, wie ich den Rest der Nacht überstehen sollte, wenn Kostya mir in meinem Haus so verführerisch nahe war, ohne der Verlockung seiner Lippen zu erliegen?

Seufzend fuhr ich nach Norden. Ich konnte keinen klaren Gedanken fassen, aber eines wusste ich ganz genau: Ich werde Dr. Barlind anrufen und ihr sagen, dass ich keineswegs verrückt bin. Und dann werde ich meine Dämonentruppe ausschicken, damit sie die Elektroschock-Maschine kaputt machen!

6

Der Schrei riss mich aus meinem Traum und machte mich auf der Stelle hellwach, wenngleich ich durch das plötzliche Erwachen auch ein bisschen benommen war. Ich setzte mich im Bett auf. Schreie im Haus waren mir nicht fremd. Die Bewohner des Arvisjaur Centers äußerten ihre Probleme manchmal auf eine Art und Weise, die einem zuerst einmal Angst machte, dann jedoch zu einem Teil der Hintergrundgeräusche wurde.

Aber ich war nicht in Arvidsjaur. Die Vorhänge, durch die das Sonnenlicht drang, befanden sich in meinem eigenen Haus. Das Echo des Schreis hallte immer noch in meinem Kopf, aber ich wusste nicht, ob ich ihn nur geträumt hatte oder ob er tatsächlich ausgestoßen worden war.

Ein schwarzer Schatten regte sich, dann streckte er sich und löste sich in die Umrisse eines großen schwarzen Hundes auf. Ich starrte ihn ein paar Sekunden lang an, aber dann fiel es mir ein.

»Jim!«

»Hi!« Jim streckte sich erneut und schüttelte seinen ganzen Körper. »Was ist denn mit Kostya los?«

Es lag mir schon auf der Zunge zu fragen, wer das denn sei, als plötzlich das Bild des gut aussehenden Mannes vor meinem inneren Auge auftauchte. Ich sprang auf und schlüpfte rasch in meinen Morgenmantel. In diesem Augenblick ertönte ein weiterer Schrei.

»Du lieber Himmel!« Ich sprintete den Flur entlang zum Zimmer meines Bruders Rowan. Jim war mir dicht auf den

Fersen, als ich die Tür aufriss und in das Halbdunkel des Zimmers eintauchte. Halb erwartete ich, dass es voller … na ja, ich war mir nicht so ganz sicher, was ich vorfinden würde. Auf jeden Fall etwas Schlimmes.

Kostya lag auf Rowans Bett, Brust und Bauch ebenso entblößt wie ein nacktes Bein. Er lag auf dem Rücken, einen Arm ausgestreckt, sein Brustkorb glänzte vor Schweiß. Ich schaltete die Nachttischlampe ein und blickte mich um, um mich zu vergewissern, dass niemand außer uns im Zimmer war, aber da war nur Kostya.

Er stöhnte und sagte etwas Unverständliches. Seine Stirn war gerunzelt, unter den geschlossenen Lidern bewegten sich seine Augen, und seine Finger beugten sich in einem seltsamen Rhythmus.

»Er träumt, oder?«, sagte Jim. Er trat ans Bett und starrte Kostya an. »Ob Drachen wohl im Schlaf auch so laufen wie Hunde?«

Ich warf ihm einen verweisenden Blick zu. »Er ist doch kein Tier, du Dummchen. Aber du hast recht, ich glaube, er hat einen Albtraum. Er muss sehr intensiv sein, wenn man bedenkt, dass wir hier stehen und reden, ohne dass er aufwacht. Kostya?« Ich setzte mich auf die Bettkante. Es war nicht besonders höflich, einen schlafenden Gast anzustarren, ganz gleich, wie verführerisch er war. Vorsichtig legte ich ihm meine Hand auf den Arm und schüttelte ihn leicht. »Kostya, du träu…«

Plötzlich lag ich auf dem Rücken, und ein nackter Kostya kauerte über mir, eine Hand an meinem Hals. Die Finger waren schwarz, mit scharfen, gebogenen Krallen, die sich in mein Fleisch pressten.

»Nein!«, brüllte Kostya, und selbst im schwachen Schein der Nachttischlampe konnte ich den Ausdruck in seinen Augen erkennen. Obwohl er mich beinahe erwürgte, streckte ich eine

Hand aus und streichelte ihm über die Wange. Über ein Jahr lang hatte ich diesen Ausdruck jedes Mal gesehen, wenn ich in einen Spiegel blickte.

Schmerz, Verrat und Hoffnungslosigkeit lagen in seinem Blick.

Wieder stieg Mitgefühl in mir auf. Jemand hatte Kostyas Psyche Schaden zugefügt, jemand hatte ihn verraten, und es quälte ihn bis in seine Träume. Ich kannte diese Qualen, und am liebsten hätte ich meine Arme um ihn geschlungen und ihn getröstet wie ein krankes Kind.

Aber er war kein Kind, und ich musste mich um meine eigenen emotionalen Narben kümmern.

»Wer hat dich verletzt?«, fragte ich. Meine Stimme klang heiser, weil er mir die Kehle zudrückte.

Seine Hand flimmerte und wurde wieder menschlich. Er lockerte seinen Griff und blickte mich entsetzt an. »Du bist das. Ich wusste nicht … Ich muss geträumt haben … Entschuldigung. Ich hätte dich doch nie angegriffen, wenn du mich vorgewarnt hättest, dass du das bist. Es ist gefährlich, sich unter solchen Umständen einem Drachen zu nähern.«

»Das mit dem Drachenarm war cool, Mann«, sagte Jim und musterte den nackten Kostya. »Und hey, netter Hintern für eine menschliche Gestalt. Damit könntest du Nüsse knacken. Das müsstest du mal sehen, Iffi.«

»Mein Name ist Aoife«, fuhr ich ihn an. Trotzdem versuchte ich, einen Blick auf Kostyas Hintern zu erhaschen.

Er war, wie Jim gesagt hatte, wirklich hübsch. Kostya gab ein verärgertes Grollen von sich und drehte sich zur Seite, sodass er nicht mehr über mir lag. Und er wickelte sich die Bettdecke um die Hüften. »Was tust du eigentlich hier in meinem Bett? Du hast doch gesagt, dass du mich nicht begehrst. Du hast so ein Gesicht gemacht, wie Frauen es machen, wenn ich ihnen sage, dass ich mich nicht mit ihnen paaren will. Und trotzdem bist du jetzt hier und berührst mich.«

»Ich wollte dich aufwecken. Du hast im Schlaf zweimal geschrien, deshalb habe ich gedacht, dass du einen schlimmen Albtraum haben musst.« Ich stand auf. »Und verdammt noch mal, du mit deinem ganzen Paarungsgerede, warum hast du mir nicht einfach gesagt, dass du schwul bist? Ich meine, ich wollte ja sowieso nichts von dir, aber trotzdem.«

»Ich bin nicht schwul«, sagte er mit so viel Würde, wie ein Mann nur aufbringen kann, wenn er lediglich in eine Bettdecke gewickelt ist und gerade einen heftigen Albtraum gehabt hat. »Ich habe die Erfahrung gemacht, dass man Frauen nicht trauen kann, und ich möchte nicht mehr als nötig mit ihnen zu tun haben. Und deine ungeheuerliche Bemerkung weise ich zurück. Ich schreie nicht.«

»Aber du hast es getan. Stimmt's, Jim?«

Der Dämon, der gerade Kostyas Kleider beschnupperte, nickte. »Mir standen die Haare zu Berge. Mann, du hast ja nicht mal einen Kaugummi in deiner Hosentasche. Hey, wo wir jetzt alle wach sind, was haltet ihr denn von Frühstück? Ich bin so hungrig, ich könnte etwas Großes, Schwedisches essen. Der Name ist mir leider entfallen, weil mein Gedächtnisverlust anscheinend auch Essen einschließt. Aber ich weiß ganz genau, dass ich am Verhungern bin.«

»Wohl kaum«, sagte ich und musterte ihn. »Ich finde, du siehst ein bisschen mollig aus.«

Jim schniefte. »Offensichtlich kannst du einen besonders guten Dämon nicht von der breiten Masse unterscheiden. Meine Gestalt ist ein Deluxe-Modell und bedarf regelmäßig reichlicher Nahrungszufuhr. Wollen wir nicht alle mal in die Küche gehen und sehen, was wir vor dem Verderben retten können?«

Ein Blick auf die Uhr zeigte mir, dass es schon Morgen war.

Noch einmal ins Bett zu gehen war zwecklos. Ich öffnete dem Hund die Tür, weil ich Kostya eine Frage stellen wollte, bei der ich lieber kein Publikum hatte. »Geh einfach in die Küche und brat ein paar Eier mit Speck.«

Jim setzte sich und blickte mich leidend an. »Ich habe leider keine Daumen, Babe. Siehst du?« Er hielt mir eine große schwarze Pfote hin.

»Dann geh nach draußen.«

Er legte den Kopf schräg. »Wie soll ich denn die Tür aufmachen?«

»Du findest sicher einen Weg nach draußen.«

»Soll ich den Türknauf etwa mit dem Maul drehen? Weißt du, wie viele Keime daran sind?«

»Oh, um Himmels willen, jetzt geh endlich!«

Er schniefte erneut, tat aber wie ihm befohlen. Als er ging, sagte er über die Schulter: »Junge, Junge, du bist aber wirklich scharf auf Kostya. Du kannst ja nicht mal fünf Minuten in seiner Nähe sein, ohne gleich mit ihm allein sein zu wollen.«

Ich murmelte etwas Unhöfliches und wandte mich wieder zu Kostya, der während unseres Wortwechsels verdächtig ruhig gewesen war. Er hatte sich angezogen, während ich abgelenkt war.

»Ich möchte auch Frühstück«, sagte er und knöpfte sein Hemd zu. Kurz bedauerte ich, dass dieser hübsche Brustkorb bedeckt wurde, ließ mir meine Gefühle aber nicht anmerken. »Und danach musst du mit Aisling reden. Wegen des Fluchs kann ich mich weder mit ihr noch mit Drake unterhalten, aber du kannst es.«

»Es ist so, als würdest du Englisch sprechen, und doch tust du es nicht«, sagte ich freundlich und versperrte ihm den Weg, als er das Zimmer verlassen wollte. »Warte mal. Ich glaube, du schuldest mir ein paar Antworten, und da wir jetzt alle ein bisschen geschlafen haben, kannst du sie mir geben. Lass uns mal mit der großen Frage beginnen, wie es dazu gekommen ist, dass du fast tot an meinem Strand gelegen hast, auch wenn du offensichtlich dem Tod gar nicht so nahe warst, wie ich zuerst geglaubt habe.«

»Ich habe Hunger. Ich will jetzt frühstücken, und dann musst du Aisling anrufen, um sie zu fragen, warum Jim in Schweden ist, sich an nicht nichts erinnert und an dich gebunden ist.«

Ich stemmte die Hände in die Hüften und blockierte die Tür. »Zuerst beantwortest du meine Fragen. Und wenn du mich dann nett bittest, mache ich dir vielleicht etwas zu essen. Aber nur, wenn du … hey!«

Er legte mir beide Hände um die Taille und hob mich einfach hoch. Aber als ich mich wehrte und strampelte, ließ er mich fallen wie eine heiße Kartoffel. Zuerst dachte ich, ich hätte ihn getroffen, aber da er keinen Schmerzenslaut von sich gab, musste ich mich wohl geirrt haben.

Außerdem verzog er ganz verwirrt das Gesicht. »Was hast du gerade gemacht?«, wollte er wissen. Er stand so dicht vor mir, dass ich seinen Atem auf dem Gesicht spüren konnte. Normalerweise achte ich streng darauf, dass meine Intimsphäre gewahrt bleibt. Ich mag es nicht, wenn Leute mich anatmen, aber Kostya gelang es irgendwie, ganz dicht an mich heranzukommen, ohne dass bei mir sämtliche Alarmsirenen schrillten.

Im Gegenteil, ich reagierte genau andersherum. Am liebsten hätte ich mich an ihn geschmiegt. Streng wies ich meinen Körper zurecht, er solle sich zusammenreißen und sich auf das Wichtige konzentrieren. »Habe ich dich getreten? Ich glaube allerdings nicht, dass ich dich getroffen habe, aber wenn doch, hast du es auch verdient, weil du mich einfach hochgehoben hast, um dich davonzumachen, bevor wir uns zu Ende unterhalten haben.«

»Du hast irgendetwas gemacht«, sagte er und blickte mich stirnrunzelnd an. Zögernd legte er beide Hände auf meine Arme. »Im ersten Moment war alles gut, und im nächsten kam es mir so vor, als ob du eine Tonne wiegen würdest.«

Ich kniff ihn in die Seite. »Das ist so ungezogen! Ich weiß ja, dass ich nicht gerade eines dieser magersüchtigen knochigen Models bin, und es könnte mir auch nicht schaden, wenn ich ein paar Pfund verliere – okay, vielleicht zwanzig Pfund –, aber das bedeutet noch lange nicht, dass du solche Sachen sagen kannst. Männer sollten auf normalgewichtige Frauen stehen!«

»Die Form und das Aussehen deines Körpers gefallen mir«, sagte er, aber er blickte mich immer noch stirnrunzelnd an. »Ich würde nicht wollen, dass du hungerst, um dünner zu werden. Das würde dir auch gar nicht stehen. Aber das habe ich nicht gemeint.« Er kniff die Augen zusammen. »Hast du einen Zauber ausgesprochen? Du scheinst diese Gabe eigentlich nicht zu besitzen, aber es könnte sein, dass mich der Schlag auf den Kopf ein wenig verwirrt hat. Vielleicht kann ich dich nicht so sehen, wie du wirklich bist.«

»Was soll das denn? Ich bin so, wie ich bin – da gibt es kein ›Ich sehe dich, wie du wirklich bist‹. Und nein, ich habe keinen Zauber ausgesprochen. Ich bin doch keine Hexe!«

»Aber du hast etwas gemacht«, beharrte er. »Es war so, als wolltest du nicht hochgehoben werden, und deshalb hast du mich blockiert. Warte, ich versuche es noch einmal.«

Seine Hände glitten zu meiner Taille, und ich hielt mich mit den Händen an seinen Armen fest. Ich wollte nicht von der Tür weg – ich hatte Fragen, und er hatte Antworten, und ohne meine Neugier zu befriedigen, würde er mir nicht davonkommen.

Er grunzte vor Anstrengung, als er versuchte, mich hochzuheben.

»Das machst du jetzt absichtlich«, beschuldigte ich ihn. »Es war zwar sehr nett von dir, dass du gemeint hast, ich bräuchte die zwanzig Pfund, die ich mir in der Klapsmühle angefressen habe, weil ich da kaum etwas anderes machen konnte als lesen, nicht runterzuhungern. Aber jetzt verhältst du dich unterschwellig aggressiv, und das gefällt mir nicht.«

Er ließ meine Taille los und blickte mich nachdenklich an. Ich kämpfte mit mir, um dem Drang, ihm die Haarlocke aus der Stirn zu streichen, nicht nachzugeben, aber ich kam nicht dagegen an. Automatisch hob ich die Hand und schob sie zur Seite. Er zuckte zurück, als hätte ich ihn geschlagen.

Zuerst dachte ich, es sei, weil ich ihn berührt hatte, aber er ergriff meine Hand, drehte sie und sagte: »Der Ring!«

»Hä? Ach, der.«

»Woher hast du ihn?«

»Ein Typ, mit dem ich ausgegangen bin, hat ihn mir geschenkt. Na ja, nicht richtig *geschenkt*. Er gab ihn mir, damit ich ihn mir ansehen konnte, aber dann wurde er getötet, und als er später wieder von den Toten auferstand, habe ich vergessen, ihn ihm zurückzugeben, weil ich ins Irrenhaus abtransportiert wurde. Das war im Übrigen derselbe Mann, der mir dich gezeigt hat. Und es war auch noch ein zweiter Drache dabei.«

»Das war Anton. Die roten Drachen haben ihn kurz darauf getötet. Wer ist dieser Mann, der dir den Ring gegeben hat? Du hast gesagt, er heißt Terrill?«

Ich drehte den Ring an meinem Finger. Ehrlich gesagt hatte ich ganz vergessen, dass ich ihn am Tag zuvor angesteckt hatte, aber die Vorstellung, dass er Kostya davon abhalten konnte, mich hochzuheben – zwanzig Pfund hin oder her –, war lächerlich. »Terrin.«

»Ich kenne ihn nicht. Wer war er? Warum hat er dir den Ring gegeben? Warum wollte er ihn nicht wiederhaben?«

»Ich habe ihn auf der GothFaire kennengelernt. Damals dachte ich, es sei einfach nur ein ganz normaler Typ. Mittlerweile ist mir klar, dass da mehr dahintersteckte. Aber warum stellst du mir so viele Fragen? Es ist doch nur ein Ring. Ja, Terrin hat gesagt, er sei magisch, aber er macht ja gar nichts.«

Kostya verzog amüsiert das Gesicht. »Es ist nicht nur ein Ring. Er ist der Grund, warum ich in dieser Gegend bin und auch, warum ich beinahe getötet worden wäre. Und wahrscheinlich auch der Grund, warum Jim hier ist.«

»Du machst Witze, oder?« Vage durchzuckte mich die Erinnerung, dass Terrin mir erzählt hatte, die Drachen würden den Ring aus einem bestimmten Grund suchen, aber ich konnte mich nicht mehr richtig daran erinnern.

Kostya presste die Lippen zusammen. »Mache ich den Eindruck, als ob ich Witze reißen würde?«

»Na ja …«

Er verzog wütend das Gesicht. Das musste ich ihm lassen, wütend konnte er gut, obwohl es mich mehr zum Lachen reizte als zu einer Entschuldigung dafür, dass ich ihn beleidigt hatte.

»Ich lache nicht. Ich lächele nicht. Ich kann nicht über Witze lachen, weder über beabsichtigte noch über unfreiwillige. Ich bin Konstantin Nikolai Fekete, Wyvern der schwarzen Drachen! Ich bin jahrzehntelang gefoltert worden, und ich sollte einen langen, qualvollen Tod sterben. Ich überlebte die vollständige Ausrottung meiner Sippe und ließ mich von einer gestörten Najade dazu zwingen, sie vor dem gesamten Weyr zu meiner Gefährtin zu erklären, nur damit sie später mit einer kleineren Gottheit davonlief. Diese peinliche Situation hätte einem weniger standhaften Drachen den Rest gegeben!«

Jetzt lachte ich tatsächlich. »Ach, deshalb hast du solche Angst vor Frauen? Weil eine dich in eine peinliche Situation gebracht hat? Weyr … das Wort habe ich schon einmal gehört, kann mich aber nicht erinnern, was es heißt. Mit Najade geht es mir genauso. Es klingt wie irgendetwas aus der griechischen Mythologie. Ist ein Wyvern nicht ein zweibeiniger Drache?«

»Ja, es ist aber auch die Bezeichnung für den Anführer einer Drachensippe. Beantworte meine Fragen zu dem Ring.«

»Ich sag dir was, du Tyrann, wir spielen jetzt einfach mal, du beantwortest eine Frage, und dann beantworte ich eine. Okay? Du bist als Erster dran. Wie bist du auf den Strand vor meinem Haus gekommen?«

»Warum hast du den Ring?«

»Warum wollte jemand, dass du eines langen, qualvollen Todes stirbst? Warte, steckt da die Frau dahinter, die dich sitzen gelassen hat?«

Er ignorierte meine Frage. »Wie lange hast du ihn schon? Hast du seine Macht benutzt, um mich wieder ins Leben zu holen?«

»Was soll das heißen, dass du wegen des Rings fast getötet worden wärst? Er war zwei Jahre lang mit meinen anderen Sachen eingeschlossen, und ich habe ihn erst gestern Abend wieder angesteckt, bevor ich zur GothFaire gefahren bin. Mann, das war erst gestern Abend, oder? Es kommt mir so vor, als wäre es Wochen her.« Ich schüttelte den Kopf und hob die Hand, als Kostya den Mund aufmachte, anscheinend, um schon wieder eine Frage zu stellen. »Das führt doch zu nichts. Lass uns Schritt für Schritt vorgehen. Warum hast du halb tot an meinem Strand gelegen?«

»Du könntest gut ein Drache sein, so hartnäckig wie du bist«, sagte Kostya zu meiner Überraschung. Der warme, bewundernde Ausdruck in seinen Augen war ebenfalls eine Überraschung. »Das gefällt mir. Ich mag Frauen nicht, die mich mit Fragen löchern – die Najade hat alles infrage gestellt, was ich gesagt habe –, und im Gegensatz zu ihr sagst du mir ohne Umschweife deine Meinung. Und du lässt dich auch durch nichts in die Knie zwingen. Das gefällt mir.«

»Es freut mich, dass dir das gefällt«, sagte ich leise lachend, halb verärgert und halb geschmeichelt über sein Lob, was meinen Charakter betraf. Ich musste jedoch zugeben, es war auch erfrischend, mit einem Mann zu sprechen, der sich nicht wegen meiner Hautfarbe eine Meinung über mich bildete. Kostya war … anders. Er war brüsk und arrogant, aber unter alldem spürte ich ein Verlangen, das dem meinen tief im Inneren entsprach.

Es war, als hätte er eine harte äußere Schale, die seinen weichen Kern schützte. Ich beneidete ihn darum.

Er nickte. »Wenn ich jemals wieder eine Frau nähme, was ich nach Cyrene nie wieder tun werde, weil ich einen heiligen Eid geschworen habe, dass mich keine Frau mehr in Versuchung führen wird. Aber wenn ich doch noch einmal in Versuchung geführt werden sollte, dann würde ich dir erlauben, all dein lustvolles Begehren an mir auszuleben.«

Ich korrigierte die wichtigste Aussage in dieser ungeheuerlichen Erklärung. »Ich habe kein lustvolles Begehren, was dich anbelangt!«

»Du hast mich geküsst. Es hat dir gefallen. Und du berührst gerne meine Brust, und meinen Hintern findest du auch gut.«

»*Du* hast *mich* geküsst, und Brustkorb berühren und auf den Hintern gucken ist völlig in Ordnung, vor allem, wenn diese Körperteile nackt sind«, sagte ich würdevoll.

Er beugte sich vor, sodass sein Brustkorb meine Brust streifte. Ein leises Stöhnen entschlüpfte mir. Mein Körper schien plötzlich in Flammen zu stehen. Kostya neigte den Kopf, die Haarsträhne fiel wieder über seine Stirn und strich über mein Gesicht. Ich bekam Gänsehaut, die zu Feuer wurde, als er murmelte: »Du bist viel zu verführerisch, Sterbliche. Du hast etwas an dir, was mich anspricht.«

Seine Hüften drängten sich gegen meine, und seine Zunge drang in meinen Mund. Ich keuchte, als er mich plötzlich gegen die Wand drückte. Seine Hände packten meine Hüften, und wildes Verlangen durchfuhr mich.

Ich schwöre, der Kuss war so heiß – *Kostya* war so heiß –, dass mir der Schweiß auf die Stirn trat, als seine Zunge langsam und gründlich meinen Mund erforschte. Ich hatte nie besonders viel Spaß daran gehabt, aber anscheinend hatte ich bislang nur noch nicht richtig erfahren, was eine Zunge konnte. Kostyas Zunge schien anders zu sein, sinnlicher und … heiß. Ein anderes Wort fiel mir nicht ein.

Erst als er sich von mir löste und fragte: »Was ist das?«, hörte ich das Geräusch auch.

Ein schrilles PIEP PIEP PIEP hallte durch das Haus.

»Das ist … du liebe Güte, es ist der Rauchmelder. Irgendetwas brennt. Es ist mein Zimmer! Iiih! Und ich! Ich brenne!«

Entsetzt starrte ich auf meine Füße, die inmitten von Flammen standen. Kostya war überhaupt nicht davon betroffen. Ich war wie erstarrt vor Angst und blickte auf die kleinen Feuerherde überall im Zimmer. Kostya warf mir einen seltsamen Blick zu und schnipste mit den Fingern. Das Feuer um meine Füße erlosch.

Er beugte sich vor und schnupperte an der Luft um meinen Kopf.

»Was soll das?«, fragte ich und wich zurück. Meine Gedanken überschlugen sich, und mir war bewusst, dass ich an den Füßen überhaupt nichts spürte. Offensichtlich waren sie völlig verbrannt. »Warum riechst du jetzt an meinen Haaren?«

»Ich kann deine Haare nicht riechen, obwohl du sonst am

ganzen Körper einen schönen Duft hast. Nicht chemisch wie so viele Sterbliche, die Parfüm benutzen. Das gefällt mir. Ich habe an dir geschnuppert, um festzustellen, ob du Drachenblut in dir hast, was mir vorher nicht aufgefallen ist. Aber du bist absolut sterblich.«

»Du liebe Güte!«, schrie ich und packte ihn am Hemd, um ihn zu schütteln. »Meine Füße sind weg! Ich fühle sie nicht mehr – sie sind völlig verbrannt!« Ich hörte auf, ihn zu schütteln, und versuchte, wie auf einer Leiter an ihm hinaufzuklettern, aber man kann natürlich nicht auf eine Leiter klettern, wenn die Füße verbrannt sind.

Er schnalzte mit der Zunge und löste mich von seiner Brust. Ich versuchte, auf ihn einzuschlagen, aber ich taumelte zurück, bis ich aufs Bett sank. »Jetzt bist du hysterisch. Lass diese emotionalen Ausbrüche. Das Geräusch dieses Rauchmelders irritiert mich. Woher kommt es?«

Die Tatsache, dass es ihn gar nicht zu kümmern schien, dass ich keine Füße mehr hatte – ich hatte Angst, an mir herunterzublicken, weil der Anblick schwarzer, verkohlter Stumpen mir sicher den letzten Rest an geistiger Gesundheit nehmen würde – machte mich so wütend, dass es mir gar nicht auffiel, dass ich gar keine Schmerzen hatte. Ich sprang auf meine Stummelfüße und stampfte zu ihm. »Wie kannst du es wagen?«

Er besaß die Frechheit, mich erstaunt anzublicken. »Wie kann ich was wagen?«

»So verärgerte Laute auszustoßen! Und guck mich nicht so an, als ob ich verrückt wäre – du hast mir doch bewiesen, dass ich es nicht bin und auch nie war, und trotz all deiner Versuche weigere ich mich, mich von dir in den Wahnsinn treiben zu lassen. Dieses »Ts, ts«, das du von dir gibst, das kannst du machen, wenn du auf der Toilette sitzt und entdeckst, dass kein Klopapier da ist, oder wenn jemand die letzte Milch ausgetrunken und dir nicht Bescheid gesagt hat. Aber das ist keine passende Reaktion, wenn jemandem die Füße abgebrannt sind!«

Er blickte betont auf meine Füße. »Hast du irgendwelche Tabletten gegen geistige Verwirrung? Wenn ja, dann solltest du sie jetzt nehmen.«

Ich schlug ihm auf den Arm. »Wie kannst du es wagen!«

»Das hast du bereits gesagt«, sagte er.

»Und ich sage es auch ein drittes Mal, wenn es mir passt! Wie kannst du es wagen, Äußerungen über meinen Geisteszustand von dir zu geben, wo du doch genau weißt, was es bedeutet, dass du ein Drache bist und Jim ein sprechender Hundedämon ... Hey.« Mitten in meiner (völlig gerechtfertigten) Tirade hatte ich auf meine Füße geblickt, aber da waren gar keine kläglichen Überreste. Sie sahen völlig normal aus. Zwei Füße, zehn Zehen, die Nägel pinkfarben lackiert und das alles in meinen Lieblingssandalen untergebracht. Ich konnte noch nicht einmal eine winzige Brandblase entdecken. »Warum sind meine Füße okay? Sie haben doch gebrannt!«

»Das war mein Drachenfeuer. Irgendwie ist es dir gelungen, es abzuwehren.« Erneut warf er mir einen fragenden Blick zu. »Nein, die Frage, wie du mein Feuer angenommen hast, ist überflüssig. Du bist keine Gefährtin, und selbst wenn, wollte ich dich nicht haben.«

»Oh!«, keuchte ich.

Er machte eine abwehrende Geste. »Stellst du bitte diesen Lärm ab? Er bereitet mir Kopfschmerzen.«

»Für einen Mann, der mich nicht will, küsst du mich ganz schön häufig«, fuhr ich ihn an. Erneut blickte ich auf meine Füße und schaute mich dann im Zimmer um. Nirgendwo war Feuer zu sehen, noch nicht einmal der kleinste schwarze Fleck auf dem Fußboden, wo es gebrannt hatte. »Aber ich werde deine ungeheure Arroganz ...«

»Ich bin nicht arrogant.«

»Und deine Egozentrik …«

»Ich bin ein Wyvern. Das Wohlergehen meiner Sippe lastet auf meinen Schultern.«

»Durchgehen lassen, weil das mit dem Feuer mir einen Heidenschrecken eingejagt hat. Warte mal – Drachenfeuer? Gibt es das? Gibt es das wirklich?«

»Drachen kontrollieren ihr Feuer, ja«, sagte er ungeduldig.

»Dagegen habe ich etwas«, sagte ich und zeigte auf sein Gesicht. »Du brauchst gar nicht so ungeduldig mit mir zu sein. Und diesen Gesichtsausdruck kannst du dir sparen! Woher soll ich denn wissen, dass Drachen Feuer haben, ganz zu schweigen davon, dass sie es kontrollieren können. Das ist so was von jenseits jeglicher Normalität, dass ich noch nicht einmal an die Möglichkeit gedacht habe. Ich meine, gut, das Gleiche kann man von Drachen sagen, aber trotzdem! Du hast mir nicht gesagt, dass das mit den feuerspeienden Drachen stimmt.«

»Du bist eine merkwürdige Frau«, sagte er nachdenklich.

»Merkwürdig gut oder merkwürdig schlecht?«, fragte ich unwillkürlich.

»Das weiß ich noch nicht. Drachenfeuer ist etwas anderes als von Menschen erzeugtes Feuer. Es produziert nicht so viel Rauch, und es kann Drachen und ihren Gefährtinnen nichts anhaben. Für uns fühlt es sich lediglich … warm an.«

»Genau«, sagte ich, weil ich daran dachte, wie sich meine brennenden Füße angefühlt hatten. »Warm und prickelnd. Wohin ist das restliche Feuer gegangen?«

Er betrachtete mich immer noch nachdenklich, aber schließlich schüttelte er den Kopf und sagte leise zu sich: »Nein. Für Drake ist es in Ordnung, aber ich habe geschworen, mich nie wieder an eine Frau zu binden. Was? Als ich gemerkt habe, dass das Zimmer brennt, habe ich die Flammen natürlich sofort gelöscht.«

»Was heißt hier ›natürlich‹? Du hast dich doch nicht einmal bewegt«, sagte ich. Am liebsten wäre ich wieder ins Bett gegangen und hätte so getan, als ob es die letzten vierundzwanzig Stunden niemals gegeben hätte.

Aber das hätte natürlich bedeutet, dass Kostya mich nie geküsst hätte. Zweimal. Und obwohl er ständig behauptete, er wolle mich nicht, hatte ich diese Küsse sehr genossen, auch wenn ich mir darüber im Klaren war, dass es Wahnsinn war, sich mit einem Mann einzulassen, der eine Drachenseite hatte.

Wieder spürte ich ein Bedürfnis bei ihm, das mich veranlasste, ihn unterstützen zu wollen. Er war eine unruhige Seele, und da ich meinen eigenen Albtraum erlebt hatte, fühlte ich mich ihm auf eine Weise nahe, die sich zu einem warmen Gefühl zu entwickeln drohte.

Und das war so ziemlich der lächerlichste Gedanke, den ich jemals gehabt hatte.

»Ich brauchte mich nicht zu bewegen. Warum brauchst du so lange?«

»Ich versuche, mein armes, gequältes Gehirn an Drachen und Feuer zu gewöhnen. Oh, in Ordnung. Ich gebe ja zu, dieses Geräusch ist nervötend.« Ich öffnete die Schlafzimmertür und trat in den Flur, wo der Rauchmelder einen ohrenbetäubenden Lärm von sich gab.

Der Flur war voller Rauch.

»Hast du nicht gesagt …« Ich konnte den Satz nicht zu Ende aussprechen, weil Kostya mich fluchend um die Taille packte und über die Schulter warf. Er rannte den Flur entlang, und ich war etwa fünf Sekunden lang wirklich sprachlos. Als er durch das Wohnzimmer sprintete, versuchte ich auch nicht mehr, mich aus seinem Griff zu winden.

Das Haus brannte tatsächlich, und ich wusste, auch ohne dass er etwas sagte, dass es sich nicht um außer Kontrolle geratenes Drachenfeuer handelte – dicker Qualm waberte durchs Zimmer und die Küchenwände sah man gar nicht mehr. Das Gleiche galt für die Tür zum Strand. Kostya wirbelte herum und schoss durch den Flur zu meinem Schlafzimmer. Er blieb noch nicht einmal stehen, als ich darum bat, heruntergelassen zu werden. Er hob ein Bein und trat mit dem Fuß die Scheibe meines Schlafzimmerfensters ein, räumte die Glasscherben beiseite und warf mich durch das Fenster. Ich erwartete eigentlich, hart auf dem dürren, trockenen Gras unter dem Fenster aufzuschlagen, aber stattdessen prallte ich auf einen Körper, der unter meinem Gewicht rückwärtstaumelte. Schreiend strampelte ich, als ich versuchte mich festzuhalten, und meine Haare und meine brennenden Augen machten mich für ein paar Sekunden blind. Neben mir hörte ich laute Stimmen, und plötzlich packten mich harte Hände und warfen mich zur Seite.

Ich trat aus und hörte mit Genugtuung den Schmerzensschrei, der darauf folgte. Als Kostya aus dem Fenster sprang, gelang es mir, mich zur Seite zu rollen und mich auf alle viere aufzurichten.

Der Mann – und es war ein Mann, auf den ich geflogen war – prügelte sich mit Kostya in bester Action-Movie-Manier. Kostya knurrte und verwandelte sich plötzlich in einen großen, wütenden schwarzen Drachen. Mir traten fast die Augen aus dem Kopf, als der andere es genauso machte – nur dass sein Schwarz rötlich übertönt war, mit kleinen gelben Flecken auf seinem Oberkörper.

»Ach du heiliger Käse!« Ich stolperte vorwärts und beobachtete mit aufgerissenen Augen, wie die beiden Drachen miteinander kämpften. Schwänze peitschten durch die Luft, die

Klauen rissen tiefe Wunden, aus denen das Blut auf das gelblich braune Gras rann.

»Was zum – Feuer von Abaddon! Ist das Kostya?«

Jim kam angerannt. Anscheinend hatte er einen kleinen Strandspaziergang gemacht, dem Seetang nach zu urteilen, der an seinen Beinen klebte.

»Der Schwarze. Ich weiß nicht, wer der andere ist. Neiiin!« Das galt meinem Zuhause, als mit lautem Krachen das Dach plötzlich einstürzte und uns mit einem Schwall heißer Luft überschwemmte. Ich packte Jim und zog ihn zum Strand, mein Blick glitt zwischen dem Haus – das jetzt komplett in Flammen stand – und den beiden Drachen, die sich auf den Tod bekämpften, hin und her.

»Weiß ich auch nicht, aber er hat Freunde«, sagte Jim und blickte an mir vorbei. »Wow, das sind auch Drachen. Sieht ja irgendwie cool aus, oder?«

Ich fuhr herum und sah drei weitere Männer auf das brennende Haus zulaufen. Sie hielten noch nicht einmal an, sondern verwandelten sich mitten im Lauf in ähnliche Drachen wie Kostyas Gegner, der mittlerweile zuckend und stöhnend auf dem Boden lag.

»Hinter dir!«, schrie ich und zeigte auf die Drachenhorde.

Er fuhr herum, starrte sie kurz an und rannte dann direkt auf sie zu. »Benutz ihn!«, schrie er mir zu. »Ich halte sie so lange auf, wie ich kann, aber du musst ihn benutzen. Sie werden auf dich losgehen, wenn sie mich getötet haben. Benutz ihn sofort!«

»Was soll ich …? Oh.« Ich blickte auf meine Hand. Das Gold des Ringes schimmerte in der Sonne.

»Wovon redet er?«, fragte Jim und sah interessiert zu, wie Kostya sich mit einem Schlachtruf auf die drei anderen Drachen stürzte, sodass sie in einem Gewirr von Beinen, Schwänzen und Klauen übereinander herfielen.

»Der Ring. Terrin hat gesagt, er sei magisch, aber ich weiß nicht, wie er funktioniert.«

Eine weitere Mauer meines Hauses stürzte krachend in sich zusammen. Jim und ich taumelten weiter zurück. Ich riss mich vom Anblick des zerstörten Hauses los und schaute wieder zu den kämpfenden Drachen. Einer der Drachen kroch gerade weg, sein Arm stand in einem merkwürdigen Winkel ab. Die anderen beiden leisteten heulend Widerstand.

»Ja, ich sehe auch keinen riesigen leuchtenden Augapfel oder so, aber das hat bei magischen Ringen nichts zu sagen. Glaube ich zumindest. Ganz sicher bin ich mir nicht, weil ich mich ja an nichts erinnern kann. Aua, das tut weh!« Jim zuckte zusammen, als einer der Drachen eine Zaunlatte abriss und damit auf Kostya einschlug.

»Ich weiß nicht, was ich tun soll«, sagte ich. Ich drehte den Ring, aber in diesem Moment kamen noch zwei weitere Männer um die Hausecke. Auch sie verwandelten sich in Drachen, aber den Ausschlag gab das lange Silberschwert, das einer von ihnen in der Hand hielt. »Bleib hier!«, sagte ich zu Jim. Ich rannte vorwärts, streckte dramatisch die Hand aus und schrie: »Ich werde diesen magischen Ring benutzen, um euch Einhalt zu gebieten!«

Einen Moment lang kämpften die Drachen weiter, als wäre nichts geschehen, aber dann drehten sie sich alle zu mir um, selbst der stöhnende Drache auf dem Boden, und sahen mich an.

»Oh Teufel«, sagte ich entsetzt, als die Drachen auf mich losgingen. Ich wich zurück und schwenkte wie wild meine Hand hin und her, in der Hoffnung, dass der Zauber wirkte, bevor sie mich erreichten.

Etwas rauschte durch die Luft, jemand knurrte etwas mit einer Stimme, die direkt aus den Tiefen der Erde zu kommen schien, und dann stand Kostya vor mir, wieder in menschlicher Gestalt. Blut tropfte von seinem Arm. »Benutz ihn!«, verlangte er, ergriff ein Stück Treibholz und schwang es, als wäre es ebenfalls ein glänzendes Schwert. Er wandte sich zu den Drachen und schirmte mich mit seinem Körper ab.

»Ich weiß doch nicht wie!«, heulte ich.

»Konzentrier dich. Mach dir die Macht des Rings zunutze und setze sie gegen sie ein!«

»Als ob ich wüsste, wie das geht, aber …«

In diesem Moment sprangen alle fünf Drachen (der Drache auf dem Boden musste sich damit begnügen zu kriechen) auf uns zu. Kostya knurrte etwas Unverständliches, mit gespreizten Beinen und gesenktem Kopf stand er vor mir, ohne jeden Zweifel bereit, sich zu opfern, um mir ein paar Sekunden Zeit zu verschaffen.

Ich wusste mit absoluter Sicherheit, dass er den Angriff nicht überleben würde. Meine Finger ballten sich zur Faust. Ich presste die Hände zusammen, schloss meine Augen und senkte ebenfalls den Kopf. Im Geiste formte ich einen gewaltigen Baseballschläger aus dem Ring. Ich holte aus und schwang ihn. Die Luft bebte, und ich öffnete die Augen wieder.

Vor uns lagen alle sechs Drachen flach auf dem Boden, jeder von ihnen von einem Ring aus Feuer – Drachenfeuer – umgeben. Kostya taumelte einen Schritt vorwärts, dann sank er auf die Knie und stützte sich auf sein Stück Treibholz, während er sie betrachtete.

»Na, was sagst du dazu?«, sagte ich und starrte auf das Massaker vor mir. »Ich habe einen magischen Ring.«

7

»Dann lass mich das mal rekapitulieren für den Teil meines Gehirns, der sich darüber freut, dass ich nie verrückt war, und vor zwei Jahren genau das gesehen hat, was ich dachte gesehen zu haben: Ein Fluch ist etwas Reales.«

»Ja.« Kostya wies mit dem Kinn auf mein Handy. »Ruf jetzt an.«

»Nein, erst muss ich das klar kriegen. Ein Fluch ist etwas Reales, und er kann mehr als nur eine Person betreffen.«

»Das habe ich dir bereits gesagt.« Ungeduldig presste er die Lippen aufeinander. »Alle Drachen sind von dem Fluch betroffen.«

Ich zählte bis acht, damit mein Verstand sich an die Vorstellung gewöhnen konnte, dass auf der Welt eine ganze Menge Leute lebten, die in Wirklichkeit Drachen waren. »Und ihr versucht den Fluch zu brechen, stimmt's?«

»Ja, natürlich. Er hat die Sippen gegeneinander aufgebracht. Ruf jetzt an.«

Ich blickte auf den Zettel, den er mir gegeben hatte, und tippte langsam die Nummern ein. »Und dieser Ring, den Terrin mir vor zwei Jahren gegeben hat, kann das bewirken? Kann er den Fluch brechen, der euch Drachen so wahnsinnig macht?«

»Ja.«

»Dann gebe ich ihn dir einfach ...«, wollte ich sagen, aber er unterbrach mich mit einer scharfen Geste.

»So einfach ist das nicht.«

Bevor ich fragen konnte warum, sagte eine Stimme etwas in mein Ohr.

»Hallo?« Es war die Stimme einer Amerikanerin, was mich echt überraschte. »Hallo? Ist da jemand? Sie haben mich angerufen, also muss da ja jemand sein, aber wenn Sie einer von diesen Telefonverkäufern sind …«

»Entschuldigung, hier bin ich. Nein, ich bin kein Telefonverkäufer. Äh … sind Sie Aisling Grey?«

»Ja. Ich kenne Ihre Nummer nicht. Wer sind Sie?«

»Mein Name ist Aoife, Aoife Ndakaaru. Na ja, eigentlich Aoife Dakar, weil Dad seinen Namen immer so abgekürzt hat, aber ich nehme nicht an, dass Sie die Geschichte meines Familiennamens interessiert.«

»Warum nicht? Dakar ist ein sehr interessanter Name. Also Ndakaaru. Ist es ein afrikanischer Name?«

»Ja, genauer gesagt senegalesisch. Dad kam dorther. Meine Mom war Irin.«

»Das habe ich gehört. Mein Name ist Aisling.« Sie lachte. »Aber das wissen Sie ja schon, oder? Was kann ich für Sie tun, Aoife Dakar?«

»Kostya lässt Ihnen ausrichten, dass Ihr Dämon hier bei uns ist, und es geht ihm gut, obwohl ich finde, dass er oft Gassi gehen muss. Und sein Gedächtnis verloren hat er auch.«

»Was?« Mein Ohr klingelte, so laut schrie Aisling ins Telefon. »Jim ist bei Ihnen? Warten Sie – Kostya hat Ihnen gesagt, Sie sollten mir das sagen? Drake! Oh mein Gott, wie geht es ihm?«

»Kostya oder Jim? Es tut mir leid, Kostya hat gesagt, ich müsste Jim als *es* bezeichnen, aber er ist ein männlicher Hund, deshalb kann ich das nicht.«

»Kostya! Nein, Jim. Ach zum Teufel, beide – wie geht es beiden? Pal, wo ist Drake? Geh ihn holen. Sag ihm, es ist wichtig.

Es ist Kostya. Zumindest eine Freundin von Kostya – ich weiß nicht. Ich kann sie ja fragen. Aoife, sind Sie … äh … Kostyas Freundin?«

»Was sagt sie?«, fragte Kostya.

»Sie will wissen, ob ich deine Freundin bin.«

»Oh mein Gott, steht er neben Ihnen?«, fragte Aisling. Ihre Stimme wurde vor Aufregung eine halbe Oktave höher.

»Ja. Wollen Sie mit ihm sprechen?«

»Das kann ich nicht. May und ich haben es versucht, aber Gefährtinnen können mit anderen Drachen nur sprechen, wenn die Drachen miteinander sprechen. Das ist alles Teil des Fluchs. Ah, da bist du ja! Kostya ist am Telefon. Na ja, Kostyas Freundin. Ihr Name ist Aoife.«

»Ich bin nicht seine Freundin«, berichtigte ich sie und warf Kostya einen Blick zu. Er saß auf der Kante von Dr. Eks Untersuchungsliege und zuckte zusammen, als er seine Schulter bewegte. Dr. Ek war in eines der Hinterzimmer gegangen, um eine elastische Bandage zu holen, damit Kostya sein gebrochenes Schlüsselbein schonte. »Drake ist dein Bruder, oder?«

»Ja. Ist er da?« Kostya stand auf. Ich hielt ihm das Telefon hin, aber er schüttelte den Kopf. »Ich kann ihn weder hören noch verstehen. Seit der Weyr durch Asmodeus' Fluch zerstört wurde, können die Sippen nicht mehr miteinander kommunizieren.«

»Von dem weiß ich ja noch gar nichts.« Ich warf Kostya einen Blick zu. »Wir müssen noch klaren, wer der Typ ist, der euch verflucht hat, und warum. Sobald ich fertig telefoniert habe – was? Oh, Entschuldigung, ich war abgelenkt. Ja, Kostya ist hier, und es geht ihm gut. Er ist nur ein bisschen ramponiert. Er sagt, das Schlüsselbein heilt in ein paar Minuten. Drachen haben ja dieses Superheilding.«

»Das weiß sie«, belehrte mich Kostya und trat neben mich.

»Frag sie, warum Jim von ihr gelöst wurde. Und erzähl ihr von den roten Drachen.«

»Ja, ich habe ja gesagt, dass ich es mache. Jetzt warte doch mal. Und setz dich wieder hin. Du siehst so aus, als würdest du jeden Moment umfallen.«

Er straffte die Schultern, aber das hatte nur ein erneutes Zucken zur Folge. Er ergriff sein Hemd und schob vorsichtig einen Arm in den Ärmel. »Hör auf, so ein Getue um mich zu machen, Frau. Ich werde in Kürze wieder heil sein, und dann kannst du mich weiter anglotzen und meinen Körper begehren.«

»Das hättest du wohl gern!«, murmelte ich.

»Er ist am Schlüsselbein verletzt«, hörte ich Aisling zu ihrem Mann sagen. Ein leises männliches Grollen war zu vernehmen. »Ich weiß nicht. Aoife hat es mir noch nicht gesagt. Nein, das weiß ich auch nicht. Ehrlich, Drake! Wichtig ist doch, dass es ihm gut geht und dass Jim da ist. Ich weiß nicht, das hat sie mir nicht erzählt, obwohl ich ehrlich gesagt erstaunt bin, wie viel sie mir überhaupt erzählt hat, wenn man bedenkt, wie du und anscheinend auch Kostya ständig das Gespräch stört. Wir kommen ja gar nicht dazu, miteinander zu reden.« Ihre Stimme wurde wieder lauter, als sie sich dem Telefon zuwandte. »Entschuldigung, Aoife. Wyvern! Erzähl mir schnell die wichtigen Details, bevor Drake vor Neugier platzt.«

Im Hintergrund war männlicher Protest zu hören.

»Ich kann nicht ihr und gleichzeitig dir zuhören«, sagte Aisling. »So, Aoife …«

»Was sagt sie?«, wollte Kostya wissen. Mittlerweile hatte er sich das Hemd angezogen.

»Nichts. Und wenn du nicht aufhörst, mich ständig abzulenken, kann ich gar nichts von dem fragen, was du mir aufgetragen hast. Setz dich dort drüben hin und hör auf, deine Brust zur Schau zu stellen.«

»Ich stelle nichts zur Schau, meine Brust schon gar nicht.«

»Du hast dein Hemd nicht zugeknöpft«, erwiderte ich. »Offensichtlich willst du, dass ich deinen nackten Brustkorb bewundere. Na los, gib's zu – du liebst es doch insgeheim, auch wenn du dich immer darüber aufregst, wie ich dich anglotze.«

»Und du liebst es, mich anzuglotzen«, entgegnete er. Aus einem seiner Nasenlöcher drang eine winzige Rauchwolke. Mir wurde es plötzlich sehr warm.

»Natürlich. Ich bin schließlich eine ganz normale Frau mit einer ganz normalen Libido, und du bist zufällig ein unglaublich attraktiver Mann.« Ich trat einen Schritt auf ihn zu, und im gleichen Moment kam er auf mich zu. Ich spürte die Hitze in ihm, und mich überlief ein Schauer, als mir klar wurde, dass das sein Drachenfeuer war. Es wütete in ihm, aber noch hatte er Kontrolle darüber.

Das erklärte jedoch nicht, warum es mir so heiß war.

»Hör auf, mich in Versuchung zu führen, Frau«, grollte er. Die winzig kleinen Silbersprenkel in seinen Augen funkelten mich an.

Ich drehte mich zur Tür um. »Na gut, ich gucke einfach nicht hin. In Versuchung führen, du lieber Himmel. Hallo, bist du noch da, Aisling?«

»Ja«, antwortete sie lachend. »Ich habe nur gewartet, bis du damit fertig warst, Kostyas Brustkorb anzustarren. Es ist ein sehr hübscher Brustkorb. Aua! Drake, du brauchst mich nicht zu kneifen; Kostya ist dein Bruder, und er ist ein sehr attraktiver Mann. Ehrlich! Du musst gerade eifersüchtig sein … Wo waren wir stehen geblieben, Aoife?«

»Was sagt sie jetzt?«, wollte Kostya wissen. »Warum lachst du? Machst du dich über mich lustig? Oder sie?«

»Ich mache mich überhaupt nicht lustig über dich, aber ich kann dir eines sagen – dein Bruder ist anscheinend genauso eine Nervensäge wie du. Entschuldigung, Aisling. Ich wollte nichts Unhöfliches über deinen Mann sagen.«

»… kann unmöglich ein Gespräch führen, wenn du mich so mit Fragen bedrängst. Ich weiß ja, dass du dir Sorgen um ihn machst – ich mache mir genauso Sorgen –, aber offensichtlich geht es ihm doch gut. Aoife hört sich nicht so an, als würde sie mich belügen. *Was?*«

Es wurde still. Ich nahm das Handy vom Ohr, um nachzuprüfen, ob die Verbindung vielleicht unterbrochen war. »Aisling?«, fragte ich.

»Äh …« Ihre Stimme klang seltsam gepresst. »Aoife, er will, dass ich dich frage, wer du bist.«

»Das habe ich dir doch schon gesagt.«

»Ja …« Sie zögerte. »Drake möchte wissen, ob Kostya dich zu seiner Gefährtin ernannt hat.«

»Schon wieder?«

»Was?«, fragte Kostya und trat vor mich, damit er mein Gesicht sehen konnte.

»Aisling will wissen, ob du mich zu deiner Gefährtin ernannt hast.«

Zu meiner Überraschung wurde er rot. »Ich habe dich nicht zu meiner Gefährtin ernannt. Das kannst du ihr sagen.«

»Er sagt, ich soll dir sagen, dass ich nicht seine Gefährtin bin.«

»Hmm.« Sie klang nachdenklich. »Aber ihr habt euch doch verliebt – Drake, ich kann diese endlosen Fragen nicht alle wiederholen. Das würde ja ewig dauern. Nein. Sie sagt, sie ist es nicht. Ich weiß nicht! Woher soll ich denn die Antwort darauf wissen? Ich bin doch nicht da! Hier, willst du sie selber fragen? Nur zu.«

Einen Moment lang war es still, dann drang eine männliche Stimme an mein Ohr. Sie war so ähnlich wie Kostyas Stimme, aber mit einem etwas anderen, leicht europäischen Akzent. »Her spricht Drake Vireo. Sind Sie die Frau bei meinem Bruder?«

»Ja.« Ich musterte Kostya. Sein Bruder klang genauso pompös wie er.

»Wo sind Sie?«

»In einer Arztpraxis.«

»Nein, in welchem Land? Sind Sie Amerikanerin?«

»Ja, aber wir sind in Schweden.«

»Was ist die nächstgrößere Stadt?«

»Boden. Warum?«

»Können Sie in ... einen Moment.« Unterdrückte Stimmen waren zu hören. Ich hob die Hand, als Kostya seinen Mund aufmachte, um mich schon wieder etwas zu fragen. Drake kam ans Telefon zurück. »Können Sie in sechs Stunden in Umea sein?«

»Ja. Das ist nur etwa eine Stunde von hier entfernt.«

»Gut. Wir treffen uns dort am Flughafen. Bringen Sie Kostya und Jim mit.«

Er legte auf, bevor ich antworten konnte. Ich steckte mein Handy ein und warf Kostya einen langen Blick zu. »Wow! Dass das dein Bruder ist, merkt man aber.«

Kostya kniff die Augen zusammen. »Warum sagst du so etwas?«

»Wenn ich es dir verraten würde, würdest du es ja doch nur abstreiten. Oh, vielen Dank, Dr. Ek. Kostya ist Ihnen sicher sehr dankbar, wenn Sie ihm die Schulter verbinden.«

Das war Kostya ganz sicher nicht, aber er zog bereitwillig sein Hemd aus (was mir reichlich Gelegenheit zum Glotzen gab) und ertrug es schweigend, dass Dr. Ek ihm den Arm an den Oberkörper band. Die Schnittwunden waren bereits verheilt, aber bei Knochen dauerte es anscheinend ein bisschen länger, denn als wir Kostya das Hemd wieder angezogen hatten und ich Dr. Ek für seinen Beistand gedankt hatte, hatten sich tiefe Linien des Schmerzes um Kostyas Mundwinkel eingegraben.

»So, alle ins Auto. Oh, Entschuldigung, Jim, du kannst jetzt wieder sprechen.«

Der Dämon, dem ich auf Kostyas Empfehlung hin das Sprechen in der Arztpraxis verboten hatte, stieß nun die Luft aus, als hätte er sie die ganze Zeit über angehalten. »Feuer von Abaddon! Ich weiß ja nicht, wie dieser andere Dämonenfürst war, aber ich könnte weniger Befehle zum Nichtsprechen und dafür mehr zum Essen brauchen. Apropos …«

»Ja, ja, ich gebe dir was zu essen.«

»Ich möchte auch gerne etwas essen, aber zuerst einmal möchte ich wissen, was mein Bruder zu dir gesagt hat.«

Zuerst dachte ich, Kostya stünde an der Fahrerseite, damit ich ihm die Schlüssel gab, aber dann machte er mir die Tür auf. Für einen Mann, der gerne finster dreinschaute und ständig protestierte, war es eine äußerst galante Geste. »Da gibt es nicht viel zu erzählen. Sag mir zuerst: Heilt dein Knochen so, wie du es dir vorgestellt hast?«, fragte ich, als er sich auf dem Beifahrersitz niederließ. Jim legte sich auf die Rückbank und stöhnte, er würde verhungern, weil manche Dämonenfürsten der Bedeutung des Wortes *grausam* eine neue Dimension verleihen.

Kostya versuchte, seine Schulter zu bewegen. Er zuckte zwar nicht zusammen, aber ich hatte das Gefühl, dass sie ihm noch wehtat. »Es dauert länger, als ich dachte, aber es scheint doch besser zu werden. Was hat Drake denn nun gesagt?«

»Hmm. Bist du sicher, dass du Selbstheilungskräfte besitzt? Ach, das ist eine dumme Frage. Ich habe ja selber die zwei Schnittwunden auf deinem Arm gesehen, die jetzt verschwunden sind. Vielleicht liegt es ja daran, dass du in den letzten vierundzwanzig Stunden so viel durchgemacht hast?« Ich startete den Wagen und fuhr zu einem Restaurant, das etwa zwanzig Minuten entfernt war. »Er sagte, er holt uns um sechzehn Uhr in Umea ab. Wir brauchen etwa eine Stunde dorthin, deshalb haben wir noch Zeit genug, etwas zu essen, bevor ich noch einmal nach Hause fahre und …«

»Nein.«

Ich warf ihm einen Blick aus den Augenwinkeln zu. »… mit der Polizei und der Feuerwehr spreche …«

»Du wirst nicht mehr nach Hause fahren.«

»Es werden eine ganze Menge Leute da sein, wenn sie den Brand bemerkt haben. Und sie wollen alle mit uns reden.«

»Wir fahren nach Umea. Und danach nach Paris.«

Ich knirschte mit den Zähnen und musste mich gewaltig zusammenreißen, um Kostya keinen Fausthieb auf sein Schlüsselbein zu verpassen. »Neue Regel: Du hörst auf, mich zu unterbrechen, und ich fahre nicht rechts ran, um dich aus dem Auto zu werfen.«

Der Blick, den er mir zuwarf, war schon wieder komisch. »Du würdest mich wirklich aus deinem Auto werfen? Ich bin verletzt, weil ich dir das Leben gerettet habe!«

»Ich habe auch dich gerettet«, erwiderte ich und hob meine Hand, damit er den Ring sehen konnte. »Ich und Wünsch-dir-was, der Zauberring. Jim, hör auf herumzujammern und schlaf ein bisschen, bis wir im Restaurant sind.«

Einen Moment lang schmollte Kostya stumm vor sich hin. »Ich hatte nicht die Absicht, dich zu beleidigen, indem ich dich unterbrochen habe, aber wir können nicht zu deinem Haus zurückfahren.«

»Warum nicht? Vielleicht sind noch ein paar Sachen da, die nicht durch das Feuer vernichtet wurden.«

»Du wärest nicht sicher dort. Offensichtlich wissen die roten Drachen, dass du bei mir bist, sonst hätten sie nicht angegriffen. Wir werden mit Drake sprechen und in sein Haus in Paris gehen. Dort bist du in Sicherheit, und ich werde in der Lage sein, dafür Sorge zu tragen, dass der Ring dazu benutzt wird, das wiederherzustellen, was zerstört wurde.«

»Redest du eigentlich immer so, als wärst du direkt einem Buch von Tolkien entsprungen?«, fragte ich beiläufig. »Nein, kein Problem, die Frage brauchst du nicht zu beantworten. Es spielt keine Rolle. Ich bin dir sehr dankbar, dass du dich vor mich gestellt hast, als die roten Drachen angegriffen haben – es war mit Abstand das Heldenhafteste, was mir je widerfahren ist –, aber ich habe nichts mit den Dingen zu tun, in die du verwickelt bist, deshalb haben diese roten Typen doch gar keinen Grund, hinter mir her zu sein. Sind übrigens allen Drachen Farben zugeordnet?«

»Im Allgemeinen ja. Nur bei einer Sippe ist das nicht der Fall, aber deren Wyvern ist auch … speziell.« Kostya rieb sich das Kinn. Nachdenklich ließ er seinen Daumen über seine Bartstoppeln gleiten. »Die roten Drachen wussten nichts von dir, das stimmt.«

»Und diejenigen, die uns angegriffen haben, werden nicht mehr reden«, erklärte ich. Am liebsten wollte ich gar nicht mehr an die leblosen Körper der roten Drachen denken. Ein Teil von mir war entsetzt über die Tatsache, dass ich die Drachen getötet hatte – oder vielmehr, der Ring über mich –, aber sie waren so wild entschlossen gewesen, uns umzubringen, dass ich lediglich ein leises Bedauern darüber aufbringen konnte, dass wir metaphorisch in die Enge getrieben worden waren.

»Nein, aber wenn sie mich in deinem Haus aufgespürt haben, dann wissen sie auch von dir. Und deshalb bist du in Gefahr.«

»Aber ich bin doch gar kein Drache. Warum sollten die Drachen meinen Tod wollen?«

»Das ist nicht nur einfach ein Krieg zwischen Sippen – der Fluch hat die Sippen auseinandergetrieben, das stimmt, aber die roten Drachen sind anders. Sie sind jetzt auch noch zu einem Teil Dämonen. Ihnen ist es egal, ob du ein Drache bist oder nicht; sie wollen dich einfach nur vernichten, weil du den Ring besitzt. Du musst mit nach Paris kommen. Dort bist du in Sicherheit.«

Es berührte mich, dass er so besorgt war. Ein warmes Glücksgefühl breitete sich in meinem Bauch aus. »Wie widersprüchlich du doch bist. Wenn man nach deinem Gesichtsausdruck geht, dann ist es deine Lieblingstätigkeit, mürrisch und finster dreinzublicken, aber dann wieder riskierst du dein Leben, um mich zu retten.«

»Ich bin ein Wyvern«, antwortete er und blickte aus dem Fenster. »Das ist meine Pflicht.«

»Aber ich bin nicht einer deiner Drachen.«

»Nein, aber du bist …« Er brach ab und presste die Lippen zusammen.

»Was bin ich?«

»Wie lange dauert es noch, bis wir etwas zu essen bekommen?«

»Noch fünfzehn Minuten. Was bin ich, Kostya? Deine *Gefährtin?«* Das letzte Wort sprach ich mit Betonung aus.

Er krallte seine Finger in sein Bein, drehte sich aber nicht zu mir um. »Ich habe keine Gefährtin.«

»Nicht, dass ich besonders wild auf den Job wäre – ganz zu schweigen davon, mit einem so sturen, arroganten Mann zusammen zu sein …«

Bei diesen Worten drehte er sich zu mir um. Sein Gesicht wies erneut den finsteren Ausdruck auf, der sicherlich die

Haare einer Person angesengt hätte, die keinen Zauberring trug.

»Aber du musst zugeben, dass das Küssen Spaß macht, wenn du nicht gerade böse bist.« Ich lächelte ihn an. Er musterte mich finster.

»Apropos Ring, warum kann ich ihn dir nicht einfach geben und du brichst den Fluch?«

Er presste die Lippen zusammen. »Üblicherweise wird ein Fluch von jemandem aufgehoben, der nicht davon betroffen ist.«

»Ach. Man lernt jeden Tag was dazu.« Ich überlegte ein paar Minuten. »Üblicherweise? Meinst du damit, du hast es selber noch nicht versucht?«

»Ich hatte nicht die Möglichkeit dazu.« Betont blickte er auf meine Hand.

»Nein«, sagte ich langsam. »Aber wenn ich dir den Ring gäbe, hättest du die Möglichkeit. Sollen wir das nicht so machen? Dann kannst du ja sehen, ob Fluchbrechen nicht leichter ist, als du denkst.«

Er schüttelte den Kopf und sagte nur: »Es würde nicht funktionieren.«

Ich hätte ihm gerne widersprochen, aber zwei Dinge hielten mich davon ab: Zum einen hatte er offensichtlich Schmerzen, und der Teil von mir, der ihn gerne trösten wollte, verlangte von mir, dass ich aufhören sollte, auf ihm herumzuhacken, und zum anderen war diese ganze Geschichte mit Drachen, Flüchen und Dämonenfürsten neu für mich. In magischer Hinsicht würde ich es sowieso in den falschen Hals kriegen.

Die restlichen Stunden vergingen schneller, als ich erwartet hatte. Ich bestand darauf, zu meinem Haus zu fahren, um zu sehen, was davon übrig geblieben war, aber uns empfingen nur qualmende Holzbalken und eine halbe Mauer, die stehen geblieben war. Tränen traten mir in die Augen, als ich es sah. Ich betrauerte den Verlust dieses Ortes, an den ich so viele glückliche Erinnerungen hatte. Beinahe wäre ich schluchzend zusammengebrochen, aber dann spürte ich, dass Kostya hinter mir stand.

Er sagte nichts, er berührte mich noch nicht einmal, aber allein seine Nähe gab mir Trost. Nach ein paar Minuten drehte ich mich um und ging zum Auto, Jim und Kostya schweigend an meiner Seite.

Am liebsten hätte ich an der nächsten Feuerwache angehalten (sie war etwa dreißig Kilometer entfernt), aber ein Telefonanruf musste genügen. Nachdem ich alle Informationen durchgegeben und versprochen hatte, innerhalb der nächsten vierundzwanzig Stunden vorbeizukommen, um den Bericht zu unterschreiben, hinterließ ich Nachrichten für meine Schwester und meinen Bruder, in denen ich ihnen erklärte, dass das Haus zerstört worden sei und ich ihnen später mitteilen würde, wo ich untergekommen war.

»Ich weiß nicht, warum ich ihnen nichts von dir sagen darf«, sagte ich zu Kostya, als ich mit der Voicemail für meinen Bruder fertig war. »Ich bräuchte ihnen doch einfach nur zu erzählen, dass du ein Freund bist, der mir angeboten hat, bei sich zu wohnen, sodass sie sich keine Sorgen zu machen brauchen.«

»Ich kenne deine Geschwister nicht. Sie könnten Informationen weitergeben, die die roten Drachen zu dir führen.«

»Du bist wirklich stur, weißt du das? Nein, du musst nach links abbiegen. Wir wollen auf die Straße Richtung Süden.«

Kostya saß am Steuer, da sein Schlüsselbein inzwischen verheilt war. Nachdem wir etwas gegessen und an einem Kaufhaus angehalten hatten, um uns frische Kleidung zu besorgen, fühlten wir uns alle besser.

»Ich bin nicht stur. Ich bin ein Wyvern.«

»Ja, ja.« Ich betrachtete die Landschaft, die auf der Fahrt nach Süden an uns vorbeizog. »Du möchtest wahrscheinlich jetzt keine Fragen beantworten, oder?«

»Nein, ich fahre. Da wäre es nicht sicher, wenn ich gleichzeitig Fragen beantworte.«

»Das habe ich mir schon gedacht. Okay, dann lass es uns mal hiermit versuchen. Jim?«

»Hä?«

Ich drehte mich zu dem Dämon um. Er hatte um eine Zeitung gebeten, die er jetzt sinken ließ. Ich hatte ihm die Zeitung gekauft, ohne etwas dazu zu sagen. Anscheinend sprach er nicht nur Schwedisch, sondern konnte auch lesen und war an den neuesten Nachrichten interessiert.

»Was weißt du über Drachen-Weyr? Oh, warte, nein … ich befehle dir, mir alles über Drachen-Weyr zu berichten.«

Der Hund verdrehte die Augen. »Du brauchst mir nicht immer gleich Befehle zu geben, du kannst mich auch nur so fragen.«

»Entschuldigung. Kostya hat gesagt, ich müsse dir Befehle geben.«

»Das ist nicht sehr höflich.« Jim schniefte und blätterte die Zeitung um. »Ich weiß darüber nur, dass es eine Art kollektive Vereinigung ist, der die Sippen angehören.«

»Oh ja, das stimmt. Terrin hat auch so etwas gesagt. Es ist so etwas wie die Vereinten Nationen, oder?«, fragte ich Kostya. »Und die einzelnen Sippen sind die Mitglieder.«

»Der Weyr besteht aus Drachensippen, ja.« Ein Muskel an seinem Kinn zuckte. »Er *bestand* aus Drachensippen. Jetzt nicht mehr.«

»Und das hat der Fluch bewirkt? Der Typ, der das gemacht hat, muss ja wirklich ein Oberschurke gewesen sein.«

Kostya schwieg. Ich überlegte einen Moment lang, ob ich

so lange weiterfragen sollte, bis er mir eine Antwort gab, aber die Sonne schien durch die Windschutzscheibe, ich hatte vergangene Nacht wenig geschlafen, und jetzt war mein Bauch voll – all das machte mich schläfrig, deshalb sagte ich nur: »Ich finde es sowieso heraus, weißt du. Wenn nicht jetzt, dann später. »Dann machte ich mir ein Kissen aus einem Pullover und kuschelte mich in den Autositz, um ein bisschen zu schlafen.

Einige Zeit danach wachte ich auf, weil der Regen gegen das Fenster prasselte.

»Oh«, sagte ich und richtete mich auf. Ich war im Schlaf gegen die Tür gesunken, und jetzt tat mir der Hals weh von der unbequemen Haltung. Ich rieb ihn mir und sah mich blinzelnd um. Ich war alleine im Auto. Der Himmel war zwar grau, aber die Tatsache, dass der Boden nicht allzu nass war, deutete darauf hin, dass es noch nicht lange regnete. »Jim? Kostya? Hallo?«

Niemand antwortete. Ich blickte nach draußen in den Regen, sah aber niemanden. Das Auto schien an einem kleinen Flughafen zu stehen – nicht an dem großen, mit den internationalen Flügen, sondern einem lokalen. Ein Schild über einem Hangar verkündete, dass hier Ballonflüge und die Ausbildung von Piloten stattfanden. Ich stieg aus und eilte zur Tür des nächstgelegenen Hangars. Drinnen stand ein kleines Flugzeug, wie sie auf dem Land zur Düngung eingesetzt wurden, aber niemand war zu sehen. »Hallo? Ist da jemand?«

Es war, als wäre der Flughafen eine Geisterstadt. Ich lief zu dem großen Schild, weil ich annahm, dass sich dort auch das Büro befand, als ich aus den Augenwinkeln eine Bewegung wahrnahm. Ein Flugzeug war offenbar gerade gelandet und kam jetzt auf mich zu. Dieses Flugzeug war kein Düngemittelflieger – es war klein, aber schnittig und roch förmlich nach Geld. Ich blieb stehen und beobachtete, wie es zum Halten kam und die Treppe mit leisem Zischen ausfuhr.

Ein Mann kam die Stufen hinunter, untersetzt, mit roten Haaren und einem misstrauischen Ausdruck im Gesicht. In meinen Augen sah er nicht gerade wie ein Drache aus, andererseits sah natürlich Kostya in Menschengestalt auch nicht wie ein Drache aus. Ich ging einen Schritt auf den Rothaarigen zu, blieb jedoch stehen, als ein weiterer, ebenfalls rothaariger Mann auftauchte. Keiner von ihnen sah aus wie Kostya.

Ich ging weiter auf das Büro zu und blickte die Hangars entlang, um nach Kostya oder Jim Ausschau zu halten.

Ein Schrei hinter mir ließ mich innehalten. Zu den beiden Männern vom Flugzeug waren weitere hinzugekommen, unter ihnen eine Frau mit lockigen braunen Haaren und ein großer Mann mit schwarzem Haar. Die Frau zeigte auf mich, und blitzschnell realisierte ich, dass ich Drachen sah – aber keine von Kostyas Familie.

»Rote Drachen!«, sagte ich laut und drückte meine Hand an die Brust. »Sie wollen den Ring! Nun, den können sie leider nicht haben.«

Fast genauso tapfer wie Kostya früher am Tag (allerdings sehr viel umsichtiger unter den gegebenen Umständen) drehte ich mich auf dem Absatz um und rannte den Weg zurück, den ich gekommen war. Hoffentlich hatte Kostya die Autoschlüssel im Zündschloss gelassen.

Sofort hörte ich, dass jemand hinter mir herrannte. Ich lief los wie der Blitz, aber zwei Jahre, in denen ich höchstens einmal im Garten spazieren gegangen war, hatten ihren Tribut gefordert, und ich hatte kaum die Hälfte der Strecke zum Auto zurückgelegt, als ich schon schweres Atmen direkt hinter mir vernahm. Vor mir ragte die Ecke eines Hangars auf. Dahinter stand mein Auto, aber ich hatte ernsthafte Zweifel, dass ich es bis dahin schaffen würde. Ich sammelte das letzte bisschen an Energie und rannte, so schnell ich nur konnte, aber als ich gerade das Ende des Hangars erreicht hatte, packte mich jemand von hinten am Shirt und riss mich zurück.

Es war der Größere der beiden Rothaarigen. Er sagte etwas in einer Sprache, die ich nicht verstand, und zog mich zu sich. Hinter ihm tauchte der untersetzte Mann auf, und auch die Frau und der dunkelhaarige Mann kamen näher.

»Lass mich los!«, knurrte ich, ballte die Fäuste und versuchte, ihn zu schlagen. Aber er duckte sich. Der zweite Mann erreichte uns gerade, als plötzlich ein großer Schatten an mir vorbeikam, und im nächsten Moment war ich frei. Ich rannte ein paar Schritte weiter, bis mir klar wurde, wer der große Schatten gewesen war. Und tatsächlich wälzte sich Kostya mit beiden Rothaarigen auf dem Boden.

Der dunkelhaarige Mann blieb einen Moment lang stehen, dann rannte er wütend los und stürzte sich ebenfalls auf den Haufen.

»Ach, du liebe Scheiße!«, schrie ich. Ich umklammerte die Hand mit dem Ring und versuchte mich zu erinnern, wie ich ihn bei den anderen roten Drachen eingesetzt hatte. Ich versuchte, Energie darauf zu lenken und streckte ihnen die Hand entgegen, wobei ich brüllte: »Stopp, stopp, stopp! Ich befehle euch allen aufzuhören!«

Nichts passierte. Die Männer kämpften weiter.

Was zum Teufel sollte ich bloß tun?

8

»Pal! Istvan!« Die Frau, die bei den drei Männern gewesen war, hatte uns erreicht. »Hör auf, Drake! Aoife, du musst sie voneinander trennen! Sie bringen sich noch gegenseitig um!«

Ich zuckte zusammen, als ich die vertraute weibliche Stimme hörte. »Aisling?«, fragte ich.

Die beiden rothaarigen Männer hatten sich bereits aus dem Haufen gelöst, aber Kostya und der Mann, den ich für seinen Bruder hielt, wälzten sich immer noch auf dem Boden, zum Glück zwar in menschlicher Gestalt, aber den Lauten nach zu urteilen, mit äußerster Heftigkeit.

»Ich bin dieses ständige Kämpfen langsam leid«, sagte ich zu Kostya. »Du solltest jetzt einfach mal damit aufhören. Ich kann nicht dauernd mit dir zu Dr. Ek fahren.«

»Bringt sie auseinander!«, schrie Aisling. Sie packte Drake am Arm und versuchte, ihn wegzuziehen.

Er knurrte etwas Grobes. Sein Gesicht war finster vor Wut. Zu meinem Erstaunen taten die beiden Rotschöpfe, was ihnen aufgetragen worden war. Sie packten Drake und versuchten, ihn von seinem Bruder wegzuziehen. Kostya nutzte die Tatsache, dass Drake kurzfristig nicht zurückschlagen konnte und schlug ihm mit der Faust mitten ins Gesicht. Dem Knacken nach zu urteilen, hatte er ihm wahrscheinlich die Nase gebrochen.

»Aoife, du musst ihn wegziehen«, befahl Aisling und versuchte sich zwischen die beiden Männer zu quetschen. »Sie hören erst auf, wenn wir sie getrennt haben!«

Ich blickte mich nach etwas um, womit ich Kostya von Drake wegtreiben konnte, aber außer Jim war nichts bei der Hand.

»Jim«, befahl ich, »such etwas, womit ich Kostya wegziehen kann.«

»Im Ernst?« Jim schürzte die Lippen. »Was denn? Einen Bulldozer?«

»Du bist mir keine Hilfe«, stieß ich ächzend hervor. Ich hatte von hinten die Arme um Kostya geschlungen und versuchte, ihn von Drake zu trennen.

»Aoife, Baby, du hast doch Kostya schon einmal beim Kämpfen zugesehen. Man braucht schon ein Brecheisen, um ihn von dem anderen Typ loszueisen, und es funktioniert auch dann wahrscheinlich nur, wenn du ihn mit dem Brecheisen bewusstlos schlägst.«

»Tu, was ich dir befehle«, schrie ich und gab meinen Versuch, ihn wegzuziehen, auf. Aislings Plan war vermutlich besser, dachte ich und versuchte, mich zwischen die beiden Männer zu drängen. »Pack ihn hinten am T-Shirt und zieh!«

Es funktionierte, aber erst nachdem ich einen unvorhergesehenen Kinnhaken bekommen hatte, der mich ein paar Minuten lang Sterne sehen ließ. Ich klammerte mich an Kostya und sagte zu ihm, er solle aufhören, sich wie ein Idiot zu benehmen. Schließlich gelang es uns, die beiden Männer zu trennen. Kostya stand keuchend da, mit zerrissenem Hemd und zwei blauen Augen. Drake sah nicht viel besser aus. Blut tropfte aus seiner Nase, seine Lippe war geschwollen, und am Kinn hatte er eine mächtige Beule.

»Was sollte das?«, fragte ich Kostya aufgebracht. »Warum hast du mir nicht gesagt, dass du deinen Bruder hasst?«

Er blickte mich an, und die Wut in seinen Augen wich Verwirrung. »Wie meinst du das? Ich hasse meinen Bruder nicht.«

Ich zeigte auf Aisling, die Drake gerade das Gesicht abtupfte. »Du hast gerade versucht, ihn umzubringen. Und versuch nicht, es abzustreiten, denn dieser Schlag, den ich abbekommen habe, war für ihn bestimmt.«

Kostya blickte mich scharf an, und ein entsetzter Ausdruck trat in seine Augen. Er berührte mein Kinn und strich mit dem Daumen zart über die empfindliche Stelle. »Ich habe dich geschlagen? Lass mal sehen.«

»Es geht mir gut.« Ich schob seine Hand weg, aber er ignorierte es einfach und drehte meinen Kopf, bis er sich anschauen konnte, was er getan hatte. Seine Finger waren warm, und als sein Daumen erneut über mein Kinn streichelte, sammelte sich ähnliche Wärme in meinem Bauch.

Einen Moment lang war es so, als stünde die Zeit still. Es gab nur noch Kostya und mich und ein feines Netz unausgesprochener Gefühle zwischen uns.

Und dann zerbrach dieser große Ochse den Zauber.

»Du hast mir nicht gesagt, dass ich dich geschlagen habe. Wir fahren zum Arzt!«, verkündete er.

Ich blinzelte bedauernd. Der Augenblick war vorüber. »Nein, das tun wir nicht.«

»Ich lasse nicht zu, dass du verletzt wirst.« Er ergriff meine Hand und wandte sich zum Gehen.

»Nein, das tun wir nicht! Bleib stehen, Kostya!« Ich wehrte mich aus Leibeskräften, und es gelang mir tatsächlich, ihn aufzuhalten. »Was ist mit deinem Bruder?«

Er drehte sich zu Drake um, und sofort veränderte sich seine Körpersprache. Er fletschte die Zähne und wollte sich erneut auf ihn stürzen. Ich sprang vor ihn und versperrte ihm den Weg.

»Das geht jetzt gar nicht!«, fuhr ich ihn an. »Ich weiß nicht, was mit dir los ist oder ob du alle Familienmitglieder normalerweise so begrüßt, aber eines weiß ich ganz genau: Wenn du das nächste Mal in einen Kampf auf Leben und Tod verwickelt bist, dann mische ich mich nicht mehr ein.«

»Es ist nicht seine Schuld«, rief Aisling und kam auf mich zu. Drake befahl ihr, stehen zu bleiben, und wollte ihr hinterherlaufen, aber die beiden Rotschöpfe hielten ihn fest.

»Du liebe Güte!«, sagte Aisling zu ihrem Mann. »Ich kann doch mit Aoife reden, oder?«

Kostya grollte. Ich blickte ihn an und hielt ihm weiter die Hände auf die Brust, damit er nicht losrannte.

»Wow«, sagte Jim und bedachte ihn mit einem langen Blick. »Das klingt ja wahrhaftig wie bei einem wilden Tier. Vielleicht solltest du ihn mal gegen Tollwut impfen lassen. Ich würde ja Kastration empfehlen, aber ich bezweifle, dass Aoife das zulassen würde.«

»Soll ich dir wieder befehlen, den Mund zu halten?«, fragte ich den Dämon.

Er schniefte und blickte zur Seite. »Mann, ständig werde ich gemaßregelt. ›Jim, pinkle nicht auf die Blumen des Arztes‹, ›Jim, schnüffle nicht am Schritt der Kellnerin‹, ›Jim, mach keine Witze über Kastration‹. Das macht absolut keinen Spaß mit dir, Iifers, absolut nicht! Ich wette, bei Aisling könnte ich wesentlich mehr Spaß haben.«

»Wag es nicht, sie gegen mich auszuspielen, das wird nämlich nicht funktionieren.«

Ein verletzter Ausdruck trat in seine Augen. »Du willst mich nicht. Es liegt daran, dass ich ein Dämon bin, stimmt's? Na, komm schon, du kannst es ruhig zugeben. Du vernichtest mich und zerstörst, was sich gerade zu einer echt netten Beziehung entwickelt hat …«

»Jetzt halt mal die Luft an«, unterbrach ich ihn.

»Und gerade, als ich eine Bindung zu dir entwickelt habe«, fuhr Jim fort, als ob ich nichts gesagt hätte. »Aber das ist schon okay. Ja, ich hatte gerade angefangen, dich zu mögen, obwohl du ein bisschen komisch bist und mir nichts zu essen gibst, aber das spielt alles keine Rolle, weil ich eben kein Mensch bin, stimmt's? Na los«, sagte er und legte sich vor mir auf den Boden. »Überfahr mich noch einmal. Erlös mich von meinem Elend. Es spielt alles keine Rolle, weil ich ja doch nur ein Dämon bin.«

»Du liebe Güte – Jim, steh auf. Ich werde dich nicht überfahren. Und natürlich bist du mir wichtig, deshalb bin ich ja auch mit dir zum Tierarzt gefahren, habe dir einen Hamburger gekauft und dir meine Steppdecke zum Schlafen gegeben, also sieh mich nicht an wie ein Märtyrer. Weinst du etwa?«

»Nein«, schniefte Jim und wandte sich ab. Seine Stimme klang erstickt. »Ich habe nur etwas im Auge.«

»Ich glaube es nicht, dass du gerade jetzt die Drama-Queen gibst. Kostya, siehst du, was er hier veranstaltet? Hast du gar nichts dazu zu sagen?«

Kostya kniff die Augen zusammen, bis die kleinen silbernen Sprenkel wie Sonnenlicht auf Diamanten glitzerten, und schaute seinen Bruder an. »Wyvern«, schnarrte er. Die Hände hatte er zu Fäusten geballt, und jeder Muskel in seinem Körper war angespannt.

»Du bist mir wirklich keine Hilfe, weißt du das?«, sagte ich.

Seufzend wandte ich mich wieder Jim zu, der sich mittlerweile in gespielten Qualen auf dem Boden wälzte. Aber kaum hatte ich Kostya aus den Augen gelassen, machte er einen Schritt vorwärts. Ich drückte meine Schulter gegen seine Brust und warf ihm einen finsteren Blick zu. So ruhig wie möglich sagte ich: »Mann, du drückst aber auch wirklich sämtliche Knöpfe, was? Na ja, ich habe schließlich nicht umsonst zwei Jahre tiefenpsychologisches Training hinter mir. Ich will dich. Wenn ich dich nicht wollte, hätte ich dich auf der Straße liegen lassen, als ich dich überfahren hatte.«

Immer noch schniefend stand er auf. »Dann liebst du mich also?«

»Ja«, knurrte ich. Hoffentlich war dieser Tag bald zu Ende. »Ja, ich liebe dich bis zum Ende der Welt und wieder zurück. Und jetzt komm her und hilf mir, Kostya zurückzuhalten.«

»Aoife, komm mir entgegen!«, rief Aisling. Sie war zurück zu ihrem Mann gegangen und hatte anscheinend mit ihm geredet. »Drake will nicht, dass ich zu dir komme, und Kostya fände es vermutlich auch nicht gut, wenn du herkämest. Drake! Bleib!«

»Okay, aber nur weil du gesagt hast, es tut dir leid, dass du mich wie Dreck behandelt hast«, sagte Jim. Er trottete hinter Kostya, nahm ein großes Stück von seinem Hemd ins Maul und zog ihn rückwärts.

Ich beschloss, dass es sicher besser war, nicht darauf hinzuweisen, dass ich mich keineswegs entschuldigt hatte, und wandte meine Aufmerksamkeit wieder Kostya zu. »Aisling will mit mir sprechen.«

»Wyvern«, wiederholte er.

»Nein, sie ist die Frau des Wyvern, und sie will mit mir reden. Ich werde das tun. Du bleibst hier.«

»Drake«, knurrte er und knirschte mit den Zähnen.

Ich musterte ihn. »Pass auf, dass ich dir nicht auch gleich Befehle erteile wie diesem Hund hier.«

Ein ersticktes »Hallo, ich stehe hier! Ich habe einen Namen. Außerdem hast du gesagt, du liebst mich. So kannst du nicht von mir reden, wenn du mich liebst, oder?«, kam von Jim.

Kostya blickte mich an. »Beleidigst du mich etwa?«

»Nein, aber das werde ich, wenn du nicht aufhörst, dich zu prügeln. Bleib einfach hier. Ich gehe nach drüben und rede mit deiner Schwägerin, okay?«

Er blickte an mir vorbei zu Aisling, dann zu Drake, grollte erneut, nickte jedoch.

»Jim, ich habe meine Meinung geändert, du kannst mit mir kommen. Da du früher Aisling gehört hast, möchte sie dich wahrscheinlich sehen und sich vergewissern, dass es dir gut geht. Vielleicht will sie dich auch zurückhaben. Und ich würde dich ihr natürlich nur zu gerne zurückgeben, da du es ja nicht besonders zu schätzen scheinst, wie ich für dich sorge.«

»Wenn man überfahren wird, dann verliert man ein bisschen den Glauben an die Qualität der Fürsorge, die man erwarten kann«, antwortete Jim trocken, aber er folgte mir gehorsam, als ich Aisling auf halber Strecke zwischen den beiden Männern traf.

»Hallo, Aoife. Wie du schon richtig vermutet hast, ich bin Aisling«, sagte sie und lächelte mich freundlich an. »Jim!« Sie schrie leise auf. »Ich freue mich so, dich zu sehen! Wo bist du nur gewesen? Warum bist du in Schweden? Warum bist du nicht bei Magoth?«

Der Dämon ließ sich von ihr umarmen und beschnüffelte ihre Haare und ihre Brust, bevor er antwortete: »Hi. Iffi hier sagt, ich sei früher bei dir gewesen. Ich weiß nicht, wer Magoth ist, aber du scheinst ganz nett zu sein. Du hast nicht zufällig etwas zu essen dabei, oder? Meine jetzige Dämonenfürstin behauptet zwar, dass sie mich liebt, aber die traurige Wahrheit ist, dass sie versucht, mich Hungers sterben zu lassen.«

Aisling blickte ihn verwirrt an. »Tatsächlich?«

»Ja. Sie erlaubt mir nur einen Hamburger zum Mittagessen. Einen! Als ob das ausreichend wäre, um solch ein herausragendes Exemplar von einem Neufundländer am Leben zu erhalten!«

»Der Tierarzt meinte, er hätte ein paar Pfund zu viel auf den Rippen«, sagte ich zu Aisling, aus Sorge, sie könnte glauben, ich würde ihren Hund misshandeln. Ihren Dämon. Was auch immer.

»Ach so. Ja, mein Tierarzt sagt das Gleiche. Und Jim ist ein Meister darin, sich über zu wenig Essen zu beschweren. Achte gar nicht darauf.« Ein Ausdruck von Verwirrung huschte über ihr Gesicht. »Warte mal – heißt das, du erinnerst dich nicht an Magoth?«

Jim zuckte mit den Schultern. »Mein Erinnerungsvermögen ist weg. Ich kann mich an gar nichts erinnern, nur daran, dass Aoife mich niedergemäht und dann zum Tierarzt geschleppt hat.«

»Es war ein Unfall!«, sagte ich rasch. Aisling richtete sich auf und warf mir einen Blick zu, bei dem Panik in mir aufstieg. »Es war Nacht, und er stand mitten auf der Straße, stand einfach da, und natürlich bin ich sofort mit ihm zur Tierärztin gefahren. Sie hat gesagt, ihm fehle nichts, er sei überhaupt nicht verletzt, und ich habe ihn mit nach Hause genommen, weil ich keine Ahnung hatte, wo er hingehörte, aber ich versichere dir, ich habe ihn bestimmt nicht absichtlich überfahren.«

»Ich verstehe.« Zuerst klang ihre Stimme kühl, aber dann schüttelte sie den Kopf. »Es tut mir leid, ich sollte dir nicht böse sein. Du hast Jim sicher nicht absichtlich überfahren.« Sie fuhr ihm mit den Händen übers Fell, offensichtlich auf der Suche nach Verletzungen. Jim schmiegte sich glücklich seufzend an sie. »Aber es war ein richtiger Schock für mich, dass Jim mich nicht einmal wiedererkannt hat. Ich … ich habe keine Ahnung, was passiert ist. Ich habe ihn an Magoth gebunden.«

»Wer ist das?«, fragte ich.

»Ein Dämonenfürst. Das heißt, ein ehemaliger Dämonenfürst.« Sie lächelte schief. »Um es kurz zu machen, er ist in Kostyas und Drakes Mom verknallt, aber sie hat ihn sitzen lassen. Auf jeden Fall hat er uns geholfen, Jim nach Abaddon – die Hölle für den Normalsterblichen – hineinzuschmuggeln, damit er herauskriegt, was Asmodeus macht, und wenn möglich seinen Ring findet.«

Ich rieb mir die Stirn. »Ich habe langsam das Gefühl, ich sollte von jedem von euch einen Steckbrief verfassen. Ist das derselbe Asmodeus wie der vom Fluch?«

»Ein und derselbe, der Chef von Abaddon, der Erzbösewicht in der Welt der Drachen und der Unsterblichen. Und mit seinem Fluch macht er uns alle das Leben zur Hölle.« Aisling wirkte plötzlich besorgt. »Wir müssen diesen Fluch brechen, Aoife. Der Krieg ist nicht nur eine Bedrohung für die Drachen; er könnte sich auch auf die Welt der Sterblichen ausweiten.«

»Ach, jetzt herrscht zusätzlich zu Dämonenfürsten und einem Fluch auch noch *Krieg*?«

Ich muss ziemlich fassungslos ausgesehen haben, denn Aisling ergriff plötzlich meinen Arm und rief über meine Schulter ihrem Mann zu: »Wir gehen ein bisschen spazieren. Nein, du brauchst uns nicht zu begleiten. Bring deinen Bruder nicht um. Wir sind gleich wieder zurück.«

»Wohin gehst du?«, wollte Kostya wissen.

»Aisling erklärt mir, warum es einen Krieg gibt und einen Dämonenfürsten-Fluch.«

»Das könnte ich dir auch erklären«, rief er mir aufgebracht nach.

»Ja, aber das tust du ja nie!« Ich drehte ihm den Rücken zu und spazierte mit Aisling auf das Hauptgebäude zu, das seltsam menschenleer war. »Eine direkte Antwort von ihm zu bekommen ist, wie eine Muschel mit Perle zu finden.«

»Ich dachte, Perlen würden in Austern wachsen?«, fragte Aisling stirnrunzelnd.

»Ja, stimmt. Aber jetzt erzähl mir erst einmal, warum Kostya und sein Bruder sich gegenseitig bekämpfen.«

Sie seufzte. »Das gehört auch zum Fluch. Nicht nur, dass die Sippen nicht miteinander reden können, was es echt schwierig macht, die Aufgaben des Weyr zu erledigen, sondern der Fluch führt auch dazu, dass alle übermäßig feindselig gegenüber Drachen anderer Sippen eingestellt sind. Und in diesem Fall ...«

Wir fuhren beide herum, weil hinter uns ein Wutgebrüll ertönte. Drake und Kostya hatten es offensichtlich nicht mehr ausgehalten und wälzten sich schon wieder auf dem Boden.

Dieses Mal seufzte ich. »Du liebe Güte, dieser Mann prügelt sich einfach für sein Leben gern.«

»Drachen«, sagte Aisling und drehte ihnen zu meiner größten Überraschung den Rücken zu.

»Äh ... sollten wir sie nicht besser aufhalten?«, fragte ich, als sie weiterging.

»Ich glaube nicht, dass es etwas nützen würde. Sie würden uns nur erneut unterbrechen. Dann können wir sie auch kämpfen lassen und in der Zwischenzeit ein paar Dinge besprechen. Wo waren wir stehen geblieben?«

Ich warf einen Blick über meine Schulter. Ein Teil von mir wollte aufpassen, dass Kostya heil und unversehrt blieb, aber der andere Teil stimmte mit Aisling überein. »Sie fügen sich doch keine bleibenden Schäden zu, oder?«

»Nicht solange sie sich nicht in Drachen verwandeln, nein. Die Menschengestalt ist wesentlich weniger schlagkräftig.« Sie lächelte belustigt und blieb vor einer Betonbank neben einem nicht gerade großen Kontrollturm stehen. Der Boden war übersät mit Zigarettenkippen. Anscheinend war dies der Lieblingsplatz der Angestellten in der Mittagspause.

»Ich frage mich, wo sie alle sein mögen?«, sagte ich und blickte mich um.

»Drake hat dafür gesorgt, dass die Angestellten den Flughafen nach unserer Landung für eine Stunde verlassen. Er hielt es für das Beste, wenn uns niemand zusammen sieht. Also, wo waren wir stehen geblieben: Jim sollte eigentlich undercover bei Magoth in Abaddon sein, aber jetzt ist er hier bei Kostya und dir. Und wir sind der Beendigung des Fluches immer noch kein Stück näher gekommen.« Sie setzte sich und ließ niedergeschlagen die Schultern hängen. »Ich wünschte, Jim hätte nicht sein Gedächtnis verloren. Ich wüsste gerne, was er in Asmodeus' Palast alles herausgefunden hat.«

Ich verdrängte die Vorstellung von Dämonenfürsten, die in Palästen lebten, und konzentrierte mich auf die wichtigeren Dinge. Ich setzte mich neben sie und sagte: »In dieser Beziehung kann ich dir leider nicht helfen, aber du hättest doch sicher gerne Jim zurück, oder? Dann übergebe ich ihn dir einfach.«

Aisling biss sich auf die Unterlippe und blickte von Jim zu mir. »So einfach ist es vielleicht gar nicht. Jim, an wen bist du gebunden?«

Jim setzte sich und verzog beleidigt das Gesicht. »Vermutlich kann ich nicht zuerst einen Burger haben? Das Mittagessen ist schon lange her.«

Ich zog eine Augenbraue hoch.

»Na gut. Dann sitze ich einfach hier und verhungere. Ich bin an Aoife gebunden, obwohl ich das erst wusste, als Slick es mir gesagt hat.«

»Slick?«, fragte Aisling.

»So nennt er Kostya. Hauptsächlich weil es ihn wütend macht.« Ich lächelte unwillkürlich. Wir blickten beide zu den Kämpfenden hin. Kostya und Drake standen jetzt beide aufrecht, tanzten umeinander herum und verteilten rechte Haken. Die beiden Rotschöpfe beobachteten sie von den Seitenlinien.

Lachend wuschelte Aisling dem Hund durchs Fell. »Nun, es freut mich, dass sich nichts geändert hat, auch wenn du tatsächlich das Gedächtnis verloren hast. Ich werde Magoth die Meinung sagen, wenn ich ihn sehe, aber jetzt muss ich erst einmal zusehen, dass ich Jim nach Hause bringe. Kannst du ihn mir bitte übergeben, Aoife?«

»Klar.« Ich wies auf den Hund. »Jim, du bist jetzt Aislings Dämon.«

Er kratzte sich am Hals. »Ich sage nicht, dass mir das nicht gefallen würde. Sie riecht gut, und sie weiß auch genau, wie sie mich hinter den Ohren kraulen muss, aber ich glaube nicht, dass das so einfach geht.«

»Ach so, ich muss es dir befehlen. Okay, Jim. Ich befehle dir, Aislings Dämon zu sein.«

Aisling schüttelte den Kopf. »So funktioniert das nicht, tut mir leid. Zuerst musst du Jim von seinem Gelübde entbinden; dann kann ich ihn an mich binden.«

Ich blickte Jim an. »Und wie mache ich das?«

Er zuckte mit den Schultern. »Keine Ahnung.«

»Du bist der Dämon. Du solltest so etwas wissen.«

»Du bist die Dämonenfürstin. Du solltest keine Dämonen an dich binden, wenn du nicht einmal weißt, wie du sie ihren rechtmäßigen, sie regelmäßig fütternden Besitzern zurückgeben kannst«, konterte er.

Ich wandte mich wieder an Aisling. »Entschuldigung, ich brauche wohl ein bisschen Hilfe.«

Stirnrunzelnd schüttelte sie den Kopf. »Dämonen sind nicht nach einer festen Methode an Individuen gebunden. Die Art, wie du Jim an dich gebunden hast, bestimmt, wie du ihn entbindest.«

Ich warf einen Blick zu Kostya, der gerade mit seinem Bruder kämpfte. Es sah so aus, als würden die beiden Männer mit Morgensternen aufeinander losgehen.

»Äh … vielleicht können wir das mit der Übergabe später

regeln. Ich habe das Gefühl, wenn wir nicht ziemlich schnell etwas unternehmen, verletzen sich die beiden noch ernsthaft. Kostya kann ziemlich unangenehm werden.«

»Das kommt davon, wenn man zu viel Testosteron hat«, kommentierte Jim. »Das macht doch die Eier dick, oder? Und Kostya hat ordentlich dicke Eier, also hat er wohl auch eine Menge Testosteron.«

Wir warfen beide dem Dämon einen Blick zu. Aisling wirkte einen Moment lang beunruhigt. »Ich ... ich glaube, ich möchte lieber nichts über Kostyas Hoden hören, danke, Jim.«

»Ich wollte nur behilflich sein«, sagte er und setzte sich auf meinen Fuß. »Iffi, halt mich über Kostyas Eier auf dem Laufenden, ja?«

Vor meinem geistigen Auge sah ich plötzlich Kostya in der Arztpraxis stehen. Das Handtuch rutschte herunter. »Äh ...«

»Dann wollen wir mal!«, sagte Aisling munter und sprang auf. Wir gingen auf die beiden Männer zu. Jim folgte uns. »Sie haben jetzt lange genug gekämpft. Wir sollten langsam mal mit der Planung beginnen. Was hat Kostya dir über den Fluch erzählt?«

»Nicht viel. Ich kenne ihn ja erst seit gestern.«

Sie blinzelte. »*Was?*«

Ich beschrieb ihr kurz, wie Jim und ich Kostya gefunden hatten.

»Das hätte ich jetzt nicht erwartet. Ich weiß nicht ... Ich dachte, ihr wärt ... Hat er dir schon sein Feuer gegeben?«

»Wie?«

Sie schüttelte den Kopf. »Das klingt jetzt sicher unverschämt, aber du wirkst so sehr wie eine Gefährtin, dass ich dich das fragen muss – warst du schon intim mit Kostya?«

Ich straffte die Schultern. »Mir ist klar, dass ihr Drachenleute anders seid als wir, aber das geht jetzt nun wirklich zu weit.«

»Sie haben sich ein paarmal geküsst«, ließ sich Jim vernehmen.

Ich ignorierte ihn. »Ganz zu schweigen davon, dass es mich beleidigt, für eine Frau gehalten zu werden, die mit jedem sofort ins Bett springt.«

»Und sie schickt mich ständig aus dem Zimmer, damit sie seine nackte Brust berühren kann«, fügte Jim hinzu und zog vielsagend die Augenbrauen hoch. »Dauernd sagen sie, sie seien nicht aneinander interessiert, aber mit den Blicken, die sie sich zuwerfen, wenn sie sich unbeobachtet fühlen, könntest du Brokkoli kochen.«

»Ach, das stimmt doch gar nicht«, protestierte ich, spürte jedoch, wie ich rot wurde.

»Doch, stimmt wohl«, beharrte Jim und schenkte mir einen wissenden Blick.

»Na ja, er ist schließlich ein gut aussehender Mann«, fuhr ich ihn an. »Man müsste jenseits von Gut und Böse sein, wenn man ihn nicht küssen wollte. Und seine Brust berühren. Mit den Fingern durch sein Haar fahren und die Muskeln auf seinem Rücken spüren, und …« Mir wurde plötzlich bewusst, was ich da sagte, und ich brach ab und räusperte mich. »Man müsste sozusagen tot sein, und das bin ich nicht.«

»Ich hatte schon gleich das Gefühl, dass du meine Worte falsch verstehen würdest«, sagte Aisling und lächelte schief. »Ich wollte nicht indiskret sein. Ich wollte lediglich wissen, ob du sein Feuer schon empfangen hast. Nur Gefährtinnen können das Feuer eines Wyvern aushalten, aber wenn du ihn nur ein paarmal geküsst hast, dann weißt du natürlich nicht, wovon wir sprechen. Es ist also müßig.«

»Na ja«, sagte ich und wackelte mit den Zehen. »Da war die Sache mit meinen Füßen heute früh.«

Jim starrte auf meine Füße. »Oh! Hat er einen Fußfetisch?

Hat er an deinen Zehen gelutscht? Ich bin nämlich ein Hund, und selbst ich finde das nicht gut.«

»Nein«, sagte ich und gab ihm einen sanften Klaps auf die Schulter. »Natürlich habe ich ihn nicht an meinen Zehen lutschen lassen. Und wenn, dann würde ich es dir nicht sagen. Oh Entschuldigung, Aisling, ich wollte deinen Hund nicht schlagen.«

Überraschenderweise lächelte sie mich fröhlich an und blieb ein paar Meter von Kostya und Drake, die mittlerweile mit ihren Streitäxten fochten, stehen. »Mach dir keine Gedanken. Ich muss ihn häufig nach Akasha verbannen, wenn er zu frech wird. Was war mit deinen Füßen?«

Ich blickte zu Kostya, aber ihm schien es gut zu gehen, wenn man einmal davon absah, dass Blut aus einem Schnitt in der Stirn rann. »Kostya küsste mich, und auf einmal standen meine Füße in Flammen. Ich dachte schon, sie wären zu schrecklichen Stumpen verbrannt, aber man sah ihnen überhaupt nichts an.«

Erleichterung breitete sich auf ihrem Gesicht aus, und plötzlich umarmte sie mich. »Oh, Gott sei Dank! Ich hatte also doch recht. Ich habe mich schon gefragt, ob er nach Cyrene überhaupt noch einmal jemanden finden würde. Aber jetzt bist du ja da, und du bist perfekt. Du passt unheimlich gut zu ihm, und ich bin sicher, du bist genau, was er braucht. Drake wird so glücklich sein. Wir haben uns nämlich ziemlich Sorgen um Kostya gemacht, weißt du. Jetzt, wegen des Fluchs …«

»Also, warte mal. Ich habe nicht gesagt, dass ich seine Gefährtin bin, wenn du das mit der Umarmung und so andeuten willst. Ich weiß gar nicht genau, was eine Gefährtin überhaupt ist, weil der Sturkopf nichts anderes von sich gibt, als dass ich unter keinen Umständen daran denken sollte, ich sei eine, weil er weder eine sucht noch mich will … Warte, hast du eben gesagt, ihr macht euch Sorgen um Kostya? Inwiefern?«

Aisling nahm mir die plötzlichen Bedenken, dass Kostya vielleicht gar nicht der war, für den ich ihn hielt. »Nichts, worüber du dir Gedanken machen müsstest. Er ist nur … na ja, intensiv. Aber ich bin sicher, das ist dir auch schon aufgefallen.«

»Oh ja.«

»Vieles rührt daher, dass er so lange in Gefangenschaft war. In Einzelhaft sogar, obwohl er nicht gerne darüber redet. Bei ihm geht alles sehr tief, aber er will nicht, dass die Leute das wissen, deshalb setzt er so eine kalte Maske auf und … und … ach, wirklich«, sagte sie lachend. »Darauf bist du wahrscheinlich schon längst selber gekommen.«

»Klar«, sagte ich, wobei ich hoffte, dass ich den Eindruck machte, ich sei voller Erkenntnisse über Kostya. Allerdings hatte ich ihn auch in vielem, was sie gesagt hatte, wiedererkannt. »Er redet nur nicht gerne über sich. Ständig sagt er, er wolle keine Gefährtin. Ich meine, er sagt das meistens, bevor er mich küsst, aber das spielt jetzt keine Rolle. Wichtig ist, dass ein paar Typen, die man rote Drachen nennt, das Haus meiner Familie niedergebrannt und versucht haben, uns umzubringen. Und jetzt sagt Kostya, ich muss mit ihm nach Paris kommen, damit ich in Sicherheit bin. Warum ich? Und warum Paris?«

»Sie hat tatsächlich keinen Schimmer«, sagte Jim zu Aisling. »Du hast ja keine Ahnung, wie anstrengend das ist.«

»Schweig, Dämon«, sagte Aisling. Zuerst wirkte sie verblüfft über ihre Worte, aber dann war Traurigkeit in ihrem Gesicht zu lesen, gefolgt von Resignation. »Es ist so merkwürdig, dass Jim nicht an mich gebunden ist … aber du hast recht. Offensichtlich geht es ihm gut bei dir, also muss das warten, bis wir das aktuelle Problem gelöst haben. Es geht vor allem um den Fluch – oder zumindest darum, wie wir ihn brechen. Wir müssen Asmodeus' Ring finden und ihn benutzen, um dem Fluch ein Ende zu setzen und den Weyr wieder zusammenzubringen.

Und wir müssen die Welt der Sterblichen vor dem Drachenkrieg schützen. Allerdings ist die Schlacht bisher noch nicht auf sie übergesprungen. Und so soll es auch bleiben.«

Ich trat von einem Fuß auf den anderen. Ich hätte ihr gerne gesagt, dass ich den Ring hatte, aber ich hatte auch das Gefühl, dass ich das nicht allein zu entscheiden hatte. Zuerst musste ich mit Kostya reden.

»Und wo ist dieser Asmodeus?«, fragte ich.

»In Abaddon, soweit ich weiß. Oh, ich sollte dir vielleicht eine Blitzlektion in Drachengeschichte geben.« Einen Moment lang schürzte sie die Lippen, während sie Drake dabei beobachtete, wie er einen plötzlichen Angriff von Kostya abwehrte. »Der oberste Fürst ist der Dämonenfürst, der die anderen sieben Fürsten regiert. Asmodeus ist im Moment der oberste Fürst. Er hat die Regentschaft von einem wahrhaft bösen Mann namens Bael übernommen, und zuerst dachten wir, es sei gut, dass jetzt Asmodeus an seine Stelle gerückt ist, aber vor zwei Jahren hat er die meisten roten Drachen getötet und nur ein paar verschont, mit denen er schreckliche Experimente durchgeführt hat. Und jetzt hat er eine Armee roter Drachen, die teilweise Dämonen sind.«

»Dann sind also diese roten Drachen, die uns angegriffen haben, zum Teil Dämonen?« Ich schluckte.

Aisling nickte. »Drachen sind schon sehr schwer zu töten, aber jetzt kommt auch noch dämonische Kraft ins Spiel.«

»Hmm.« Ich dachte an die roten Drachen, die tot vor meinem Haus gelegen hatten. Ihre Leichen hatten sich in schwarzen Rauch aufgelöst, noch bevor ich mit Kostya zum Arzt gefahren war. Das bestätigte natürlich ihren dämonischen Aspekt. »Warum?«

Sie warf mir einen seltsamen Blick zu. »Warum wir versuchen, sie zu töten?«

»Nein, warum will dieser oberste Dämonenfürst, dass ihr euch untereinander bekämpft? Ich verstehe nicht, warum er euch mit einem Fluch belegt, wenn er euch doch einfach nur seine Superdrachen zu schicken bräuchte, um euch auszulöschen.«

»Das ist eine sehr gute Frage, und wir wissen nicht genau, was ihn antreibt, alle Drachen zu vernichten.« Sie schüttelte leicht den Kopf und blickte zu ihrem Mann. »Wir nehmen an, dass er die Drachen auslöschen will, aber warum wissen wir nicht. Ehrlich gesagt kam alles völlig überraschend. Und wir machen uns auch schreckliche Sorgen, dass Asmodeus' Machtstreben sich auf die Anderwelt … und letztendlich auf die Welt der Sterblichen ausweiten wird.«

»Um Gottes willen!«

»Ja, in der Tat.« Erneut blickte sie sich um. »Wir wissen nur, dass Asmodeus den Drachen den Krieg erklärt hat, indem er uns mit dem Fluch belegt und die roten Drachen gegen uns eingesetzt hat. Über das Warum und Wieso könnte ich stundenlang spekulieren, aber ich weiß nicht, wie lange Drake es noch aushält, Kostya so dicht vor sich stehen zu haben, deshalb beschränken wir uns jetzt lieber auf das Wichtigste. Du hast gesagt, die roten Drachen haben dein Haus niedergebrannt?«

»Ja. Sie haben uns angegriffen, als wir aus dem Haus gerannt sind. Kostya wurde ein weiteres Mal verletzt, aber er scheint ja jetzt wieder okay zu sein. Wahrscheinlich ist es eher normal für ihn, sich mit jedem Drachen zu prügeln, der ihm über den Weg läuft.«

Aisling lachte. »Ja, so ungefähr.« Sie warf mir einen langen Blick zu, dann fügte sie hinzu: »Weißt du, die meisten Wyvern sind echt glücklich, wenn sie ihre Gefährtin finden. Aber Kostya … na ja, wir wollen mal sagen, er hat allen Grund, ein bisschen kopfscheu zu sein. Das bedeutet noch lange nicht, dass du dich damit abfinden musst. Du machst mir nicht den Eindruck, als ob du dir die Butter vom Brot nehmen lässt.«

Ich dachte daran, wie ich die letzten beiden Jahre verbracht hatte, und schwieg.

»Wenn dich Kostya also das nächste Mal küsst und dir sagt, du seiest aber nicht seine Gefährtin, dann kannst du sein Feuer gegen ihn wenden. Das wird ihn lehren, so mit dir umzuspringen.« In diesem Moment verpasste Drake Kostya einen Hieb über den Kopf, und er stürzte zu Boden.

Drake stand über ihm, die Hände in die Hüften gestemmt und sagte laut: »Seid ihr fertig mit eurem Gespräch?«

»Ja, fast«, erwiderte Aisling stirnrunzelnd. »Das war nicht sehr nett, Drake. Vielleicht hat er jetzt eine Gehirnerschütterung – ach, du lieber Himmel!«

Kostya, der sich kopfschüttelnd aufgesetzt hatte, packte plötzlich die Beine seines Bruders, sodass Drake heftig aufs Kinn knallte und bewusstlos liegen blieb.

»Sehr brüderlich«, sagte ich zu Kostya, als er taumelnd wieder auf die Beine kam. Jetzt blutete auch seine Nase.

»Er hat damit angefangen«, rechtfertigte sich Kostya und trat zu uns. »Was hat Aisling dir erzählt?«

»So einiges.« Ich schnalzte missbilligend mit der Zunge, als ich sah, wie er seine Schulter hielt. »Hast du dir etwa schon wieder das Schlüsselbein gebrochen?«

»Nein«, sagte er. Als er es berührte, zuckte er jedoch zusammen. »Möglich. Aber es heilt schon wieder. Was haben Drake und Aisling für Pläne gemacht?«

»Äh …« Ich blickte Aisling an. »Kostya will eure Pläne wissen.«

»Bisher ist unser einziger Plan, den Ring zu finden, und da haben wir noch kein Glück gehabt.« Aisling hockte sich neben Drake und betupfte seinen Kopf mit ihrem Ärmel. »Drake wird außer sich vor Wut sein, wenn er aufwacht. Er hasst es, wenn Kostya ihn besiegt.«

»Was sagt sie?«, fragte Kostya.

»Nichts, was du hören musst. Kostya denkt, wir sollen nach Paris gehen, Aisling. Ich weiß zwar nicht, warum, aber er scheint es für einen sicheren Ort zu halten.«

»Vor den roten Drachen ist man nirgendwo sicher«, sagte Aisling nachdenklich. Sie stand auf, als Drake, der zu sich gekommen war, knurrend aufsprang. Er schwankte ein bisschen, sodass Aisling ihn mit nur einer Hand zurückhalten konnte. Mit der anderen Hand reichte sie mir eine Visitenkarte. »Hier ist meine Nummer. Ruf mich an und gib mir deine Nummer. Fahr mit Kostya nach Paris. Drake hat ein Haus dort, und ich werde dafür sorgen, dass wir auch nach Frankreich fliegen. Kostya denkt vielleicht, der Ring sei dort, sonst würde er Schweden sicher nicht verlassen. Es ist äußerst wichtig, dass wir den Ring finden, sonst ist der Weyr dem Untergang geweiht. Jim, mach Aoife keinen Ärger, und sei brav. Du musst immer tun, was sie sagt.«

Ich biss mir auf die Lippe und warf Kostya einen Blick zu. Wieder wollte ich Aisling am liebsten sagen, dass ich den Ring hatte, aber anscheinend wollte Kostya ja nicht, dass sie es wusste, sonst hätte er mich doch angewiesen, ihr die Wahrheit zu sagen. Der Grund dafür erschloss sich mir allerdings nicht. Vielleicht hatte er die Befürchtung, sie würden ihn uns wegnehmen? Es wäre schön, die Verantwortung jemand anderem zu übergeben, andererseits jedoch kam es mir auch so vor, als ob der Ring mich ausgesucht hatte, und deshalb wollte ich ihn auch nicht so leicht hergeben.

Während ich noch darüber nachgrübelte, was ich tun sollte, legte Jim den Kopf schief und blickte Aisling an. »Kann sie mir sagen, was ich tun soll, Iffi?«

»Hmm? Ja, das kann sie.«

»Oh, Jim, wenn ich nur Zeit hätte … aber die habe ich nicht.« Aisling umarmte den Hund und küsste ihn auf den Kopf. »Denk daran, dass du ein guter Dämon bist, kein böser. Und hör um Gottes willen auf, mitten auf der Straße herumzustehen!«

Sie und Drake gingen auf ihr Flugzeug zu, aber Aisling drehte sich noch einmal um und rief mir zu: »Denk daran, was ich über Kostyas Feuer gesagt habe, Aoife. Es ist an der Zeit, dass er über Cyrene hinwegkommt und merkt, was für ein Glück er mit dir hat! Lass ihn noch ein bisschen zappeln, aber denk daran, dass er es in der letzten Zeit schwer gehabt hat. Ich bin sicher, du gehst nicht zu grausam mit ihm um.«

Ich blickte Kostya an und fragte mich, ob mein Leben jemals wieder so werden würde, wie es einmal war.

9

Ich sah dem Flugzeug hinterher, dann wandte ich mich langsam zu Kostya, der sofort wissen wollte, worüber wir gesprochen hatten. »Hat Aisling gesagt, was die grünen Drachen gemacht haben? Hast du ihr von dem Ring erzählt? Gibt es Neuigkeiten von den anderen Sippen?«

Seine Augen glänzten, die kleinen Silberflecken blitzten gefährlich im dunklen Onyx. Ich trat im Geiste einen Schritt zurück und blickte ihn an. Aisling meinte offensichtlich, ich sei die Person, die als Lebensgefährtin für Kostya bestimmt war, und dieser Gedanke war furchterregend und verlockend zugleich.

Ich hatte noch nie eine ernsthafte Beziehung mit einem Mann gehabt, träumte aber schon seit Langem davon. Ich hatte noch nie das Gefühl gehabt, wirklich zum Leben eines anderen dazuzugehören. Natürlich waren da meine Eltern, meine Geschwister, aber sie waren meine Familie – mit mir verbunden, ob sie wollten oder nicht.

Und wenn ihnen das gerade einmal nicht passt, stecken sie dich ins Irrenhaus, sagte die kleine Stimme in meinem Kopf. Ich wehrte den Gedanken ab und sah Kostya weiter unverwandt an. Er wartete sichtlich ungeduldig auf meine Antwort.

Was an ihm gab mir dieses warme Gefühl? Seine mürrische Art doch bestimmt nicht. Auch nicht, dass er mir ständig sagte, er wolle mich nicht als Freundin, obwohl er dauernd für mich sein Leben riskierte.

Ich hätte jenseits von Gut und Böse sein müssen, damit seine männliche Ausstrahlung mich kaltließ, aber es war nicht nur das süße Grübchen im Kinn, sein Sixpack oder sein echt toller Hintern, was mich ständig an ihn denken ließ; nein, er erweckte in mir den Eindruck, er brauche jemanden, der sich um ihn kümmerte, weil er tief in seinem Innern einen Schmerz empfand, den ich verzweifelt zu lindern versuchte. Seine Narben saßen so tief, dass ich nicht wusste, ob sie jemals heilen würden, aber ich wollte es auf jeden Fall nicht unversucht lassen.

»Aoife?«, fragte Kostya ungeduldig.

Ich kicherte insgeheim. Was hatte ich mir da nur für einen Mann ausgesucht. »Nein, ich habe Aisling nichts von dem Ring erzählt. Ich wusste nicht, ob es dir recht war. Aber wenn du der Meinung bist, dass sie es wissen sollten, kann ich sie sofort anrufen.«

Kostya schüttelte den Kopf. »Nein, wir müssen zuerst nach Paris. Hier können wir den Ring nicht einsetzen.«

»Hast du nicht gesagt, wir könnten den Ring überhaupt nicht einsetzen?«

»Drachen können das nicht.« Er wich meinem Blick aus. »*Wir* unterliegen ja dem Fluch.«

Erneut hatte ich bei seinen Worten das Gefühl, ein Außenseiter zu sein, nicht dazuzugehören. Die Grund lag auf der Hand – ich war nur Mittel zum Zweck, um den Ring demjenigen auszuhändigen, der mit ihm den Fluch brechen konnte.

Verdammt, ich würde mich nicht in Kostya verlieben. Nicht, wenn er mich ständig von sich stieß. Wenn ich so weitermachte, würde ich am Ende noch an gebrochenem Herzen sterben.

»Und wo sind wir jetzt?«, fragte ich laut.

»Wir sind in Schweden. Das solltest du doch wissen. Bist du schon wieder geistig verwirrt?« Stirnrunzelnd blickte er mich an. Zwischen seinen ebenholzschwarzen Augenbrauen bildete sich eine steile Falte, bis ich es nicht länger aushielt und die Hand ausstreckte, um sie zu glätten. »Du hast doch gesagt, du wärst nicht geisteskrank, aber wenn du noch nicht einmal weißt, wo wir sind, stimmt irgendetwas mit dir nicht.«

»Ich weiß genau, wo wir sind.« Er hielt meine Hand fest, und sein Daumen rieb so über mein Handgelenk, dass zahlreiche Körperteile von mir vor Lust prickelten, obwohl ich mir doch fest vorgenommen hatte, seiner so wahnsinnig sexy Art nicht nachzugeben. »Ich weiß jedoch nicht, *was* ich bin. Ich dachte, ich wäre einfach ich, ein normaler Mensch, der etwas Ungewöhnliches gesehen hat und deshalb ins Irrenhaus gesteckt wurde. Aber jetzt weiß ich es auf einmal nicht mehr so genau. Warum reibst du meine Hand?«

Seine Miene war undurchdringlich. »Du hast mein Gesicht berührt. Ich wollte dich nur aufhalten.«

»Du bist so krank, Junge. Das muss wohl an dem Schlag auf den Kopf liegen, denn eigentlich solltest du so heiße Frauen wie Aoife ermutigen, dich zu berühren, anstatt sie davon abzuhalten. Obwohl, heute früh war es schon besser, als sie deinen Hintern gepackt hat und du mit ihren Titten … Hey! Aua! Hör auf, bitte lass das!«

Kostya hatte mit einem Blinzeln Jims Schwanz in Brand gesetzt. Jim rannte ein paar Sekunden im Kreis herum, dann ließ er sich auf sein Hinterteil plumpsen und löschte so das Feuer. Wütend blickte er Kostya an, der sich wieder mir zugewandt hatte. »Mann! Manche Leute sind aber auch so was von empfindlich!«

»Hast du es nicht gerne, wenn man dich berührt?«, fragte ich Kostya. Vielleicht hatte er ja ein Problem mit der Intimsphäre, das mir noch nicht aufgefallen war.

»Was hat Aisling zu dir gesagt?«

»Ah, damit wären wir also wieder beim Thema, was? Warte mal … ich glaube, ich stelle einfach mal eine Gegenfrage: Warum bist du sieben Jahre lang gefangen gehalten worden?«

»Hat sie gesagt, was die grünen Drachen machen? Warum hast du ihr den Ring nicht gezeigt?«

»Warum antwortest du nie auf meine Fragen?«

»Ich bin ein Drache«, sagte er achselzuckend. »Wir beantworten nicht gerne Fragen. Aber jetzt habe ich eine deiner Fragen beantwortet, und nun bist du an der Reihe. Warum beantwortest du *meine* Fragen nicht?«

»Küss mich«, verlangte ich. Ich hatte gerade beschlossen, dass ich ihm später immer noch widerstehen konnte.

»Davon rede ich doch die ganze Zeit«, sagte Jim und legte den Kopf schief. »Tut so, als wäre ich nicht da. Ich sitze nur einfach hier. Mann, ich wünschte, ich hätte eine Kamera.«

Ich hatte keine Gelegenheit, Jim zu sagen, er solle uns nicht so anglotzen, weil Kostya, der wahrscheinlich dachte, dass die ganze Fragerei doch zu nichts führte, mich kurz entschlossen um den Verstand küsste.

Sofort überfiel mich heißes Verlangen. Meine Brüste wollten Kostyas Hände und Mund spüren, meine Finger wollten jeden erreichbaren Teil seines Körpers abtasten, meine Hüften wollten sich gegen seine drücken, und der gesamte Bereich meines Körpers, der für die Reproduktion zuständig war, feierte anscheinend eine Party und bestand darauf, dass Kostya mitfeierte.

Ich versuchte, meine Libido zu unterdrücken, aber sie wollte nichts davon wissen. Mein Körper presste sich an seinen, meine Hände wühlten in seinen Haaren, seine Hände zogen mich an meinem Hintern dichter an ihn heran, und die Flammen zwischen uns schlugen mit jedem Zungenschlag immer höher. Hitze überflutete mich, sein Drachenfeuer erfüllte jede noch so winzige Zelle in mir mit Verlangen und so großem Begehren, dass es mir Angst einjagte. Wie konnte ich nur so auf einen Mann reagieren, den ich erst seit einem Tag kannte?

»Du schmeckst so gut«, stöhnte er in meinen Mund und drängte mich zurück, bis hinter mir nur noch die Wand des Hangars war. Dann zog er mich höher, um noch tiefer in meinen Mund eintauchen zu können. »Du bist so würzig, wie Glühwein, und steigst mir genauso zu Kopf.«

Einen Moment lang stieg Panik in mir auf, und ich verspürte das plötzliche Verlangen zu flüchten. Aber dann hätte ich Kostya ja verlassen müssen, ihn nie wiedergesehen, nie mehr über seine finstere Miene gelacht oder seine Verletzungen weggestreichelt, ihn nie mehr an mich gedrückt, um die Dunkelheit in ihm zu besänftigen.

Ich konnte es nicht. Ich wusste, dass ich eine Entscheidung für mein Leben traf, die ich nie wieder rückgängig machen konnte, aber ich konnte mich einfach nicht von ihm und allem, was er verkörperte, trennen. Er brauchte mich, und das Wissen, dass ich ihm helfen konnte, seine Schmerzen zu lindern, erfüllte mich mit Glück. Außerdem hatte ich endlich das Gefühl, angekommen zu sein.

Und in diesem Moment, als ich beinahe zu Asche verbrannte, akzeptierte ich alles, was mir seit diesen schicksalhaften Tagen vor zwei Jahren widerfahren war.

Es war, als hätte jemand einen Schalter umgelegt, weil das Feuer, das mich zu verschlingen drohte, plötzlich ein Teil von mir wurde. Ich ließ es ein paar Sekunden lang um mich herumzüngeln, genoss die Hitze und die Macht, es kontrollieren zu können. Ich zupfte an Kostyas Haaren und bat stumm um mehr. Auch ich würde ihm geben, was ich nur konnte.

Nur, was ich von ihm erwartete, während wir da in aller Öffentlichkeit standen und knutschten, das wusste ich nicht. Ich wollte einfach … *mehr*. Ich wollte Kostya und sein Feuer und alles, was dazugehörte. Konventionen waren mir gleichgültig, es war mir egal, ob es klug war, sich in eine Beziehung zu begeben, vor allem mit einem emotional geschädigten Mann. In jenem Moment war mir sogar egal, dass die roten Drachen mein Haus zerstört und versucht hatten, uns umzubringen.

Ich akzeptierte, dass die Welt auf einmal ein Ort war, wo Drachen Leute waren und Kostya mitten unter ihnen.

Ich akzeptierte die Vorstellung, dass es Dämonenfürsten und Dämonen gab und dass sogar einer an mich gebunden war.

Ich akzeptierte, dass ich auf der Welt war, um Kostyas Gefährtin zu werden, und dass ich zwei Jahre durch die Hölle gegangen war, um ihm dabei helfen zu können, die Qualen, die er durchlebt hatte, zu überwinden. Und vor allem verstand ich, dass ich dazu bestimmt war, sein Leben wieder in die richtige Spur zu bringen und uns mit dem Glück zu erfüllen, das wir beide verdienten.

Er zuckte zurück, als ich sein Feuer um uns herum wirbeln ließ. Dann schickte ich es ihm wieder zurück und goss es über ihn mit einer Freude, die ich seit meiner Kindheit nicht mehr empfunden hatte.

»Was hast du gerade gemacht?«, fragte er. In seinen Augen stand Leidenschaft.

»Diese Pole-Dance-Bewegung? Ich fand, es sah so aus wie eine Mischung zwischen Trockensex und ein Seil hinaufklettern, aber von hier aus kann ich nicht viel sehen«, ließ sich Jim vernehmen.

»Jim, schweig«, sagte ich. Am liebsten hätte ich lauthals gelacht, aus lauter Freude über meine plötzliche Erkenntnis. Ich war die Gefährtin eines Drachen! Ich, die langweilige, alte Aoife, die gedacht hatte, dass Aufregendste in ihrem Leben seien die zwei Jahre gewesen, die sie in einer Irrenanstalt verbracht hatte. »Meinst du das mit dem Feuer? Aisling hat mir gesagt, ich solle dir dein Feuer zurückgeben, also habe ich das gemacht. Willst du immer noch abstreiten, dass ich deine Gefährtin bin? Mir ist nämlich gerade klar geworden, dass sie recht gehabt hat, und das erklärt, warum ich mich so zu dir hingezogen fühle.«

»Alle Frauen fühlen sich zu mir hingezogen«, sagte er so von oben herab, dass ich ihm am liebsten einen Schlag verpasst hätte.

Das tat ich auch. Aber nur vor die Brust. »Hör mal, mein Lieber, du magst ja denken, du wärst der Einzige, der in seinem Leben durch die Hölle gegangen ist, aber da bist du absolut auf dem Holzweg. Deine Ich-bin-ein-Gottesgeschenk-für-alle-Frauen-Haltung kannst du dir abschminken und dorthin stecken, wo die Sonne niemals scheint!«

»Oooh!«, sagte Jim mit aufgerissenen Augen. »Hey, falls du es nicht wissen solltest, Kostya, sie meint damit den …«

»Und außerdem«, unterbrach ich den Dämon und schlug Kostya erneut auf die Brust. Dann packte ich ihn am T-Shirt und schüttelte ihn ein wenig. »Du könntest ruhig anerkennen, wie nett es von mir ist, dass ich dieser Idee, eine Drachengefährtin zu sein, nicht völlig ablehnend gegenüberstehe, zumal ich vor vierundzwanzig Stunden noch gar nicht wusste, dass es überhaupt Drachen *gibt*, geschweige denn Gefährtinnen. Und wo wir schon einmal dabei sind, wieso muss ich alle Informationen darüber, dass ich deine Gefährtin bin, von Aisling bekommen? Du solltest derjenige sein, der es mir erzählt!«

Er öffnete den Mund, um zu protestieren, hielt inne und dachte dann einen Moment lang nach. Ganz langsam und sanft löste er meine Finger von seinem Shirt. »Aisling sollte sich hüten, sich einzumischen«, sagte er nur. Dann marschierte er mit langen Schritten zum Hauptgebäude.

»Oh Mann, das hat er jetzt nicht getan«, sagte Jim und stieß einen leisen Pfiff aus. »Iffi, jetzt bist du dran.«

Lächelnd tätschelte ich dem Hund den Kopf. Jim hatte absolut recht: Auf mich kam ein Höllenritt zu, aber ich wusste zumindest eine wichtige, alles verändernde Tatsache: Ich war eine Drachengefährtin. »Und wenn Kostya denkt, er käme darum herum, mich so zu lieben, wie er es sollte, dann hat er sich geirrt.«

»Sag's ihm, meine Freundin«, forderte Jim mich auf und trottete neben mir her, als wir Kostya folgten. »Allerdings habe ich das Gefühl, Kostya wird nicht gerade vor Dankbarkeit in die Knie sinken, wenn du weißt, was ich meine. Mir kommt er irgendwie so gebrochen vor.«

»Gebrochen«, sinnierte ich und nickte. »Das passt. Er wirkt tatsächlich gebrochen, und da ich das auch schon erlebt und meine Einzelteile wieder zusammengeklebt habe – natürlich mit Hilfe von Dr. Barlind, wenn ich auch auf die Elektroschock-Folter hätte verzichten können –, bin ich die perfekte Person, um ihm dabei zu helfen, sein Leben wieder in den Griff zu kriegen.«

»Und trotzdem noch in seine Hose zu kommen«, sagte Jim und zog die Augenbrauen hoch.

»Das versteht sich von selbst, obwohl ich es irgendwie unheimlich finde, wenn ein Hund so etwas sagt.«

»Offensichtlich studiere ich die menschliche Natur«, antwortete Jim achselzuckend.

Ich wollte gerade das Hauptgebäude betreten, als Kostya auftauchte, einen Zettel in der Hand.

»Wir fliegen nach Stockholm«, sagte er und ergriff mich am Ellbogen, um mich in die Richtung zu dirigieren, aus der wir gekommen waren. »Sie haben einen Piloten hier, der uns dorthin bringt.«

»Warte mal, willst du sofort nach Paris fliegen? Kostya, ich kann Schweden noch nicht verlassen.«

Er blieb nicht stehen. »Warum nicht?«

»Weil mein Haus abgebrannt ist, erinnerst du dich? Ich muss mich um den Papierkram kümmern, ganz zu schweigen davon, dass ich mich mit meinen Geschwistern in Verbindung setzen muss. Schließlich gilt es hier, ein paar Entscheidungen zu treffen.«

»Leben sie woanders?«

»Ja. Bee hat eine Wohnung in Venedig, und Rowan arbeitet auf Malta, deshalb ist er die meiste Zeit dort. Aber ein paarmal im Jahr kommen sie nach Hause, deshalb muss ich ihnen zumindest erzählen, was passiert ist. Oh Gott, sie werden mir nicht glauben!« Ich rieb mir die Stirn. »Wenn sie mich nun wieder einweisen lassen?«

»Das würde ich nicht zulassen.«

»Ja, gut, bleibt aber trotzdem die Tatsache, dass ich das mit dem Haus irgendwie regeln muss.«

»Ich habe dir doch gesagt, dass es hier nicht sicher ist. Die roten Drachen wissen, dass du hier bist – wissen, dass wir beide hier sind –, und sie werden nicht aufhören, uns zu verfolgen, um uns zu töten. Wenn sie wüssten, dass du den Ring hast, würden sie bestimmt einen Großangriff starten.« Er presste die Lippen zusammen. »Die Welt der Sterblichen bedeutet mir nicht allzu viel, aber ich habe gesehen, welche Verwüstung ein Krieg mit Abaddon anrichten kann, und ich möchte es nicht mehr dazu kommen lassen.«

Ich dachte an die Gesichter der roten Drachen, als ihnen klar wurde, dass ich den Ring hatte, und erbleichte. Diese Drachen waren zwar tot, aber wenn andere es herausfanden …

»Uuuh«, sagte ich und bekam Gänsehaut. »Ich kann mir nur zu gut vorstellen, wie schlimm das wäre. Warte mal – heißt das, du bist nicht sterblich?«

»Ich bin ein Drache. Wir können getötet werden, aber wir

können nicht wie die Sterblichen an Krankheiten oder Alter sterben.«

Ich betrachtete ihn mit ganz neuen Augen. Dann zeigte ich auf Jim. »Und Dämonen?«

»Sie können nicht getötet werden, du kannst nur ihre Gestalten zerstören. Merkst du eigentlich, wie bereitwillig ich deine Fragen beantworte, obwohl ich viel zu tun habe?«

»Ja, am Ende des Tages bekommst du ein goldenes Sternchen dafür, dass du so lieb mit den anderen gespielt hast.« Nachdenklich kaute ich auf meiner Unterlippe. »Und was ist mit mir? Jetzt, wo ich deine Gefährtin bin …?«

»Du bist nicht meine Gefährtin. Ich habe keine Gefährtin. Ich hatte eine, aber sie hat mich aufs Schändlichste missbraucht, deshalb habe ich mich von ihr entlobt. Ich werde nie mehr eine Gefährtin nehmen.«

»… bedeutet das, dass ich auch nicht sterblich bin? Ist unsterblich das richtige Wort? Obwohl das wiederum bedeutet ›kann nicht getötet werden‹, und du hast ja gesagt, Drachen können getötet werden. Okay, jetzt bin ich ein bisschen verwirrt.«

Er warf mir einen irritierten Blick zu. »Hast du nicht gehört, was ich gerade gesagt habe?«

»Doch, aber ich habe beschlossen, es zu ignorieren. Männer, die zulassen, dass ihre Exfreundinnen Einfluss auf Beziehungen haben, die glücklich und gesund sind, regen mich einfach nur auf, deshalb ignoriere ich einfach alles, was du über deine Ex sagst. Nein, Entschuldigung, das nehme ich zurück. Ich will es anders formulieren: Es tut mir leid, dass du dir die Finger verbrannt hast, Kostya. Das ist uns allen schon passiert. Ich hatte auf der High School einen Freund, der mich nur dazu benutzt hat, nicht sitzen zu bleiben. Ich weiß, wie es ist, missbraucht zu werden, und ich weiß auch, dass man durchaus darüber hinwegkommen kann. Wenn es gerade erst passiert ist, lasse ich dir gerne ein bisschen Zeit und werde dich nicht drängen …«

»Es ist zwei Jahre her.« Er trug eine dermaßen gequälte Miene zur Schau, dass ich innerlich grinsen musste. »Ich werde die Schande, die sie über mich gebracht hat, niemals vergessen.«

»… aber genauso wenig werde ich ignorieren, was zweifellos zwischen uns beiden herrscht.« Ich beugte mich vor und küsste ihn, damit er sein Drachenfeuer mit mir teilte. Zu meinem Erstaunen bildeten sich kleine Feuerkugeln in meinen Händen. Ich verteilte sie auf seiner Brust und trat lächelnd einen kleinen Schritt zurück. »Bedeutet das, dass ich auch ein Drache bin? Werde ich wie eine normale Sterbliche sterben, oder lebe ich einfach immer weiter so wie du?«

Er gab ein verärgertes Schnauben von sich, ergriff meine Hand und zog mich weiter. »Die Gefährtin eines Wyvern ist nicht sterblich, nein. Ich will jetzt nicht mehr mit dir über das Thema reden – ich habe erklärt, dass du nicht meine Gefährtin bist, und damit basta!«

Jim schnaubte verächtlich. Ich musste zugeben, dass ich voll und ganz mit ihm übereinstimmte. »Ich lasse jetzt das Thema mal für eine Weile ruhen, weil es im Moment Wichtigeres gibt, nämlich deine Forderung, ich soll Schweden verlassen. Mein Haus …«

Er seufzte. »Ich engagiere jemanden, der sich für dich darum kümmert. Du kannst nicht hierbleiben, es ist nicht sicher. Ich habe dir das jetzt schon Dutzende Male erklärt, und ich bin es langsam leid, immer aufs Neue zu wiederholen, dass die roten Drachen nicht aufgeben werden, bis sie uns gefunden haben.«

Ich überlegte kurz. »Das wäre vermutlich in Ordnung, wenn Bee und Rowan ihr Okay geben. Uns dreien gehört das Haus gemeinsam, und die beiden wollen sicher, dass es wieder aufgebaut wird. Aber ich bezweifle, dass die Feuerwehr und die Polizei glücklich darüber sind, wenn ich einfach so abhaue.«

»Die Menschenpolizei interessiert mich nicht«, sagte er gleichmütig.

»Du Glücklicher.« Ich schwieg einen Moment lang, dann fragte ich: »Was ist denn in Paris so wichtig, dass wir sofort dorthin müssen?«

»Wir brauchen Hilfe, um den Ring anwenden zu können, und diese Hilfe finden wir wahrscheinlich in Paris.«

Er ließ meinen Arm los, um mit einem Mann zu sprechen, der zögernd auf uns zukam. Kostya zeigte ihm den Zettel, und der Mann nickte und wies hinter uns.

»Warst du schon einmal in Paris, Jim?«, fragte ich und wich zurück, als der Mann ins Flugzeug stieg und langsam an allen Hangars vorbeifuhr.

»Keine Ahnung«, antwortete er unbekümmert. »Aber die Reise macht bestimmt Spaß.«

»Spaß?«

»Ja. Während des Flugs bekommt man doch etwas zu essen serviert, stimmt's?«

»Manchmal.«

»Wie ich schon sagte, es macht Spaß.«

»Berühmte letzte Worte«, murmelte ich und ging auf Kostya zu, der uns winkte zu kommen.

Der Flug nach Stockholm dauerte nicht ganz eine Stunde, aber wir mussten noch weitere zwei Stunden warten, bis Kostya für uns einen Flug nach Paris gebucht hatte. Schließlich organisierte er einen Privatjet.

»Ist das nicht ein bisschen teuer?«, fragte ich, als er Jim und mich aus der Lounge abholte. »Ich meine, es ist ja toll, aber mir macht das nichts aus, einen normalen Flug zu nehmen. Es ist ja schließlich nicht so, als ob die Drachenwelt zusammenbricht, wenn wir nicht sofort nach Paris kommen.«

»Ich habe keinen Pass, du hast lediglich die Ausweispapiere, die in deinem Auto waren, und wir haben nicht genug Zeit, um uns Dokumente zu besorgen, mit denen wir durch die Sicherheitskontrollen der Sterblichen kämen. Deshalb nehmen wir besser einen Privatjet und bestechen den Piloten.«

»Außerdem bedeutet das, dass wir das ganze Essen für uns alleine haben werden«, sagte Jim und marschierte die kleine Treppe in das Innere des eleganten Jets hinauf. Dem Aussehen nach zu urteilen, musste es ein Vermögen gekostet haben, ihn zu mieten. »Kann ich Hühnchen und Fisch haben? Oder auf jeden Fall beides von den Mahlzeiten zur Auswahl?«

»Schweig«, befahl ich, als ich die Flugbegleiterin sah, die aus dem Cockpit auf uns zukam, um uns zu begrüßen. »Wenn Normalsterbliche anwesend sind, wird nicht geredet. Hallo. Ja, der Hund reist mit uns.«

Die Frau blickte Jim ein wenig missbilligend an, führte uns aber rasch zu unseren Plätzen aus buttergelbem Leder. Innen war der Flieger kleiner, als ich angenommen hatte, aber zumindest enthielt er eine lange Couch und vier Sessel mit integrierten Tischen, die sich in jede erdenkliche Position drehen ließen. Jim sprang auf die Couch und gebärdete sich wie ein Pascha.

Bald waren wir in der Luft. Die Frau bot uns zu essen und Getränke an (Kostya nahm beides, und nach kurzem Überlegen tat ich es ihm nach. Jim starrte uns mit hungrigen Augen an, und so bestellte ich auch für ihn ein Essen). Erst als alles aufgetragen war, sprach ich das Thema an, das mich am meisten beschäftigte.

»Wegen des Rings …«, sagte ich, einen Bissen Hühnchen mit Zitronen-Kräuter-Kruste im Mund.

»Oh Mann, ich will Zwiebelringe«, sagte Jim und blickte von seinen Spaghetti mit Fleischbällchen auf.

»Jim!« Hastig warf ich einen Blick auf die Flugbegleiterin, aber sie plauderte durch die offene Cockpittür mit einem der Piloten. »Sei still.«

»Du hast gesagt, ich dürfte nur nicht reden, wenn uns jemand hört. Sie ist viel zu beschäftigt damit, diesen Piloten anzumachen. Isst du deine Kartoffeln?«

»Ja«, sagte ich und zog meinen Teller näher zu mir. »Hör auf, auf mein Essen zu starren, und iss deine Pasta. Und nein, du kannst keine Zwiebelringe haben.«

»Oh, wie gemein! Mein Fell wird seinen prachtvollen Glanz verlieren, wenn du mich weiter auf eine so harte Diät setzt.«

Ich wandte mich an Kostya. »Wie ist dein Steak?«

»Genießbar«, sagte Kostya, obwohl ich sah, mit welchem Genuss er Steak und Pilze verspeiste.

»Nun, mein Essen ist hervorragend. Wenn solches Essen in Privatjets immer serviert wird, dann ist das ab jetzt meine bevorzugte Reiseart. So, wo war ich stehen geblieben? Ach ja, der Ring …«

»Nein«, sagte Kostya und wies mit dem Kinn auf die Flugbegleiterin. »Hier wollen wir nicht darüber reden.«

»Ach komm. Wir sind in der Luft, und niemand kann uns hören. Du kannst doch nicht ernsthaft davon ausgehen, dass diese Leute Bösewichte sind, oder?«

»Es sind keine Drachen, nein, aber das bedeutet noch lange nicht, dass sie nicht für sie arbeiten.«

»Ist das nicht ein bisschen paranoid?«

Er zuckte mit den Schultern. »Ich bin lieber übervorsichtig, als dass ich noch einmal in eine unliebsame Situation gerate.«

Ich habe keine Ahnung, warum ich ihm unbedingt widersprechen musste, aber ich tat es. »Du hast mir doch gesagt, dass dich die roten Drachen schon ein paarmal angegriffen haben.«

»Ja, das stimmt.«

»Und doch bist du immer noch da«, erwiderte ich. »Wenn es dir gelungen ist, so lange zu überleben, dann sehe ich keinen Grund, warum sich daran etwas ändern sollte.«

»Es gibt einen ausgesprochen guten Grund, warum ich mich nicht entspannen kann.«

»Ach, wirklich? Und der wäre?«

»Du.« Er schob seinen leeren Teller zurück und stand auf. Mit dem Kopf wies er in den hinteren Teil des Flugzeugs. »Da hinten ist ein Schlafzimmer. Wenn du mit dem Essen fertig bist, kannst du dich mit dem Dämon hinlegen. Du hast noch ein paar Stunden, bis wir in Paris ankommen.«

»Was soll das heißen, ich? Warte mal, ein Schlafzimmer? Echt? Okay, das ist so ziemlich das Dekadenteste, was ich jemals erlebt habe, und ich muss es mir unbedingt anschauen, aber das wird mich trotzdem nicht davon abhalten, von dir wissen zu wollen, warum du so hartnäckig behauptest, ich sei nicht deine Gefährtin, du mich dabei aber ständig beschützt. Ich bin dir natürlich dankbar dafür, falls ich das noch nicht erwähnt haben sollte, aber ich glaube nicht, dass es notwendig ist. Jim, bist du fertig?«

Jim schnüffelte an der Petersiliengarnitur. »Ja. Das grüne Zeug esse ich nicht. Es riecht komisch.«

»Es ist Petersilie, und es würde dir nicht schaden, wenn du es isst. Da Kostya diesen Ausdruck im Gesicht hat, der besagt, dass er es leid ist, Fragen zu beantworten …«

»Ich bin es *immer* leid, Fragen zu beantworten.«

»… dann lass uns gehen und uns anschauen, wie die Reichen fliegen.« Ich stand auf und wandte mich zu der Tür, auf die Kostya gezeigt hatte. Dort blieb ich stehen und warf ihm über die Schulter einen Blick zu. »Was machst du in der Zwischenzeit?«

»Pläne«, war seine Antwort.

Dazu fielen mir einige Dinge ein, aber da er wahrscheinlich auf nichts davon gut zu sprechen sein würde, zog ich mich mit Jim im Schlepptau in den Schlafraum zurück.

Er war genauso dekadent, wie ich erwartet hatte, mit eigenem Bad en Suite (mit Marmorwaschtischen und einer bemerkenswert großen Dusche) und einem breiten Bett. Es gab auch noch einen zweiten, kleineren Raum hinter dem Schlafzimmer, der mit einer Couch, zwei bequemen Sesseln und einem Flachbildschirm-Fernseher ausgestattet war.

»Oooh, DVDs«, sagte Jim und beschnüffelte sie. »Oh Mann, hier gibt es sogar die Originalversion von *Hair*. Kannst du mir das bitte reinschieben?«

»Na gut, aber sing bitte nicht mit«, warnte ich ihn und steckte die DVD in den Player. »Normale Leute darfst du nicht erschrecken, verstanden?«

»Verstanden«, sagte der Dämonenhund und warf sich auf die Couch, den Blick fest auf den Bildschirm gerichtet. »Uh, Baby, nackte Titten, ich liebe diesen Film!«

»Ich würde ja sagen, dass es für einen Hund mehr als seltsam ist, Frauen auf die Brüste zu gucken, aber du bist ja so was von über seltsam hinaus, dass ich das noch nicht einmal in Worte fassen kann. Außerdem dachte ich, du hättest dein Gedächtnis verloren – woher weißt du denn dann, dass du *Hair* liebst?«

»Ist mir einfach so in den Sinn gekommen. Titten!«, sagte er und wippte mit einer Pfote im Takt der Anfangsmusik.

»Ich … ach, mir fehlen die Worte.« Kopfschüttelnd sagte ich zu Jim: »Bleib wo du bist und sei leise.«

Ich schloss die Tür hinter mir und überlegte, ob ich zuerst duschen oder gleich ins Bett gehen und ein bisschen Schlaf nachholen sollte. »Duschen«, beschloss ich und ging ins Badezimmer. Es gab einen Korb mit Toilettenartikeln und einen ganzen Stapel flauschiger grün-weißer Handtücher. Eines allerdings fehlte. Ich überlegte einen Moment lang, dann ging ich wieder nach vorne ins Flugzeug, wo Kostya vor einem Stapel Papier saß und sich Notizen machte. Er blickte auf, als ich näher kam. Die Flugbegleiterin war meiner Meinung nach weit genug weg und konnte nicht hören, was ich sagte.

»Kannst du mir ein paar neue Kleider zaubern?«

Er starrte mich an.

»Ich nehme an, das heißt Nein?«

Der gequälte Ausdruck in seinen Augen breitete sich auf seinem ganzen Gesicht aus. »Ich bin ein Wyvern, Aoife. Ich habe keine magischen Fähigkeiten. Ich kann keine Kleidung aus dem Nichts zaubern.«

»Aber du kannst doch die Gestalt ändern.«

»Das ist keine Magie. So sind Drachen eben.«

Ich beließ es dabei. Er würde sowieso nicht verstehen, dass für jeden anderen auf der Welt Drachen magische Wesen waren. »Na ja, einen Versuch war es wert. Ich dusche jetzt und dachte, es wäre schön, wenn ich anschließend saubere Sachen anziehen könnte, aber wenn du nicht zaubern kannst, dann muss ich mich eben mit dem begnügen, was ich anhabe.«

»Ich kaufe dir neue Kleider in Paris«, sagte er und blickte wieder auf seine Papiere.

Ich überlegte einen Moment und beschloss dann, dass ich durchaus etwas machen könnte, was ich normalerweise nicht tat, da jetzt sowieso andere Regeln galten. »Schade, dass ich nicht deine Gefährtin bin«, sagte ich. »Denn wenn ich es wäre, würde ich dich jetzt auffordern, mit mir zu duschen.«

Der Bleistift brach mitten durch. »Wir brauchen keine Gefährten zu sein, um gemeinsam zu duschen«, sagte er und stand auf. Seine Augen waren so voller Hitze, dass mein Blut anfing zu kochen.

»Nein, aber ich war noch nie der Typ Frau, der sich einem Mann, den sie gerade erst kennengelernt hat, an den Hals wirft«, sagte ich. »Wenn du mein Wyvern wärst, könnte das jedoch entschuldigt werden.« Kostya hatte eifrig und voller Vorfreude einen Schritt auf mich zu gemacht, aber als ihn meine Worte trafen, erstarrte er.

Er blieb stehen. Sein Gesicht war eine undurchdringliche Maske. Ich schämte mich.

»Oh, Kostya, es tut mir leid. Das hätte ich nicht sagen dürfen.« Ich erkannte den Schmerz in seinen Augen; Verrat, Misstrauen und Selbstzweifel lagen in seinem Blick. Ich kannte diese Emotionen, weil ich sie selbst im Spiegel gesehen hatte, und ich wusste, wie schmerzlich sie waren. Ohne nachzudenken, schlang ich meine Arme um seinen Hals und sagte: »Das war falsch von mir. Ich stelle keine Bedingungen, wenn ich mich dir anbiete, und ich sage auch nicht, dass du nur mit mir duschen kannst, wenn du mich zu deiner Gefährtin erklärst. Die Wahrheit ist leider viel schlimmer – ich bin so schamlos, dass ich auf jeden Fall mit dir duschen will, obwohl du jetzt, wo ich mal wieder ins Fettnäpfchen getreten bin, wahrscheinlich gar nichts mehr mit mir zu tun haben willst. Ehrlich gesagt, könnte ich es dir auch nicht verübeln. Heee!«

Er hob mich hoch, ohne darauf zu achten, dass die Flugbegleiterin uns sehen konnte. Auch die Tatsache, dass er heute früh noch ein gebrochenes Schlüsselbein gehabt hatte, spielte auf einmal keine Rolle mehr.

10

»Oh nein, Kostya! Das machst du nicht!«

»Doch«, sagte er ruhig, betrat das Schlafzimmer und schob die Tür mit dem Fuß hinter sich zu. »Du begehrst mich. Das hast du gerade erklärt, und da ich nichts dagegen einzuwenden habe, ein solches Verlangen zu erfüllen, trage ich dich in das Schlafzimmer. Wo ist Jim?«

Ich hätte ihn gerne auf die Schulter geschlagen, aber für den Fall, dass sein Schlüsselbein noch ein bisschen wehtat, begnügte ich mich damit, ihn in den Arm zu kneifen. »Ich habe nie gesagt, dass ich dich begehre! Ich habe dich nur eingeladen, mit mir zu duschen. Vielleicht riechst du ja etwas streng, und ich wollte, dass du sauber wirst – hast du jemals an diese Möglichkeit gedacht?«

Er zog eine Augenbraue hoch.

»Gut«, sagte ich, verärgert darüber, dass er meinen Bluff durchschaut hatte. »Du riechst nicht, aber mit deiner Gottesgabe-Einstellung gehst du mir wirklich auf die Nerven, Kostya. Du könntest ruhig ein bisschen demütiger sein, weißt du das? Oh, okay, leg mich ruhig ab. Ich will nicht, dass du dich verletzt, indem du mich die ganze Zeit herumschleppst.«

Er setzte mich aufs Bett, und da er das meiste von dem, was ich gesagt hatte, ignoriert hatte, verkündete er: »Wir werden Sex haben, und wenn du befriedigt bist, mache ich weiter Pläne.«

Ich blinzelte ihn an, als er ganz sachlich begann, sich seiner Kleidung zu entledigen. »Ach, bist du dir sicher? Ich kann nur hoffen, dass du mit deiner Exfreundin nicht so herablassend und arrogant umgegangen bist, denn wenn das der Fall sein sollte, dann muss ich auf der Stelle die Seiten wechseln und für sie Partei ergreifen.«

Wie ich mir gedacht hatte, runzelte er die Stirn. »Cyrene hat mich nur selten zu Wort kommen lassen, und sie war immer scharf auf meinen Körper.«

Ich dachte einen Moment lang darüber nach, beschloss dann, dass ich das Thema ja selber aufgebracht hatte, und traf eine Entscheidung. »Gut«, sagte ich und stand vom Bett auf. »Neue Regeln: Erstens: Keine Erwähnung von Exlovern direkt vor, nach oder während wir Liebe machen. Ja, mir ist klar, dass ich das Thema aufgebracht habe, und ich werde diesen Fehler nicht noch einmal begehen. Zweitens: Du glaubst vielleicht, dass du mit dieser dominanten Art überall durchkommst, aber bei mir nicht. Ich kann tyrannische Männer nicht ausstehen, und als Liebhaber schon gar nicht. Drittens: Ich werde jetzt duschen. Du kannst mitkommen oder nicht – im Moment ist mir das völlig egal.«

Er grollte ein leises Widerwort, als ich mich an ihm vorbei in das Badezimmer drängte. Dort zog ich mich aus, wobei ich Schmutz und Rußflecken vom Feuer heute früh bemerkte. Erneut wünschte ich, ich hätte etwas Frisches zum Anziehen. Als ich mit nichts als einem Handtuch bekleidet war, betrat Kostya das Badezimmer, nackt, mit Erektion und Stirnrunzeln.

»Ach, wie dumm von mir«, sagte ich. »Ich nahm natürlich an, dass die körperliche Lust deine finstere Miene vertreiben würde.«

»Finstere Miene? Ich ziehe keine finstere Miene«, sagte er und zog die Augenbrauen noch mehr zusammen. »Das mache ich nie. Ich bin ein Wyvern – ich verberge meine Gefühle vor anderen. So ist das bei Drachen.«

»Im Ernst?« Ich drehte ihn um, damit er in den Spiegel sehen konnte, und wies auf sein Gesicht. »Das ist doch eine finstere Miene, oder etwa nicht?«

Er wandte den Kopf zu mir. »Ich gucke nicht finster.«

»Doch, tust du schon. Siehst du, wie deine Augenbrauen zusammenstoßen? Das ist auf jeden Fall ein finsterer Gesichtsausdruck, Schätzchen.«

»Ich bin kein Schätzchen, und meine Augenbrauen sehen ganz normal aus.«

»Nein, tun sie nicht. Ich habe sie schon in ihrer normalen Position gesehen, und das sah anders aus als jetzt.«

Er schnaubte. »Ich sehe so aus wie immer, und da ich weiß, dass diese Frage gleich kommen wird, sage ich es dir vorweg: Nein, ich kann meine menschliche Gestalt nicht ändern. Wenn dir mein Anblick unansehnlich erscheint, werde ich Schritte unternehmen, um mein Erscheinungsbild zu verbessern, aber in dieser Hinsicht sind mir Grenzen gesetzt.«

Ich musste unwillkürlich lachen, zum einen, weil er allen Ernstes nicht sah, dass er finster dreinschaute, und zum anderen, weil er sich als unansehnlich bezeichnete. »Kostya, du bist alles andere als unansehnlich!«

Er blickte in den Spiegel. »Ich muss zugeben, dass ich mir über meine menschliche Gestalt nicht allzu viele Gedanken mache. Sie ist, wie sie ist, obwohl ich einmal einen Zahn ersetzt bekommen habe, als der silberne Wyvern ihn mir ausgeschlagen hat.« Er zog die Oberlippe hoch und zeigte mir einen Goldzahn an der Seite. »Das ist reine Eitelkeit, aber es macht das Kauen auch leichter, also habe ich ihn mir gegönnt.«

»Er sieht sehr schön aus, und ich finde das vollkommen verständlich. Alles an dir ist schön, ja sogar richtig zum Anbeißen, um ehrlich zu sein. Dein Haaransatz ist echt sexy, und ich liebe das Grübchen in deinem Kinn, obwohl ich zugeben muss, dass es mich ständig zum Hineinbeißen reizt. Du hast stattliche Schultern, wenn sie nicht gerade gebrochen sind, und ich liebe deine Hände, aber ich hatte schon immer eine Schwäche für Männer mit großen Händen. Deine Beine sind ansehnlich, und dein Hintern ist echt herausragend, und ehrlich gesagt habe ich auch noch nie einen Mann mit so einem Sixpack gesehen, wie du es hast. Alles in allem könntest du glatt auf das Cover von *GQ*. Was deine menschliche Gestalt anbelangt, kannst du also absolut entspannt sein.«

Seine Miene glättete sich, und er wirkte sogar erfreut. »Ich bin froh, dass dir meine Gestalt gefällt. Jetzt, wo du mich betrachtet hast, nimm das Handtuch ab, damit ich das Gleiche bei dir tun kann.«

Ich packte mein Handtuch ein bisschen fester. »Ich fühle mich nicht im Geringsten wohl, wenn ich splitternackt vor dir stehe und du mich begutachtest. Zum einen könnte ich gut und gerne ein paar Pfund weniger wiegen, und zum anderen bin ich schrecklich aus der Form geraten. Ich habe in der Klapsmühle jede Menge Muskeln verloren.«

»Du hast mich doch gerade eingeladen, mit dir zu duschen«, erklärte Kostya. »Und trotzdem willst du nicht, dass ich dich unbekleidet sehe?«

Ich hob das Kinn. »Ich habe nie behauptet, immer ganz logisch zu sein. Außerdem macht es einen Unterschied, ob man sich unter der Dusche gegenseitig einseift, oder ob man in der Gegend herumsteht und von oben bis unten begutachtet wird.«

»Das hast du doch bei mir auch gemacht. Ich will doch nur ebenfalls die Gelegenheit haben.« Er versuchte, mir das Handtuch wegzuziehen.

Ich schlug ihm auf die Finger. »Du siehst ja auch toll aus. Ich meine, im Ernst, Kostya, sieh dich doch einmal an. Du bestehst nur aus Muskeln und machst überhaupt nicht den Eindruck, als ob du dringend in den Zumba-Kurs müsstest. Ich hingegen schon.«

Erneut runzelte er die Stirn. »Was ist …?«

»Aerobic. Hör auf, mir das Handtuch wegnehmen zu wollen, verdammt noch mal!« Ich wich zurück zur Dusche.

»Du hast keinen Grund zur Sorge, ich würde deinen Körper nicht mögen«, sagte er von seiner hohen Warte herab. Am liebsten hätte ich ihn gekniffen. »Selbst wenn du auf irgendeine Weise deformiert sein solltest, was ich nicht glaube, würde ich nicht darauf achten.«

Ich blieb stehen und starrte ihn an. »Ich … ich … heilige Himbeeren, Kostya, ich weiß gar nicht, was ich dazu sagen soll. Es ist schmeichelhaft und gleichzeitig so herablassend wie nur was. Ehrlich gesagt finde ich dich ziemlich arrogant, und das gefällt mir ganz und gar nicht.«

Er stieß einen seiner gequälten Seufzer aus, trat auf mich zu, und bevor ich ihn aufhalten konnte, hatte er mir das Handtuch heruntergerissen und mich an sich gezogen. »Jetzt wird nicht mehr gezögert«, stieß er hervor, als ich protestieren wollte. »Du willst, dass ich Liebe mit dir mache, und ich tue es gern, ganz gleich, was für ein Bild du von dir selber hast. Ich finde dich … verlockend. Deine Brüste sind ansehnlich. Nicht so groß, dass sie plump wirken, und doch groß genug, um mich zu reizen. Dein Körper gefällt mir. *Du* gefällst mir. Sag mir, dass du mich so akzeptierst, wie ich bin.«

Ich hörte auf, mich an ihm zu reiben, weil ich das Gefühl hatte, ich müsste erst das Schlimmste erfahren, bevor ich mich ihm weiter hingab. »Ich gefalle dir? Wie … wie ein Buch oder ein nettes Essen? Oder ein Geschenk?«

»Mir hat noch nie jemand etwas geschenkt«, sagte er und umschiffte das Thema geschickt. Seine Augen waren wie Onyx mit kleinen Silberflecken.

Ich kniff ihn in den Arm. »Kostya, ich muss wissen, was du denkst. Nein, ich muss wissen, was du fühlst. Geben wir gerade nur ganz gewöhnlicher Lust nach oder ist hier mehr im Spiel?«

»Wir sind in keinster Weise gewöhnlich«, murmelte er. Seine Hände glitten über mein Hinterteil, während er mich langsam an sich zog. Sein Mund drückte sich heiß auf meine Schulter, als er sich langsam zu meinem Hals hinaufküsste.

»Du bist wirklich der nervigste Mann, der mir je begegnet ist. Auch der sexieste, aber das Nervige ist bei dir stärker ausgeprägt«, erklärte ich ihm.

Er seufzte erneut und biss mir sanft in die Schulter. »Glaubst du, ich würde Intimität mit einer Frau, die nicht außergewöhnlich ist, überhaupt in Betracht ziehen?«

Ich lächelte und drückte mich an ihn, als seine Hände von meinem Rücken zu meinen Brüsten glitten. »Außergewöhnlich. Das ist doch zumindest schon mal ein Anfang.«

»Du bist auch eigensinnig, schätzt die Bedeutung meiner Position nicht und wirst mich wahrscheinlich an den Rand des Wahnsinns treiben, aber ich kann dir nicht widerstehen. Ich muss dich besitzen, Aoife.«

Ich wusste nicht, ob er das nur im Sinn von sofortigem Sex meinte oder als dauerhafte Einrichtung in seinem Leben. Ich fuhr mit den Fingern durch sein Brusthaar und kratzte ihn leicht mit den Fingernägeln. »Ist das deine Art, mir zu sagen, dass sich zwischen uns etwas Ernstes abspielt?«

»Ich bin immer ernst«, sagte er und küsste einen heißen Pfad über mein Schlüsselbein. »Du bist die einzige Frau, mit der ich das in Betracht ziehen würde. Ich wünsche mir keine Frau, aber wenn ich denn eine haben muss, dann bist du diejenige, die ich wähle.«

Ich krallte die Zehen in die Badematte bei seinen Worten. Ich küsste ihn aufs Kinn und flüsterte: »Ich will die Dunkelheit in dir erhellen, Kostya. Ich will dir zeigen, wie es ist, geliebt zu werden. Ich will dir Frieden bringen.«

Er erstarrte einen Moment lang und hob langsam den Kopf, um mir in die Augen zu blicken. »Meinst du, ich bin nicht im Frieden mit mir?«

»Bist du es denn?«, konterte ich.

Er schwieg eine Zeit lang. »Ich war es nicht«, sagte er schließlich. Seine Hände glitten wieder zu meinen Brüsten, und sein Mund senkte sich auf meinen.

Allein schon das Gefühl seiner Haut an meiner erregte mich. Ich ließ meine Zunge um seine tanzen, spürte den Sog seines Feuers und wollte darin baden.

Dann jedoch zog ich mich zurück, aus Angst, ich könnte das Flugzeug in Brand setzen.

»Sag es mir«, grollte er. Sein Kopf senkte sich über meine Brüste, und er ließ Feuerzungen über sie gleiten.

»Oh Gott, was für ein Glück, dass ich keine Agentin bin. In diesem Moment würde ich dir alles erzählen«, antwortete ich. Als sein Feuer mir unter die Haut drang, stöhnte ich vor lauter Entzücken.

»Sag, dass du mich willst.« Seine Zunge war so heiß wie sein Feuer, als sie meine rechte Brust quälte.

»Heiliger Odin und alle kleinen Cherubim, ich dachte, das hätte ich schon zur Genüge klargestellt. Ja, ja, ich will dich. Und jetzt kümmere dich um die linke Brust.«

»Sag mir, dass du mich so akzeptierst, wie ich bin.« Er gehorchte und wandte seine Aufmerksamkeit meiner linken Brust zu. Ich stand auf Zehenspitzen und dachte ernsthaft, dass ich gleich vor lauter Lust in Ohnmacht fallen würde.

»Als Drache, meinst du?« Ich drückte ihm meine Hüften entgegen und zog meine Nägel sanft über seine Seiten und den

Rücken entlang. »Solange du nicht von mir erwartest, dass ich Sex mit dir habe, wenn du in deiner anderen Gestalt bist, dann ja. Ich akzeptiere, dass du ein Drache in einer absolut superheißen Männer-Verpackung bist. Und da wir gerade von Verpackung sprechen …«

Er zog meine Hände von seinen Genitalien und sagte: »Wenn du mich jetzt anfasst, kann ich nicht durchhalten, und dabei möchte ich doch gerne deine Schenkel, deine Hüften und den ganzen Rest von dir anschauen und dich schmecken und dich dann schließlich nehmen. Seine Augen waren wir tiefe Wasser mit einem hellen Glitzern an der Oberfläche. Er strahlte Hitze aus – sein Drachenfeuer –, und ich hätte am liebsten in dem Inferno, das nur Kostya erschaffen konnte, getanzt.

»Komm«, sagte ich und zog ihn zur Dusche. »Lass uns schnell duschen, und dann können wir uns meinen Hüften und Schenkeln und vor allem deinen großartigen Teilen widmen, die ich nur zu gerne berühren und schmecken möchte.«

Ich hatte schon die Duschtür erreicht, als er fragte: »Warum möchtest du jetzt duschen? Ich will Liebe mit dir machen!«

»Na ja«, sagte ich und wackelte ein bisschen mit den Augenbrauen, »wer sagt denn, dass man nicht beides gleichzeitig machen kann?« Ich betrat die Duschkabine und stellte das Wasser so ein, dass es schön warm war, aber nicht zu heiß. Die Hitze würde Kostya schon beisteuern.

Er stand stirnrunzelnd vor der Dusche. Ich ergriff die Duschlotion und seifte meine Brüste mit einer Gründlichkeit ein, die ich nie zuvor für möglich gehalten hätte. »Es ist viel angenehmer im Bett.«

»Ja, aber hier ist es viel schlüpfriger.« Ich seifte ein Bein ein und zog auffordernd eine Augenbraue hoch. »Willst du nicht hereinkommen und mein anderes Bein einseifen, hmm? Ich revanchiere mich auch.«

Er zögerte, und eine amüsante Mischung von Gefühlen glitt über sein Gesicht. Zuerst Lust, dann Bedauern, gefolgt von Verlangen und Unsicherheit.

Ich brach meine Verführungsnummer ab und fragte ihn sachlich: »Also gut, was ist los? Trotz mangelnder Muskeln und ein paar Pfund zu viel sollte ich dich nicht so abstoßen, dass du noch nicht einmal mit mir duschen willst, zumal du mich die ganze Zeit über so ansiehst, als wäre ich ein Roastbeef und du ein hungriger Drache.«

Er verzog das Gesicht und sagte langsam: »Wasser ist nicht … Schwarze Drachen mögen kein Wasser. Es ist nicht unser Element.«

»*Was?*«

»Jeder Sippe ist ein Element zugeordnet. Die grünen Drachen lieben Wasser – wir nicht.«

Ich drehte das Wasser aus und griff nach einem Handtuch. »Willst du damit sagen, dass du nie badest?«

Er warf mir einen missbilligenden Blick zu. »Natürlich baden wir – wir sind ja keine Tiere! Aber wir lieben Wasser eben nicht, und wir halten uns auch nicht unnötig darin auf, wir ertragen es nur, damit wir sauber sind.«

»Das ist schade, denn ich liebe nichts mehr, als stundenlang in der Badewanne zu liegen. Andererseits habe ich so natürlich das ganze heiße Wasser für mich. Na gut, du hast gewonnen, dann nehmen wir eben das Bett, auch wenn ich dich darauf hinweisen möchte, dass es unter der Dusche wesentlich romantischer ist als im Bett.«

»Nein«, widersprach er und schlang mir einen Arm um die Taille, als ich mich zum Gehen wandte. »Nicht das Bett. Ich habe meine Meinung geändert. Wir bleiben in diesem Raum.«

»Das Badezimmer ist – äh – nicht so gut für solche Aktivitäten geeignet.«

»Aber es hat trotzdem einen Vorteil gegenüber dem Schlafzimmer.« Er senkte den Kopf und nahm die Spitze einer meiner Brüste in den Mund. Seine Hände glitten über meinen Rücken zu meinem Hinterteil hinab. Ich packte seine Schulter und sah einen Moment lang Sterne, als ein Hitzeblitz durch meinen Körper fuhr.

»Was … oh Mann, ich werde das nie leid… Was für einen Vorteil?«

Er hob den Kopf. Seine Augen waren wie geschmolzener Onyx, wenn es so etwas überhaupt gab, und ein kleines Lächeln spielte um seine Mundwinkel. »Hier gibt es jede Menge Marmor, und Marmor brennt nicht. Aber du wirst brennen!«

»Oooh«, sagte ich und wackelte einladend mit den Hüften. Ich war ein bisschen schockiert über mein Benehmen, aber dieser Teil meines Verstands wurde vom Rest niedergeschrien, weil ich genau da war, wo ich sein wollte – in Kostyas Armen. Ich biss ihn in die Unterlippe und saugte daran. Dann sagte ich: »Wir sollten uns wahrscheinlich verantwortungsbewusst verhalten und über Dinge wie Geschlechtskrankheiten und Geburtenkontrolle sprechen, bevor wir uns von unseren Gefühlen überwältigen lassen.«

»Ich bin ein Drache«, murmelte er und küsste eine heiße Spur von meinem Nacken zu meinen Brüsten, wobei er sich Gott sei Dank beiden widmete. »Wir haben keine menschlichen Krankheiten.«

»Oh, gut. Ich verhüte übrigens gerade nicht. Im Irrenhaus war es nicht nötig, und ehrlich gesagt würde ich vor sexueller Frustration sterben, wenn ich jetzt unterbrechen müsste, um mich auf die Suche nach einem Kondom zu machen. Aber wahrscheinlich können Drachen und Menschen auch gar keine Kinder kriegen, oder?«

»Doch«, murmelte er an meinem Brustbein und sank auf

die Knie. Er küsste meinen Bauch und knabberte an meinen Hüften. »Aber die Empfängnisrate ist viel geringer als bei Drachen.«

Ich überlegte einen Moment lang. »Es ist jetzt drei Tage her, seit … ja, es müsste eigentlich okay sein. Aber wenn wir so weitermachen, werden wir beide Vorsichtsmaßnahmen ergreifen müssen. Nicht, dass ich Kinder und so nicht mag, und eines Tages will ich auch welche haben, aber ich möchte lieber nicht von einer Schwangerschaft überrascht werden. Oh mein Gott …« Ich blickte auf seinen Kopf. Mit den Händen drückte er meine Oberschenkel auseinander. Eine kleine Rauchwolke trieb aus seiner Nase nach oben, als er mich anblickte. Er lächelte breit.

»Ich werde jetzt Feuer auf deine weiblichen Teile blasen.«

»Ja, bitte«, sagte ich. Meine Finger gruben sich fest in seine Schultern. Ich wimmerte, als er Feuer in mich blies, aber nicht vor Schmerzen. Die Hitze erfüllte meinen Körper und fachte meine Lust noch stärker an. Aber als er sich mit Mund und Fingern über mich hermachte, war ich verloren. »*Herregud*, Kostya! Wenn du das noch einmal machst, komme ich auf der Stelle!«

Er zog mich auf den Boden, und seine Lippen legten buchstäblich eine Feuerspur über meinen Körper. »Mir gefällt, wie du schmeckst, Aoife. Du bist scharf und süß, und du entflammst meine Sinne.« Er vergrub die Nase in meinem Nacken und atmete tief ein. »Dein Duft berauscht mich. Er macht mich wahnsinnig vor Verlangen, dich zu besitzen. Ich muss mich jetzt mit dir paaren.«

»Das hoffe ich, weil ich sonst nämlich wirklich vor Frustration sterbe.« Ich versuchte, ihn auf mich zu ziehen, aber er zögerte. Einen Moment lang verzog er schmerzerfüllt das Gesicht.

»Ich darf … ich kann nicht …« Mit leisem Grollen drehte er mich auf den Bauch, schob einen Arm unter meinen Bauch und zog mich hoch. »Du gehörst jetzt mir, Aoife. Sag mir, dass du verstehst.«

»Ich verstehe. Ehrlich gesagt, ist es mir völlig egal, in welcher Position wir es machen, nur tu es einfach!«, schrie ich und klammerte mich an die Badematte.

Er bewegte sich, und plötzlich drang er in mich ein. Oh, es war ein äußerst willkommener Einmarsch. Er war so hart und heiß und bewegte sich mit mir in einem Rhythmus, der das Feuer in mir sogar noch schürte. Und dann war sein Drachenfeuer da, in mir, um mich herum, und hüllte uns in einen Kokon aus Begehren, Verlangen und sexueller Ekstase ein. In Gedanken fing ich es ein, wirbelte es um mich herum, dann um Kostya, und bog mich ihm entgegen, als der Orgasmus mich überwältigte. Das Feuer entglitt mir einen kurzen Moment lang, aber als Kostya ebenfalls zum Höhepunkt kam, konnte ich ihm sein Feuer wieder zurückschicken.

Kurz empfand ich einen heißen Schmerz an meiner Hüfte, aber als ich die Empfindung registrierte, war er schon wieder weg und hinterließ eine warme, prickelnde Stelle. Ich sackte zusammen und rang nach Luft, die anscheinend von Kostyas Feuer verzehrt wurde. Meine inneren Muskeln umfassten Kostya noch mit einem festen Griff, der selbst mich überraschte. Kleine Schauer der Lust überrannen mich, und ich fragte mich benommen, wie ich regelmäßigen Sex mit Kostya überleben sollte.

Er rollte sich von mir herunter, und sein breiter Brustkorb hob und senkte sich, als er tief ein- und ausatmete. Er hatte die Augen geschlossen, eine Hand über den Kopf gelegt. Seine Haut glänzte feucht von der Anstrengung, und nachdem ich ihn einen Moment lang beobachtet hatte – auch ein Vorwand für mich, um mein Gehirn wieder auf Touren zu bringen –, beugte ich mich über ihn und biss ihn in den Arm.

Ungläubig blickte er mich an.

»Jetzt musst du aber duschen«, sagte ich grinsend.

Er verzog das Gesicht, erwiderte jedoch dann zu meiner Freude mein Lächeln. »Das war es mir wert!«

»Ja, definitiv.« Ich rollte mich auf die Seite und wollte noch etwas hinzufügen, zuckte jedoch vor Schmerz zusammen. Ich setzte mich auf und betrachtete prüfend meine Hüfte. »Was hast du mit mir gemacht? Ich habe hier eine Verbrennung.«

Ich berührte das Mal oberhalb meiner linken Hüfte. Es sah aus wie die verblasste Henna-Tätowierung eines dunkelbraunen Tiers mit ausgebreiteten Flügeln und einem gezackten Schwanz, das vage wie ein Phoenix aussah.

Kostya wandte sich ab, aber ich sah trotzdem, dass er wieder finster das Gesicht verzog. »Ich weiß nicht, wovon du sprichst.«

»Natürlich weißt du das.« Ich fuhr mit den Fingern darüber. Es war glatt, genau wie ein Tattoo. »Ich habe gespürt, wie du es getan hast. Meine Hüfte hat für ein paar Sekunden gebrannt; aber dann war es vorbei.«

An seinem Kinn zuckte ein Muskel; dann schüttelte er den Kopf. »Die Markierung ist unwichtig. Sprich nicht zu anderen davon.«

»Unwichtig? Du hast mir ein Zeichen auf die Hüfte gebrannt und tust so, als hätte ich etwas falsch gemacht? Nein, mein Lieber! Ich habe dir gesagt, dass ich nicht auf mir herumtrampeln lasse. So kommst du mir nicht davon. Und ich lasse auch nicht zu, dass du eine wundervolle – wenn auch äußerst intensive – intime Erfahrung verdirbst. Okay, du redest nicht gern im Bett, aber deswegen brauchst du mir noch lange nicht den Kopf abzureißen, wenn ich darauf hinweise, dass ich nach dem Sex mit dir eine Narbe am Körper davongetragen habe.«

»Das ist keine Narbe. Das ist das Mal der schwarzen Drachen.« Er stand auf und trat in die Dusche. Rasch und effizient reinigte er sich, dann nahm er ein Handtuch und ging ins Schlafzimmer.

»Wirklich?« Ich betrachtete es erneut. »Passiert das jedes Mal, wenn wir Sex haben?«

»Es wird nicht wieder passieren.«

Ich hatte keine Ahnung, ob er damit den Sex oder das Mal meinte. Mehr sagte er jedenfalls nicht. Ich blieb ein paar Minuten auf dem Boden sitzen, hin- und hergerissen zwischen dem Verlangen, ihn auszuschimpfen, weil er den wundervollen Liebesakt ruiniert hatte, und dem Bedürfnis zu verstehen, warum er so verzweifelt darauf beharrte, dass es zwischen uns keine Verbindung gab.

»Ich bin keine Heilige«, sagte ich zum leeren Badezimmer. »Also werde ich ihm ein paar Takte darüber sagen müssen, wie man sich nach dem Sex richtig verhält, aber ich werde auch dieser Sache mit der Drachengefährtin auf den Grund gehen. Wenn nämlich diese Markierung das ist, was ich vermute, dann muss er langsam mal mit mehr als nur ein paar Fakten und Details rüberkommen.«

Und genau das will er nicht, erklärte meine innere Stimme.

»Manchmal hasse ich die Tatsache, dass Dr. Barlind mir meine innere Stimme so nahe gebracht hat, dass ich sie noch nicht einmal zum Schweigen bringen kann«, sagte ich zu meinem Spiegelbild. Dann stand ich auf und duschte rasch. Als ich wieder trocken war, rollte ich die Bädematte zusammen und warf sie in den kleinen Abfalleimer, der neben der Toilette stand.

Die Matte war schwarz versengt. Unwillkürlich musste ich beim Anblick der weiblichen Gestalt, deren Umrisse sich eingebrannt hatten, grinsen. Ich hoffte nur, dass ich für den Liebesakt mit Kostya genug Durchhaltevermögen besaß.

11

Ich kehrte in die Hauptkabine zurück und setzte mich neben Kostya auf die Couch. Er hielt einen neuen Bleistift in der Hand und schrieb in einer Sprache, die ich nicht verstand, etwas auf einen Block. »Dieses Mal auf meiner Hüfte – das hat etwas damit zu tun, dass ich deine Gefährtin bin, nicht wahr?«

Er antwortete mir nicht, aber ich sah, wie er das Kinn anspannte.

»Das dachte ich mir. Hat deine Ex das gleiche Mal auf der Hüfte?«

Die Muskeln an seinem Kinn zuckten eine Weile, aber schließlich antwortete er mir doch. »Nein, ich habe dir doch gesagt, sie war nicht meine Gefährtin. Sie hat mich nur gezwungen, sie zur solchen zu ernennen.«

Am liebsten hätte ich ihn darauf hingewiesen, dass er auch wiederholt behauptet hatte, ich sei nicht seine Gefährtin, aber das war wohl gemein. »Wie hat sie dich denn gezwungen? Ich glaube nicht, dass ich dich zu irgendetwas bewegen könnte, was du nicht willst. Du machst mir eigentlich nicht den Eindruck, als könntest du gegen deinen Willen zu etwas gezwungen werden.«

»Sie hat ihren weiblichen Körper gegen mich eingesetzt«, knurrte er, ohne mich anzusehen.

Na ja. Dazu hätte ich viel sagen können, aber ich dachte an den Schmerz in Kostyas Augen, ein Zeichen dafür, dass er, genau wie ich, zu den Leuten gehörte, die Dinge tief empfanden, aber keine guten Erfahrungen damit gemacht hatten, ihr Herz auf der Zunge zu tragen.

»Als ich siebzehn war«, sagte ich vorsichtig und zog die Beine unter mich, wobei ich dichter an ihn heranrutschte, »war ich wahnsinnig verliebt in den Postjungen im Büro meines Vaters. Sein Name war Thor, und er verkörperte alles, wovon eine linkische Siebzehnjährige mit Zahnspange nur träumen konnte – er war groß und blond, trug eine Kette mit Thors Hammer um den Hals, und er hatte eine tolle Figur. An dem Tag, als er es fertigbrachte, mich als lebendes menschliches Wesen zur Kenntnis zu nehmen und Hallo zu mir sagte, dachte ich, ich würde vor Glück tot umfallen. Von da an ging ich jeden Tag in das Büro meines Vaters, unter dem Vorwand, mit ihm zu Mittag zu essen, aber in Wirklichkeit hoffte ich nur darauf, dass Thor wieder von mir Notiz nehmen würde.«

Kostya murmelte etwas, aber so leise, dass ich es nicht verstehen konnte. Allerdings klang es nicht besonders freundlich.

»Nach Wochen des Herumlungerns im Büro postierte ich mich im Flur an einer Stelle, an der Thor vorbeikommen musste. Während ich wartete, hörte ich Gelächter aus einem nahe gelegenen Büro. Ich schlich so dicht an die Tür, dass ich hören konnte, was so lustig war. Einer der jüngeren Angestellten sagte gerade zu Thor, er müsse mich wohl flachlegen, damit ich endlich aufhören würde, ihm hier im Büro nachzustellen.«

Kostya zog finster die Augenbrauen zusammen. Der Bleistift zerbrach in zwei Hälften.

»Ich war wie gelähmt vor Scham, weil anscheinend jeder im Büro wusste, was ich glaubte, so gut zu verbergen, dass ich beinahe nicht mitbekam, was Thor darauf antwortete. Aber nur *beinahe*.«

»Was?«, stieß Kostya hervor. Das Wort kam wie eine Kugel aus seinem Mund geschossen. Seine Augen waren schwarz wie die Nacht, und die kleinen Silberflecken darin leuchteten. »Was hat er gesagt?«

Die Erinnerung daran tat immer noch weh, wenngleich nicht mehr ganz so schlimm wie früher. Das habe ich Dr. Barlind zu verdanken – sie hat mir geholfen, ein paar meiner Gespenster ein für alle Mal zur Ruhe zu betten, vor allem dieses eine. »Er sagte, er habe keine Verwendung für so eine Promenadenmischung wie mich, noch nicht einmal für Gelegenheitssex. Er sagte nicht ›Gelegenheitssex‹, aber meine Mutter hat mir eine gepflegte Ausdrucksweise beigebracht, und abgesehen von gelegentlichem Fluchen versuche ich mich daran zu halten.«

»Promenadenmischung«, sagte Kostya mit einem heißen Hauch voller Wut. Ich dachte einen Moment lang, er würde Feuer spucken, aber er hatte sich besser unter Kontrolle, als ich gedacht hatte, und die Papiere, die vor ihm lagen, gingen zum Glück nicht in Flammen auf. Sie qualmten nur ein bisschen. »Das hat er tatsächlich gesagt?«

»Weißt du, wenn ich dich nicht sowieso küssen wollte, weil ich dich so gerne küsse, dann würde ich es jetzt erst recht wollen, weil du meinetwegen so wütend bist.«

»Natürlich bin ich wütend!« Kostya ballte die Fäuste. Ich legte beruhigend meine Hand auf seine und stupste ihn an, damit er nicht so finster dreinschaute. »Dieser Mann, den du begehrt hast, dieser unwürdige Sterbliche, hat dich erniedrigt – dabei stehst du so weit über ihm, dass er dir auf den Knien dafür danken sollte, wenn du ihm auch nur einen Blick schenkst, ganz zu schweigen von der Erlaubnis, dich zu berühren … Das ist unerträglich. Sag mir seinen Namen. Ich werde ihn finden und ihm eine Lektion erteilen.«

Lachend küsste ich ihn, wobei ich meine Lippen einen Moment länger auf seine drückte, um ihm so zu vermitteln, wie dankbar ich ihm für seine Wut war. Sofort entflammte sein Feuer, aber da wir uns im Flugzeug befanden, erstickte ich es im Keim und löste mich von ihm. »Wenn du einmal darüber nachdenkst, was du da sagst, wirst du merken, dass Eifersucht nur den Verstand trübt.«

»Willst du damit sagen, ich bin dumm?«, wollte er wissen. Er zog mich an sich. Seine Augen blitzten wütend und weich vor Verlangen zugleich.

»Natürlich nicht. Nur, wenn es um ehemalige Freunde geht, die noch nicht einmal richtige Freunde waren, und das macht dich nur noch liebenswerter.« Ich schob ihm eine Haarsträhne hinter die Ohren. »Thor spielt keine Rolle, Kostya.«

»Er hat dich beleidigt – natürlich spielt er eine Rolle!«

»Nur weil du so süß bist.«

»Ich bin nicht süß!« Er verzog noch wütender das Gesicht, wenn das überhaupt möglich war. »Ich bin ein Wyvern! Ich bin der Stoff, aus dem Albträume sind!«

»Oh, ich bin sicher, dass du ziemlich albtraummäßig bist, wenn du es darauf anlegst, aber davon rede ich nicht. Und glaub bloß nicht, ich könnte nicht sehen, wie du versuchst, schwedische Männer namens Thor auf deinem Handy zu googeln. Ich kann es nämlich doch sehen!«

Seine Hand, die er über sein Handy gehalten hatte, glitt wieder auf seinen Schoß.

»Ich habe dir von Thor erzählt, um dir zu zeigen, dass wir alle in der Vergangenheit schmerzvolle Erfahrungen gemacht haben. Die Sache mit Thor, die hat wehgetan, klar. Eine Zeit lang habe ich mich von allen Typen ferngehalten. Damals habe ich geglaubt, ich müsse vor Scham sterben. Aber Thors Verhalten war *sein* Problem, nicht meins. Ich werfe meinen Eltern nicht vor, dass sie sich ineinander verliebt und meine Geschwister und mich bekommen haben. Wie ich aussehe, stört mich nicht. Um ehrlich zu sein, werde ich oft um meine krausen Haare beneidet, und das entschädigt mich für die eine oder andere blöde Bemerkung, die ich ab und zu über mich ergehen lassen muss. Also hör auf, dich umzusehen, als wolltest du das Flugzeug auf den Kopf stellen, um Thor zu suchen. Mittlerweile ist er wahrscheinlich kahlköpfig und hat einen Bierbauch. Und du solltest, statt der Erinnerung an eine schlechte Erfahrung mit einer Frau nachzuhängen, lieber daran denken, dass das nicht bedeutet, dass ich dich auch so behandeln werde.«

Sein Gesichtsausdruck wurde verschlossen. Er ließ mich los und griff wieder nach seinen Papieren. »Ich möchte nicht über Cyrene sprechen.«

»Das ist in Ordnung. Ich lege auch keinen großen Wert darauf, etwas über dich und deine Ex zu erfahren. Ich möchte nur noch einmal darauf hinweisen, dass ich nicht sie bin. Habe ich das jetzt klargestellt?«

»Da gibt es nichts klarzustellen«, sagte er. Offensichtlich wollte er mich nicht verstehen.

Ich seufzte frustriert. »Mann, ich weiß nicht, wie Dr. Barlind das gemacht hat. Ich habe anscheinend nicht die Geduld, mich mit sturer Verleugnung auseinanderzusetzen. Okay, wechseln wir das Thema: Das Zeichen, das du mir aufgedrückt hast, hat Flügel. Was hat das zu bedeuten, wenn ihr Drachen keine habt?«

Kostya knurrte etwas Unverständliches.

»Bleibt die Markierung jetzt für immer? Oder verblasst sie mit der Zeit? Und passiert etwas Besonderes mit mir, jetzt, wo ich deine Gefährtin bin?«

Er knurrte noch etwas.

»Willst du es nicht abstreiten?«, fragte ich. Er musste sich seinen Gefühlen stellen, wenn er sich von den Schmerzen befreien wollte.

»Du liebe Güte!«, explodierte er und schmiss seinen neuen Bleistift hin, der in drei Teile zerbrach. »Was willst du von mir? Du sagst ständig, du bist nicht wie Cyrene, erwartest aber anscheinend von mir, dass ich dich vor dem Weyr als Gefährtin anerkenne. Ich muss dich leider enttäuschen! Den Weyr gibt es nicht mehr! Du kannst nicht anerkannt werden, wenn niemand mehr da ist, um dich anzuerkennen!«

Seine Stimme schallte durch die kleine Kabine. Die Flugbegleiterin, die einen Blick auf uns geworfen hatte, als wir aus dem Schlafzimmer aufgetaucht waren, hatte etwas von einer Erfrischung gemurmelt und sich in die Bordküche begeben. Ich war mit Kostya alleine.

Und er war außer sich vor Wut. Unwillkürlich fragte ich mich, was seine Ex ihm angetan hatte – oder ob im Endeffekt überhaupt nur sie hinter seiner Weigerung steckte, das Offensichtliche zu akzeptieren.

»Eigentlich«, sagte ich bedächtig, »sollte ich beleidigt sein. Du tust so, als wollte ich dich für meine eigenen Zwecke benutzen, dabei will ich dir in Wirklichkeit nur helfen. Zum einen habe ich diesen schrecklichen magischen Ring, obwohl ich ehrlich sagen muss, wenn du mich nett bitten würdest, würde ich ihn dir geben. Und zum anderen will ich dir wirklich helfen, Kostya. Ich brauche von niemand anderem als nur von dir als Gefährtin anerkannt zu werden. Und wenn du das nicht willst, dann weiß ich nicht, was ich noch tun kann, damit du die Wahrheit erkennst.«

»Die Wahrheit«, schnaubte er. Er starrte so finster auf die Ansammlung von zerbrochenen Bleistiften auf dem Tisch vor sich, dass einer von ihnen Feuer fing. Ich erstickte es rasch, bevor die Flugbegleiterin es sehen konnte. »Die Wahrheit spielt keine Rolle mehr.«

»Natürlich spielt sie eine Rolle. Wir sind miteinander verbunden, du und ich, ob du es nun zugeben willst oder nicht, und ich kann dir sagen, wenn ich eines in der Klapsmühle gelernt habe, dann, dass es nie ein gutes Ende nimmt, wenn man sich selber anlügt.«

Er musterte mich einen Augenblick lang und streckte dann die Hand aus.

Ich schaute ihn an. »Was ist?«

»Gib mir den Ring.«

»Oh! Willst du ihn wirklich?« Zögernd zog ich ihn vom Finger. Es überraschte mich ein bisschen, wie sehr ich zögerte – er fühlte sich so richtig an meiner Hand an –, aber mir ging der Gedanke durch den Kopf, dass er vielleicht an sich böse war.

Ich legte den Ring in seine Hand. Er betrachtete ihn einen Moment lang, dann schob er ihn auf den kleinen Finger. Mit geschürzten Lippen sah er ihn prüfend an.

»Und?«, fragte ich und warf rasch einen Blick zur Bordküche. Die Flugbegleiterin war immer noch nicht zu sehen. »Mach etwas Magisches damit.«

Er schüttelte den Kopf, dann zog er ihn ab und gab ihn mir zurück. »Es ist so, wie ich es mir gedacht habe. Der Ring hat dich gewählt. Er wird sich meinem Willen nicht beugen, ob wegen des Fluchs oder aus welchem Grund auch immer. Das Resultat ist das gleiche. Steck ihn wieder an und pass gut darauf auf.«

Mit tiefer Erleichterung schob ich ihn wieder auf den Mittelfinger meiner linken Hand. »Terrin sagte, er habe seinen eigenen Kopf, aber ich habe nicht verstanden, was er damit meinte, denn ehrlich, bist du in deinem Leben schon einmal einem denkenden Ring begegnet?«

»Ja, einmal«, sagte Kostya und ergriff das Ende des kaputten Bleistifts, mit dem er noch schreiben konnte.

Ich schlug ihn auf den Arm. »Du machst dich lustig über mich.«

»Nein.«

»Doch. Und eben hast du gelächelt. Das sind zwei Punkte für das Team Aoife und keiner für das Team Kostya.«

Er warf mir einen empörten Blick zu. »Du bist in *meinem* Team.«

»Ja, klar«, sagte ich lachend und küsste ihn auf die Wange. »Ich bin natürlich in deinem Team, obwohl du der sturste, nervigste Mann im ganzen Universum bist. Lassen wir unsere Beziehung mal beiseite. Was soll ich eigentlich in Paris mit dem Ring machen? Aisling sagte, Drake hoffe, damit den Fluch brechen zu können, aber im Moment habe ich nicht die leiseste Ahnung, wie ich das machen sollte.«

»Du wirst ihn auch nicht brechen – wir finden eine Beschwörerin.«

»Eine was?«

»Jemand, der den Fluch brechen kann. Du gibst den Ring der Beschwörerin, und sie wird den Fluch brechen.«

»Hast du denn schon jemanden im Sinn?« Ich drängte die leise Eifersucht, die sich in mir breitmachen wollte, zurück.

»Ich kenne keine Beschwörerin, aber in Paris muss es welche geben. Die Venedigerin ist bekannt dafür, dass sie sie bevorzugt.«

»Eines Tages«, sagte ich und blickte aus dem Fenster, »werde ich in der Lage sein, ein Gespräch mit dir zu führen und tatsächlich jedes einzelne Wort von dem, was du sagst, verstehen.«

Er zeigte ein Lächeln. Es dauerte nicht lange, nur ein paar Sekunden, aber es war da, und ich sah es und freute mich darüber, dass seine Gefühle noch nicht so zerstört waren, dass man ihn nicht mehr aufheitern konnte. Er fuhr sich mit der Hand durch die Haare. »Und jetzt geh ins Bett und schlaf. Ich muss Pläne machen.«

»Ich bin kein Fußabtreter«, sagte ich zu Kostya. »Das will ich dir nur einmal sagen. Am liebsten würde ich dir jetzt mit etwas Schwerem über den Kopf schlagen, aber weil ich ein netter, zivilisierter Mensch bin, der sehr viel Mitgefühl besitzt, überhöre ich deinen Kommentar jetzt ganz einfach einmal und frage dich stattdessen, was eine Venedigerin ist.«

Er presste einen Moment lang die Lippen zusammen, stieß einen seiner gequälten Seufzer aus und warf den Bleistiftstummel auf den Tisch. »Du willst mich unbedingt wütend machen, oder?«

»Nein.« Ich schüttelte den Kopf. »Aber meine Eltern haben mich dazu erzogen, Fragen zu stellen, wenn ich etwas nicht verstehe, und darauf musst du dich einstellen.«

»Die Venedigerin ist eine Magierin, die in Paris lebt. Sie kontrolliert die Anderwelt in Europa.« Ein leicht amüsierter Ausdruck trat in seine Augen.

»Und was ist die Anderwelt? Der Teil der Welt mit Drachen und Magiern mit komischen Namen?«

»Unter anderem ja. Was machst du da?«

»Ich kuschele mich an dich.« Ich war dicht an ihn herangerutscht und schmiegte mich an ihn. Mit den Fingern versuchte ich seine Stirn zu glätten. »Ich finde es schön, wenn du lächelst, Kostya. Es macht mich glücklich … und es erregt mich auch ein bisschen. Ich möchte dich dann immer berühren und küssen und schlimme Dinge mit meiner Zunge tun. Aber wenn du so böse das Gesicht verziehst, das mag ich gar nicht. Dann würde ich dich am liebsten kneifen. In welcher Stimmung hättest du mich denn am liebsten?« Ich küsste einen kleinen Pfad an seinem Kinn entlang bis zu seinem Ohr und saugte an seinem Ohrläppchen.

Er sah sogar noch mürrischer aus als sonst. Er warf mir einen Blick von der Seite zu, dann sagte er säuerlich: »Drake hatte recht.«

»Wegen Frauen, die dich sexy finden, wenn du lächelst?«, fragte ich und knabberte mich zu seinem Kinn herunter, um mit der Zunge um sein Grübchen herumzulecken. Zugleich knöpfte ich ein Paar Knöpfe an seinem Hemd auf und fuhr mit der Hand über sein weiches Brusthaar.

»Nein, er hat oft genug gesagt, Aisling mache ihm das Leben zur Hölle, und eine Gefährtin würde es bei mir genauso machen. Später sagte er, er würde lieber sterben, als ohne sie leben zu müssen, aber ich glaube, das hat er nur aus Stolz gesagt. Sie hat mit ihm Dinge gemacht, die ich nie tolerieren würde.«

Ich blickte ihn an.

Er verstand die Frage, die in meinen Augen stand, sofort. »Ich will keine Gefährtin haben.«

Ich hielt kurz die Luft an. Fing er tatsächlich schon wieder mit diesem Thema an? Ich musste mich jetzt ganz vorsichtig bewegen. Ich senkte den Kopf und strich ihm über den Brustmuskel. »Warum?«

»Darüber haben wir schon oft genug gesprochen.«

»Aber du hast mir immer noch nicht gesagt, warum du so verletzt bist. Ich will dich nicht verurteilen, Kostya – du hast ja sicher gemerkt, wie sehr mir diese Sache mit Thor zugesetzt hat. Ich weiß nur zu gut, wie weh so etwas tut.«

Er seufzte so tief, dass er damit einen Heißluftballon hätte füllen können. »Nun gut, ich will es dir einmal erklären, und dann sprechen wir nie wieder davon. Ich habe dir erzählt, dass Cyrene mich gezwungen hat, sie zu meiner Gefährtin zu erklären.«

»Ja, aber sie war nicht wirklich deine Gefährtin, während ich es bin. Aber du verschmähst mich trotzdem, verschmähst alles, was wir miteinander haben könnten – und noch einmal, ich möchte wirklich Bonuspunkte dafür, dass ich von einem absolut normalen menschlichen Wesen zu jemandem werde, der es akzeptiert, dass es Drachen und Venedisten und Dämonenfürsten gibt …«

»Venedigerinnen, nicht Venedisten.«

Sanft kniff ich ihn in die Seite. »Du willst das alles ausschlagen, weil du schlechte Erfahrung mit einer Freundin gemacht hast? Dabei bist du noch nicht einmal mit sexistischen oder rassistischen Äußerungen von ihr beleidigt worden, so wie mir das mit einigen Leuten passiert ist. Ehrlich, Kostya! Bist du wirklich so einfältig?«

Schlagartig flammte seine Wut wieder auf. »Eine richtige Gefährtin nennt ihren Wyvern nicht einfältig!«

»Tut sie wohl, wenn er sich so benimmt!«

Er blickte mich aus zusammengekniffenen Augen an. »Aisling steckt hinter alldem, oder? Sie hat dir gesagt, du sollst so mit mir reden. Sie ist erst glücklich, wenn ich genauso gestört bin wie Drake.«

Lachend küsste ich ihn erneut, sehr liebevoll, aber mit einem kleinen Biss in seine Unterlippe. »Nein, Aisling hat nichts damit zu tun, aber ich sehe schon, ich werde mich ausführlich mit ihr unterhalten müssen. Bin ich denn nun deine Gefährtin oder nicht?«

Er presste einen Moment lang die Lippen zusammen; dann standen wir plötzlich beide auf. »Wenn du nicht schlafen willst, dann gehe ich jetzt ins Bett«, sagte er und wandte sich zum Schlafzimmer.

»Feigling!«

Seine Schulter zuckte. Er blieb einen Moment lang stehen und drehte sich halb zu mir um. »Sich zurückzuziehen, wenn man einen Kampf nicht gewinnen kann, ist nicht feige. Es ist Selbstschutz.«

»Hmm«, sagte ich laut, nachdem er ins Schlafzimmer verschwunden war. »Wie muss ich das jetzt verstehen?«

Darauf bekam ich keine Antwort, aber ich war ziemlich zuversichtlich, dass ich es schon irgendwann erfahren würde.

Drei Stunden später war ich immer noch nicht klüger, hatte jedoch das Problem beiseitegeschoben, um die Tatsache zu genießen, dass ich in Paris war. »Bist du sicher, dass wir in Gegenwart dieses Typen reden können?«, fragte ich Kostya, als wir in ein Taxi stiegen. Der Fahrer war ein Mann mittleren Alters mit einem freundlichen Gesicht, braunen Haaren und einem hübschen französischen Akzent.

»René ist ein Freund von Aisling«, antwortete Kostya.

»Und deshalb ist er okay?«

Kostya verzog nur das Gesicht und bezahlte den Piloten dafür, dass er uns eingeflogen hatte, ohne dass wir durch die Passkontrolle mussten.

»Hi«, sagte ich zu dem Taxifahrer. »Ich bin Aoife und dieser Hund ist …«

»Jim!«, rief René entzückt, umarmte den Hund und küsste ihn auf beide Fellwangen. »Wir haben uns ja lange nicht gesehen, alter Freund, viel zu lange nicht!«

»Hi!«, sagte Jim und fuhr dem Mann freundschaftlich mit der Zunge durchs Gesicht. »Anscheinend haben Sie mich gekannt, bevor ich das Gedächtnis verloren habe, was? Ich bin mit dem Iffinator hier, nicht mit Kostya. Sie ist jetzt mein Boss.«

René warf mir einen verblüfften Blick zu. »Tatsächlich? Das wird Aisling aber gar nicht gefallen. Sie hält doch so große Stücke auf dich!«

»Es ist schon okay – Sie brauchen sich keine Sorgen zu machen, dass ich Jim Aisling wegnehmen will«, sagte ich zu seiner Beruhigung. Die Vorstellung, Jim könnte nicht mehr bei seinem früheren Boss sein, schien den Mann geradezu aus der Fassung zu bringen. »Es war ein Unfall, und wir haben Aisling bereits getroffen, deshalb wird in Kürze alles wieder in bester Ordnung sein.«

»Ah«, sagte René und tätschelte Jim geistesabwesend den Kopf. »Aber es ist nicht gerade ein idealer Zustand, oder? Jim und Aisling waren so ein starkes Team. Und dann ist da ja auch noch Jims geliebte Cecile. Was wird aus ihr, wenn er nicht mehr auf ihren Ohren kauen kann?«

»Ih!« Ich blickte Jim an. »Du hast auf den Ohren einer armen Frau herumgekaut?«

»Ich?« Jim wirkte genauso entsetzt wie ich.

»Nein, nein, Cecile ist ein kleiner Hund aus Wales. Sie hat keinen Schwanz und schnappt nach einem, wenn man versucht sie zu streicheln, aber für Jim ist sie der Inbegriff der Liebenswürdigkeit. Es ist wahre Liebe zwischen ihnen!«

»Jim, der Dämon, hat eine Welsh-Corgi-Hündin zur Freundin?«

»Cool!«, sagte Jim. »Gibt es Fotos von ihr?«

»Leider besitze ich keines, aber Ceciles Besitzerin vielleicht. Sie lebt hier in Paris.«

»Ah ja.« Ich wollte eine Bemerkung zum Größenunterschied zwischen einem Corgi und Jim machen, entschied mich jedoch dagegen, weil manche Dinge besser ungesagt blieben. »Nun, das macht das Kauen auf den Ohren ein bisschen weniger unheimlich, Jim.«

»Ein Corgi?«, sagte Jim nachdenklich. »Die haben doch so kleine, süße Stummelbeine, nicht wahr? Ja, ich kann absolut verstehen, warum ein heißes Corgi-Babe scharf auf mich ist.«

»Ich glaube, das reicht jetzt. Bitte keine weiteren Kommentare mehr über scharfe Corgis und ihre Vorliebe für dich. René, wissen Sie zufällig, ob Aisling schon wieder in Paris ist? Ich habe während des Flugs versucht, sie anzurufen, aber sie hatte ihre Voicemail eingeschaltet, und bis jetzt hat sie noch nicht zurückgerufen.«

»Das weiß ich leider nicht. Wollen Sie einsteigen?« Er hielt mir die Taxitür auf.

»Aber klar!«, sagte Jim und sprang auf den Beifahrersitz.

»Danke. Was … äh … was sind Sie? Ein Drache können Sie nicht sein, da Sie mit Kostya reden können.«

Er lächelte. »Was ich bin, ist nicht so wichtig wie die Tatsache, dass ich ein sehr guter Freund von Aisling bin und daher Ihnen und Kostya nur zu gerne helfen werde, solange Sie in Paris sind. In Kriegszeiten kann man nicht genug Freunde haben, nicht wahr?«

Ich unterließ es, ihn weiter auszufragen, zumal Kostya fertig war und sich neben mich auf die Rückbank setzte.

»Sei gegrüßt, René.«

»Du auch, Kostya Fekete. Es geht dir gut, wie ich sehe.«

»Dank der roten Drachen nicht. Hast du welche in Paris gesehen?«

»Ich habe nichts gehört.« René startete den Wagen und fuhr zum Ausgang des kleinen Flughafens am Rand eines Pariser Vororts. »Die Venedigerin achtet strikt darauf, dass der Krieg sich nicht auf ihren Bereich ausdehnt. Sie hat Drake und Aisling schon gewarnt, sie würde keine Unstimmigkeiten vonseiten der Drachen dulden.«

Kostya sagte nichts, wirkte jedoch einige Minuten lang sehr nachdenklich.

»Schon wieder die Venedigerin«, sagte ich leise, nicht ganz sicher, ob René alles hören durfte. Jim schwatzte auf dem Vordersitz munter vor sich hin, und René beantwortete lachend alle seine Fragen über Cecile, den Corgi. Ich hatte das Gefühl, jetzt wäre eine gute Gelegenheit, meine Frage zu stellen. »Mag sie keine Drachen?«

Kostya verzog das Gesicht. »Sie fürchtet uns, weil sie keine Macht über uns hat. Aber sie wird uns Schaden zufügen, wenn wir den Kampf um den Weyr auf ihr Territorium tragen. Sie hat mich das letzte Mal, als ich in Paris war, beinahe hinausgeworfen. Also erwarte keinen freundlichen Empfang von ihr, Aoife.«

»Ehrlich gesagt erwarte ich eigentlich überhaupt nichts. Obwohl natürlich diese Äußerung darauf schließen lässt, dass du mich mit Drachen gleichsetzt, so wie zum Beispiel die Gefährtin eines Wyvern.«

»Du bist eine Gefährtin?«, fragte René und verriss das Lenkrad, sodass der Wagen einen Schlenker machte. Prüfend musterte er Kostya im Rückspiegel, bis ich einen erschreckten Laut von mir gab und nach vorne zeigte. »Phh, wir sind nicht einmal in die Nähe des Lastwagens gekommen. Da waren mindestens noch dreißig Zentimeter Platz dazwischen. Ach, dann hat Kostya also eine Gefährtin gefunden. Schon wieder?«

Kostya blickte ihn gereizt an. »Was heißt hier schon wieder. Cyrene war *nie* meine Gefährtin.«

»Und doch hast du sie dazu erklärt, das hat mir jedenfalls Aisling gesagt«, bemerkte René und bremste scharf, um eine Familie, die vor ihnen die Straße überquerte, nicht niederzumähen.

Kostya warf ihm über den Rückspiegel einen finsteren Blick zu. »Das sieht Aisling ähnlich, dass sie allen von dieser unglückseligen Geschichte erzählt hat.«

»Ach, mein Freund«, René lachte, »das ist nun mal so bei Frauen. So halten sie uns klein.«

Kostya schwieg, vermied es jedoch, mich anzusehen. Ich musste unwillkürlich lächeln. Mittlerweile waren wir mitten in Paris, und ich richtete meine Aufmerksamkeit auf die prächtige Stadt. »Ich war zuletzt als kleines Kind hier, als meine Eltern mit uns nach Schweden zogen. Oh, Jim, sieh mal, der Eiffelturm!«

Jim steckte den Kopf aus dem Fenster. »Können wir hinauffahren und von oben herunterspucken?«

»Wo wohnst du denn?«, fragte ich Kostya. Jim spekulierte darüber, wie viel Wirkung sein Sabber wohl noch haben würde, wenn er von der obersten Plattform herunterfiele. »Und glaub bloß nicht, ich hätte nicht gemerkt, dass du nicht abgestritten hast, dass ich deine Gefährtin bin. Doch jetzt ist nicht der richtige Zeitpunkt für eine Diskussion. Du kannst dich später bei mir bedanken.«

Kostya verzog wütend das Gesicht, gab sich dann aber geschlagen. »Ich habe eine Wohnung im Quartier Latin, aber ich verbringe nur wenig Zeit dort, weil sie nicht besonders gut geschützt ist. Auf jeden Fall fahren wir nicht dorthin.«

»Ach so?«

»Nein. Trotz der Vorschriften der Venedigerin bezweifle ich nicht, dass die roten Drachen versuchen würden, uns anzugreifen, und sie kennen die Wohnung. Wir werden bei Drake und Aisling wohnen.«

Ich schnalzte irritiert mit der Zunge. »Aisling hat auch so etwas gesagt, aber ich hätte nicht gedacht, dass du einverstanden wärst. Kostya, du kannst nicht im selben Haus wohnen wie Drake! Zur Hölle …«

»Abaddon«, warf Jim ein, war jedoch selber über sich erstaunt, weil er mich korrigiert hatte.

»Du hast es ja schon auf dem Flughafen kaum in seiner Nähe ausgehalten. Wie wollt ihr verhindern, dass ihr euch nicht gegenseitig umbringt, wenn ihr euch im selben Haus aufhaltet?«

»Drakes Haus hält Angriffen stand, meins nicht. Und ganz abgesehen vom Fluch bist du dort in Sicherheit, und deshalb fahren wir dorthin.«

»Ich?« Ich blickte ihn an, aber als er weiter nur mürrisch aus dem Fenster starrte, legte ich ihm die Hand auf den Oberschenkel. Das erschreckte ihn immerhin so, dass er mich anblickte. »Willst du damit sagen, dass du in deine Wohnung gehen würdest, wenn ich nicht dabei wäre, selbst wenn du dort in Gefahr wärst?«

»Ich habe keine Angst vor den roten Drachen«, sagte er steif, legte aber immerhin seine Hand auf meine und streichelte mit den Fingern über meinen Handrücken.

»Dann tust du das nur, um mich zu schützen?« Kopfschüttelnd drehte ich meine Hand um und verschränkte meine Finger mit seinen. Es war eine seltsam intime Geste, aber das lag sicher daran, dass ich von Männerhänden so fasziniert war. Kostyas Hände waren nahezu perfekt, mit langen, schlanken Fingern – die Hände eines Künstlers. »Das ist so unglaublich rührend … und nervig zugleich. Oh, verzieh nicht wieder so das Gesicht, ich habe es als Kompliment gemeint. Ich weiß es schon zu schätzen, dass du bereit bist, deinen Seelenfrieden zu opfern und vielleicht sogar den einen oder anderen Zahn, wenn dein Bruder dich zu fassen kriegt. Und das alles nur, weil du mich unbedingt beschützen willst, aber ich kann dir versichern, dass ich durchaus selber auf mich aufpassen kann. Ich habe einen Selbstverteidigungskurs besucht. Mein Dad bestand darauf, dass sowohl Bee als auch ich wissen müssten, wie man zudringliche Freunde abwehrt. Und außerdem habe ich ja noch den hier.« Ich nickte zu dem Ring an meiner linken Hand.

»Genau deswegen fahren wir zu Drakes Haus. Er hat vor allem wegen seiner Kinder zahlreiche Sicherheitsmaßnahmen ergriffen, und deshalb bist auch du bei ihm sicher, wenn die roten Drachen angreifen.«

»*Wenn?*«

»Ja.« Er presste die Lippen zusammen und wandte den Blick ab, aber seine Finger schlossen sich noch fester um meine. »Sie werden es nicht zulassen, dass der Ring so nahe bei den Drachen ist. Asmodeus wird ihn zurückhaben wollen.«

»Heilige Jalapeños!«, sagte ich leise und rieb mit meinem Daumen über seinen Handrücken. »Aber, Kostya, selbst wenn Drake einverstanden wäre, dass wir bei ihm wohnen, denke ich, auch wenn ich ihn nicht besonders gut kenne, dass er nicht allzu glücklich über dein Kommen ist. Ja, ich weiß, es geht um den Fluch, aber trotzdem – selbst wenn er einverstanden wäre, wir können doch nicht die Kinder in Gefahr bringen.«

»Welche Kinder? Drakes?«

Ich nickte. »Du scheinst ja davon auszugehen, dass die roten Drachen uns aufspüren und versuchen werden, uns anzugreifen. Wenn wir mit seinen Kindern in Drakes Haus sind, dann bringen wir sie doch in ernsthafte Gefahr. Ich kann mir nicht vorstellen, dass die Eltern das wollen, und ich möchte auf keinen Fall das Risiko eingehen, dass ihnen etwas passiert.«

»Die Kinder sind nicht in Paris.«

»Ach nein?« Ich stupste ihn an, als er mir nicht sofort antwortete. »Wo sind sie?«

»In Sicherheit. Drake würde nie das Leben seiner Kinder in Gefahr bringen, genauso wenig wie Aislings.« Er verzog belustigt die Mundwinkel. »Die anderen sollen nicht wissen, dass sie wesentlich mehr Macht hat, als man denkt, aber er war immer schon stolz auf ihre Fähigkeiten.«

Kurz überlegte ich, ob ich eine Bemerkung darüber machen sollte, dass dieses Verhalten anscheinend in der Familie lag, aber dann dachte ich, dass es nicht angebracht war, ihn zu necken, wenn er sich gerade öffnete. Ich kuschelte mich an ihn, und mein Körper frohlockte, als er, ohne nachzudenken, den Arm um mich legte und mich an sich zog.

»Wir sind in Sicherheit in Drakes Haus. Ich gebe ja zu, dass der Fluch die Dinge … nun ja, schwierig macht, aber es ist die einzige Antwort auf die Situation. Wir müssen allerdings einen Dolmetscher haben.«

»Was? Warum?«

»Wir können doch nicht mit ihnen sprechen.«

»Wir könnten Jim nehmen«, schlug ich vor und zeigte auf den Hund.

»Nein. Dämonen sind unzuverlässig, vor allem einer, der nicht einmal mehr weiß, in welcher Beziehung er zu wem steht. René, stehst du zur Verfügung?«

»Eh?« René, der sich mit Jim über Restaurants und die beste Art, ein Steak zuzubereiten, unterhalten hatte, drehte sich zu uns um. Prompt überfuhr das Taxi eine rote Ampel und landete mitten auf der Kreuzung. Bremsen quietschten, Hupen ertönten, und Autos fuhren ineinander. René brachte uns mit einer leichten Bewegung des Handgelenks wieder in die Spur und fuhr über die Kreuzung. »Für was soll ich zur Verfügung stehen?«

»Zum Dolmetschen.«

»Ach das.« Sein Blick ruhte kurz auf mir, dann antwortete er: »Ja, das kann ich machen. Ich bin nächste Woche sowieso Strohwitwer – meine Frau ist mit den Kleinen nach Spanien gefahren, damit sie ein bisschen im Wasser plantschen können. Ich habe ihr gesagt, in Frankreich gäbe es auch Wasser, aber pfft. Sie wollte nichts davon hören. Also stehe ich zur Verfügung, aber nur für eine Woche. Danach kommt meine Familie zurück, und dann kann ich nicht mehr frei über meine Zeit verfügen.«

»Ich verstehe sowieso nicht, warum du glaubst, dass ich nicht mit Aisling reden kann. Das habe ich doch in Schweden auch gemacht. Sie hat gesagt, die Einzigen, die nicht miteinander reden könnten, seien Drachen und ihre Gefährtinnen – oh!« Ich warf ihm einen Blick zu. Er hatte wieder diesen gequälten

Ausdruck im Gesicht. Ich dachte an unsere Gespräche in den vergangenen fünf Stunden und kam zu dem Schluss, dass er so viel Seelenforschung betrieben hatte, wie ihm guttat, und sagte nichts.

Aber ich vertraute darauf, dass alles gut werden würde, wenn Kostya endlich die Tatsachen akzeptieren und aufhören würde, mich ständig zurückzuweisen … na ja, letztlich zeigt das, wie unangebrachte Zuversicht selbst die besten Absichten zunichtemachen kann.

12

Wie sich herausstellte, war meine Zuversicht nur von kurzer Dauer, aber Kostyas Plan, im Haus seines Bruders zu wohnen, verschaffte mir eine Verschnaufpause. Das Taxi hielt vor einem dieser noblen Häuser, die in den eleganten Vierteln beinahe einen Häuserblock einnehmen und ein Vermögen kosten. Mir wurde schlagartig bewusst, dass meine Kleider zerknittert und keineswegs mehr frisch waren, dass ich mehrere Stunden lang meine Haare nicht mehr gekämmt hatte und dass ich mir die Miete, um ein solches Haus zu unterhalten, nie würde leisten können.

»Und du meinst tatsächlich, dass wir hier in Sicherheit sind?«, fragte ich Kostya, als wir aus dem Taxi ausstiegen. René war schon an die Tür getreten und plauderte mit einer Frau, die uns aufgemacht hatte. Sie blickte noch nicht einmal in unsere Richtung.

Ich betrachtete die Fassade des Hauses. Es sah nicht anders aus als die anderen Häuser in der Straße – das niedrige schwarze schmiedeeiserne Gitter vorne konnte doch keine dämonischen Drachen abhalten? Mein Haus hatten sie schließlich ohne Weiteres niedergebrannt.

»Ja. Es würde schon großer Anstrengungen bedürfen, Drakes Haus noch einmal zu erobern«, antwortete Kostya und kniff die Augen zusammen.

»Na, wie reizend! Und das soll ein guter Ort zum Wohnen sein?«

»Wir wären nirgendwo sicherer.« Seine Worte klangen abrupter als sonst, und ich stellte überrascht fest, wie angespannt er war. Das Feuer in ihm loderte hell. Ständig sah er sich um, blickte die Straße entlang. Ich fühlte mich an einen dieser Filme erinnert, in denen der edle Ritter es als seine Pflicht betrachtet, eine Frau in Bedrängnis zu beschützen.

»Was du brauchst, ist ein großes altes Schwert, so wie die Typen im Mittelalter es benutzt haben«, sagte ich und lächelte ihn an, um die Anspannung zu mildern.

»Ich wünschte, ich hätte mein altes Langschwert dabei«, sagte er versonnen. »Damit habe ich vielen Drachen die Köpfe abgetrennt.«

»Du machst Witze.« Ich starrte ihn einen Moment lang an. Anscheinend meinte er es ernst. »Du hattest ein Schwert, mit dem du gekämpft hast? Ein echtes Schwert?«, fragte ich kopfschüttelnd.

»Natürlich, ohne hätte ich nicht lange überlebt.« Er behielt weiter die Straße wachsam im Auge, registrierte jeden Vogel, der in den Bäumen zwitscherte, jedes Auto, das vorbeifuhr, jede Person, die vorbeikam.

»Wie alt bist du denn eigentlich?«, fragte ich. Hatten die Leute im Ersten Weltkrieg eigentlich noch mit Schwertern gekämpft? Wahrscheinlich schon.

»Ich bin 1584 geboren.«

Ich keuchte. »Ach du liebes Lieschen!«, sagte ich.

Die Tatsache, dass ich völlig geplättet war, schien ihn zu überraschen. »Hast du gedacht, ich sei älter?«

»Jünger! Viel, viel jünger! Natürlich hast du gesagt, dass ihr nicht sterblich seid, aber …« Ich rechnete schnell nach. »Vierhunderteinunddreißig Jahre ist ganz schön viel Unsterblichkeit.«

Er sagte nichts. Ich wollte ihn gerade fragen, wie es war, so viel Geschichte live erlebt zu haben, als ich abgelenkt wurde.

»Wollen wir hineingehen oder hier draußen bleiben, wo die Sonne mir meinen schönen Pelz verbrennt?«, fragte Jim. Ich warf ihm einen strengen Blick zu, und dabei fielen mir die nassen Flecken an einem hübschen Kübel voller roter Blumen auf. Er bemerkte meinen Blick. »Hey, wenn du musst, dann musst du. Mich hat ja niemand gefragt, ob ich Gassi gehen will. Du bist verpflichtet, mich auszuführen, das weißt du, oder? Ich müsste nämlich eigentlich auch mal einen Haufen abseilen. Hast du eine Tüte dabei oder so was, um ihn einzusammeln?«

Ich rümpfte angewidert die Nase. »Du kannst es bestimmt noch zurückhalten, bis wir uns eingerichtet haben. Und hoffentlich hat im Haus jemand eine hygienischere Methode parat, um deinen Haufen zu entsorgen.«

Jim verzog sein schwarzes Pelzgesicht. »Na gut, aber lange halte ich es nicht mehr aus. Dieses Popcorn, das du mir zu der zweiten DVD gegeben hast, wirkt wie ein Abführmittel. Hey, da ist ja der französische Typ wieder.«

Ich drehte mich um und sah René aus der Tür kommen. »Oh gut. Anscheinend hat er Drakes Leuten die Situation erklärt.«

René stand auf der Treppe und rief: »Ihr könnt reinkommen. Suzanne – die Köchin und Haushälterin von Aisling und Drake – hat ihr Zimmer für euch geräumt.«

»Oh nein, das klingt ja nach ziemlichem Aufwand«, sagte ich, als Jim und ich mit Kostya im Schlepptau zu ihm eilten.

René hielt uns die Tür auf und winkte uns in ein kleines Vorzimmer. Er schloss die Tür, und man hörte deutlich, wie mehrere elektronische Schlösser einrasteten. »Das dauert jetzt ein bisschen«, erklärte René. Schließlich blitzten an der Decke Lampen auf, und vor uns ging eine schwere Tür auf. »Ah gut, der Scan ist durchgeführt. Und hier sind wir in der Eingangshalle.«

»Ich hoffe, das waren keine Röntgenstrahlen«, sagte Jim und

blickte sich um. »Die sind schlecht für deine Eier. Machen dich unfruchtbar. Hey, irgendwas riecht hier gut.« Er hob den Kopf und schnupperte. »Zimttoast!«

»Anscheinend hat Suzanne gerade welchen für Aisling gemacht«, sagte René und führte uns in den hinteren Bereich der Halle. Für ein paar Sekunden konnte ich die Wandpaneele, die antiken Möbel und die alten Meister an den Wänden bewundern, bevor wir in einen kurzen Gang kamen. »Suzannes Zimmer ist hinter der Küche und hat einen eigenen Eingang hinten am Haus, was sehr bequem ist für euch. Kommt, ich zeige ihn euch. Die anderen bleiben oben, bis ich ihnen sage, dass ihr untergebracht seid.«

»Ich fühle mich schrecklich dabei, jemanden aus seinem Zimmer zu vertreiben«, sagte ich. »Wir könnten doch bestimmt irgendwo ein Hotelzimmer finden, von dem die roten Drachen nichts wissen …«

»Nein, nein, Aisling und Drake sind auch der Meinung, dass ihr hier am sichersten seid«, sagte René rasch und führte uns durch die Küche. Ich musste Jim am Halsband packen, damit er in die kleine Suite hinter der Küche mitkam und nicht in diesem verführerischen Raum blieb. »Suzanne hat ihre Sachen in Istvans Zimmer gebracht. Sie sind befreundet, wisst ihr? Kein Paar, aber zusammen, deshalb ist es nicht weiter schlimm. Aisling hat mir aufgetragen, euch zu sagen, dass sie später noch zusätzliche Decken und Handtücher herunterbringt und dass ihr die Küche nach Belieben benutzen könnt. Wenn allerdings Kostya im Raum ist, solltet ihr besser die Tür schließen, damit die anderen Drachen nicht über ihn stolpern.«

Seufzend warf ich Kostya einen Blick zu. Er betrachtete prüfend das Zimmer, das uns zugewiesen worden war. Es war ein normal großes Schlafzimmer, allerdings mit einem netten, angeschlossenen Badezimmer. Kostya musterte jedes einzelne

Fenster, bevor er sich der Tür zuwandte. Sie ging auf einen schmalen Gang hinaus, durch den offenbar jahrhundertelang die Dienstboten ins Haus gekommen waren. Kostya schaute sich alles genau an, während René mit mir darüber plauderte, dass Aisling eigentlich aufs Land zu ihren Kindern hatte fahren wollen, jetzt aber den Besuch ein paar Tage aufgeschoben hatte, um sich zu vergewissern, dass hier alles in Ordnung war.

»Hält sie deiner Prüfung stand?«, fragte ich Kostya, als er die Schlafzimmertür zum Gang wieder schloss.

»Ja. Daran habe ich nie gezweifelt – wie ich dir bereits sagte, sind Drakes Kinder häufig hier, und er hat ein Faible für Sicherheitssysteme. Außerdem sind auf die Oberfläche der Tür einige Zauber gelegt, die uns mit den Beschwörungen, mit denen Aisling die Fenster versehen hat, vor Eindringlingen schützen sollten.«

Ich schürzte die Lippen, als er etwas von Zaubern und Beschwörungen sagte, wollte aber vor René nicht meine Unwissenheit kundtun, deshalb sagte ich nur: »Gut.«

»Ich habe einen Plan, den ich gerne mit Drake besprechen möchte«, sagte Kostya zu René und zog die Seiten aus der Tasche, die er im Flugzeug vom Block gerissen hatte. »Lies ihm das vor und berichte mir, was er davon hält.«

»Ah, der Masterplan, was?«, sagte René und nahm die Blätter entgegen. »Soll er die Antwort für dich aufschreiben?«

»Nein. Ich könnte es sowieso nicht lesen. Du musst dir Notizen machen und sie mir vorlesen.«

»In Ordnung. Ich bin gleich mit der Antwort zurück.« René eilte davon, und die Tür schloss sich hinter ihm.

»Das hört sich ja nach einem ziemlichen Problem an«, sagte ich und betrachtete das Bett. Ich musste zugeben, dass sich der Mangel an Schlaf langsam bemerkbar machte, und fragte mich, ob es Kostya wohl recht wäre, wenn ich früh zu Bett ginge.

»Ja, das stimmt, aber bis der Fluch gebrochen ist, haben wir keine andere Wahl.«

»Ich glaube, ich gebe gleich eine kritische Masse von mir«, sagte Jim mit nachdenklichem Gesicht.

Sofort verdrängte ich den Gedanken, mich auf das Bett zu kuscheln. »Ja, gut, ich gehe rasch mit dir nach draußen. Aber das nächste Mal musst du alleine vor die Tür gehen.«

Stirnrunzelnd versperrte Kostya mir den Weg, als ich durch die Hintertür hinausschlüpfen wollte. »Du kannst nicht rausgehen.«

»Das ist nicht meine Idee, das kannst du mir glauben.« Ich zeigte auf Jim. »Er muss Gassi gehen, und anscheinend sehr dringend. Außerdem wird es bald dunkel, deshalb machen wir es besser jetzt.«

»Es ist nicht sicher«, sagte Kostya und warf Jim einen Blick zu, der jeden anderen zu Tode erschreckt hätte. »Der Dämon wird eben warten müssen.«

»Es ist furchtbar dringend«, sagte Jim und trat von einem Bein aufs andere. »Ich habe höchstens noch eine Minute Zeit, und dann *bam!* Es wird dir noch ernsthaft leidtun, wenn du mich nicht rausgehen lässt!«

»Die roten Drachen könnten von unserem Flug nach Paris gehört haben«, sagte Kostya zu mir, als ich an ihm vorbei zur Küchentür ging, um dort in den Schubladen nach einem Müllbeutel oder einer Plastiktüte zu suchen. »Sie werden sowieso bald wissen, dass wir in Paris sind, und dann werden sie sich auf die Suche nach uns machen.«

»Ja, nun, so schnell können sie auch nicht herausfinden, wo wir uns aufhalten. Jedenfalls muss einer von uns mit Jim raus, wenn du ihm nicht zeigen willst, wie man die Toilette benutzt.

»Nun gut«, sagte Kostya, packte Jim am Halsband und zog ihn zur Tür. »Dann gehe ich mit ihm.«

»Hilfe!«, jaulte Jim und begann zu würgen. Kostya ließ ihn los und wich zurück, als der Hund zu spucken anfing. »Feuer von Abaddon, du kannst die Kacke doch nicht aus mir heraus*würgen*! Na ja, wahrscheinlich kannst du es doch, aber das wird für keinen von uns beiden lustig.«

»Kostya, hör auf!«, sagte ich empört. »Du musst ihn nicht gleich erwürgen. Du bleibst hier und kümmerst dich um René und deinen Bruder, und ich laufe schnell mit Jim zum Park. René hat gesagt, er ist nur einen Block von hier entfernt.«

»Nein«, sagte Kostya. »Du kannst nicht ohne Schutz gehen. Du bist zu wertvoll.«

Ich hätte ihn gerne gefragt, ob er mich oder den Ring meinte, aber ich wollte es eigentlich lieber nicht wissen. Bevor ich ihm jedoch widersprechen konnte, klopfte es an der Küchentür, und die Frau, die ich vorhin an der Haustür gesehen hatte, steckte den Kopf herein und sagte etwas.

Ihre Worte klangen vertraut, aber doch irgendwie unverständlich. Ein Schauer lief mir über den Rücken, als mir klar wurde, dass ich gerade die Wirkung des Fluchs am eigenen Leib erlebte. Das bewies, dass ich wirklich und wahrhaftig Kostyas Gefährtin war, aber ich hatte im Moment keine Zeit, darüber nachzudenken.

Die Frau, die wahrscheinlich Suzanne war, lächelte schief, trat ins Zimmer, machte um Kostya einen Riesenbogen und zog eine Schublade voller Plastiktüten auf. Sie legte sie auf die Küchentheke, drehte sich um und rief irgendetwas.

Kostya erstarrte, als einer der rothaarigen Männer, die am Flughafen in Schweden gewesen waren, die Küche betrat. Die beiden musterten sich misstrauisch, aber ich stellte erleichtert fest, dass keiner von ihnen den anderen angriff.

»Das ist Istvan, eine von Drakes Elitewachen«, sagte Kostya. Seine Körpersprache zeigte, wie sehr er sich zusammenriss.

»Ah, verstanden. Hi, Istvan«, sagte ich und winkte ihm zu.

Istvan verbeugte sich, dann wies er auf Jim und zeigte hinter sich.

»Bietet er uns an, mit Jim Gassi zu gehen.«

»Es sieht so aus«, sagte Kostya. Seine Haltung entspannte sich ein wenig. »Das würde unser Problem lösen.«

»Was? Ich soll mit einem fremden Drachen mitgehen? Ich kenne ihn doch gar nicht! Ich kann nicht kacken, wenn er mir zuguckt.«

»Es spielt nicht wirklich eine Rolle, wer mit dir nach draußen geht, Jim«, sagte ich. Allerdings verspürte ich leise Schuldgefühle, weil ich die Verantwortung für Jim einfach so an Istvan abgab.

Der Dämon warf mir einen verletzten Blick zu. »Für dich spielt es vielleicht keine Rolle, aber ich bin da sehr empfindlich. Du bist meine Dämonenfürstin – wenn jemand beim Kacken bei mir sein muss, dann solltest du das sein.«

Ich verdrehte die Augen, sagte aber: »Na gut, obwohl ich auf diese fäkale Ehre wirklich verzichten könnte.«

»Aoife, ich habe dir doch gerade gesagt, dass es gefährlich ist – René, du bist ja schon wieder zurück.« Kostya unterbrach sich, als René aufgeregt zur Tür hereinkam. »Du warst aber nicht lange weg. Hast du Drake meine Pläne nicht vorgetragen?«

»Doch, doch, und er hat vieles dazu zu sagen, was ich vor Aoife lieber nicht wiederholen möchte, aber ich habe es genauso gemacht, wie du gesagt hast, und mir vom Wichtigsten Notizen gemacht. Hier, ich zeige sie dir …«

Kostya warf mir einen Blick zu.

»Ich nehme Istvan mit, okay?«, sagte ich und scheuchte Jim zur Tür. »Es dauert sicher nicht lange, Jim explodiert ja beinahe schon.«

»Bleib immer neben Istvan«, sagte Kostya und warf mir einen besorgten Blick zu, aber anscheinend merkte er langsam, dass er übervorsichtig war, denn er ging mit René ins Schlafzimmer, damit René ihm Drakes Einwände erläutern konnte.

»Wir haben noch dreißig Sekunden bis zur Kackokalypse«, warnte Jim mit gequältem Gesichtsausdruck. »Sprich deine Gebete, denn es wird nicht schön, wenn sie eintritt.«

»Ja, okay, lasst uns in den Park gehen«, sagte ich. Ich nahm Suzanne die Plastikbeutel aus der Hand und scheuchte Jim an Istvan vorbei, der offensichtlich merkte, wie eilig wir es hatten, denn er hatte die Tür schon geöffnet, noch bevor Jim sie erreicht hatte.

Zum Glück schafften wir es bis in den Park, wo sich Jim entschuldigte und sich hinter einer langen Reihe von Rhododendren zurückzog.

Istvan – der neben mir stand und mir vorkam wie Kostya, so wie er sich ständig umschaute – sagte etwas, zeichnete mit dem Finger einen Kreis in die Luft und zeigte dann auf den Boden. Wahrscheinlich meinte er, ich solle an dieser Stelle stehen bleiben.

»Ah, du willst hier in diesem Gebiet patrouillieren, verstanden«, sagte ich zu ihm, obwohl er mich nicht verstehen konnte. Ich nickte, und er ging mit schnellen Schritten davon.

Jim sah ich nicht mehr, deshalb rief ich ihn zu mir. »Hock dich nicht ins Gebüsch. Denk dran, dass ich deinen Haufen einsammeln muss, und ich habe keine Lust, durch die Büsche zu kriechen.«

Jim steckte den Kopf aus einem Rhododendron. »Ich kann mich nicht mitten auf der Wiese erleichtern, wo alle mich sehen können! Das ist unnatürlich!«

»Ein sprechender Hund, der in Wirklichkeit ein Dämon ist,

ist unnatürlich«, sagte ich zu ihm. Ich raschelte mit den Plastiktüten. »Und jetzt mach weiter und setz deinen Haufen.«

»Du siehst mich schon wieder an!«, sagte er und tauchte aus dem Rhododendron auf. »Ich kann nicht kacken, wenn man mir dabei zusieht, und wo wir schon einmal beim Thema sind, was sagt das über dich aus, dass du mich unbedingt beobachten willst?«

»Ach du liebe Güte, ich will dich nicht beobachten! Ich versuche nur, dich im Auge zu behalten, damit ich deine Hinterlassenschaften aufsammeln kann. Und jetzt hör auf zu diskutieren und mach dein Geschäft!«

Er kniff die Augen zusammen. »Bist du sicher, dass du nicht so eine Art Hundekacke-Fetisch hast?«

»Grrr!«, schrie ich und schlug mit den Plastiktüten gegen meine Oberschenkel. »Ich habe keine Fetische oder was auch immer! Warum kackst du nicht endlich? Du hast doch gesagt, du stündest kurz vor dem Explodieren!«

Schniefend wandte Jim mir sein Hinterteil zu und trottete zu einem Grasfleck in der Nähe des Zauns.

»Und?«, fragte ich nach ein paar Minuten, als immer noch nichts passiert war. »Jetzt mach schon, Jim. Wir haben nicht den ganzen Tag Zeit. Ich bin müde und möchte ins Bett gehen.«

»Wenn du solchen Druck auf mich ausübst, kann ich gar nicht mehr«, giftete Jim.

Ich blickte betont auf meine Armbanduhr. »Ehrlich gesagt hatte ich keine Ahnung, dass Dämonen sich bei ihren körperlichen Verrichtungen so anstellen.«

»Dass ich ein Dämon bin, hat damit gar nichts zu tun«, antwortete Jim und bewegte sich zu einer anderen Stelle. Ich blickte mich um. Istvan hatte anscheinend seinen Rundgang beendet und kam am Zaun entlang auf uns zu. »Ich habe mir diese prachtvolle Gestalt nun einmal ausgesucht, und wenn du alles schön in Form halten willst, dann kannst du deine inneren Funktionen nicht so beschleunigen.«

Ich blieb neben einer kleinen Azalee stehen. »Moment mal – du hast deine Gestalt *ausgesucht*?«

»Natürlich.« Jim schnüffelte an ein paar Blättern auf dem Boden und trottete zum nächsten Strauch.

»Du wolltest ein Hund sein? Du bist nicht einfach einer geworden?«

»So geht das nicht bei Dämonen. Wir dürfen uns unsere Gestalten aussuchen, wenn der Dämonenfürst uns nicht eine andere Gestalt befiehlt.« Er warf sich in die Brust. »Kannst du dir etwas Fabelhafteres als das hier vorstellen? Es gibt nichts Besseres! Ich habe die beste aller Dämonengestalten, das kann ich dir sagen.«

Ich folgte ihm zu einer Reihe von Bäumen. Die Straßenlaternen brannten bereits, und es wurde dunkel. »Warte mal – wie kommt es, dass du plötzlich so ein Dämonenexperte bist, wo du vor ein paar Tagen noch dachtest, du wärst nur ein Hund?«

»Ich habe eben die richtigen Fragen gestellt, Babe. René weiß eine ganze Menge.«

Ich nahm seine Erklärung hin. »Du könntest also alles sein, was du nur willst, einfach alles? Ein Pferd zum Beispiel? Oder ein Elefant?«

Er lachte und lief zu einer Bank, die tief im Schatten einer langen Reihe von Ulmen stand. »Ja, aber wenn ich ein Elefant wäre, würdest du wahrscheinlich lieber nicht mit mir Gassi gehen. Denk mal an die riesigen Fladen! Hey, der Fleck da drüben riecht ganz gut. In diesem Bereich hier ist viel gepinkelt worden.« Mit schnellen Schritten trabte er zu einer Baumgruppe, an der ein kleiner Geräteschuppen stand. Ich blieb gedankenverloren stehen, bis mir auf einmal klar wurde, dass ich ihn schon fast nicht mehr sehen konnte. Ich stürzte hinter ihm her und hörte, wie Istvan irgendetwas schrie. Wahrscheinlich tadelte er mich, weil ich mich so weit von seiner Schutzzone entfernt hatte.

»Du Nervensäge von einem Dämon!«, sagte ich und rannte zu Jim, der am Schuppen schnüffelte, einen seltsamen Ausdruck im Gesicht. »So, das reicht jetzt. Als deine Dämonenfürstin befehle ich dir, kein Hund mehr zu sein und dich stattdessen in ein menschliches Wesen zu verwandeln, das alleine zur Toilette gehen kann und nicht alles besabbert, einschließlich Kostyas Hosen und Schuhen.«

»Hey, weißt du, wonach es hier riecht …« Jims Augen traten aus den Höhlen, er wirbelte einmal um sich herum, und sein Körper wurde lang und veränderte sich. Die Luft flirrte, und Jim der Hund war verschwunden, und stattdessen stand ein Mann vor mir, ein bisschen kleiner als Kostya, aber stämmiger, mit breitem Brustkorb, dunklen Haaren und Augen und einem erstaunten Gesichtsausdruck. »Feuer von Abaddon, Iffi! Was hast du mit mir gemacht?«

Ich starrte ihn mit offenem Mund an. »Du hast nichts an!«, sagte ich und wies auf sein Gemächt. »Jim, zieh dir sofort etwas an.«

»Du hast mich doch zum Menschen gemacht«, stellte er klar. Er stemmte die Hände in die Hüften und sah verärgert an sich herunter. »Mann, ich kann dir gar nicht sagen, wie das nervt. Sieh dir mal mein Päckchen an! Das ist ja nicht annähernd so gut, wie es war, und ich habe auch nicht mehr diesen süßen weißen Fleck auf der Brust. Und, ach du Scheiße, ich habe auch keinen Schwanz mehr! Wie soll ich denn ohne Schwanz meine Gefühle richtig zum Ausdruck bringen? Ich bin hässlich und ungelenk, und sieh nur, ich kann noch nicht einmal mein Bein richtig heben.«

In der Hoffnung, dass das dumpfe Pochen in meinem Kopf aufhören würde, rieb ich mir die Stirn, als ich sah, wie Jim versuchte, an der Schuppenwand sein Bein zu heben. »Du liebe Güte, Jim! Das geht nicht! Und hör auf zu jammern. So schlimm ist es nun auch wieder nicht, ein Mensch zu sein.«

»Ach ja?« Er stellte sich vor mich. »Soll das heißen, ich kann nicht einfach überall hinpinkeln? Oder meinen Haufen hinter dem Schuppen abseilen, wie ich es gerade tun wollte, als du auf einmal die Dämonenfürstin gegeben hast?« Er blickte über die Schulter zu seinem Hinterteil. »Oh Mann! Mein Hintern ist ja riesig! An der menschlichen Gestalt ist überhaupt nichts gut! Ich wette, ich kann mich noch nicht einmal selber lecken!«

»Okay, neue Regeln. In menschlicher Gestalt benehmen wir uns nicht wie ein Hund. Wir reden auch nicht über die Dinge, die wir nicht mehr tun können. Kapiert? Gut. Dann gehen wir jetzt nach Hause. Dort kannst du das Badezimmer benutzen, oder wenn du es bis dahin nicht schaffst, gehen wir ins Café an der Ecke, und du kannst da zur Toilette gehen.«

»Ja klar! Was glaubst du, was sie im Café sagen, wenn ein splitternackter Mann zur Tür reinkommt, weil du vergessen hast, mir Bekleidung zu befehlen, als du mich in eine neue Gestalt gezwungen hast.« Seltsamerweise war Jims Gesichtsausdruck genauso wie zu seinen Hundezeiten – und eine winzige Stimme in meinem Kopf sagte mir, dass mir die Hundegestalt eigentlich fehlte. Missbilligend blickte er mich an.

»Oh nein, das war nicht meine Schuld!« Ich wandte mich zum Parkeingang. »Dass du nackt herumlaufen musst, ist … äh, Jim?«

»Ja, das ist ein roter Drache«, sagte Jim und betrachtete interessiert die beiden Männer und die Frau, die uns den Weg versperrten. »Ich wollte dir eben sagen, dass der Schuppen so riecht, als wären Drachen in der Gegend, und sie rochen nicht wie die Typen im Haus. Oh, und jetzt kann ich sie dank deines Eingreifens noch nicht einmal beißen.«

Ich musterte die drei Personen vor mir. Die Frau sagte etwas und zeigte auf mich. Die beiden Männer, die bei ihr waren, kamen auf uns zu, anscheinend um uns zu ergreifen. Das wollte ich natürlich vermeiden, ebenso wie ich nicht in Kontakt mit den Schwertern treten wollte, die alle drei umgeschnallt hatten. Ich sah mich nach Istvan um, aber er war verschwunden. »Jim, ich gebe dir jetzt einen Befehl, und ich möchte, dass du ihn wortgetreu befolgst.«

»Die Drachen anzugreifen?«, fragte er, als die Männer plötzlich losrannten.

Ich wich zurück und umklammerte meine Hände. Mir war nur allzu bewusst, dass an einer der Ring saß. Ich konnte ihnen nicht entkommen, ich konnte nirgendwo hinrennen, und Istvan war nicht da, um mir zu helfen. »Nein. Lauf zu Kostya. Sofort. LAUF!«

Ich versuchte, dieses Gefühl der Macht heraufzubeschwören, das ich in Schweden empfunden hatte, als die Drachen Kostya angegriffen hatten, aber da war nichts, nur ein schwaches Gefühl der Erwartung, als ob der Ring darauf wartete, dass ich etwas tat. Doch ich hatte keine Zeit, noch lange darüber nachzudenken, was zum Teufel der Ring von mir wollte – ich stieß einfach einen Wikinger-Kampfschrei aus und stürzte ihnen entgegen, innerlich betend, dass der Ring mir genügend Kraft verleihen möge.

»Na zur Hölle!«, sagte ich kurz darauf. Die beiden Drachenmänner fielen keineswegs um, nur weil ich den Ring trug, sondern sie ergriffen mich, und einer von ihnen drehte mir den Arm auf den Rücken und zog ihn so hoch, dass es wehtat.

»Abaddon«, kam die schon vertraute Berichtigung.

»Oh nein, Jim, du nicht auch noch.« Ich blickte über die

Schulter und sah einen weiteren Mann und eine Frau aus dem Gebüsch kommen, mit dem nackten Jim im Schlepptau. Ich ballte meine linke Hand zur Faust und hielt sie dicht vor den Bauch, in der Hoffnung, dass die Drachen den Ring nicht bemerkten. Wenn ich einen unbeobachteten Moment erwischte, konnte ich ihn vielleicht in die Jeanstasche stecken.

Die Drachen sagten etwas mit rauer Stimme und schubsten uns vorwärts zum Parkeingang. Istvan war nirgendwo zu sehen, und ich hoffte nur, dass er Hilfe holen konnte.

»Tut mir leid. Als Hund wäre ich viel schneller gewesen.« Jim warf mir einen anklagenden Blick zu.

»Weißt du was? Ich bin es leid, immer nur nett zu dir zu sein. Du begreifst einfach nicht, dass ich nur versucht habe, unser Leben einfacher zu machen.«

»Nett? Du zwingst mich in eine nackte menschliche Gestalt und nennst das nett?« Jim schüttelte den Kopf. »Benutz doch diesen blöden Ring, um diese Drachen genauso umzulegen wie die in Schweden, damit wir endlich nach Hause gehen können und ich diese unhygienische Toilette benutzen kann, auf die alle Drachen sich mit ihren Hintern setzen.«

»Eine Toilette ist wesentlich hygienischer als … ach, ist ja egal. Wo ist Istvan?« Ich ballte die Faust noch fester. »Und hör auf, den Du-weißt-schon-was-ich-meine zu erwähnen. Es besteht immerhin die Chance, dass diese Typen uns aufgelauert haben, weil sie wissen, dass wir etwas mit Kostya zu tun haben, nicht wegen des fraglichen Dings. Und ehrlich gesagt möchte ich nicht, dass sie es herausfinden.«

»Sie verstehen uns sowieso nicht«, sagte Jim achselzuckend. »Bei ihnen wirkt der Fluch genauso wie bei allen anderen Drachen.«

»Das wissen wir nicht genau, und ich will nicht riskieren, sie darauf aufmerksam zu machen, falls sie uns doch verstehen.«

»In dem Fall hast du ihnen gerade mitgeteilt, dass du etwas sehr Wichtiges bei dir hast«, erwiderte er.

»Hör mit deiner Logik auf!«, befahl ich und wollte gerade weiterreden, als ein plötzlicher Schrei von dem Drachen zu meiner Rechten meinen Mut sinken ließ. Wir kamen um einen kleinen Brunnen herum, und dahinter stand Istvan und kämpfte mit drei Drachen. Sie waren alle in Menschengestalt (ich nehme an, es gab ein ungeschriebenes Gesetz darüber, in der Öffentlichkeit nicht als Drache zu erscheinen), aber sie waren klar in der Überzahl. Zwei der Drachen hatten Schwerter, und eines davon schwebte hoch in der Luft. Der Drache hatte offensichtlich vor, den armen Istvan zu enthaupten.

Der Drache hinter mir riss mir den Arm so schmerzhaft zurück, dass ich für ein oder zwei Sekunden Sterne sah, aber genau das löste etwas in mir aus. Mit einem Gebrüll, das ich mir selbst nicht zugetraut hätte, formte ich eine Kugel aus Kostyas Feuer und spuckte sie auf den Drachen mit dem Schwert. Sie prallte auf seine Brust, hinderte ihn jedoch nicht daran, das Schwert niedersausen zu lassen.

»NEIN!«, brüllte ich und streckte meine freie Hand aus in einem instinktiven Versuch, den Angriff abzuwehren. Der Drache mit dem Schwert flog zehn Meter zurück, mitten in eine Gruppe von Leuten hinein, die auf den Lärm hin angelaufen kamen. Istvan, der in die Knie gezwungen worden war, richtete sich taumelnd auf, nutzte die allgemeine Ablenkung, um der anderen Schwertkämpferin in die Kniekehlen zu treten. Sie fiel zu Boden, und er schnappte sich ihr Schwert und wandte sich den anderen zu.

Sie alle starrten mich an. Oder vielmehr meine immer noch ausgestreckte Hand.

»Die beste Methode, um ihnen nichts von dem Ring zu sagen«, sagte Jim und warf mir einen spöttischen Blick zu.

»Oh Scheiße!«, fluchte ich und drückte meine Hand an meinen Körper.

»Du sagst es, Babe.«

Die Drachen wandten sich von Istvan ab und bildeten einen Kreis um Jim und mich. »Ich habe ein sehr schlechtes Gefühl über … iiih!«

Während ich sprach, vollführte die Frau neben mir eine komplizierte Geste, beinahe, als wollte sie etwas in die Luft zeichnen. Aus den Augenwinkeln sah ich ein schwaches schwarzes Bild inmitten von nichts schimmern. In die Luft zeichnen war wahrscheinlich gar keine so schlechte Metapher. Aber als sich das Symbol auflöste, stieß ich einen Schrei aus. Die Frau griff nach oben und zog etwas zurück – ich hatte keine Ahnung, was es war, da sich vor ihr nichts befand, aber auf jeden Fall hinterließ sie ein großes schwarzes Loch. Und da hinein sprangen die beiden Drachen, die mich festhielten, und nahmen mich mit.

13

Ich hatte das Gefühl, jemand hätte mir einen in Samt gewickelten Baseballschläger in den Magen gerammt.

»Musst du kotzen? Du siehst so aus, als müsstest du gleich kotzen. Tut es nicht weh, so auf allen vieren zu hocken? Oh Mann, das sieht übel aus!«

Ich übergab mich keuchend vor Schmerz. Als ich erschöpft den Kopf wandte, sah ich Jims Beine neben mir. Er beugte sich zu mir herunter. In seinen dunklen Augen spiegelten sich Mitgefühl und spöttische Belustigung.

»Urgh!«

Jim nickte. »Ich habe schon gehört, dass es nicht so leicht ist, nach Abaddon verschleppt zu werden, wenn man kein Dämon ist.«

»Abaddon?« Ich rappelte mich auf und blickte mich um. »Wir sind in der Hölle? Es sieht eher aus wie ein Ballsaal, wenn man mal von der Lava absieht. Wer hat schon scharfkantige kleine Lavasteine als Fußbodenbelag in einem Ballsaal?«

»Wahrscheinlich jemand, der den Leuten gerne Schmerzen zufügt.«

In diesem Moment merkte ich, dass Jim auf einem kleinen Stück Stoff stand. Ein Stück Stoff, das mir bekannt vorkam. »Hey! Das ist meine Bluse!«

»Nur ein Stück vom Rücken. Du brauchtest den Rücken nicht, und du kannst schließlich nicht von mir erwarten, dass ich mit empfindlichen nackten Menschenfüßen auf den spitzen Steinen stehe, oder?«

»Oh Mann«, sagte ich und schlug mit den Händen auf meine Beine. »Jim, wir sind in der Hölle.«

»In Abaddon.«

»Und die Drachen wissen, dass ich den Ring habe. Kannst du in einem solchen Moment wirklich nur an dein eigenes Wohlergehen denken?«

Er zog eine Augenbraue hoch. »*Du* hast Schuhe.«

»Ich gebe es auf«, sagte ich empört. »Gut, erwartest du, dass ich mich entschuldige? Es tut mir leid, dass ich dich in einen Menschen verwandelt habe. Ich dachte, es wäre einfacher für uns beide, aber offensichtlich habe ich mich geirrt. Und zwar so was von geirrt.«

»Du sagst es.«

»Du willst also wieder ein Hund sein? Na, dann los, verwandle dich.«

»Das kann ich nicht, wenn ein Dämonenfürst eine andere Gestalt für mich gewählt hat.« Sein Blick war sauer wie eine Zitrone.

»Diese ganze Dämonenfürsten-Geschichte geht mir wirklich auf die Nerven, weißt du das? Na gut, du hast meine Erlaubnis, wieder ein Hund zu sein, solange du mir nicht jedes Mal, wenn ich mich umdrehe, deine Geschlechtsteile ins Gesicht hältst.«

»Mein anderes Päckchen ist viel, viel besser«, sagte Jim und tanzte vor Vorfreude, was unglückseligerweise sein Gemächt zum Wackeln brachte.

»Jim!« Hastig wandte ich den Blick ab. »Hör um Himmels willen auf zu tanzen.«

»Du musst es mir befehlen. Und vergiss nicht den weißen Fleck und die drei weißen Zehen. Sie sind echt stylish!«

Ich verdrehte die Augen, betete im Stillen um Geduld und sagte: »Jim, ich befehle dir als deine Dämonenfürstin, dich wieder in einen Hund zu verwandeln.«

»Was? Nein, du kannst nicht … Ah, Mist!«

Ich betrachtete den Dalmatiner mit schwarzen Flecken und schmalem rotem Halsband, der vor mir stand. »Warum bist du jetzt ein Dalmatiner?«

»Weil du den Befehl nicht richtig ausgesprochen hast. Mann, ich kann nur hoffen, dass Aisling ein besserer Dämonenlord ist als du. Das ist ja furchtbar.« Jim beugte sich vor, um unter sich zu schauen. »Ja, schrecklich. Verwandle mich wieder zurück.«

»Ich habe dir doch gesagt, du sollst dich in einen Hund verwandeln.«

»Ja, aber du hast ihn nicht richtig beschrieben. Stattdessen entspreche ich jetzt *deinen* Vorstellungen von einem Hund.«

Ich blinzelte einen Moment lang nachdenklich, und dann fiel mir plötzlich ein Dalmatiner-Stofftier ein, das ich als Kind geliebt hatte. »Okay. Tut mir leid. Dann versuchen wir es mal damit: Jim, ich befehle dir als deine zeitweilige Dämonenfürstin, dich in einen Hund zu verwandeln, an den ich mich aus meiner Kindheit nicht erinnern kann und den ich auch nicht besonders liebe.«

Jim stieß einen schweren, gequälten Seufzer aus.

»Na, das ist ja albern«, sagte ich zu Jim, der jetzt ein Chihuahua war.

»Die Parameter«, sagte er, wobei seine tiefe Stimme in seltsamem Widerspruch zu seinem winzigen Körper stand. »Du hast sie nicht richtig gesetzt. *Schon wieder nicht.* Na toll, jetzt passe ich in deine Tasche. Ich will gar nicht sehen, was das mit meinem Päckchen anstellt.«

Eine Tür am hinteren Ende des Ballsaals (wie ich ihn immer noch nannte, obwohl, wer würde schon in der Hölle einen Ball geben?) ging auf und ein Mann kam herein, begleitet von zwei Frauen, die einige Zentimeter größer waren als er und wahrscheinlich auch gut fünfzig Pfund schwerer. Sie sahen aus wie

Rausschmeißer aus einem besonders harten Club in New York City.

»Meine Tasche scheint mir im Moment ein ziemlich guter Ort für dich zu sein«, sagte ich, hob Jim hoch und setzte ihn in meine Armbeuge. Er wog vielleicht fünf oder sechs Pfund, einer dieser Chihuahuas, die reiche Mädchen und Hollywoodstarlets in ihren Taschen mit sich herumschleppen. Meine Hauptsorge war jedoch im Moment, Jim in Sicherheit zu bringen.

»Das ist ja absolut demütigend«, sagte Jim mit erstickter Stimme, weil ich ihn so fest an meine Seite drückte. »Warte mal, ist das deine Brust? Ja, oder?«

»Sei still«, sagte ich zu ihm, als der Mann und seine zwei Bodyguards näher kamen. Der Mann war nichts Besonderes – einfach ein durchschnittlich großer Mann mittleren Alters mit dunklen Haaren und braunen Augen, aber mit jedem Schritt, den er auf mich zu machte, wuchs die Angst in mir, bis sie schließlich schwer auf mir lastete. Es war, als hätte jemand eine bleierne Decke über mich gebreitet, und als er schließlich vor mir stand, bekam ich kaum noch Luft.

Er musterte zuerst mich, dann Jim, der sich noch tiefer in meine Armbeuge drückte.

»Wie heißt du?«, sagte er ohne jede Vorrede.

Ich machte den Mund auf, aber es kam nur ein Krächzen heraus. Ich räusperte mich, dachte daran, dass ich jetzt eine Drachengefährtin war, und versuchte es noch einmal. »Hallo, ich bin Aoife. Und Sie?«

Der Mann ignorierte meine Frage. »Wie heißt der Dämon?«

»Jim. Äh … der volle Name ist Effrijim, glaube ich. Zumindest sagt Kostya das, und er sollte es wissen.«

»Effrijim.« Der Mann runzelte die Stirn. Einer der beiden Bodyguards trat neben ihn und flüsterte ihm etwas ins Ohr.

»Ah, der Dämon der Hüterin. Warum ist er jetzt an dich gebunden?«

»Das ist eine lange Geschichte. Entschuldigen Sie, aber ich habe Ihren Namen nicht verstanden.« Ich versuchte, höflich zu sein, aber die Vorstellung, gezwungenermaßen in die Hölle verschleppt worden und jetzt der Gnade von wer weiß wem ausgeliefert zu sein, gefiel mir überhaupt nicht.

»Oh Mann«, stöhnte Jim in meine Armbeuge. Ich blickte auf ihn hinunter und sah, dass er versuchte, seinen Kopf in meiner Bluse zu verstecken. »Wir werden mit Sicherheit zerquetscht. Das ist der oberste Fürst, Iffi. Der Höllenchef. Mr Big persönlich.«

»Woher soll ich das denn wissen?«, flüsterte ich zurück. »Du hast dein Gedächtnis verloren, und ich bezweifle, ob René die Zeit hatte, dir Bilder von Dämonenfürsten zu zeigen.«

»Ich brauche mich nicht an ihn zu erinnern, um die Macht zu spüren, die er ausstrahlt.«

Das stimmte allerdings. Die Macht schien um ihn herum zu funkeln, als ob sie ein lebendiges Wesen wäre.

»Äh, Entschuldigung, Ihre … äh … Hoheit?« Ich schenkte dem Mann ein kleines Lächeln, auch wenn mir eigentlich überhaupt nicht danach zumute war.

Er starrte mich an, einen toten Ausdruck in den Augen, der mein Entsetzen noch verstärkte, bis ich das Gefühl hatte, von seinem Blick in den Boden gedrückt zu werden. Aus seinen dunklen Augen musterte er mich von oben bis unten. »Du bist die Gefährtin eines Drachen.«

Ich archivierte diese Äußerung, um sie Kostya später einmal unter die Nase zu reiben. Wenn selbst der Höllenchef wusste, dass ich seine Gefährtin war, dann konnte Kostya seine emotionalen Altlasten langsam mal überwinden und die Tatsache anerkennen. »Ja.«

»Das ist äußerst befriedigend.« Er zeigte auf mich. »Nehmt ihr meinen Ring ab.«

»Was?« Ich umklammerte meine Hand und wich zurück, als einer der Bodyguards auf mich zukam. »Ich glaube nicht, dass Sie das tun können. Er hat mich ausgewählt, deshalb gehört er jetzt mir.«

»Wenn du ihn mir nicht freiwillig gibst«, sagte die Leibwächterin mit einer Stimme, die so hart war wie die Lavabrocken unter meinen Füßen, »dann nehme ich eben einfach deine Hand, um sie Lord Asmodeus zu präsentieren.«

Ich starrte sie entsetzt an, nicht nur wegen der erschreckenden Dinge, die sie sagte, sondern weil sie spitz zulaufende Zähne hatte. Und sie schien eine ganze Menge davon im Mund zu haben.

»Ach, du heilige Scheiße«, flüsterte ich und machte mich bereit, mich umzudrehen und wegzurennen, obwohl ich keine Ahnung hatte, wohin ich fliehen sollte. Aber in diesem Moment raschelte es an meinem Arm, und Jim stand auf zitternden, spindeldürren Beinchen mit gesträubtem Fell vor mir.

»Zuerst musst du an mir vorbei«, knurrte er die Leibwächterin an.

Sie hob einen Fuß, um ihn mit ihrem schweren Stiefel zu Brei zu zerstampfen, aber ich schrie sie an und nahm Jim auf den Arm. Stolpernd ging ich rückwärts, Jim fest an die Brust gedrückt. »Jim, was zum Teufel hast du dir dabei gedacht?«

»Ich wollte dich beschützen. Ich bin ein Dämon, und du bist meine Dämonenfürstin; wie du an den beiden da sehen kannst, ist es unsere Aufgabe, Schutz zu gewähren. Mit meiner richtigen Gestalt wäre es effektiver gewesen, aber du gibst sie mir ja nicht.«

Ich drehte mich um und rannte zum anderen Ende des Saals, wobei ich verzweifelt nach einer Tür oder einer sonstigen Fluchtmöglichkeit Ausschau hielt, aber es gab natürlich keine. Das wäre auch viel zu einfach gewesen. Als ich mich umdrehte, sah ich, wie die beiden Bodyguards auf mich zu marschierten. Sie hatten es nicht eilig, und der Ausdruck auf ihren Gesichtern kostete mich mindestens zehn Jahre meines Lebens.

Hastig setzte ich Jim ab. »Ich befehle dir, deine alte Gestalt wieder anzunehmen.«

Er verwandelte sich in einen Dalmatiner. »Mensch, Iffi! Ich dachte, diese Diskussion hätten wir schon gehabt!«

Die beiden Frauen kamen immer näher. Die eine hielt einen übel aussehenden Dolch in der Hand.

»Mist! Die Hundegestalt, die Hundegestalt!«

Auf dem kleinen Gesicht des Chihuahuas malte sich ein äußerst verbitterter Ausdruck ab. »Feuer von …«

Beide Frauen lächelten jetzt, und obwohl ich es kaum glauben konnte, sah das Gebiss bei der zweiten sogar noch schlimmer aus als bei der ersten. Panik erfüllte mich, und ich hatte das verzweifelte Verlangen, überall, nur nicht hier zu sein. »Nein, die andere! Die große Gestalt, die aus einem Ort in Kanada kommt. Mist, ich kann mich an den Namen nicht erinnern! Nova Scotia?«

»Iffi, wie schwer ist es …«

Ich konnte keinen klaren Gedanken mehr fassen. Mein Gehirn konnte weder die Tatsache fassen, dass zwei schreckliche Frauen auf mich zukamen, um dem Fürsten der Hölle einen Ring zu bringen, noch fiel mir der Name von Jims Lieblingsgestalt ein. »Ja, um Himmels willen, dann verwandle dich einfach wieder in eine menschliche Gestalt! Du übernimmst Haifischzahn, und ich kümmere mich um ihre Partnerin.«

Der nackte menschliche Jim starrte mich ungläubig an. »Du machst Witze, oder?«

»Attacke!«, kreischte ich und stürzte mich auf die Frau mit den spitzen Zähnen.

Das Gerangel, das nun folgte, war im besten Fall enttäuschend zu nennen, denn noch bevor Jim sich auf den Bodyguard stürzen konnte, den ich ihm zugewiesen hatte, hatten sie mich beide ergriffen.

»Schnapp dir ihre Hand«, sagte eine von ihnen. Ich versuchte, ihr einen Faustschlag ins Gesicht zu verpassen, aber es gelang mir nicht.

Jim sprang auf die erste Frau, die ihr Messer herumwirbelte, aber sie stach einfach zu und hinterließ zwei lange, blutige Schnitte auf seiner Brust. Verblüfft blickte Jim an sich herab, berührte einen der Schnitte und streckte mir seinen roten Finger entgegen. »Ähm. Aua!«

»Götter der Wälder und Felder«, schrie ich und wehrte mich gegen die Frau, die mich festhielt, um zu Jim zu gelangen.

Asmodeus, der nonchalant durch den Saal geschlendert war, während seine Bodyguards mich verfolgten, trat nun vor mich und sagte etwas, was die beiden veranlasste, mich loszulassen.

»Bist du okay, Jim? Das sieht ja schrecklich aus! Ich muss dich zum Arzt bringen.« Ich packte den Saum meiner Bluse und riss ihn ab, was mehr oder weniger das Ende für das gesamte Kleidungsstück bedeutete, da Jim bereits einen Teil des Rückens herausgetrennt hatte. »Steh still. Atme langsam. Ich wickele das jetzt um dich herum, um den Blutfluss zu stillen. Mach nicht so ein Gesicht, als würdest du gleich in Ohnmacht fallen. Es kommt schon alles wieder in Ordnung, versprochen.«

»Mir ist schwindlig«, sagte er und schwankte ein bisschen. »Da ist ein helles Licht. Ist da wirklich ein helles Licht? Soll ich hineingehen? Es sieht warm und verheißungsvoll aus, und ich möchte hineingehen.«

»Wenn euer Theater beendet ist, möchte ich gerne meinen Ring wiederhaben«, sagte Asmodeus und streckte die Hand aus.

»Sei nicht so dramatisch«, zischte ich Jim zu. »So schlimm sind die Schnitte nicht. Und was Sie angeht, Fürst Asmodeus, oder wie auch immer Sie gerne angeredet werden möchten, ich glaube nicht, dass dieser Ring das ist, wofür sie ihn halten. Kostya – er ist der Drache, dessen Gefährtin ich anscheinend bin – hat versucht, den Ring zu benutzen, aber bei ihm hat er keine Reaktion gezeigt. Der Ring scheint mich zu mögen, deshalb glaube ich nicht, dass er so funktionieren wird, wie Sie es erwarten.« Klar, ich bluffte, was vielleicht nicht gerade die klügste Idee war, da der Mann, den ich zum Narren halten wollte, der Chef der Hölle persönlich war, ganz zu schweigen davon, dass ich noch nicht einmal wusste, ob das, was ich sagte, stimmte, aber ich hatte das Gefühl, mir bliebe in dieser Situation keine andere Wahl.

Schließlich waren die Bodyguards absolut bereit, mir die Hand abzuhacken, um Asmodeus den Ring zu übergeben. Ich vermutete, dass sie mir, auch wenn ich ihn freiwillig herausrückte, nicht gerade eine Dankesparty geben und mich freilassen würden. Daher musste ich unbedingt einen Weg finden, um seinen Versuch, wieder in den Besitz des Ringes zu gelangen, zu vereiteln.

Asmodeus warf mir nur einen Blick zu und streckte weiter die Hand aus. »Es ist mein Ring. Ich habe ihn geschaffen, und er wurde mir gestohlen. Gib ihn mir also sofort wieder.«

Jim begann leise zu summen. Ich warf ihm einen neugierigen Blick zu und stellte überrascht fest, dass er nachdenklich wirkte, keineswegs angstvoll oder besorgt, wie ich erwartet hatte. Und das brachte auch mein Gehirn wieder auf Trab – warum *bat* Asmodeus mich, ihm den Ring zu geben? Warum hatte er seine Bodyguards davon abgehalten, mir die Hand abzuhacken und mir den Ring auf diese Weise wegzunehmen? Wenn ich der Chef der Hölle wäre, hätte ich mir genommen, was ich wollte.

»Hm.« Lächelnd hielt ich die Hand an die Brust gepresst. »Ich glaube nicht, dass ich ihn dir geben werde. Wie schon gesagt, er mag mich, und ich habe das Gefühl, dass er sich nicht gewaltsam von mir entfernen lässt.«

Asmodeus reagierte nicht, zumindest gab sein Gesichtsausdruck keinen Hinweis auf das, was er dachte. Seine Bodyguards blickten ihn überrascht an, was meine Vermutung bestätigte.

»Wenn nötig, werde ich ihn dir abnehmen«, sagte er schließlich gelangweilt. »Wenn du darauf bestehst, dich dabei selbst zu zerstören, dann soll das nicht meine Sorge sein.«

Jetzt ist es an der Zeit für einen großen Vertrauensvorschuss, sagte ich mir und streckte die Hand aus. »Okay. Na los, nimm ihn dir. *Wenn du kannst.*«

Asmodeus blickte auf meine Hand, seine Finger zuckten ein wenig, und kleine schwarze Stromfäden fuhren um ihn herum. Während er hinschaute, wurde der Ring warm an meinem Finger und begann in blauweißem Licht zu schimmern. Asmodeus kniff die Augen zusammen; plötzlich drehte er sich um und marschierte in die entgegengesetzte Richtung davon.

»Bringt sie in eine Zelle«, befahl er.

»Ha!« Ich frohlockte, und Erleichterung stieg in mir auf, als er den Saal verließ. Ich holte tief Luft. »Ich wusste es! Du kannst ihn mir nicht wegnehmen!«

Der am nächsten stehende Bodyguard grollte, ein tiefes, hässliches Geräusch wie von einem wilden Tier, und ich erschauerte trotz meines neu erworbenen Selbstbewusstseins. Er packte mich schmerzhaft am Arm und zerrte mich aus dem Ballsaal. Jim folgte mit dem anderen.

Er nörgelte die ganze Zeit über, während die beiden Dämonen uns über eine Treppe hinunterbrachten und uns in einem fensterlosen Raum einschlossen. Es war kein Kerker, wie ich vermutet hatte, sondern eher ein ungenutzter Kellerraum.

»Na«, sagte ich, nachdem ich mich umgeschaut hatte. Der Raum hatte Lehmboden, Holzwände, und von der Decke hing eine nackte Glühbirne an einem mit Spinnweben überzogenen Kabel. Es roch schwach nach Mäusen, und ich zuckte bei jedem Schatten zusammen. »Was sollen wir jetzt machen?«

»Zunächst einmal verwandelst du mich wieder in meine richtige Gestalt. Dann benutzen wir deinen magischen Ring, um hier herauszukommen«, sagte Jim und bedachte mich mit einem ungnädigen Blick. »Es sei denn, natürlich, es macht dich an, mich splitterfasernackt zu sehen.«

Ich wandte den Blick ab. »Davon träumst du wohl. Ich konnte mich bloß nicht an den Namen der Rasse erinnern, die dir gefällt.«

Er blickte mich finster an. »Neufundländer. So schwer ist das doch nicht.«

»Ich weiß, ich weiß, aber ich stand unter Stress, und außerdem leide ich an Prüfungsangst.« Ich holte tief Luft, blickte ihm in die Augen und sagte laut: »Jim …«

»Effrijim.«

»Entschuldigung, Effrijim, als deine offizielle Dämonenfürstin befehle ich dir, dich wieder in die Neufundländer-Hundegestalt zu verwandeln, die du so magst. Die mit dem weißen Fleck auf der Brust.«

»Und den großen Nüssen.«

»Und den großen …« Ich brach ab und warf ihm einen verweisenden Blick zu. »Nimm einfach die Gestalt an, die dir am besten gefällt.«

Der nackte Mann ging flirrend in den großen schwarzen

Hund über. Jim stieß einen glücklichen Seufzer aus und setzte sich. »Endlich! Mann, mit Anfänger-Dämonenfürsten ist es ja noch schwieriger, als ich gedacht habe.«

»Ich kann jetzt keine Vorwürfe von dir brauchen«, sagte ich streng zu ihm und betrachtete meine Hand. »Wie soll ich bloß den Ring benutzen, um hier herauszukommen? Ob er wie ein Beamer in *Star Trek* funktioniert? Kann ich uns einfach irgendwo anders hinbeamen?«

»Keine Ahnung. Es ist dein Ring.«

»Du bist mir wirklich eine große Hilfe«, sagte ich stirnrunzelnd. Ich streckte die Hand aus und sprach: »Ring, bitte bring Jim und mich irgendwohin, wo es sicher ist. Am liebsten in Aislings Haus.«

Nichts passierte. Der Ring leuchtete nicht einmal; er saß einfach nur wie ein Ring an meinem Finger.

»Nun, das war enttäuschend«, sagte ich und kaute auf der Unterlippe, um besser nachdenken zu können.

»Ja, enttäuschend«, stimmte Jim mir zu.

»Okay, vielleicht war das mit dem Beamen zu viel verlangt. Ich versuche es mal hiermit.« Ich legte meine Hand auf die kalte Oberfläche der Tür. »Sesam öffne dich!«

Jim verdrehte die Augen. »Ist das dein Ernst?«

Ich schlug mit der Hand gegen die Tür. »Entscheidend ist doch die Absicht hinter den Worten, oder? Da dürfte es eigentlich keine Rolle spielen, was ich sage. Verdammte Tür, geh endlich auf!«

Die Tür blieb ebenso unbewegt wie der Ring. Drei volle Stunden lang versuchte ich alles nur Erdenkliche, von vage erinnerten Zaubersprüchen, die ich in Filmen und Fernsehserien gesehen hatte, bis hin zu Vorschlägen von Jim auf Lateinisch. Nichts davon bewirkte auch nur das Geringste. Am Ende war ich nur heiser, frustriert und mehr als nur ein bisschen besorgt.

Wir dösten ein wenig und verloren jedes Zeitgefühl. Ich hatte keine Ahnung, wie viele Stunden vergangen waren. Meinem Gefühl nach konnte es der nächste Morgen ebenso sein wie eine Woche später. Die Zeit verschwamm in Abaddon, was mir noch mehr das Gefühl gab, auf hoher See zu sein.

»Und wenn nun Asmodeus einen Weg findet, um mir den Ring abzunehmen?«, sagte ich und ließ mich in eine Ecke sinken. Ich zog die Knie an die Brust und drückte Jim an mich. »Vielleicht lässt er mich ja hier verhungern, damit er den Ring einfach von meinen kalten, leblosen Fingern abziehen kann. Oder ich muss den Rest meines Lebens in diesem feuchten, dunklen Höllenloch verbringen, wie eine moderne Version des Mannes mit der eisernen Maske, nur ohne Maske. Ich werde eine steinalte Frau werden mit wirren Haaren und noch wirreren Augen, bis ich eines Tages einfach umfalle und tot bin.«

»Du bist die Gefährtin eines Wyvern, Babe. Das bedeutet, du kannst nicht sterben, außer es hackt dir jemand den Kopf ab oder reißt dir das Herz heraus oder so«, sagte Jim fröhlich.

Ich hob den Kopf und warf ihm einen bösen Blick zu. »Na toll! Dann bleibe ich einfach als ewige Irre in einer Zelle, und niemand denkt an mich.«

»Du hast doch mich«, sagte Jim und rieb seinen Kopf an meinem Bein. Leider bedeutete das auch, dass die Sabberfäden, die an seinen Lefzen hingen, eine Landefläche hatten. Ich betrachtete sie und zog die Augenbrauen hoch. »He, tut mir leid«, sagte er hastig. »Das ist einer der Nachteile dieser fantastischen Gestalt. Aber es trocknet bestimmt schnell wieder.«

Ich seufzte gequält. »Es spielt ja sowieso keine Rolle. Ich bin dem Untergang geweiht.«

»Mann, du ziehst einen ja richtig runter!«

Ich richtete mich auf und funkelte ihn an. »Tu ich nicht! Und wenn doch, dann habe ich allen Grund dazu. Ich meine, guck dir die Situation doch mal an!«

»Habe ich. So schlimm ist es auch nicht.«

»Hast du den Verstand verloren? Was ist bitte nicht schlimm daran, in der Hölle in einer Zelle eingesperrt zu sein?«

»Abaddon, und du siehst das nicht richtig.«

Ich kniff die Augen zusammen und musterte ihn misstrauisch. »Was willst du damit sagen?«

»Ich habe dir doch gesagt, was du bist, oder?« Jim stand auf, streckte sich und trottete zur Tür, um daran zu schnüffeln.

Ich dachte nach. »Die Gefährtin eines Wyvern.«

Jim schnüffelte unten an der Tür. »Und was bedeutet das?«

Ich kaute auf meiner Unterlippe. »Es bedeutet, dass Kostya und ich ein Paar sind, auch wenn er es nicht zugeben will. Sieh mich nicht so an – ich weiß ganz genau, dass du mir damit sagen willst, dass Kostya sich verpflichtet fühlen wird, mich zu retten, aber das ist nicht sehr realistisch. Immerhin hat er mehr als einmal erklärt, dass ich nicht seine Gefährtin bin und er mich auch nicht will. Und wenn ich mich nicht irre, ist die Hölle – na gut, Abaddon – kein Ort, an dem man so leicht jemanden aus dem Gefängnis befreien kann. Ich wüsste nicht, wie er das anstellen soll.«

»Drachen sind nicht gerne getrennt von ihren Gefährtinnen«, sagte Jim achselzuckend und setzte sich wieder. »Und wenn ich bedenke, wie scharf Kostya auf deine Titten ist, dann sehe ich eher nicht, dass er fröhlich allein weiterlebt.«

»Ich habe den Ring«, sagte ich nachdenklich. Meine Zuversicht wuchs. »Er kann nicht wollen, dass er Asmodeus in die Hände fällt. Hmm. Du hast vielleicht recht, Jim.«

»Es wurde auch Zeit, dass das mal jemand zugibt«, sagte Jim. Er legte den Kopf schief und blickte zur Tür.

Ich wollte ihn gerade fragen, was er denn da hörte, als die Tür plötzlich in Flammen aufging. Ich sprang auf und zog Jim zu mir.

»Drachenfeuer«, sagte ich aufgeregt. »Du hattest recht. Kostya rettet mich!«

»Uns!«

»Ja, Entschuldigung, uns beide.« Ich tätschelte ihm den Kopf und vollführte beinahe einen Freudentanz, als die Tür munter vor sich hin brannte. Bei normalem Feuer wäre die Rauchentwicklung zu groß gewesen, aber Drachenfeuer verursachte weniger Rauch und mehr Flammen. »Wie lange mag es wohl dauern? Ich möchte gerne hier heraus, bevor Asmodeus es bemerkt – heiliger Bimbam!«

Noch während ich sprach, krachte etwas gegen die Tür. Ein zweiter und ein dritter Schlag folgten, und die Tür brach in sich zusammen. Im Rahmen stand Kostya.

Halb schluchzend, halb lachend warf ich mich ihm an den Hals. Mein Herz war von Glück erfüllt, als ich ihn sah, roch und spürte. Er fing mich auf, wirbelte mich herum und schlang seine Arme um mich mit einem gemurmelten »Aoife. Du bist nicht verletzt?«. Dann küsste er mir die Antwort direkt aus dem Mund.

»Als ich hörte, dass sie dich erwischt haben, war es, als hätte mir jemand das Herz aus dem Leib gerissen«, murmelte er. Plötzlich hielt er mich ein wenig von sich weg, um mich prüfend zu mustern. Die silbernen Flecken in seinen schwarzen Augen glitzerten gefährlich. »Die roten Drachen haben dich doch nicht verletzt, oder?«

»Nein. Mir geht es gut«, sagte ich mit zitternder Stimme, als ich wieder klar denken konnte.

»Mir geht es auch gut, obwohl ich ein bisschen befremdet darüber bin, dass Iffi mich am liebsten in nackter menschlicher

Gestalt sieht«, gab Jim zum Besten und spazierte durch die immer noch brennende Tür.

»Jim!«

»Ich sag's ja nur.« Jim wandte seine Aufmerksamkeit wieder Kostya zu. »Hübsches Veilchen, Kostya. Wir verschwinden jetzt hier, oder?«

»Veilchen?« Ich musterte Kostyas Gesicht. »Du hast ein blaues Auge. Ist das von Drake …«

»Ja«, unterbrach er und zog mich den Flur entlang, allerdings nicht zur Treppe, wie ich gehofft hatte, sondern tiefer in den Keller hinein. »Aber es ist egal. Wir müssen hier weg. Asmodeus und seine Schergen lassen sich nicht so lange ablenken.«

»Wie werden sie denn abgelenkt? Von den grünen Drachen? Helfen sie dir?« Kostya bewegte sich so schnell, dass ich laufen musste, um mit ihm Schritt zu halten. »Das war aber nett von ihnen.«

Kostya schnaubte. »Ich habe dafür bezahlt, das kann ich dir versichern.«

»Drake hat sich dafür bezahlen lassen? Na ja, das finde ich ja ein bisschen kleinlich. Ich meine, er ist immerhin Familie – boah, was ist das denn?«

Wir hatten eine andere Zelle betreten, einen etwas größeren Raum, in dem verrostete mittelalterliche Folterinstrumente standen. Ich wandte den Blick ab und entdeckte ein schwarzes, gezacktes Loch, das mitten in der Luft neben einem hageren Mann mit zurückgegelten blonden Haaren zu schweben schien.

»Es ist ein Riss im Stoff der Zeit. Aisling hat dem Dämon befohlen, es für uns offen zu halten. Jim, du gehst als Erster.«

»Ich habe einen Namen«, sagte der blonde Mann beleidigt schniefend. »Ich bin Amy, Herr über sechsundzwanzig Legionen und Diener Ashthoraths. Effrijim, ich sehe, du befindest dich immer noch in dieser komischen Gestalt.«

»Komisch?«, sagte Jim und machte sich bereit, durch das tintenschwarze Loch ins Nichts zu springen. »Kerl, du leidest offensichtlich an Gestaltneid. Warte, ich zeige dir alle meine prachtvollen Sehenswürdigkeiten …«

Er wäre wahrscheinlich noch weiter ins Detail gegangen, aber Kostya schnalzte ärgerlich mit der Zunge, packte Jim und warf ihn durch den klaffenden Riss im Stoff der Zeit. Hinter uns setzte ein schreckliches Heulen ein, das mir durch Mark und Bein ging.

»Los!«, befahl Kostya und schob mich auf den schwarzen Riss zu.

»In Ordnung, aber ich lasse dich nicht hier.« Ich packte ihn am Handgelenk und zog ihn mit mir in den Abgrund.

14

»Das ist also die köstliche Eva, hmm?«

Benommen hob ich den Kopf und hockte mich auf die Knie. Vor mir stand ein Mann, ungefähr so groß wie ich, mit schwarzen, glatt zurückgekämmten Haaren und einem Antlitz, das mir vage bekannt vorkam. Er verzog so anzüglich das Gesicht, dass ich unwillkürlich nach Kostya griff. »Ich heiße Aoife, nicht Eva. Kostya, ist alles in Ordnung? Wo sind wir?«

Kostya lag mit dem Gesicht nach unten neben mir auf dem Asphalt. Dem Müll, den Pappkartons und hohen Abfallbehältern nach zu urteilen, befanden wir uns in irgendeiner Gasse. Ich rutschte auf den Steinen zu ihm und drehte ihn um.

Er öffnete die Augen, aber sie waren nicht fokussiert.

»Um Himmels willen, was haben Sie mit ihm gemacht?«, knurrte ich in Richtung des schwarzhaarigen Eintänzers. »Kostya, mein Liebling, ist alles in Ordnung? Ich bin es, Aoife. Erkennst du mich? Hast du dir den Kopf angeschlagen? Ist etwas gebrochen?«

Rasch tastete ich ihn ab, aber er schien nicht verletzt zu sein.

Er sagte etwas, was ich nicht verstand, und blinzelte. Seine Haare, die er normalerweise aus der Stirn gekämmt trug, waren zerzaust. Sein blaues Auge verblasste bereits, und er konnte die Augen zusammenkneifen und sagen: »Aoife?«

»Ja, ich bin es.« Ich strich ihm über die Haare. »Hast du dir wehgetan? Ich glaube, ich bin ohnmächtig geworden, als ich durch dieses Zeitding gesprungen bin, aber mir ist wenigstens nicht schlecht geworden wie beim ersten Mal, als Jim und ich in die Hölle verschleppt wurden.«

»Abaddon«, korrigierte mich der Mann neben uns. »Wyvern, die Hüterin hat mich angewiesen, euch zu ihrem Haus zurückzubringen. Du wirst ihr sagen, dass ich die Aufgaben so erfüllt habe, wie sie sie mir aufgetragen hat, und daher wirst du mir wie vereinbart die Adresse deiner Mutter sagen müssen.«

Kostya setzte sich auf und schüttelte leicht den Kopf, um ihn wieder klar zu bekommen. Stirnrunzelnd blickte er den Mann an. »Wer … ach, du bist es. Ich hatte ganz vergessen, dass Aisling dich benutzen musste.«

»*Mich benutzen!* Ich werde von keiner Frau benutzt, es sei denn, sie besitzt ein Eselhalfter und ein paar kurze, stachelige Peitschen.« Er half Kostya aufzustehen, schaute dabei jedoch mich an und wackelte anzüglich mit den Augenbrauen. »Du hast nicht zufällig etwas für stachelige Peitschen übrig, du entzückende Wyvern-Gefährtin?«

»Wer zur Hölle …«

»Abaddon.«

»… bist du?«, fragte ich und klopfte Kostya und mir die Jeans ab.

»Magoth, früherer Fürst von Abaddon und Herrscher über unzählige Legionen, außergewöhnlicher Dämonenfürst und Star auf der Bühne, im Fernsehen und bald auch von erotischen Webisodes. Ich glaube, so nennt man das. Meine Leute würden es wissen.« Er wedelte vage mit der Hand. »Du darfst mich mit ›Mylord‹ anreden. Oder auch mit ›Master‹, obwohl das heutzutage viel zu abgenutzt ist.«

»Wie wäre es mit keinem von beidem?«, grummelte ich. Ich blickte die Gasse entlang. »Wo ist Jim?«

»Der Dämon ist auf der Suche nach einem Transportmittel.« Magoth zog ein Handy heraus und las ein paar Nachrichten.

»Und nun die Adresse der äußerst erfindungsreichen Dona Catalina?«

Kostya richtete sich auf. Anscheinend war er wieder voll bei sich. Er warf Magoth einen langen Blick zu und schüttelte dann den Kopf. »Sie ist durchaus in der Lage, auf sich selber aufzupassen, deshalb wüsste ich nicht, warum ich sie dir nicht geben sollte. Sie ist auf Aruba. Vor Kurzem hat sie dort einen Bondage-Club aufgemacht. Sie hat die Absicht, dort zu bleiben, bis es ihr langweilig wird.«

»Oooh, Bondage-Club«, sagte Magoth und ein kleiner Schauer überlief ihn. »Wie köstlich! Stadt und Adresse?«

Kostya nannte ihm beides.

»Ich freue mich schon darauf, ihr meinen Expertenrat angedeihen zu lassen, damit sie ihrem Masochismus noch ein wenig Sado hinzufügen kann.« Magoth verbeugte sich vor uns, wobei er versuchte, mir in die Bluse zu gucken. Als ich die Arme verschränkte, stieß er einen gespielt tiefen Seufzer aus und schlenderte davon.

»Das war früher einmal ein Dämonenfürst?«, fragte ich Kostya, als er in die entgegengesetzte Richtung verschwunden war, ohne mich auch nur noch eines einzigen Blickes zu würdigen. »Warum will er wissen, wo deine Mom ist? Und wo wir schon einmal dabei sind: Du hast eine Mutter?«

»Natürlich habe ich eine Mutter. Jeder hat eine Mutter.«

Ich blickte ihm eine Weile nach, dann begann ich zu laufen, um ihn wieder einzuholen. Ich ergriff seine Hand. »Ja, aber nicht alle Mütter leben noch, vor allem nicht, wenn du mehrere Hundert Jahre alt bist. Machst du dir nicht ein bisschen Sorgen, weil du ihr einen Dämon schickst? Und dann noch einen, der ganz offensichtlich perverse sexuelle Neigungen hat?«

Seine Finger betätigten sich nicht so angenehm wie sonst. Er rieb nicht einmal mit dem Daumen über meinen Handrücken.

Und er blickte mich auch nicht an. Statt sich zu benehmen wie ein Mann, der mich, laut Jim, sehr vermisst hatte, wirkte er eher wie jemand, der es nicht ertragen konnte, mich in seiner Nähe zu haben.

Es war viel verletzender, als ich zugeben wollte, aber ich war unsicher, ob ich ihn fragen sollte, was los war, oder ihm den Freiraum geben sollte, den er offensichtlich brauchte.

»Unglückseligerweise hat meine Mutter einige Zeit in Magoths Gesellschaft verbracht. Es hat Drake fast wahnsinnig gemacht, aber unsere Mutter trifft schon lange ihre eigenen Entscheidungen, und sie nimmt überhaupt keinen Rat von uns an. Außerdem war Magoth das letzte Mal, als er mit meiner Mutter zusammen war, für gute drei Tage außer Gefecht gesetzt.« Plötzlich lächelte er. Ein Anflug von Stolz leuchtete in seinen Augen. »Es gibt nur wenige, die Mutter aushalten, vor allem, wenn es um dubiose sexuelle Praktiken geht.«

»Na toll! Ich heirate in eine Familie von Bondage-Fans ein«, sagte ich leichthin und drückte seine Hand.

Er ließ meine Hand fallen und ging mit langen Schritten über eine schmale Straße in eine andere Gasse hinein.

Ich blieb stehen. Am liebsten hätte ich geweint, ihn geschlagen, wäre weggelaufen und hätte mich für ein paar Jahre versteckt. Ich tat nichts davon.

Kostya hatte anscheinend gemerkt, dass ich ihm nicht folgte, denn er drehte sich um und winkte mir, zu ihm zu kommen.

»Das ist hier nicht der richtige Zeitpunkt«, sagte ich mir. Ich zögerte ein paar Sekunden, aber dann überquerte auch ich die Straße und ging in die schmale Gasse. »Es gibt sicher bessere Gelegenheiten, um zu erkunden, was für eine Laus ihm mal wieder über die Leber gelaufen ist.« Als ich näher kam, drehte er sich um, anscheinend damit ich nicht glaubte, er hätte nach mir Ausschau gehalten. »Zum Teufel mit dem richtigen Zeitpunkt – was ist los mit dir?!«

Er war schon wieder weitergegangen, aber als ich ihm nicht folgte, warf er mir einen Blick über die Schulter zu. »Was?«

»Das will ich ja gerade wissen – was ist los mit dir? Habe ich mich plötzlich in etwas Abstoßendes verwandelt, das du noch nicht einmal ansehen kannst? Rieche ich unangenehm? Bist du sauer auf mich?«

Er blinzelte ein paarmal, dann schüttelte er den Kopf. »Wir müssen uns beeilen.«

»Nein!« Ich verschränkte die Arme. »Ich gehe nirgendwohin mit einem Mann, der es offenbar in meiner Nähe nicht aushält.«

Ein leises, wildes Grollen entrang sich ihm. Er bewegte sich schneller, als ich es mit den Augen erfassen konnte, auf mich zu. In einem Moment stand ich noch da und dachte darüber nach, dass ich ihn am liebsten prügeln wollte, und in der nächsten Sekunde drängte er mich gegen die Mauer, und heißer Drachenatem schlug mir ins Gesicht.

»Du glaubst, ich kann es nicht ertragen, mit dir zusammen zu sein?« Die silbernen Flecken in seinen Augen funkelten warnend, und ich spürte, wie hoch sein Feuer in ihm loderte. Er stand kurz davor, die Kontrolle über sich zu verlieren. »Ich kann es nicht ertragen, ohne dich zu sein, Frau. Du bedeutest alles für mich. Ich tue keinen Atemzug, ohne dass du ihn vervollständigen müsstest. Die Sonne geht auf, und der Mond geht unter, aber ohne dich wäre alles vollkommen bedeutungslos. Verstehst du jetzt?«

»Nein«, sagte ich leise. Ich legte meine Hände auf seine Brust. Der romantische Augenblick ließ mich dahinschmelzen, trotz der Umgebung und der Tatsache, dass die Worte klangen, als wären sie in Stein gemeißelt. »Aber das ist doch schön,

Kostya: Ich bin sehr berührt. Wenn du doch so für mich empfindest, warum behandelst du mich denn wie eine Aussätzige?«

Erneut grollte er; dieses Mal klang es sexy, und meine innere Maschinerie begann zu summen. »Drachen sind nicht gerne getrennt von ihren Gefährtinnen. Wenn es aber doch einmal sein muss, dann müssen sie sich paaren. Das ist ein Urbedürfnis, das wir nicht ausschalten können. Wir müssen zurückerobern, was uns gehört.«

Verwirrt blinzelte ich ihn an. »Du wolltest ja noch nicht einmal, dass ich deine Hand halte, du Idiot. Wie soll so die Sonne auf- und der Mond untergehen?«

Er stieß einen Seufzer aus. Seine Lippen näherten sich meinen, aber anstatt mich zu küssen, zog er sich knurrend zurück. »Du hast ja keine Ahnung, wie sehr du mich reizt. Ich möchte dich halten und besitzen. Ich möchte deinen Duft einatmen und deine warme, seidige Haut an meiner spüren. Ich brauche all das mit einer Verzweiflung, die mich wahnsinnig macht, aber ich kann nicht. Wenn ich dich jetzt auch nur küssen würde, könnte ich mich nicht mehr beherrschen.«

»Ach ja?« Ich folgte ihm, als er sich wieder zum Gehen wandte. Endlich fiel bei mir der Groschen. »Oh! Du meinst, du zeigst mir die kalte Schulter, weil …«

Er hatte die Lippen so fest zusammengepresst, dass ich mich fragte, wie überhaupt Worte dabei herauskommen konnten. »Es würde dir sicher nicht gefallen, wenn ich dich mitten auf der Straße nähme. Außerdem wäre es gefährlich. Die roten Drachen sind bestimmt schon auf der Jagd nach uns. Und ich muss dich doch schließlich beschützen.«

»Ich glaube, das ist das Süßeste, was du jemals gesagt hast«, erwiderte ich lächelnd. Seine Schultern zuckten. »Und ich habe mir Sorgen gemacht, du würdest ausrasten, weil ich etwas von Heirat gesagt habe.«

Kostya berührte mich nicht, als wir am Ende der Gasse ankamen, er bedeutete mir nur mit einer Geste zurückzubleiben, während er die Straße entlangblickte, um nach möglichen Gefahren Ausschau zu halten. Dann nickte er mir kurz zu, und wir gingen die Straße hinunter.

»Du erwartest von mir, dass ich dich heirate?«, fragte er im Plauderton.

»Bin ich deine Gefährtin?«, lautete meine Gegenfrage.

»Ts.«

»Oh-oh! Wenn du den Rest deines Lebens mit mir verbringen möchtest, dann, ja, dann werden wir heiraten. Ich glaube daran, dass Menschen, die ihr Leben zusammen verbringen, verheiratet sein sollten, und sei es auch nur, um alles ein wenig netter zu gestalten.«

»Das ist eine Sitte unter Sterblichen. Ich bin ein Drache.«

»Du siehst aber menschlich aus, und ich bin ein Mensch, also? Wir heiraten. Ich sage ja nicht, dass ich eine große Feier will oder so, nur …«

Er hob die Hand, als wir um die Ecke auf eine belebte Straße bogen.

»Rote Drachen?«, flüsterte ich.

»Nein. Gestaltwandler.« Wir eilten weiter und blieben erst stehen, als Jim mit fliegenden Lefzen die Straße heruntergerannt kam.

Er kam dicht vor mir zum Stehen und sagte leise: »Ich habe René angerufen. Er kommt zu den Tuilerien. Ich muss sowieso Gassi.« Er rannte wieder los und erschreckte dabei eine kleine alte Dame mit einem winzigen Mops, die zuerst Jim, dann mich anstarrte und in Ohnmacht fiel.

Als wir eine halbe Stunde später endlich in Drakes und Aislings Haus ankamen, war ich gerade mit meinem Vortrag zu Ende gekommen. »Und wenn du das noch einmal machst …«

»Ich musste! Ich kann doch nichts dafür, dass du keine Tüten dabei hattest. Ich hatte dir doch früher schon gesagt, dass ich kurz vor dem Explodieren stand, und schließlich bin ich ja zu nichts gekommen, weil die roten Drachen uns nach Abaddon geschleppt haben, und in der Zelle durfte ich nicht.«

»Ich rede nicht über den Kack-Zwischenfall, obwohl du ja nun nicht gerade deinen Haufen da machen musst, wo alle entlanglaufen. Ich rede davon, dass du sprichst, wenn ahnungslose alte Damen dich hören können und beinahe einen Herzinfarkt bekommen, weil ihnen ein sprechender Hund solche Angst einjagt. Hi, Suzanne. René, kannst du bitte für uns Hallo zu ihr sagen? Oh, und Aisling natürlich auch.«

Ich winkte, als Aisling aus einem der unteren Zimmer auftauchte, und wollte René gerade auftragen, sich in unserem Namen bei ihr zu bedanken, als Kostya mich plötzlich hochhob und, ohne die anderen eines Blickes zu würdigen, zur Küchentür marschierte.

Ich blickte Kostya an. Seine Augen glitzerten vor sexueller Begierde, seine Lippen waren fest zusammengepresst und er verzog finster das Gesicht. Mit anderen Worten, er sah aus wie die Kostya-Version eines Mannes, der es unbedingt mit mir treiben wollte.

»Ich nehme an, du hast dich nicht noch ein paar Minuten unter Kontrolle, damit wir planen können, wie wir mit dem Ring weiter verfahren wollen?«

»Nein. Ich habe dir doch gesagt, dass das bei Drachen so ist. Ich muss dich jetzt in Besitz nehmen.«

Er drückte die Tür zu Suzannes Schlafzimmer auf, setzte mich ab und verriegelte die Tür, bevor er sich mir zuwandte und sein Hemd auszog. »Zieh dich aus.«

»Einfach so? Ohne Vorspiel? Noch nicht einmal ein Kuss und ein paar Streicheleinheiten? Du ziehst einfach … Oooh!«

Er zog seine Hose aus und stand nackt vor mir. Ich ließ meinen Blick über seinen Körper wandern und nestelte bereits an meinen Blusenknöpfen.

»Brauchst du Hilfe?«, fragte er höflich.

Ich wollte gerade Nein sagen, als mir durch den Kopf schoss, es könnte vielleicht Spaß machen, ihn helfen zu lassen. Ich hörte auf, meine Bluse aufzuknöpfen und sagte mit gespielter Hilflosigkeit: »Ja, ich bräuchte tatsächlich ein wenig Hilfe. Wie großzügig von dir, dass du das anbietest. Diese Bluse hat so viele Knöpfe …«

Das reißende Geräusch, das folgte, überraschte mich, allerdings nicht so sehr wie die Tatsache, dass Kostya mich von Bluse und Jeans befreite und aufs Bett warf, ohne auch nur ein einziges Haar durcheinanderzubringen.

»Hey! Das war eine meiner Lieblingsblusen.« Ich betrachtete die traurigen Überreste auf dem Fußboden. Wenigstens hatte er mir die Jeans nicht vom Leib gerissen. »Du hättest sie doch nur aufzuknöpfen brauchen.«

»Keine Zeit«, sagte er und legte sich auf mich. Seine Hände und sein Mund schienen überall gleichzeitig zu sein, und bei der kleinsten Berührung entstanden kleine Feuer – Feuer, die fröhlich über meine Haut tanzten, bis Kostya sie mit seinen Küssen löschte. »Ich muss dich jetzt in Besitz nehmen.«

»Ich schätze ja die Tatsache, dass du durch mich in den sexuellen Wahnsinn getrieben wirst, aber nur noch ein kleines bisschen, ja? Oh ja, da ist es gut! – aber ehrlich gesagt finde ich, ich hätte Aisling zuerst über René unseren Dank aussprechen lassen müssen.«

Er hob den Kopf, als er gerade einen glühenden Pfad über meinen Bauch küsste. »Du redest zu viel und windest dich nicht genug in Ekstase.«

»Ich mag es nicht, wenn man mir Befehle erteilt …«

Seine Finger zogen meine Unterwäsche beiseite und drangen in mich ein.

Ich wand mich in Ekstase.

»Heiliger Strohsack, Kostya!« Hinter meinen Augen schienen Sterne zu explodieren, als er den Kopf über meine prickelnden, empfindlichen Stellen beugte und Feuer darauf hauchte. Meine Unterhose und mein Büstenhalter flogen zu Boden, und als das Feuer um uns herumwirbelte, gab ich mich der Lust hin, die nur er mir bescheren konnte.

Er hielt inne, kurz bevor ich den Höhepunkt erreichte, rutschte an meinem Körper hoch, hörte aber auf, als ich ihn an den Schultern packte und zurückdrückte. Über seinen überraschten Gesichtsausdruck musste ich beinahe lachen, als ich die Situation rasch ausnutzte und mich auf ihn setzte.

»Was tust du da?«, wollte er wissen und betrachtete meine Brüste. Sofort nahmen seine Hände sie in Besitz.

»Ich dachte, es sei zur Abwechslung mal ganz nett, oben zu sein.«

»Ich bin ein Wyvern!«

»Das heißt doch noch lange nicht, dass du nicht einmal unter mir liegen kannst. Übrigens bist du jetzt an der Reihe, dich in Ekstase zu winden.«

Selbstgefällig antwortete er: »Für einen Wyvern ist es unnatürlich, so die Kontrolle zu verlieren. Du kannst mich beglücken, aber du wirst keinen Erfolg …«

Ich rutschte bis zu seinen Knien herunter und beugte mich über den Teil von ihm, der mich in die Hüfte gepikst hatte.

»Ich fühle mich verpflichtet, darauf hinzuweisen«, sagte ich, nachdem ich ihn zwei Minuten lang mit meiner Zunge bearbeitet hatte, »dass du dich nicht nur in Ekstase windest, sondern auch stöhnst und Suzannes Bettwäsche zerreißt.«

Er blickte auf. »Hörst du auf? Jetzt? Wer hat gesagt, dass du aufhören sollst? Mach weiter.«

»Wirklich?« Ich fuhr mit den Fingernägeln über seinen Penis. Er bäumte sich auf. »Mir scheint, du bist ziemlich nahe dran, die Kontrolle zu verlieren, Mr Wyvern. Deine Klauen sind bereits ausgefahren.«

Er hob eine Hand und betrachtete sie. Seine Finger waren schwarz, mit langen, elfenbeinfarbenen Klauen. »Das passiert manchmal.«

»Deshalb frage ich ja, ob ich wirklich weitermachen soll – du scheinst gefährlich nahe dran zu sein, die Kontrolle zu verlieren. Soll ich wirklich weitermachen?«

»Ja«, sagte er, ohne nachzudenken, doch dann gab er einen verärgerten Laut von sich. »Nein. Warte. Es ist besser, du machst es nicht mehr mit dem Mund. Wenn du darauf bestehst, oben zu sitzen, dann lass dich auf mich herunter. Dann werde ich die Kontrolle behalten und kann dir Lust schenken.«

»Du kleiner Tyrann«, sagte ich und rutschte hoch. Dabei rieb ich seinen Schaft zwischen meinen Brüsten. »Und apropos – du schenkst mir immer Lust.«

Er stöhnte wieder und versuchte, mich auf sich zu ziehen, was glücklicherweise genau das war, was ich auch am liebsten wollte.

»Leg dich einfach zurück und lass mich das Tempo bestimmen, ja?«, murmelte ich und biss ihn sanft in einen Nippel.

»Wyvern geben die Kontrolle nie auf. Es liegt in unserer Natur zu beherrschen. Ein wenig nach links, Aoife.«

Ich rutschte zur Seite, biss in seine Hüfte und leckte dann über die Stelle. »Sag mir, was du magst, Kostya.«

Seine Augen, die er geschlossen hatte, während er sich unter mir wand, öffneten sich, und er schaute mich irritiert an. »Das fragst du mich? Jetzt? Wenn du darauf bestehst, mir mit deinen Händen und deinem Mund und diesen Brüsten, die von Rechts wegen in *meinem* Mund und *meinen* Händen sein sollten, Lust zu verschaffen? Jetzt stellst du auch noch Fragen?«

»Das nennt man, sich einander mitteilen. Ich frage dich ja nur, was du denkst und fühlst und was dir am besten gefällt. Bevor du mir jetzt sagst, dass Wyvern niemals Fragen beantworten, möchte ich dich darauf hinweisen, dass du mich so weit gebracht hast. Die meisten Männer äußern gerne, was sie mögen und nicht mögen, aber ich muss jedes Gefühl aus dir herauskitzeln. Das liegt wahrscheinlich an PTSS.«

Er hielt inne. »Was ist das denn?«

»Posttraumatische Stressstörung.«

Aufgebracht schaute er mich an. »Du glaubst, ich habe eine Störung?«

»Beruhige dich, ich bezeichne dich ja nicht als geisteskrank oder so etwas. Es bedeutet ja nur, dass du irgendein traumatisches Erlebnis hattest und deshalb heute so bist, wie du bist. Und jetzt noch mal zu dem, was dir gefällt. Magst du das?«

Ich ließ meine Zunge um seinen anderen Nippel wirbeln, während ich gleichzeitig seine Eier streichelte.

Er klammerte sich am Laken fest, und seine Augen flackerten in einem unnatürlichen Licht. Ich lächelte leise. »Weißt du, es ist wirklich seltsam, aber wenn du mir gesagt hättest, dass mich ein Mann, der zum Drachen wird, wenn er sexuell erregt ist, nicht stört, hätte ich dir erwidert, dass du komplett verrückt bist. Ich meine, es ist doch nicht normal, oder? Aber da du es bist, ist es okay.«

Kostya öffnete ein Auge, um mich finster anzublicken. »Wirst du diesen Kommentar jetzt immer von dir geben?«

»Ja, ja. Und du wirst mir sagen, was du magst. Magst du es, wenn ich deine Nüsse streichle?«

Er runzelte die Stirn. »Nüsse?«

Ich zupfte leicht an seinen Hoden. »Das ist so ein Ausdruck. Findest du ihn witzig und charmant?«

»Nein«, sagte er kurz angebunden.

Ein kleiner Schmerz durchfuhr mich.

Er zog mich auf sich, bis ich auf seiner Brust lag. Seine Hände ruhten warm auf meinem Hintern. »Ich finde dich witzig und charmant. Warum hast du mich noch nicht aufgespießt? Du fragst mich die ganze Zeit, was ich mag, und ich mag es, in dir zu sein.«

»Siehst du? Es war doch gar nicht so schwer, sich zu öffnen, oder?« Ich positionierte ihn so, dass ich nur auf ihn niedersinken musste und uns beiden die Lust verschaffen konnte, nach der mein Körper schrie. »Du brauchtest es mir nur zu sagen – oh, heilige Halluzinationen, du bist ja noch größer als eben!«

Ich schwöre, als ich auf ihn heruntersank, war er größer, dicker … und heißer. Ich stöhnte ein bisschen, als er in mich eindrang, und packte ihn mit meinen inneren Muskeln.

»Ich bin genauso wie immer.« Seine Augen weiteten sich, als ich eine kreisende Bewegung machte, um seinen Schaft besser aufnehmen zu können.

»Hmm? Im Ernst, bist du größer geworden, als ich nicht aufgepasst habe?«

»Mach das noch einmal. Du hast doch gefragt, was ich mag. Das gefällt mir.« An meinen Hüften schmerzten Nadelstiche, als ich die Bewegung wiederholte. »Allmächtiger, ja!« Ich blickte an mir herunter. »Klauen, Kostya. Oh, mach dir nichts draus. Du kannst sie gerne draußen lassen. Ehrlich gesagt, ist es irgendwie erregend.«

Ich nahm seine gesamte Länge in meine heiße Umarmung auf. Als ich auf ihn hinunterblickte, waren seine Augen voller strahlender Silberflecken.

»Wow«, sagte ich, wobei ich mich auf meine Bewegungen konzentrierte. »Gefällt dir das?«

»Ja, es ist gut«, stimmte er zu. »Du kannst häufiger oben sein. Aber nur, wenn du dich auch bewegst. Brauchst du Hilfe? Ich bin bereit.«

Er drückte mich nach oben.

»Ich brauche keine Hilfe, aber ich muss sagen, es gefällt mir, wenn du das machst. Oh, und das auch.«

Seine Hände glitten über meinen Rücken und hinterließen kleine Feuerspuren, als er über meine Wirbelsäule streichelte. »Es tut mir leid, dass ich nicht auf dir auf und ab hopse, aber ich schwöre, dass du viel länger und dicker geworden bist. In Ordnung, jetzt versuche ich mal, ganz runterzugehen. Bist du bereit?«

»Ich sterbe, wenn du es nicht tust, also ja«, sagte er. Sein Körper war angespannt wie ein Bogen, seine Augen glitzerten, und seine Klauen piksten vorsichtig in die Haut auf meinem Rücken.

Ich sank auf ihn hinunter und bog mich ihm entgegen, als ich ihm eine meiner Brüste offerierte, damit er sie in den Mund nehmen konnte.

Und das genügte auch schon. Als er Feuer auf meine Brüste blies, setzte mein Gehirn aus, und plötzlich ritt ich ihn wie ein Maultier. Seine Hüften bäumten sich unter mir auf, als ich einen Rhythmus fand, der uns beide besinnungslos vor Lust machte. Meine Muskeln schlossen sich um ihn, als er einen rauen Schrei reinster Freude ausstieß. In diesem Moment war es mir egal, dass die anderen uns hören konnten, es war mir egal, dass ich mich an einen Mann gebunden hatte, der mehr emotionale Wunden mit sich herumtrug als ich, und ich dachte auch kein bisschen darüber nach, ob es klug war, einen Drachen in Menschengestalt zu lieben.

Du hast das L-Wort gesagt, erklärte mein Verstand mir einige Zeit später, als Kostya uns umgedreht hatte, sodass ich jetzt teilweise unter ihm lag. Eines seiner Beine hatte er über mich geworfen, und sein gleichmäßiger Atem fuhr mir durch die Haare. *Bist du dir so sicher, dass es nicht nur eine Liebelei ist?*

Ich lächelte vor mich hin, als diese Gedanken mir durch den Kopf gingen. Ich liebte die Tatsache, dass Kostya immer mürrisch war und in die Defensive ging und doch tief im Verborgenen eine verletzliche Seele hatte, die mich ansprach.

Ich liebte ihn einfach.

15

Die Friedensverhandlungen, wie ich sie nennen möchte, fanden in der Eingangshalle von Aislings Haus statt.

»Aisling sagt, du hast die Zahlung mitgebracht, die Drake von Kostya dafür verlangt hat, dass er ihm bei deiner Befreiung geholfen hat«, sagte René. Aisling kam gerade aus einem der Zimmer im Parterre. Sie lächelte mich an.

Ich winkte und erwiderte ihr Lächeln.

»Bezahlung?« Ich blickte zur Küchentür. Kostya stand direkt hinter der Tür, konnte jedoch von dem Zimmer, in dem wahrscheinlich Drake ebenso hinter der Tür stand, nicht gesehen werden. Wir hatten entdeckt, dass den beiden Männern die Nähe gleichgültig war, wenn sie sich nicht sahen. »Ich könnte einiges über einen Bruder sagen, der Bezahlung dafür verlangt, dass er dir hilft … aber das spare ich mir für ein anderes Mal auf. Ich habe nicht viel Geld, Kostya. Hast du einen Scheck oder etwas anderes, was ich deinem Bruder geben kann?«

Ein seltsamer Ausdruck huschte über sein Gesicht. »Oh. Das. Äh …«

»Warum guckst du so schuldbewusst? Was ist los?«

Er straffte die Schultern und blickte mich von oben herab an. »Ich bin ein Wyvern. Ich treffe immer die besten Entscheidungen für meine Sippe.«

»Ich bin nicht in deiner Sippe«, erwiderte ich. Sosehr ich wollte, dass er das Offensichtliche zugab – dass ich seine Gefährtin war und er mich brauchte –, wusste ich auch, dass das nicht der richtige Weg war, um unser gemeinsames Leben zu beginnen.

Er wedelte mit der Hand. »Das gilt für alle meine Entscheidungen. Ich tu immer das, was für alle Beteiligten am besten ist.«

»Oh-oh!« Ich legte den Kopf schief. »Was hast du Drake versprochen? Mein Haus, das es nicht mehr gibt? Jim? *Mich?*«

Er warf mir einen Blick zu, der mir sagte, dass ich es nun wirklich besser wissen müsste. »Du hast doch schon einmal versucht, Jim zurückzugeben, und es ist dir nicht gelungen.«

»Das liegt nur daran, dass ich nicht weiß, wie, und Aisling konnte mir auch nicht wirklich erklären, was ich tun sollte. Wenn es also nichts davon ist, was hast du dann …? Oh nein, Kostya, das hast du nicht getan.«

Er wandte den Blick ab und tat so, als suchte er etwas im Küchenschrank.

»Wirklich? Du hast Drake gesagt, du würdest ihm meinen magischen Ring geben?« Ich marschierte zu ihm und pikte ihn mit dem Finger auf die Brust. »Er gehört nicht dir.«

»Er ist von unschätzbarem Wert. Dadurch hat er einen großen Reiz für Drake.«

»Wohingegen so etwas Triviales wie ich ihm nicht gefallen würde, meinst du?« Jetzt war ich auf beide sauer, auf Kostya und Drake. »Ihr behandelt alle in der Familie wie Dreck, was?«

Kostya blickte mich fassungslos an. »Du bist böse auf mich, weil ich dich nicht meinem Bruder angeboten habe?«

»Natürlich nicht«, fuhr ich ihn an. »Und spar dir deine Logik, wenn meine Gefühle verletzt sind.«

»Aoife.« Kostya zog mich an seine Brust und rieb seine Hüften an mir, offensichtlich, um mich abzulenken. »Selbst wenn ich meine Frauen teilen würde, was ich nicht tue, weiß Drake, dass ich dich viel, viel höher einschätze als den Ring, und als er

Bezahlung verlangte, hatte er es natürlich nur auf etwas abgesehen, das aufzugeben ich bereit war.«

Ich biss ihm ins Kinn. »Na gut, unter dieser Voraussetzung bin ich bereit, über meine Verletzungen hinwegzusehen und die Tatsache zu akzeptieren, dass du Drake etwas angeboten hast, was eigentlich nicht dir gehört.«

»Dir gehört der Ring auch nicht – er ist lediglich damit einverstanden, dass du ihn im Moment trägst«, machte Kostya mir klar.

»Richtig, aber es gibt ein großes Problem, das du anscheinend übersehen hast: Drake ist ebenso wie du ein verfluchter Drache, und das bedeutet, dass er ihn nicht benutzen kann.«

»Das wissen wir beide.« Kostya blickte auf, als Jim den Raum betrat. »Er will ihn auch erst besitzen, wenn der Ring eingesetzt worden ist, um den Fluch zu brechen. Bis dahin wird er für seinen ursprünglichen Zweck benutzt.«

»Hey, Iffi! Aisling fragt, was euch so lange aufhält. Wenn du und Kostya beschäftigt seid, sollt ihr es bitte ins Schlafzimmer verlegen. Sie bekommt allmählich Hunger, und sie könnte den Anblick des Küchentischs nicht ertragen, wenn ihr es darauf getrieben habt.«

»Die Vorstellung, ihn dauerhaft aufzugeben, gefällt mir wirklich nicht«, sagte ich zu Kostya und ignorierte Jim. »Dass ich dabei helfe, den Fluch zu beenden, ist eine Sache, aber ihn einfach so an Drake zu geben … wahrscheinlich musstest du ihm das zusagen, um Jim und mich aus der Hölle zu retten – nein, sag jetzt nicht Abaddon –, deshalb muss ich ihn ja wohl abgeben. Aber es gefällt mir trotzdem nicht.«

»Was?« Jim saß im Türrahmen und drehte sich zur Halle um. »Nein, er hat seine Hände an ihren Brüsten. Ich glaube, sie haben sich geküsst, aber jetzt jammert Aoife Kostya was vor, weil sie nicht mit anderen teilen will.«

»Jim, bitte hör auf ...« Ich brach ab, weil mir plötzlich etwas klar wurde. »Redest du mit Aisling?«

»Ja. Sie wird langsam ungeduldig, weil du so lange brauchst.«

»Petzt du, was wir machen?«

»Ich halte sie nur auf dem Laufenden. Sie hat mich darum gebeten. Sie scheint nett zu sein. Bisschen emotional, aber zumindest hat sie nicht so einen Kommandoton drauf wie manche Leute, die ich beim Namen nennen könnte.«

»Das Ganze ist neu für mich!«, sagte ich aufgebracht. »Ich möchte mal sehen, wie du darauf reagieren würdest, wenn du plötzlich entdeckst, dass die Welt keineswegs so ist, wie du dachtest.«

»Hallo! Gedächtnisverlust! Ich wusste noch nicht einmal, dass ich ein Dämon war, bis Kostya mich darauf hingewiesen hat. Wir hatten beide genau die gleiche Zeit, uns mit den Tatsachen abzufinden, und einer von uns liegt weit hinten.«

»Bitte sag mir, dass ich genug Zeit habe, um mit Aisling zu sprechen und ihn jetzt auf der Stelle zurückzugeben«, sagte ich zu Kostya. »Ich weiß, dass du los willst, um diese ... äh ... Frau zu suchen ...«

»Beschwörerin, Babe! Man sollte doch meinen, dass sie das wenigstens ein paar Stunden lang behalten kann, was, Kostya?«

Kostya setzte Jims Kopf in Brand. Jaulend rannte er ins Schlafzimmer, und wir hörten, wie er sich im angrenzenden Badezimmer Wasser auf den Kopf spritzte.

»Wenn du deinen Kopf in die Kloschüssel gesteckt hast, nimmst du aber ein Bad, bevor ich dich wieder streichle«, rief ich und zwinkerte Kostya zu. Er hielt mich immer noch im Arm, aber er wirkte nachdenklich, als ob er sich Gedanken über etwas machte. Ich legte ihm die Hand auf die Brust und streichelte über seine starken Muskeln, bis er mich fragend ansah. »Du siehst so aus, als ob du gerade einmal nicht an Sex denken würdest. Hast du eine Idee, was wir Drake statt des Rings anbieten können?«

»Nein. Ich habe über deine Bitte gerade nachgedacht. Ich lasse dich hier, um mit Aisling zu arbeiten, während ich mit der Venedigerin über eine Beschwörerin spreche.«

»Oh nein, das wirst du nicht tun. Nicht mit diesen roten Drachen, die nur darauf warten, sich auf dich zu stürzen.«

Er erstarrte. »Glaubst du etwa, ich werde mit ein paar roten Drachen nicht fertig?«

»Doch, ich weiß, dass du das schaffst. Ich habe es ja mit eigenen Augen gesehen. Aber ich habe auch deinen halb toten Körper gesehen, der am Strand angespült wurde, weil die roten Drachen dir irgendetwas angetan haben – was haben sie eigentlich mit dir gemacht?«

»Das spielt keine Rolle«, wies er mich in die Schranken. »Ich bin kein ängstliches Kind, das sich hinter der Tür versteckt. Ich bin in meinem Leben oft angegriffen worden und habe überlebt. Ich lasse nicht zu, dass Angst mich von dem abhält, was getan werden muss.«

»Ich finde es immer wieder amüsant, wenn du so redest, als wärst du einem Tolkien-Buch entstiegen, aber so unterhaltsam das auch sein mag, ich möchte dich lieber an einem Stück behalten. Außerdem, wenn dich die roten Schurken fangen und in die Hölle bringen …«

»Abaddon«, sagten Kostya und Jim wie aus einem Mund. Letzterer kam mit tropfnassem Kopf aus dem Schlafzimmer getrottet.

»… wer soll dich denn dann retten? Drake hilft dir ja offensichtlich nur, wenn er dafür bezahlt wird, und ich kann ihm nichts anbieten. Außerdem möchte ich diese Venedigerin sehen. Schließlich habe ich dem Oberboss von Abaddon gegenübergestanden, und viel schlimmer kann sie nicht sein.«

»Ich weiß nicht, Babe. Asmo war schon ziemlich übel, und jemand, der nur halb so schlimm ist wie er, ist immer noch gefährlich«, warf Jim ein. Er schüttelte sich ausgiebig, sodass das Fell auf seinem Kopf stachelig zu Berge stand. »Menschenskind, Kostya. Das nächste Mal schreist du mich nur an oder so. Du hättest mir meinen prachtvollen Pelz verbrennen können.«

Kostya überlegte kurz, dann nickte er. »Nun gut. Ich muss nur schnell ein paar Anrufe erledigen, um die schwarzen Drachen in Paris zusammenzurufen.«

»Wie viele Personen hast du denn in deiner Sippe?«, fragte ich. Der Gedanke, dass Kostya eine Gruppe von Drachen in die Schlacht führte, hatte etwas Heroisches, das ich äußerst reizvoll fand. Ich mochte zwar den Gedanken an Gewalt nicht oder die Möglichkeit, dass Kostya und seine Leute verletzt wurden, aber es war nicht zu leugnen, dass ein Mann, der bereit war, für das, was ihm wichtig war, zu kämpfen, etwas sehr Männliches hatte.

»Sieben.«

»Ich glaube, Aisling kommt«, sagte Jim und tapste aus der Küche. »Kostya hat meinen Kopf angezündet. Der Typ braucht wirklich mal eine Aggressionsbewältigungstherapie. Hey, wann gibt es eigentlich Mittagessen. Ich habe bei Aoife nichts Nennenswertes zum Frühstück bekommen, und ich kann meine prachtvolle Gestalt nicht mit Krümeln aufrechterhalten …«

Jims Stimme verhallte, während er weiterlief.

Ich bewunderte Kostyas dichte Augenbrauen und seine schönen Augen und dachte bei mir, dass er wirklich der sexieste Mann war, der mir jemals über den Weg gelaufen war. »Wirklich? Aus irgendeinem Grund habe ich angenommen, dass es mehr Drachen gibt. Ich meine, wir haben doch bisher allein mindestens zehn rote Drachen gesehen. Wie viele gibt es denn davon?«

»Legionen.« Er schwieg einen Moment, dann fügte er hinzu: »Die schwarzen Drachen waren fast vollständig ausgerottet. Ein paar sind entkommen und haben sich versteckt. Wir sind erst kürzlich wieder in den Weyr zurückgekehrt.«

»Ach so.« Ich tätschelte ihm den Arm und gab ihm schnell einen Kuss. »Ich lasse dich allein, damit du in Ruhe deine Anrufe machen kannst, und in der Zwischenzeit kümmere ich mich darum, wie ich Jim an Aisling zurückgeben kann. Hoffentlich muss ich ihn dafür nicht noch einmal überfahren.«

Diese Befürchtung wiederholte ich eine Minute später, als ich mit Aisling, René und Jim in der Halle stand, während Drake am Türrahmen lehnte und uns schweigend beobachtete. René gab alles an Aisling und Drake weiter. Aisling verzog das Gesicht und gab einen längeren Kommentar von sich, den sie mit zahlreichen Gesten untermalte.

René hörte zu und nickte ein paarmal. Schließlich drehte er sich zu mir um und erklärte: »Aisling sagt, nein, du musst Jim nicht noch einmal überfahren.«

»Das alles bedeutete nur nein?«, fragte ich ungläubig.

Jim antwortete: »Sie hat einiges dazu gesagt, was sie mit Magoth anstellen wird, wenn sie ihn in einem schalldichten Raum in die Finger kriegt. Und dann hat sie gesagt, sie weiß, dass du das Herz am rechten Fleck hast, aber sie traut dir nicht ganz zu, dass du ständig für mich sorgen kannst, und außerdem hat sie gesagt, nein, ich könne kein zweites Frühstück haben, weil irgendein Tierarzt anscheinend gesagt hat, ich sei zu dick. Ich! Als ob ich zu dick wäre!« Jim machte eine wegwerfende Geste mit der Pfote. »Als ob das überhaupt möglich wäre. Ich bestehe zu neunzig Prozent aus Fell, und der Rest ist ein ranker, schlanker Dämonenkörper.«

»In deiner Version der Realität vielleicht, aber der Rest von uns sieht das etwas anders. In Ordnung, René, dann wollen wir die Angelegenheit hinter uns bringen. Was soll ich zuerst tun?«

Die nächste halbe Stunde war geprägt von unterschiedlichen Frustrationsauswüchsen. Zum einen war die Sprache eine Barriere – oder vielmehr der Fluch, der für die Sprachbarriere verantwortlich war –, und zum anderen beharrte Aisling darauf, dass ich den Schlüssel zur Lösung in der Hand hielt.

»Aber ich weiß nicht, was ich an jenem Abend getan habe«, wiederholte ich zum dritten Mal. Ich musste mich an die Worte erinnern, die ich gesagt hatte, um Jim an mich zu binden. »Und noch viel weniger, was ich gesagt habe.«

»Aisling sagt, du musst dich mehr anstrengen.«

»Das ist nicht gerade hilfreich. Ich strenge mich schon an, so gut ich kann.«

»Wahrscheinlich sollte ich mich besser daran gewöhnen, an dich gebunden zu sein«, sagte Jim und rollte sich auf den Rücken. »Kraulst du mich am Bauch?«

»Jim!«, sagte ich laut, »das will niemand sehen. Ich kraule dir später den Bauch, aber im Moment muss ich mich erst einmal daran erinnern, was ich zu dir gesagt habe.«

Kopfschüttelnd sagte ich zu René: »Sag Aisling, es tut mir leid, aber ich erinnere mich einfach nicht, was ich gesagt habe, um den Dämon an mich zu binden. Wir müssen einen anderen Weg finden, um Jim von mir zu lösen.«

Er wiederholte meine Worte für Aisling. Sie antwortete, und René übersetzte: »Sie sagt, du denkst nur nicht richtig an … an was? Ach ja. An alle Möglichkeiten. Du musst alle Möglichkeiten bedenken.«

Ich starrte ihn nur an.

»Sie sagt, du musst offen sein – ich bin nicht sicher, ob das das richtige Wort ist? Es ergibt irgendwie keinen Sinn. Ach so? Ja, gut. Sie sagt, die kleine Tür in deinem Kopf muss offen sein.« Er tippte sich an den Kopf. »Die Tür, die dich Dinge erkennen lässt.«

»Okay, ich …« Ich schüttelte den Kopf. »Ich bin ins Irrenhaus gekommen, weil ich dachte, ich hätte etwas gesehen, deshalb bin ich nicht sicher, ob ich die Richtige bin, der man so etwas sagen kann, obwohl ich natürlich weiß, dass ich genau gesehen habe, was ich gesehen habe. Eine Tür also?«

»Das hat sie gesagt, ich selbst sehe allerdings keine.« Er zuckte mit den Schultern. »Aber Aisling ist ganz sicher, dass du so vorgehen musst.«

Seufzend schloss ich meine Augen und stellte mir vor, wie sich in meinem Kopf eine Tür öffnete. Es passierte jedoch nicht viel, außer dass ich kichern musste.

»Nichts?«, fragte René.

Ich schüttelte den Kopf. »Tut mir leid.«

»Meine Frau«, sagte er langsam und musterte mich nachdenklich, »macht Yoga, um gelenkig zu bleiben. In den Kursen meditieren sie auch, was meine Frau auch schon versucht hat. Sie sagte, einmal habe es ihr geholfen, sich daran zu erinnern, wo sie ihre Autoschlüssel hingelegt hatte. Vielleicht könnte es dir auch helfen? Einen Versuch wäre es wert, oder?«

»Ja«, stimmte ich ihm zögernd zu. »Es ist auf jeden Fall besser, als mit dem Kopf gegen die Wand zu rennen. Ich habe allerdings noch nie meditiert. Dr. Barlind war kein Freund davon, sie sagte immer, es hätte so etwas Esoterisches. Was muss ich machen?«

Zehn Minuten später saß ich im Schneidersitz auf dem Boden, die Handflächen nach oben gedreht. Neben mir schnarchte Jim. »Om«, sagte ich. »Zen, ich bin Zen. Ich bin das Om. Hare hare, halleluja.«

»Jetzt musst du an jenen Abend zurückdenken. Aisling sagt, es sei wichtig, dass du die Tür in deinem Kopf öffnest. Aber vor allem musst du dich entspannen, um die Erinnerungen zurückkehren zu lassen.«

»Ich versuche es mal«, sagte ich und hatte meine Zweifel, was ich jedoch für mich behielt. Es dauerte ein bisschen, bis sich der Ansturm meiner Gedanken gelegt hatte, aber nach zehn Minuten lehnte ich an der Wand, die Morgensonne wärmte mich, und der sanfte Rhythmus von Jims Schnarchen beruhigte meine angespannten Nerven. Ich versank in eine Art Träumerei, die Dr. Barlind immer als Krücke bezeichnet hatte, die man auf dem Weg zu emotionaler Stabilität vermeiden müsse. Aber ich hielt mich nicht daran und versuchte, meine Erinnerungen aufsteigen zu lassen.

Kleine Erinnerungsfragmente glitten durch meinen Kopf, prallten aneinander ab und wiederholten sich in einer Endlosschleife.

Wenigstens bist du nicht tot. Das ist das Wichtigste. Wenigstens bist du nicht tot. Verdammt, Häuser können kilometerweit entfernt sein. Sieht aus, als wäre ich jetzt für dich verantwortlich. Ah, heul nicht schon wieder! Ich kümmere mich um dich, versprochen …

Ich setzte mich auf und öffnete die Augen, als die letzten Sätze in mein Bewusstsein drangen. *Ich bin jetzt für dich verantwortlich. Ich kümmere mich um dich, versprochen.* Ich blickte René an. »Das muss es sein. Ich habe versprochen, mich um Jim zu kümmern.«

»Ah ja, das klingt sehr nach einer Bindung. Ich werde es Aisling berichten.«

Ich schüttelte Jim an der Schulter, und wir standen beide auf. »Frag sie, wie ich es rückgängig machen muss. Muss ich ihm nur sagen, dass ich mich jetzt nicht mehr um ihn kümmere?«

»Hu? Was?« Jim blickte sie verletzt an. »Du hast mich aufgeweckt, um mir zu sagen, dass Daddy mich nicht mehr lieb hat?«

»Kostya würde dir mehr als den Kopf in Brand setzen, wenn er hörte, dass du ihn Daddy nennst«, sagte ich zu dem Dämon und drehte mich zu René um, der Aisling aufmerksam zuhörte. Dann nickte er und kam wieder zu Jim und mir.

»Sie sagt, das ist die Bindung. Du musst die Verantwortung für Jim rückgängig machen, ihm sagen, dass du dich nicht mehr um ihn kümmerst und ihn dorthin zurückschickst, von wo er gekommen ist.«

»Hey, jetzt aber!«, protestierte Jim. »Ich dachte, du wolltest mich der gut riechenden Aisling übergeben, und jetzt willst du mich auf einmal in den dämonischen Fischteich zurückbefördern?«

»René?«, fragte ich besorgt.

Aisling sagte etwas und trat zu uns. Mit Gesten unterstrich sie ihre Worte.

»Oh, gut«, sagte Jim, dann drückte er seine Nase gegen meine Hand. »Sie sagt, sie ruft mich zu sich, sobald du mich von dir gelöst hast. Sie hat auch gesagt, Suzanne sei eine großartige Köchin, und sie habe ein Rezept für Leber, das ich früher immer geliebt hätte. Wenn es dir also nichts ausmacht, hätte ich gerne, dass du mich jetzt gehen lässt, damit ich Leber essen kann.«

Ich tätschelte dem Dämon den Kopf. »Ich bin so froh, dass du mich nicht vermissen wirst.«

»Das habe ich nicht gesagt.« Er zwinkerte und stieß mich an. »Aber du musst zugeben, dass eine gute Köchin, die mir Leber macht, entschiedene Vorteile gegenüber dir und Kostya hat.«

Ich lachte und bückte mich, um ihn zu umarmen. »Das stimmt, aber ich werde es trotzdem vermissen, nicht mehr für dich verantwortlich zu sein. Zum Teil jedenfalls. Das Gassigehen werde ich nicht vermissen.«

Er setzte sich und nickte. »Ja. Entbinde mich, Baby!«

»Jim, ich entbinde mich von der Verantwortung für dich. Ich

werde mich nicht mehr um dich kümmern und dich beschützen und mit dir Gassi gehen. Ich werde dich nicht vor Kostya retten, wenn du ihn ärgerst, und ich werde dich nicht wieder in einen Menschen verwandeln, obwohl du gar nicht so übel ausgesehen hast, wenn man mal darüber hinwegsieht, dass du splitternackt warst. Ich schicke dich zurück in den Dämonenbereich und lehne hiermit jede Bindung ab.«

Jim öffnete den Mund, um etwas zu sagen, verschwand jedoch plötzlich in schwarzem Rauch.

Aisling klatschte in die Hände und jubelte, dann begann sie sofort einen Kreis auf dem Boden zu ziehen, um eine Art Zeremonie durchzuführen, bei der sie sich nacheinander in die vier Himmelsrichtungen verneigte.

»Ah«, sagte René und stellte sich neben mich, um ihr zuzuschauen. »Sie ruft die vier Winde an. Spannend, nicht?«

»Und wie.« Ich blickte über die Schulter, konnte jedoch Kostya in der Küche nicht sehen. Anscheinend telefonierte er noch. »Kannst du mir mit Drake helfen, während sie das macht?«

»Aber natürlich.«

Wir gingen um Aislings Kreis herum zu Drake, der von der Tür aus Wache hielt. »Sag ihm bitte, ich weiß, dass Kostya ihm für meine Rettung etwas versprochen hat, das sich in meinem Besitz befindet, aber wir haben unsere Meinung geändert, und er kann es nicht mehr haben.«

René warf mir einen neugierigen Blick zu, wiederholte jedoch meine Worte.

Drake blickte mich stirnrunzelnd an. Am liebsten hätte ich gelächelt – er sah fast genauso aus wie Kostya.

»Er sagt, das könne er nicht akzeptieren. Kostya habe dem Preis zugestimmt, und du musst dich an diese Vereinbarung halten.«

»Kuhkacke«, sagte ich ruhig. »Sag ihm, statt des Gegenstands gebe ich ihm Jim.«

Drake spuckte vor Wut und redete schnell auf René ein. Anscheinend widersprach er mir. Ich hob die Hand und sagte: »Er kann nicht haben, was Kostya ihm angeboten hat. Basta! Und wenn Drake sich darüber aufregt, kann er nicht auf die Hochzeit kommen.«

Renés Augen funkelten, als er meine Worte pflichtbewusst übersetzte.

Drake wollte gerade protestieren, hielt aber inne und wiederholte ein Wort.

»Hochzeit?«, übersetzte René.

»Ja.« Ich lächelte Drake an. »Ich werde Kostya heiraten, sobald diese Angelegenheit mit den roten Drachen erledigt ist.«

Ein seltsamer Ausdruck huschte über Drakes Gesicht, teils amüsiert und teils geprägt von Mitgefühl.

»Hey!«, sagte ich und zeigte auf sein Gesicht. »Ich kann nur hoffen, dass ich diese Miene nicht richtig deute, weil ich dich sonst niederschlagen müsste, und das wäre schade. Ich will, dass wir uns alle gut verstehen. Also kannst du mir lieber gratulieren und akzeptieren, dass Jim die Bezahlung dafür ist, dass du mir geholfen hast, aus der Hölle …«

»Abaddon«, ertönte eine vertraute Stimme. Jim stand im Kreis, hechelnd und schwanzwedelnd.

»Also, hör endlich auf, so gemein zu sein«, schloss ich und überraschte mich selbst und Drake, indem ich ihn umarmte.

»Hey!« Jim setzte sich und musterte Aisling. »Weißt du, du hast recht. Das fühlt sich anders an. Fast behaglich. Du wirst mir nicht so blöde Befehle geben wie Aoife, oder? Ständig sagt sie, ›Effrijim, tu das‹ und ›Effrijim, sei ein nackter Mann‹, und ich sage dir, lange hält auch ein Dämon das nicht aus. Außerdem gibt sie mir nie genug zu essen. Wann macht Suzanne mir denn die Leber? Kann ich gebratene Zwiebeln dazu haben?«

René und ich schauten einander an. »Die Welt ist wieder in Ordnung«, stellte er fest.

Ich lachte. »Zumindest ist er nicht länger mein Problem. Ich habe auch ohne Jim schon genug am Bein und bin dankbar, dass er wieder da ist, wo er hingehört. Du kennst nicht zufällig eine von den vielen Beschwörerinnen, die hier in Paris herumhängen, oder?«

»Eine Beschwörerin?« Er überlegte einen Moment lang, dann schüttelte er den Kopf. »Nein, aber ich bin sowieso nicht auf dem Laufenden, wer alles in der Stadt ist. Du solltest besser mit der Venedigerin sprechen.«

»Das hat Kostya schon vor. Ich dachte nur, dass du vielleicht jemanden kennst. Wo ist die Venedigerin? Hat sie einen … ich weiß nicht … großen Palast oder so?«

»Nein, sie hat das G&T.«

Ich warf ihm einen erstaunten Blick zu. »Gin und Tonic?«

»Nein, nein«, lachte er. »Goety und Theurgy. Das ist eine Bar in Paris, das Zentrum der Anderwelt, und sie gehört der Venedigerin. Sie hat auch einmal Aisling gehört, als sie Venedigerin war, aber sie wollte diesen Job eigentlich nicht und hat ihn an die jetzige Venedigerin abgegeben.«

»Okay. Ich sage Kostya Bescheid und sehe mal, ob er seine Leute schon zusammengetrommelt hat.« Ich blickte zu Drake, der jetzt mit Aisling zusammenstand. Jim verkündete, er müsse pinkeln. Aisling sah nicht gerade erfreut aus. Drake wirkte ein bisschen erschöpft, und Jim … Der Gedanke, dass Jim nicht mehr mein Problem war, machte mich ein bisschen traurig, aber eigentlich war es gut, dass er jetzt dort war, wo er hingehörte.

Ohne ein weiteres Wort verließ ich die kleine Versammlung und ging in mein Zimmer, um Kostya Bericht zu erstatten.

»Ich habe Drake gesagt, er könne nicht zur Hochzeit kommen, wenn er weiter verlangt, den Ring zu bekommen«, schloss ich. Ich beobachtete Kostya, der an einem kleinen Laptop saß. Am liebsten hätte ich jetzt auf seinem Schoß gesessen, um mit den Fingern durch seine seidigen schwarzen Haare zu fahren und ihm die Zunge aus dem Mund zu küssen.

»Mein Bruder lässt sich durch ein Zeremoniell der Menschen wie eine Heirat nicht umstimmen«, sagte er, ohne mich auch nur eines Blickes zu würdigen. »Wenn er dir erlaubt hat, den Ring durch Jim zu ersetzen, dann liegt das daran, dass er Aislings Wünsche höher einschätzt als seine eigenen. In dieser Hinsicht war er immer schon albern.«

»Das solltest du aber der Frau, die der Atem in deinen Lungen und die Sonne an deinem Himmel ist, nicht sagen«, sagte ich und kniff ihn in den Arm.

Zu meinem Entzücken grinste er mich an. Ich setzte mich neben ihn. Ich fühlte mich glücklicher als … nun ja, als jemals zuvor. »Ich habe über den Ring nachgedacht, jetzt, wo ich Drake gesagt habe, dass er ihn nicht haben kann. Wenn ich mich nun irre? Wenn der Ring nun trotz des Fluchs Drake mögen würde?«

»Das bezweifle ich. Er hüpft nicht einfach von einem Individuum zum nächsten. Er hat dich aus einem ganz bestimmten Grund gewählt, und bis du deinen Zweck erfüllt hast, wird er sowieso nicht zulassen, dass er an jemand anderen weitergegeben wird.« Er klappte den Laptop zu und stand auf. »Wir können nur hoffen, dass der Charmer uns helfen kann, sonst stecken wir alle in Schwierigkeiten. Und jetzt müssen wir zum G&T.«

»Ach, du kennst den Ort? Wie schick ist es denn da? Ich meine, ich weiß ja, dass es ein Nachtclub ist, und jetzt ist es mitten am Tag, und er sollte eigentlich nicht geöffnet sein, aber ist es nett da? Soll ich mal das Kleid anziehen, das Suzanne mir hiergelassen hat? Ich tu es ja nicht gerne, weil ich ja schon diese hübsche Leinentunika und die Hose konfiszieren musste, nachdem du meine Kleider zerrissen hast, aber ich will auch nicht auffallen.«

»Deine Kleidung ist völlig ausreichend. Komm. Wir sehen mal, ob die Venedigerin da ist.« Er stand auf und ergriff meine Hand, und das Mädchen in mir kreischte vor Glück auf.

»Können wir sie nicht einfach anrufen und nach einer Beschwörerin fragen?«

»Die Venedigerin reagiert nur auf persönliche Anfragen.« Er grinste schief. »So ist es einfacher für sie, die Zahlung festzulegen. Außerdem hat sie den Drachen das Betreten des Clubs verboten. Natürlich scheren wir uns nicht darum, aber bis …« Er blieb wie erstarrt im Türrahmen stehen und knurrte. Ich ließ seine Hand los und stellte mich vor ihn, damit er sich nicht auf Drake stürzen konnte, der immer noch mit Aisling, René und Jim in der Halle stand.

»Wir gehen zum G&T«, rief ich ihnen über die Schulter zu und versuchte, Kostya zurückzuschieben, aber er bewegte sich trotzdem vorwärts. »Können wir bitte vorbei?«

»Natürlich. Aisling entschuldigt sich und sagt, dass sie euch begleiten.«

Drake versuchte, Aisling in ein Zimmer zu scheuchen.

René übersetzte weiter: »Ah, ich habe mich geirrt. Drake sagt, sie bleibt zu Hause, und er geht zum G&T, um sicherzustellen, dass ihr nicht angegriffen werdet.«

Aisling versetzte Drake einen Schlag auf die Schulter und spazierte an ihm vorbei.

»Und jetzt hat Aisling ihm gesagt, er sei nicht ganz bei Trost, wenn er denkt, sie würde sich von ihm so behandeln lassen, als wäre sie aus Glas, nur weil sie wieder *enceinte* ist.«

»Oh, ich wusste nicht, dass sie schwanger ist. Bitte richte ihr meine Glückwünsche aus.«

Das tat René, und er beobachtete interessiert, wie Drake Aisling auf dem Weg zur Tür abfing und zur Treppe zeigte.

»Jetzt informiert Drake Aisling, dass sie zu Hause bleiben wird, und wenn er sie in ihrem Zimmer einsperren muss.«

Aisling keuchte und begann wie ein Wasserfall auf ihn einzureden. Drake verzog so finster das Gesicht, wie Kostya es so häufig tat. Ich schmiegte mich an ihn. »Ich komme mir vor wie ein Voyeur, und doch ist es so faszinierend wie eine Soap Opera.«

»Aisling hat eben damit gedroht, Drake anzuzünden, während er neben ihr schläft. Er versucht jetzt, ihr mit Vernunft beizukommen, aber sie will nichts davon wissen.«

»He«, sagte Jim und grinste, als Drake versuchte, Aisling hochzuheben. »Du hast die Stelle ausgelassen, wo sie ihm gedroht hat, an seinen Nippeln zu saugen, wenn er jemals wieder so mit ihr sprechen würde. Und jetzt versucht er ihr zu sagen, dass er nur das Baby beschützen will und volles Vertrauen in ihre Fähigkeiten hat, bla bla bla. Oh Mann, das wird kein gutes Ende nehmen.«

Aisling, die offensichtlich wütend war, knurrte etwas zu ihrem Mann, zeichnete ein Symbol über seiner Brust und riss sich von ihm los, um die Treppe hinaufzurennen.

Drake versuchte ihr nachzulaufen, konnte sich jedoch nicht bewegen und schrie Aisling etwas hinterher.

»Was um Himmels willen geht da vor sich?«, fragte ich.

»Ein Bindezauber«, sagte Jim kichernd und erhob sich, um Aisling zu folgen. »Er ist zu weit gegangen. Haha! Bei ihr gefällt es mir bestimmt.«

»Gut«, sagte ich und hielt Kostya die Hand vor die Augen. »Es ist an der Zeit, ihnen ein bisschen Privatsphäre zu geben, damit sie ihren Streit beilegen können. Du gehst jetzt weiter und versuchst nicht, meine Hände wegzunehmen, okay?«

»Du brauchst mir nicht die Augen zuzuhalten!«, protestierte Kostya und zog meine Handgelenke herunter. Kaum sah er Drake, knurrte er und spuckte Feuer.

Ich zog nur eine Augenbraue hoch.

»Na gut«, sagte er mit zusammengebissenen Zähnen. »Aber nur, bis ich an Drake vorbei bin.«

Mit Renés Hilfe gelang es mir, Kostya (der ausschlug und versuchte, seinen Bruder zu packen) an Drake vorbei und durch die Tür zu bugsieren. Zum Glück hatte René sein Taxi nicht weit entfernt geparkt, und kurz darauf fuhren wir durch Paris, auf dem Weg zum Goety und Theurgy, dem berüchtigten Anderwelt-Nachtlokal.

16

»Das ist lächerlich.« Ich versuchte, durch die offene Tür in den G&T-Club hineinzukommen. »Da ist nichts, und trotzdem fühlt es sich so an, als wäre eine unsichtbare Gummimatte vor den Eingang gespannt, die mich einfach … nicht … hinein…lässt. Grr! Kostya, was ist das?«

Kostya, wachsam wie immer, blickte eifrig die Straße entlang. Viel gab es nicht zu sehen – der Club lag an einer kurzen Straße mit kleinen, dunklen Läden, die aussahen, als seien sie seit Ewigkeiten schon da. Es waren auch nicht viele Leute unterwegs, nur ein oder zwei Frauen mit Einkaufstüten, die geschäftig vorbeieilten, im Geiste wahrscheinlich schon bei den Pflichten des Tages.

Ich wartete, bis die, die uns am nächsten war, vorbeigegangen war, dann zupfte ich Kostya am Ärmel. »Erde an Kostya. Kannst du mich lesen?«

»Was soll ich lesen?«, fragte er und beobachtete immer noch die beiden Frauen mit den Tüten.

»Das sollte eigentlich ein Witz sein. Ich habe es jedenfalls versucht.«

Er zog die Augenbrauen hoch, und ich verzog das Gesicht. »Na gut, es war kein großer Erfolg, aber ich habe es zumindest versucht. Du kannst dich nicht beklagen, du hast ja noch nicht einmal zugehört, als ich dir von der unsichtbaren Gummimatte vor der Tür erzählt habe.«

Er blickte stirnrunzelnd auf die Tür. »Du kannst nicht eintreten?«

»Nein. Es ist so, als ob etwas mich aufhalten würde, aber ich sehe nichts.« Ich fuhr mit der Hand durch den Eingang. »Siehst du? Wenn ich die Hand hineinhalte, passiert nichts, nur wenn hineingehen will.« Erneut versuchte, ich die unsichtbare Barriere zu überwinden, die meinen Körper am Betreten des Gebäudes hinderte.

Kostya betrachtete die Tür einen Moment lang, dann hauchte er Feuer darauf. Drei Sekunden lang schimmerte ein Symbol golden auf, ein kompliziertes Muster, das irgendwie so aussah wie ein keltischer Knoten, aber mit ein paar Extraverschlingungen. »Schutzzauber. Sie will die Drachen draußen halten.«

Ich schob beide Arme hindurch. Da war nichts, nur wenn ich versuchte, mit dem ganzen Oberkörper hineinzukommen. Durch die offene Tür sah ich Stühle, die ordentlich auf den Tischen gestapelt waren.

»Warum will sie nicht, dass du hereinkommst?«

»Sie glaubt, wir bringen den Krieg zu ihren Gästen. Das ist natürlich Blödsinn, weil sie genug Macht hat, um das G&T neutral zu halten. Schließlich könnten wir dort drinnen keinen Krieg führen, ohne dass es extreme Konsequenzen haben würde.«

»Was heißt extrem?«, fragte ich. Meine Neugier war geweckt. Es gab offensichtlich eine Frau, die genug Macht besaß, um die Drachen davon abzuhalten, sich gegenseitig zu bekriegen.

»Tod«, antwortete er und schaute sich um. »René müsste mittlerweile den Wagen geparkt haben. Er soll die Venedigerin anrufen und sie bitten, uns hineinzulassen.«

Ich betrachtete erneut die Tür. »Du hast doch gesagt, Aisling war einmal Venedigerin. Könnte sie uns helfen hineinzukommen?«

»Ja, aber ich möchte sie nicht bitten, uns zu helfen, weil ich das Leben ihres ungeborenen Kindes nicht gefährden will.« Er blickte die Straße entlang und hielt Ausschau nach René.

Ich blickte auf meine Hand. »Ich überlege …«, sagte ich leise zu mir. Der Ring hatte mich gegen Asmodeus geschützt … würde er auch gegen die Magie wirken, die uns draußen hielt? Ich ballte die Faust und streckte sie gegen die Tür.

Nichts passierte.

Na, anscheinend musst du ihn durch deine Gedanken dazu bewegen, etwas zu tun, dachte ich. Ich schloss die Augen und überlegte, was ich wollte. Ich dachte an Kostya, wie er meine Gedanken erfüllte und wie mein Leben jetzt an ihn gebunden war. Das schien für den Ring nicht viel zu bewirken, deshalb dachte ich darüber nach, wie schön es wäre, wenn der Fluch gebrochen würde, damit die Drachen wieder ohne Mordgedanken miteinander reden konnten, aber wieder schien der Ring nicht besonders beeindruckt zu sein. Ich dachte an die altruistische Absicht, mit der ich ihn von Asmodeus und seiner Dämonenhorde ferngehalten hatte.

Immer noch nichts.

»Ach, verdammt«, stieß ich hervor, mit meiner Geduld am Ende. »Lass mich endlich in diesen verdammten Club hinein, damit wir mit der Frau reden können und eine Beschwörerin finden. SOFORT!« Das letzte Wort brüllte ich und ging auf die Tür zu. Anscheinend hatte der Ring beschlossen zu kooperieren, weil ich plötzlich gegen die Wand gegenüber der Tür prallte.

Kostya fuhr herum und starrte mich an. »Wie hast du das gemacht?«

Ich hob die Hand. »Ich bin sauer geworden, und der Ring hat auf mich gehört. Lass mal gucken, ob es bei dir auch funktioniert.«

Ich brauchte etwa fünf Minuten, bis mir klar wurde, dass ich nicht unbedingt wütend sein musste, um den Ring zu bewegen, mir zu helfen, sondern dass jede starke Emotion diesen Zweck erfüllte.

»Erreg mich«, bat ich Kostya, nachdem ich wieder durch die Tür zu ihm getreten war. Ich schlang meine Arme um ihn.

Ich hätte beinahe laut aufgelacht, als ich seine überraschte Miene sah, aber stattdessen leckte ich ihm über die Nase und rieb meine Hüften an ihm. Seine Augen leuchteten auf, und er umfasste meinen Hintern. Sein Feuer zuckte um uns herum. Ich packte seine Haare und küsste ihn und ließ das Feuer tief in mir lodern.

Sein Kuss wurde immer fordernder, und ich begann rückwärtszugehen, wobei ich ihn mit mir zog. Er wollte aufhören mich zu küssen, wahrscheinlich um mich zu fragen, was ich da tat, aber ich biss in seine Unterlippe und saugte sie in meinen Mund, während ich weiter zurückwich. Schließlich war ich außer Atem, und wir waren beide im Club.

»Emotion«, hauchte ich auf seine Lippen und gab ihm einen letzten Kuss, bevor ich mich von ihm löste. Jetzt musste ich erst einmal ein bisschen Abstand von ihm halten, sonst würde ich ihn einfach hier zu Boden drücken und es an Ort und Stelle mit ihm treiben. »Darauf reagiert der Ring. Er hat es gern, wenn ich Emotionen zeige.«

Kostya blinzelte, dann löschte er sein Feuer und blickte sich um. »Ach so.«

»Was soll das bedeuten?« Eine Frau trat aus dem Hinterzimmer des Clubs. Sie sah uns wütend an, als sie um die Tische herum auf uns zukam. Sie trug einen beigefarbenen Hosenanzug, ihre blonden Haare waren zu einem kurzen Bob geschnitten. Ihr folgte ein Mann unbestimmten Alters, der ein Tablet in der Hand hielt. »Guillaume, überprüf den Zauber. Er ist bestimmt zu schwach, wenn er Drachen einlässt.«

»Jovana«, sagte Kostya und verbeugte sich vor der Frau, die vor uns stehen blieb. »Ich versichere dir, dass wir nicht in gewalttätiger Absicht eingedrungen sind.«

»Eure Absichten interessieren mich nicht«, fuhr sie ihn an und musterte mich. »Wer ist das?«

»Ihr Name ist Aoife. Sie gehört zu mir«, antwortete er, bevor ich etwas sagen konnte.

»Deine Gefährtin?«

Ich rieb meine Arme, weil es im abgedunkelten Club kühl war, und lächelte Kostya an. Er verzog unbehaglich das Gesicht und wollte gerade antworten, als der Typ namens Guillaume zurückkam. »Der Zauber ist intakt, Venedigerin. Soweit ich feststellen kann, hat er nicht an Wirkung verloren.«

Jovana kniff die Augen zusammen. »Wie bist du hindurchgekommen. Ist die Hüterin draußen? Ich habe ihr strengstens verboten, sich an meinen Schutzmaßnahmen zu vergreifen. Sollte sie sich sich darüber hinweggesetzt haben …«

»Aisling ist zu Hause«, unterbrach Kostya sie. »Sie hat uns nicht dabei geholfen, das Gebäude zu betreten. Wie ich bereits sagte, sind wir nicht hier, um jemandem Gewalt anzutun, sondern weil wir eine Information brauchen. Du bist die Venedigerin; du bist mit allen Bewohnern der Anderwelt in Europa vertraut. Wir brauchen die Dienste einer Beschwörerin, am liebsten jemanden hier in der Nähe.«

Sie hob die Hand, um Kostya zu unterbrechen, und trat an die Tür, um selber einen Blick darauf zu werfen. »Ich verstehe nicht, wie ihr hindurchgekommen seid, wenn euch niemand geholfen hat. Ihr werdet mir sagen, wie ihr euch Zugang verschafft habt.«

Besorgt ballte ich die Faust und warf Kostya einen Blick zu. Er verschränkte die Arme und blickte die Venedigerin gelangweilt an. Am liebsten hätte ich gejubelt. Ich fand es großartig, dass er sich von dieser scheinbar so allmächtigen Frau nicht im Geringsten einschüchtern ließ. »Das hat nichts mit meiner Bitte zu tun. Kennst du eine Beschwörerin in der Nähe von Paris?«

»Ich kenne zwei, eine in Lyon, wo sie gerade einen Auftrag hat, die andere ist in Sevilla, aber ich gebe dir die Information erst, wenn du mir wegen der Tür eine zufriedenstellende Antwort gegeben hast«, antwortete sie.

Kostya zog eine Augenbraue hoch. »Wir suchen Hilfe, um den Drachenkrieg zu beenden. Du selbst hast erklärt, du wünschst, dass er beendet wird, damit du keine weiteren Erschütterungen in der Anderwelt mehr befürchten musst. Vor diesem Hintergrund ist es unwichtig, wie wir hereingekommen sind. Wie lauten Name und Telefonnummer des Charmers in Lyon?«

»Du wirst meine Frage beantworten!«, knurrte Jovana.

»Ich bin ein Wyvern«, stellte Kostya klar und blähte wütend die Nasenlöcher. »Ich erhalte keine Befehle – ich gebe sie.«

»Mir nicht«, stieß sie hervor. Sie vollführte eine seltsame Geste mit übereinandergelegten Händen, und zu meinem Erstaunen erschien eine blauweiße Lichtkugel in ihrer Hand. Sie schleuderte sie auf Kostya.

Ich packte ihn am Arm, um ihn aus der Schusslinie zu ziehen, aber er blieb stehen und fing die Lichtkugel so leichthändig auf, als wäre sie ein Softball. Das Licht erlosch, als die Kugel sich in Drachenfeuer verwandelte. Er warf es auf den Boden, und es bildete eine Pfütze um uns herum.

»Ich bin ein schwarzer Drache«, sagte er leise lächelnd. »Von allen Drachen sind wir diejenigen, die eine Affinität zu arkaner Magie besitzen.«

Sie fluchte so unflätig, dass ich die Lippen schürzte. »Guillaume!« Sie machte eine gebieterische Geste. »Bring sie in mein Büro! Dort bekomme ich die Antwort auf meine Frage.«

»Vor allen Dingen«, sagte ich und entfachte Kostyas Feuer in mir, um mit Hilfe des Rings wieder herauszukommen.

Kostya behielt die Venedigerin im Auge und sagte leise zu mir: »Nicht, Aoife. Genau das will sie ja.«

»Sie will, dass wir wieder verschwinden?«

»Nein. Sie will die Quelle deiner Macht erfahren.« Er schwieg, als Guillaume zögernd auf uns zukam. Offensichtlich wollte er sich nicht mit Kostya anlegen, sich allerdings auch nicht seiner Chefin widersetzen. »Uns reicht es, hier mit dir zu sprechen, Jovana. Ich gebe dir mein Ehrenwort, dass unsere Fähigkeit, deinen Bann zu umgehen, nichts mit unserer Absicht zu tun hat, den Fluch über die Drachen zu brechen und den Krieg zu beenden, den Asmodeus allen Drachen erklärt hat.«

Sie lächelte, und einen Moment lang fragte ich mich, ob sie vielleicht mit den beiden Dämonenbodyguards von Asmodeus verwandt war. »Ich wäre keine besonders effektive Venedigerin, wenn ich alles glauben würde, was man mir so erzählt.«

Die Tür zur Straße öffnete sich, und kleine Staubpartikel wurden aufgewirbelt, die im einfallenden Sonnenlicht tanzten. Da ich mich mittlerweile an die Dunkelheit im Club gewöhnt hatte, blinzelte ich im hellen Sonnenschein, der auf Stühle und Tische fiel. Ein seltsamer Lärm folgte dem Öffnen der Tür, und ein schwarzer, zottiger Umriss kam mit einem hörbar saugenden Geräusch herein.

»Feuer von Abaddon!«, fluchte die schwarze Gestalt und schüttelte sich. »Mann, Mann, Mann, Aisling, wird das jetzt jedes Mal so, wenn wir ausgehen? Mein Fell ist ja ganz zerknittert, und bis ich wieder so aussehe wie vorher, muss ich ordentlich gebürstet werden.«

»Jim!«

Jovana fuhr zu Jim herum und fasste ihn finster ins Visier. »Hattest du nicht gesagt, die Hüterin sei zu Hause? Und doch ist sie offensichtlich hier, zusammen mit ihrem Dämon. Du weißt ganz genau, dass Dämonen im G&T nicht erlaubt sind.«

»Ja«, sagte Jim und leckte sich an der Schulter. »Du brauchst nicht mit mir zu reden, als wäre ich eine Art Genitalwarze. Aisling sagt immer, ich sei ein guter Dämon. Ich war mal ein Kobold oder so, aber ich wurde vom Hof des Göttlichen Bluts ausgestoßen …«

Ich stieß Kostya an.

»Der Hof ist das, was die Sterblichen unter Himmel verstehen.«

»Verstanden.«

»… und endete irgendwie als Dämon. Allerdings hat sie mir darüber nicht allzu viel erzählt, weil sie meinte, es sei wahrscheinlich besser, wenn ich nicht alle Dummheiten wüsste, die ich so gemacht habe. Hi, Iffi. Hi, Kostya. Aisling sagte, ihr bräuchtet vielleicht Hilfe. Sie versucht gerade, Drake im Auto zu halten, obwohl der Lärm, den ihr eben gehört habt, darauf hinweist, dass sie darüber diskutieren und er nicht tun will, was sie sagt.« Erneut ging die Tür auf, und Aisling trat ein, gefolgt von Drake.

Ich sprang sofort vor Kostya und legte ihm die Hände auf die Schultern, damit er nicht auf Drake losstürzte, aber zu meiner Überraschung war er nicht einmal angespannt.

»Entschuldigung, Pal, Istvan. Ich muss mich erst einmal ein bisschen erholen, bevor ich euch hier reinhole. Es kostet eine Menge Kraft, einen Bann beiseitezuschieben«, rief Aisling zur Tür hinaus. Dann wandte sie sich an Drake. »Süßer, ich habe dir doch gesagt, dass Kostya hier ist und dass es nur endlos Ärger gibt, wenn du hereinkommst und ihr zwei euch seht.«

»Hey«, sagte ich zu Kostya und blickte ihn an. Er bedachte die Neuankömmlinge mit beiläufigem Interesse. Ich ließ seine Schultern los und stieß ihn an. »Wieso versuchst du deinen Bruder nicht umzu...?«

Ich brach ab und fuhr zu Aisling herum. Sie starrte mich an. »Ich habe dich gehört«, sagten wir beide gleichzeitig.

»Was zur Hölle ...?«, fügte ich hinzu.

»Abaddon«, bemerkte Jim. Er schnüffelte an Guillaumes Schuhen, bevor er sich neben ihn setzte.

»Wie ...?« Aisling wandte sich an Drake. »Wie ist das möglich?«

»Ich habe dir strikt verboten, dir den Weg durch den Bann an der Tür zu erzwingen!« Jovana hatte endlich ihre Stimme wiedergefunden und marschierte zu Aisling und Drake. »Und was machst du? Genau das!«

Aisling richtete sich auf, und auch Drake trat beschützend einen Schritt vorwärts. »Hallo, Jovana. Ich würde ja sagen, nett, dich zu sehen, weil ich von Natur aus höflich bin und daran glaube, dass es sich auszahlt, nett zu anderen Leuten zu sein, aber offensichtlich glaubst du ja daran nicht. Und außerdem scheinst du mir vergessen zu haben, wem du den Job als Venedigerin überhaupt verdankst!«

Sie warf dabei den Kopf auf eine Art in den Nacken, die mich kichern ließ.

»Oh Mann«, sagte Jim und wedelte aufgeregt mit dem Schwanz. »Zickenkrieg! Ich wünschte, ich hätte ein bisschen Popcorn!«

»Ich habe es nicht vergessen«, sagte Jovana kühl. »Doch das ist hier nicht weiter von Bedeutung, wohingegen dein mangelnder Gehorsam, was meinen Befehl gegen Drachen im G&T anbelangt ...«

»Ich bin die Gefährtin eines Wyvern«, unterbrach Aisling sie. Langsam wurde sie richtig wütend. Drake murmelte etwas und wollte wieder vortreten, aber Aisling hielt ihn zurück. »Du hast überhaupt kein Recht, Drake oder mir Befehle zu erteilen. Du kannst darum bitten, dass ich etwas tue, und ich werde …«

»Du bist Mitglied der Hüterinnen-Gilde«, unterbrach Jovana sie vehement. »Und somit an die Regeln des Au-delà gebunden. Dazu gehört auch, dass du dich meinen Anordnungen zu unterwerfen hast.«

Ich seufzte und fragte leise: »Was ist ein Au-delà?«

»Das ist die offizielle Bezeichnung für die Anderwelt.«

»Warum können die Leute die Dinge nicht einfach nur mit einem Namen benennen?«, beschwerte ich mich, wandte dann jedoch wieder meine Aufmerksamkeit Aisling zu.

»Gib's ihr, Babe«, feuerte Jim sie an und nickte bekräftigend. »Frag auch, wann die Küche aufmacht, denn das sogenannte Mittagessen, was Suzanne mir gegeben hat, reicht bei Weitem nicht aus. Ich werde meine ganze Kraft brauchen, wenn du von mir verlangst, dass ich den Magier überwältige.«

»Den Magier überwältigen?« Jovanas Stimme wurde eine Oktave höher.

»Ich möchte immer noch gerne wissen, warum Kostya und Drake nicht aufeinander losgehen und warum wir Aisling verstehen können und umgekehrt«, sagte ich.

»Ich vermute, es hat etwas mit dem G&T zu tun«, antwortete Kostya nachdenklich und musterte Jovana forschend. »Vielleicht hat die Venedigerin irgendwelche Voraussetzungen geschaffen, die den Fluch hier außer Kraft setzen.«

»Kann sie das?«, fragte ich leise.

»Ich glaube, wir erleben hier gerade den Beweis dafür.«

»Ja, was ist hier los?«, fragte Aisling. »Hast du eine Sicherheitszone oder so etwas gezaubert? Drake, gibt es so etwas wie eine fluchfreie Zone?«

»Davon habe ich noch nie gehört«, antwortete er. Auch er warf Jovana einen neugierigen Blick zu. »Es sieht jedoch so aus, dass sie es kann. Die Frage ist nur, wie hat sie es gemacht?«

»Und warum hat sie uns nichts davon erzählt? Weißt du eigentlich, wie schwer es für die Sippen gewesen ist, nicht miteinander reden zu können?«, sagte Aisling an Jovana gerichtet, die wieder einmal leise mit ihrem Angestellten sprach. Aisling zog scharf die Luft ein und fügte hinzu: »Oh! Deshalb hat sie die Drachen aus G&T verbannt! Sie wollte nicht, dass wir herausfinden, dass der Fluch hier durch ihre Magie nicht wirksam ist! Das ist so gemein!«

Langsam ging Drake auf Kostya zu. Ich beobachtete ihn angespannt, für den Fall, dass er sich auf seinen Bruder stürzen wollte. Etwa zwei Meter vor ihm blieb er stehen und starrte Kostya an.

Kostya starrte Drake an.

Aisling und ich hielten den Atem an.

Jim leckte seine Genitalien.

Kostya sagte etwas, das ich nicht verstand, dann streckte er die Hand aus und packte Drake.

Ich wollte mich gerade zwischen sie drängen, weil ich das Schlimmste befürchtete, aber da stellte ich fest, dass die beiden Männer einander umarmten.

»Oh, ist das schön!«, sagte Aisling und schniefte ein bisschen. Sie trat neben mich, drückte meinen Arm und nickte zu den Brüdern hin. »Das konnten sie seit zwei Jahren nicht tun. Normalerweise stellen sie ihre Gefühle nicht besonders zur Schau, aber du weißt ja nicht, wie sehr man sich danach sehnt, seinen Bruder zu umarmen, wenn er jedes Mal, wenn er dich sieht, versucht, dir an den Kragen zu gehen.«

»Wie rührend!«, sagte Jovana, das Gesicht dunkel vor Wut. Sie nickte ihrem Adlatus zu, der einen großen Bogen um Kostya und Drake machte und im Hinterzimmer verschwand. »Der

Chef der Hüterinnen-Gilde wird später von deinem Fehlverhalten erfahren, Hüterin. Die Frage bleibt, wie *du* in den Club gekommen bist.« Bei diesen Worten schaute sie mich an.

Aisling verzog überrascht das Gesicht. »Darüber habe ich ja noch gar nicht nachgedacht. Wie bist du denn hereingekommen, Aoife? Du bist weder eine Hüterin noch eine Beschwörerin. Du bist einfach nur … du.«

»Danke«, sagte ich. »Ich bin tatsächlich nur ich, und ich verstehe echt nicht, warum alle sich so den Kopf darüber zerbrechen, wie wir hereingekommen sind. Das ist doch wirklich unwichtig.«

»Muss am Ring liegen«, sagte Jim und trat zu mir, um an meiner Hand zu schnüffeln. »Magische Ringe machen alles leichter, was, Iffi?«

»Jim!« Ich blickte zu Jovana. Sie wollte gerade zur Theke gehen, blieb aber bei Jims Worten wie angewurzelt stehen. »Du sollst doch keinen Unsinn reden.«

»Ring?«, fragte Aisling. Sie wandte sich an ihren Mann, der sich gerade leise mit Kostya unterhielt. »Was für ein Ring? Drake? Wusstest du, dass Aoife einen magischen Ring hat? Oh!« Sie keuchte auf und schlug mich leicht auf den Arm. »Doch nicht etwa *den* Ring!«

»Ein Ring, der sie alle bindet«, sagte Jim mit Grabesstimme.

Jovana blickte mich scharf an.

»Du hast Asmodeus' Ring?«, fragte Aisling und riss die Augen auf. »Den Ring, nach dem jeder Drache und ganz Abaddon gesucht hat? Ist er das?« Sie zeigte auf meine Hand. »Du liebe Güte, warum hast du es uns nicht gesagt? Jetzt kannst du den Fluch beenden! Drake, sie hat den Ring!«

»Ich weiß«, antwortete der und streckte die Hand nach ihr aus. Sie ergriff sie automatisch. »Kostya hat ihn uns angeboten, damit wir die Befreiung seiner Frau unterstützen.« Der Blick, den er mir zuwarf, war entschieden säuerlich. »Später hat sie es rückgängig gemacht.«

»Ich brauchte nichts rückgängig zu machen. Ich habe euch den Ring nicht angeboten; das war Kostya, und dabei gehört er ihm gar nicht.« Ich drückte meine Hand an meine Brust. »Der Ring mag mich. Ich habe versucht, ihn Kostya zu geben, aber der Ring wollte ihn nicht, deshalb hat er ihn mir zurückgegeben. Außerdem würde er euch sowieso nichts nützen, denn solange ihr verflucht seid, könnt ihr nichts damit anfangen.«

»Du wolltest gerade erklären, warum du ins G&T gekommen bist mit dem mächtigsten Gegenstand des regierenden Fürsten von Abaddon, ohne mir das mitzuteilen«, sagte Jovana süßlich und trat zu mir. Ihr Blick fiel kurz auf meine Hand.

Ich wappnete mich für das Unvermeidliche, doch Angriff war wohl besser als Verteidigung, und so sagte ich: »Vermutlich erwartest du auch von mir, dass ich ihn dir gebe, oder?«

»Nein«, sagte sie rasch. Ihre Miene war gleichmütig. »Ich bin die Venedigerin. Ich habe keine Verwendung für seine Macht.«

»Oh Mann«, sagte ich leise und trat neben Kostya, um seine Hand zu ergreifen. Allein schon seine Finger um meine zu spüren gab mir Trost. »Das gefällt mir nicht.«

Jovana musterte mich einen Moment lang und kam dann anscheinend zu einem Entschluss. »Komm in mein Büro«, sagte sie zu Kostya. »Ich suche dir die Information heraus, die du haben möchtest.«

»Du willst tun, um was wir dich bitten? Ohne uns weiter zu drohen? Oder versuchst du nur an meinen Ring zu kommen? Oder willst du Kostya und mich angreifen?«

Ich kam mir jämmerlich vor, als sie mir einen verächtlichen Blick zuwarf. »Warum sollte ich dir etwas antun wollen? Ich habe weder das Verlangen, mich in den Drachenkrieg einzumischen, noch mit dem Fürsten von Abaddon zu kämpfen. Ich versuche nur die, die unter meinem Schutz stehen, zu beschützen, und da du das Mittel besitzt, um dem Krieg, der uns alle bedroht, ein Ende zu machen, ist es nur angebracht, dass ich euch unterstütze, um euren Erfolg zu gewährleisten. Komm.« Sie drehte sich um und marschierte in ihr Zimmer.

»Na, sie hat aber ziemlich schnell den Ton geändert«, sagte ich zu Kostya. »Meinst du, wir sollten ihr vertrauen?«

»Natürlich nicht«, sagte er. Er zog meine Hand an den Mund, um meine Finger zu küssen, bevor er sie losließ. »Aber die Unterstützung, die sie anbietet, nehme ich an. Drake?«

»Ich komme mit dir.« Er warf seiner Frau einen Blick zu. »Aisling bleibt mit deiner Frau hier.«

»Ich habe einen Namen«, rief ich ihm hinterher, als sie, Jim auf den Fersen, Jovana folgten. »Mann, das irritiert mich. Ist er immer so?«

»Ja«, sagte Aisling und lächelte zärtlich. »Er ist total nervig, aber er liebt seinen Bruder aufrichtig, und ich bin sicher, mit der Zeit wird er auch dich lieben.«

»Ja, hoffentlich dauert es nicht zu lange.« Ich blickte mich um und nahm zwei Stühle für uns von einem Tisch. »Am besten nutzen wir die Zeit, um uns kennenzulernen.«

»Ja, das könnten wir tun«, stimmte Aisling mir zu. Sie wanderte im Club herum und fuhr mit den Fingern über die Tische. »Oder du erzählst mir, wie du an den Ring gekommen bist. Ich weiß nicht genau, was er eigentlich bewirkt, deshalb wäre ich dir dankbar, wenn du mir auch das erzählen könntest.«

»Davon habe ich leider auch nicht den blassesten Schimmer. Ich kann dir kurz berichten, wie ich an den Ring gekommen bin, aber alles andere ist mir schleierhaft.« Ich erzählte ihr, wie ich Terrin getroffen hatte und in den Besitz des Rings gekommen war. Die zwei Jahre im Irrenhaus ließ ich allerdings aus.

Ich beendete meinen Bericht damit, wie ich Kostya am Strand gefunden hatte.

»Das ist so romantisch«, sagte Aisling. Während ich erzählte, hatte sie sich hingesetzt. Sie schlug die Hände zusammen, und ihre Augen waren ein bisschen feucht. »Ich bin ein bisschen rührselig, weil meine Hormone in der Schwangerschaft verrücktspielen, aber das ist so süß. Du hast ihm das Leben gerettet, Aoife. Ihr seid wirklich füreinander bestimmt.«

»Na ja, das scheint er aber nicht zugeben zu wollen.«

»Er hatte es in der letzten Zeit schwer«, sagte sie zur Erklärung.

»Mit seiner Exfreundin?« Ich nickte. »Ja, das ist wahrscheinlich so.«

»Cyrene? Nein, das meinte ich nicht, obwohl wir alle überrascht waren, dass er so in sie verliebt war. Ich weiß, dass ich das dir gegenüber gar nicht erwähnen sollte, aber Cyrene …« Sie biss sich auf die Lippen, fuhr jedoch dann fort: »Cyrene wollte unbedingt die Gefährtin eines Wyvern werden. Ihr Zwilling ist eine, und sie wollte auch eine sein. Sie sah also Kostya und schuf diese Situation, wo er sie zu seiner Gefährtin erklären musste.« Aisling schüttelte den Kopf. »Ich will gar nicht ausführlich darüber reden; es ist eine lange Geschichte und hat auch gar nichts mit dir und Kostya zu tun. Was jedoch eine Rolle spielt, ist, dass er so lange eingesperrt war. Er war allein und sieben Jahre lang einigen wirklich bösen ausgestoßenen Drachen ausgeliefert. Sie haben mit allen Mitteln versucht, ihn zu töten, indem sie ihn verhungern ließen, aber er gab nicht auf. Wenn er also manchmal ein bisschen gestresst, übermäßig wachsam und emotional distanziert wirkt, dann liegt das wahrscheinlich daran.«

»Damit kann ich umgehen«, erklärte ich. Schließlich hatte ich genug Erfahrung mit meinen eigenen emotionalen Dämonen. »Aber es nervt mich, dass er sich weigert, mich als Gefährtin anzuerkennen. Ich meine, ich habe begriffen, dass diese andere Frau ihn benutzt hat, aber er kann doch jetzt nicht alle Frauen über einen Kamm scheren, oder?«

»Doch, wahrscheinlich schon«, antwortete Aisling achselzuckend. »Männer können manchmal so blind sein. Du hast noch nicht erwähnt, was du bisher mit dem Ring gemacht hast. Du hast ihn doch schon benutzt, oder?«

»In gewisser Weise ja.« Ich zögerte. Eigentlich wollte ich nicht darüber sprechen, noch nicht einmal mit Aisling, mit der ich mich irgendwie verbunden fühlte. »Er hat uns hier hineingebracht.«

»Hmm. Ich nehme an, du wirst ihn einsetzen, damit die Beschwörerin den Fluch brechen kann. Ich frage mich …« Erneut kaute sie auf ihrer Unterlippe und runzelte die Stirn.

»Was fragst du dich?«

»Wenn der Ring wirklich so mächtig ist, wie alle sagen – und du sagst ja, er mag dich, obwohl ich noch nie von einem Ring gehört habe, der Gefühle entwickelt –, dann frage ich mich, warum du ihn nicht einfach dazu benutzen kannst, den Fluch zu brechen, ohne dazu einen Mittelsmann zu benötigen?«

»Bin ich nicht auch ein Drache, jetzt wo ich Kostyas Gefährtin bin? Das würde doch bedeuten, dass ich ihn nicht einsetzen kann, um den Fluch zu brechen.«

»Gefährtinnen sind nicht per se Drachen – wir können uns zum Beispiel nicht in die Drachengestalt verwandeln, und wir haben auch nicht so eine Liebe zum Gold wie Drachen. Uns fehlen einfach bestimmte Eigenschaften, die Drachen eigen sind. Wir sind nur Menschen mit einem Zusatzbonus.«

»Hmm.« Ich blickte auf meine Hand. »Ich wüsste ja gar nicht, wie ich so einen Fluch brechen sollte. Wenn ich nun etwas falsch machte und es würde dadurch nur noch schlimmer?«

»Ach, das passiert bestimmt nicht«, sagte sie leise lachend. »Vertrau mir. Ich habe fast alles falsch gemacht, was man nur falsch machen kann, und trotzdem ist alles gut ausgegangen. In diesen Dingen bin ich geübt. Weißt du was? Wir versuchen es einfach mal, solange die Männer noch nicht wieder da sind, und wenn wir Erfolg haben, dann können sie für Jahrzehnte ein Loblied auf uns singen.« Sie stand auf und schob einen Tisch beiseite, sodass mitten im Raum eine freie Fläche entstand.

»Und wenn es schiefgeht?«, sagte ich und stand ebenfalls auf.

»Es wird nicht schiefgehen. Ich bin hier, um dir zu helfen, und wenn es um solche Dinge geht, bin ich ziemlich gewieft. Es gibt nur keiner zu, weil es Drake immer nervös macht, wenn ich meine Hüterinnen-Fähigkeiten einsetze. Ich ziehe jetzt einen Kreis und rufe die vier Himmelsrichtungen an, und dann stellst du dich hinein, damit du geschützt bist.«

»Geschützt?«, fragte ich, und leichte Hysterie stieg in mir auf.

Sie lächelte breit und zog einen Kreis mit etwas, was wie ein goldener Griffel aussah. »Nur für den Fall, dass etwas danebengeht.«

»Oh!«

Sie lachte. »Guck nicht so besorgt! Ich bin hier, um dich zu beschützen. Jetzt rufe ich die Himmelsrichtungen an. Hast du ein Lieblingssprichwort oder ein Familienmotto?«

Ich überlegte. »Lebe und gedeihe.«

»Ja, das geht.« Sie wandte sich nach Norden und rezitierte etwas, was sich wie Latein anhörte, dann wiederholte sie es für die anderen drei Himmelsrichtungen. Schließlich zeichnete sie ein Symbol in die Luft und sagte: »Lebe und gedeihe. So, Aoife, der Kreis ist versiegelt. Stell dich in die Mitte und sag dem Ring, er soll seine Arbeit tun.«

Ein kleiner Stromstoß fuhr durch meinen Körper, als ich in den Bereich trat, den sie mir zeigte. Sie hatte keinen sichtbaren Kreis gezogen, weil sie nichts benutzt hatte, was mit bloßem Auge zu erkennen war wie Kreide zum Beispiel, aber die Luft darum herum schien zu flimmern, was ich auch spürte, als ich näher kam. Drinnen fühlte ich mich in Wärme gebadet, als ob die Sonne auf mich scheinen würde. »Ich bin nicht sicher, ob ich ihn dazu kriege, etwas zu tun. Er funktioniert am besten, wenn ich emotional in Aufruhr bin.«

»Dann musst du dich über irgendetwas aufregen. Was erzeugt denn starke Gefühle bei dir?«

»Vieles. Misshandlung von Tieren, Frauen, die wie Bürger zweiter Klasse behandelt werden, Völkermord ...«

Sie verzog das Gesicht und begann Symbole in die Luft um mich herum zu zeichnen. Einen Moment lang glühten sie golden, bevor sie sich in nichts auflösten. »Das ist so negativ. Negative Kraft eignet sich nicht gut zum Channeln – das weiß ich aus Erfahrung. Wie wäre es mit ein paar positiven Dingen, die starke Gefühle bei dir auslösen? Du liebst Kostya, nicht wahr? Das könnte doch eine gute Grundlage sein, um Emotionen hervorzurufen.«

Ich schlang die Arme um mich. Es war mir unbehaglich, so über meine Gefühle zu reden. Aisling mochte ja einen vertrauenswürdigen Eindruck auf mich machen, aber eigentlich war sie mir doch fremd.

Sie hielt inne und warf mir einen neugierigen Blick zu. »Es tut mir leid. Habe ich einen wunden Punkt getroffen? Habe ich etwas gesagt, was mir nicht zusteht? Du hast doch gesagt, du willst Kostya heiraten, oder?«

»Ich ...« Ich machte eine vage Geste. »Es ist irgendwie schwierig, darüber zu sprechen ...«

»Ah. Ich verstehe. Nein, du brauchst nichts zu erklären. Ich verstehe dich völlig.« Sie grinste schief. »Drake sagt mir ständig, dass nicht jeder so bereitwillig über seine Emotionen redet wie ich. Aber ich höre ihm gar nicht zu, wenn es darum geht, ihn zu öffnen, denn Wyvern sind so ziemlich die zurückhaltendsten Personen, die ich kenne. Aber du hast natürlich das Recht, so persönliche Dinge für dich zu behalten.«

»Nein«, sagte ich und stand stolz und aufrecht in meinem kleinen Kreis inmitten flimmernder Luft. »Das war albern von mir. Ich beabsichtige, Kostya zu heiraten, und ich glaube, ich liebe ihn, auch wenn ich bisher noch nicht mit ihm darüber geredet habe. Ich will diese Emotion nutzen, um die Kraft zu erzeugen, die der Ring braucht. Aber …« Ich brach ab, um meine Gedanken zu ordnen. »Aber ich bin mir nicht sicher, wie ich den Ring dazu bekomme zu arbeiten, wenn ich so richtig unter emotionalem Dampf stehe.«

»Wie bist du durch den Zauber an der Tür gekommen?«, fragte Aisling und zeichnete ein weiteres Symbol.

»Ich habe uns rückwärts durchgeschoben und ihn dabei geküsst.«

»Hast du dir vorgestellt, wie ihr hindurchgeht? Hast du dir vorgestellt, ihn durch die Tür zu bringen? Hast du dir den Zauber vorgestellt?«

Ich schüttelte den Kopf. »Ich habe mir zugeredet, dass ich hindurchgehen will und bin dann einfach gegangen.«

»Hmm, dann muss es ein verbaler Auslöser sein. Na gut, fass in Worte, was du willst, und dann sehen wir mal, was passiert.«

»Ich muss mich erst aufladen«, sagte ich zu ihr. Ich schloss die Augen und stellte mir vor, Kostya zu küssen. Ich dachte daran, welches Gefühl er mir gab, wie viel Schmerz er in sich hatte, den ich lindern konnte, und wie ich mich in seiner Nähe fühlte. Ich erinnerte mich an die Freude in seinen Augen, als er seinen Bruder nach zwei Jahren des Fluchs wieder umarmt hatte, wie die kleinen silbernen Flecken aufleuchteten, wenn wir uns liebten. Ich dachte daran, wie sich seine Haut an meiner anfühlte, an seinen Duft, an den Moment, wenn wir uns beide gegenseitig zum Höhepunkt trieben.

»Wow, du leuchtest richtig, so als ob kleine Lichtfunken um dich herumschwirren würden. Wahrscheinlich bist du jetzt richtig aufgeladen.«

Ich öffnete die Augen und lächelte sie an. »Was soll ich sagen?«

»Was auch immer der Ring tun soll. Es liegt vermutlich eher an deinen Absichten als an deinen tatsächlichen Worten, aber ich könnte mich da auch irren.«

»Na ja … ich will natürlich, dass der Fluch ein Ende hat«, sagte ich langsam. Ich versuchte, das warme, leuchtende Gefühl zu bewahren, während ich daran dachte, was ich wollte. Der Ring fühlte sich heiß an meinem Finger an, und er war schwerer als sonst, als ob auch er sich aufladen würde.

»Das ist ein guter Anfang.«

Aber ich hatte natürlich auch noch mehr Wünsche. »Ich möchte nicht nur, dass der Fluch zu Ende ist … ich will, dass alle frei sind von der Bedrohung durch die roten Drachen.«

»Gut, gut.« Sie nickte und zeichnete weitere Symbole in die Luft um mich herum.

Aber selbst das reichte nicht, sagte ich mir und hieß die Macht willkommen, die der Ring durch meinen Körper schickte. Was ich wirklich wollte, war, an die Wurzel des Problems zu gelangen und sie zu vernichten. »Die Drachen wären erst dann wirklich frei, wenn ich Asmodeus vernichte«, sagte ich leise.

Aisling blickte mich erschreckt an. »Boah! Ich glaube nicht, dass …«

Ja, sagte die Stimme in meinem Kopf. Ich dachte nur an Kostya. Aisling redete immer noch, versuchte, etwas über Dämonenfürsten zu sagen, wie mühsam es war, sie zu vernichten, aber ich hörte ihr nicht zu. Ich wollte niemanden zerstören – ich wollte nur, dass der Krieg aufhörte. Ich wollte mit Kostya in Frieden leben. Ich sagte dem Ring, ich will jeden Morgen mit ihm aufwachen und mir nicht ständig Sorgen darüber machen müssen, dass jemand versucht ihn umzubringen. Ich will, dass der Krieg vorbei ist und die Ursache für all das Leid und die Verbrechen aufgedeckt und derjenige zur Rechenschaft gezogen wird. »Er soll auf der Stelle hier sein!«, sagte ich mit lauter Stimme, die aufgewühlt und rau war.

Ich hatte gar nicht gemerkt, dass ich meine Augen geschlossen hatte, aber ein gewaltiger Donnerschlag ließ mich zur Seite taumeln, und entsetzt stellte ich plötzlich fest, dass ich einem Mann gegenüberstand.

Einem fremden Mann.

Eine Sekunde lang sah er mich genauso verblüfft an, doch dann trat ein verschlagener Ausdruck in seine Augen, und er lächelte.

Aisling schrie und zog mich an der Bluse aus dem Kreis. Zitternd brach ich zusammen. Ich hatte das Gefühl, als wäre plötzlich alle Kraft und Energie aus meinem Körper gewichen.

Kostya kam hereingestürmt und blieb abrupt stehen, als er den Mann im Kreis sah. Drake folgte dicht hinter ihm.

»Bist du in Ordnung?«, fragte Aisling und beugte sich über mich. Ich rang nach Luft. »Bist du verletzt? Fühlt sich etwas komisch an? Hat er dich angefasst?«

Ich schüttelte den Kopf und lächelte müde, als Kostya sich neben mich kniete. »Ich fühle mich nur … wie ausgelaugt. Ein bisschen schwach. In ein paar Sekunden geht es mir besser.«

Kostya starrte über meinen Kopf hinweg auf den Mann, dann blickte er auf mich herunter. »Warum?«, fragte er.

»Warum?«, wiederholte ich wie ein Papagei.

Er schloss ein paar Sekunden lang die Augen und drückte mich so fest, dass es beinahe wehtat. Dann ließ er mich los und schüttelte mich leicht. »Warum hast du den mächtigsten aller Dämonenfürsten heraufbeschworen?«

»Hä?« Ich blickte zu dem Mann im Kreis.

Er lächelte.

»Sie hat Bael gerufen«, sagte Aisling und sank in Drakes Arme. »Und das nach all den Problemen, die ich hatte, um ihn nach Akasha zu verbannen.«

17

Der Mann, der im Kreis stand – und offensichtlich Bael hieß – hatte wellige blonde Haare, einen kleinen Schnurrbart und trug einen dunkelblauen Anzug. Er hatte schwarze Augen, nicht dunkel wie Kostyas, sondern schwarz ohne jede Aufhellung. Es waren die kältesten Augen, die ich jemals gesehen hatte, ohne die leiseste Spur von Menschlichkeit. Allein in diese Augen zu blicken gab mir das Gefühl, als würde mir meine Seele stückweise aus dem Leib gerissen und löste sich in nichts auf.

Kostya packte mich an den Armen und blickte mich finster an. In seinen Augen spiegelten sich alle möglichen Emotionen, nur leider nicht die Freude, mich zu sehen. »Was hast du getan?«

»Das war ich nicht. Das war der Ring.«

»Du hast Bael heraufbeschworen.«

»Das hat der Ring gemacht«, setzte ich an, machte aber den Mund gleich wieder zu. Dr. Barlind hatte immer darauf bestanden, dass ich mir nicht selber etwas vormachte. »Ja, na gut, aber das war nicht meine Absicht. Ich habe versucht, den Fluch zu brechen.«

»Du bist doch keine Beschwörerin«, sagte Drake und blickte mich ebenso finster an wie Kostya. Ich hätte gern Aisling darauf aufmerksam gemacht, wie ähnlich sich die beiden waren, aber jetzt war wahrscheinlich nicht der richtige Zeitpunkt. »Du kannst alleine keinen Fluch brechen.«

»Es wäre nett gewesen, wenn mir das vor meinem Versuch jemand gesagt hätte«, sagte ich trocken.

»Das ist meine Schuld«, sagte Aisling. »Ich habe sie dazu verleitet. Ich dachte, wenn Aoife sich konzentrieren würde, könnte die Macht des Rings vielleicht ausreichen. Ich habe nicht im Traum daran gedacht, dass sie *ihn* heraufbeschwören würde.«

Ich vermied es, Bael anzusehen. »Ich bin es wirklich langsam leid, immerzu Fragen stellen zu müssen, aber jetzt muss ich doch noch einmal fragen: Wer ist Bael?«

»Ich bin Bael«, sagte der blonde Mann und verbeugte sich. »Ich bin der oberste Fürst von Abaddon.«

»War«, warf Aisling ein. »Du bist nicht mehr der oberste Fürst. Du bist noch nicht einmal mehr Dämonenfürst. Alle deine Legionen hat Asmodeus übernommen, so wurde mir jedenfalls berichtet.«

»Du solltest nicht alles glauben, was dir zu Ohren kommt, Hüterin«, sagte er lächelnd zu ihr.

Statt einer Antwort drückte sich Aisling enger an Drake.

Ich stellte fest, dass Bael sich bisher nicht von der Stelle bewegt hatte. Er wurde in Aislings unsichtbarem Kreis festgehalten.«

»WAS IST DAS?«

Das Brüllen ertönte hinter uns.

Jovana marschierte so schnell vorwärts, dass Guillaume laufen musste, um mit ihr Schritt zu halten. »Ich komme heraus, um euch zu sagen, dass die Beschwörerin, mit der ich auf euren Wunsch Kontakt aufgenommen habe, mir mitgeteilt hat, dass sie unterwegs ist, und sehe das hier! *Warum* ist Bael in meinem Club? *Warum* ist er überhaupt in Paris? Wer hat ihn aus Akasha hierher gerufen?«

Sie blickte zu Aisling, die eine Hand hob. »Ich nicht.«

»Dann musst du es gewesen sein!«, sagte Jovana. Aus ihren Augen schossen Blitze. Oder zumindest kam es mir so vor.

»Das habe ich nicht gewollt!«, protestierte ich, besorgt und wütend zugleich. »Ich habe den Kerl nicht absichtlich gerufen.«

»Bael«, korrigierte er mich, wobei er stirnrunzelnd den Fußboden um sich herum musterte.

»Ich weiß doch noch nicht einmal, wer das ist.«

»Das habe ich dir doch gerade gesagt.« Er blickte zu Kostya und musterte ihn kühl, bevor er sich an Jovana wandte. »Ein Magier? Das ist dein Ersatz als Venedigerin?« Er schüttelte den Kopf. »Und ich habe mich so bemüht, diese Position von dir zu übernehmen. Nun, gut.«

»Ich habe das Gefühl, hier geht mehr vor sich, als mein Gehirn verkraften kann«, sagte ich traurig.

»Wir haben eine gemeinsame Geschichte«, sagte Aisling. Ihre Stimme klang kalt. Sie umklammerte Drakes Arm und blickte Bael mit zusammengekniffenen Augen an. »Er hat mich durch einen Trick zum Fürsten von Abaddon gemacht.«

Ich starrte sie einen Moment lang an, dann schüttelte ich den Kopf. »Nein. Entschuldigung. Ich habe die Maximalkapazität an Dingen erreicht, die ich nicht weiß, und noch mehr ertrage ich einfach nicht.«

»Ich weiß nicht«, sagte Jim und schüttelte sich so heftig, dass sein Sabber an Baels Beine flog. »Mir scheint, du hast unendliche Kapazitäten an Dingen, die du nicht weißt.«

»Schweig, Dämon«, sagten Aisling und ich unisono. Wir blickten einander an und kicherten, bis Jovana uns daran erinnerte, dass die Situation keineswegs komisch war.

»Und was willst du jetzt dagegen unternehmen?«, wollte sie wissen. Sie stand mit verschränkten Armen da und musterte mich mit kaltem Blick. »Ich bestehe darauf, dass du diesen … diesen …«

»Fürsten von Abaddon«, ergänzte Bael.

»… diesen früheren Dämonenfürsten aus dieser Stadt und aus ganz Europa verbannst. Dank euch Drachen haben wir genug Ärger mit Abaddon, und ich werde nicht dulden, dass noch mehr meiner Leute durch eure Kämpfe beeinträchtigt werden.«

»Herrgott noch mal, gute Frau!« Ich verlor die Geduld und trat dicht vor Jovana. Kostyas Feuer wirbelte in einer Spirale um mich herum. »Ich habe ihn nicht absichtlich gerufen, okay? Und wenn du ihn hier nicht haben willst, dann hast du meinen Segen, ihn wieder nach Akasha zu schicken.«

»Ich?« Sie schniefte und wich zurück, als das Drachenfeuer ihr ein bisschen zu nahe kam. Ich löschte es, damit die Situation nicht noch mehr eskalierte. »Das kann ich nicht.«

»Warum nicht? Ich dachte du wärst so mächtig?«

Sie warf mir einen Blick zu, den ich in den letzten Tagen ein paarmal zu häufig gesehen hatte, einen Blick, der besagte, dass ich es besser hätte wissen müssen. »*Diese* Art von Macht besitze ich nicht.«

»Nein, das stimmt«, sagte Bael und richtete sich auf. Er hatte sich hingehockt, um den Fußboden genauer zu inspizieren. Ich fand sein Verhalten seltsam, bis mir aufging, dass er sich Aislings Kreis anschaute. Anscheinend hielt er ihn tatsächlich fest, eine Tatsache, die mich erleichterte. Mittlerweile war mir klar, dass ich wirklich etwas Schlimmes gemacht hatte.

»Ruf meinetwegen an, wen du willst«, sagte Jovana. Sie warf mir noch einen finsteren Blick zu, dann drehte sie sich auf dem Absatz um und marschierte zu den hinteren Räumen. »Aber in fünf Minuten ist Bael aus meinem Club verschwunden. Tu, was ich sage, oder du bezahlst den Preis für deinen Wahnsinn, und ich versichere dir, es wird *kein* Preis sein, von dem du dich erholst.«

Mir lief ein Schauer über den Rücken bei der Drohung, die

sich hinter ihren Worten verbarg. Die Macht, die sie ausstrahlte, erzeugte eine elektrische Spannung im Raum.

»Wow! Du hast den Venediger bei eurer ersten Begegnung stinksauer gemacht. Toll!«

Ich warf Jim einen bösen Blick zu. »Ich dachte, du hättest das Gedächtnis verloren. Warum weißt du denn dann über den Venediger Bescheid?«

»Ich bin ja nicht blöd«, sagte er grinsend. »Ich habe dir doch gesagt, dass ich Fragen gestellt habe. Und ich habe in den letzten Tagen viel gelernt.«

»Kannst du etwas gegen ihn unternehmen?«, fragte ich Aisling.

»Gegen Jim? Ich kann ihm befehlen zu schweigen.«

»Nein, gegen Bael.«

Nachdenklich schürzte sie die Lippen. »Ich bin eine ziemlich gute Hüterin, aber selbst ich hätte wahrscheinlich Probleme, ihn alleine nach Akasha zu verbannen. Nora könnte es vermutlich.« Wir beobachteten Bael, der seine Arme zuerst in eine, dann in eine andere Richtung ausstreckte … wieder einmal testete er offenbar Aislings Kreis. Die Arme auszustrecken schien ihm keine Probleme zu bereiten, aber ich stellte fest, dass seine Füße nie den Kreis verließen. »Nora ist meine Hüterinnen-Mentorin, Aoife. Sie ist klug und war mir eine große Hilfe. Aber ich weiß nicht, ob wir beide zusammen stark genug wären, um Bael zu verbannen.«

»Nein, wärt ihr nicht«, sagte er, ohne mit dem Austesten der Grenzen aufzuhören.

»Ihn festhalten, ja. Aber ihn wieder nach Akasha schicken …« Sie blickte Drake an, der den Kopf schüttelte.

»Ich möchte nicht, dass du es ohne Hilfe versuchst. Es wäre gefährlich für dich und das Kind.«

»Nun, ich kenne diese Nora nicht, aber ich bin ja hier, und

ich habe einen Ring, der offensichtlich ziemlich außergewöhnliche Dinge bewirkt. Sozusagen.« Ich holte tief Luft und rang mir ein Lächeln ab. »Wie wäre es denn mit vereinten Kräften? Wenn ich ihn alleine hierher geholt habe, dann können wir ihn doch bestimmt auch wieder zurückschicken, wenn wir uns alle zusammentun?« Ich trat zu Aisling und streckte ihr die Hand mit dem Ring entgegen.

»Das glaube ich nicht«, sagte sie. Zweifelnd betrachtete sie den Ring.

»Einen Versuch wäre es doch wert, oder? Ich meine, wenn alle sagen, wie superschwierig es ist, ihn zurückzuschicken …«

»Ich glaube, das Wort, das du eigentlich sagen wolltest, ist *unmöglich*«, warf Bael mit ausdrucksloser Stimme ein.

»Vermutlich«, sagte Aisling.

»Mir gefällt das nicht«, sagte Drake und blickte sie an.

»Mir auch nicht«, stimmte Kostya ihm zu und blickte mich stirnrunzelnd an. »Es ist zu gefährlich für Aoife. Ich will nicht, dass sie sich Schaden zufügt, um uns zu helfen.«

»Ich bin immerhin diejenige, die den Typ gerufen hat«, erwiderte ich.

Er wandte sich zu mir und drehte den anderen den Rücken zu. In seinen Augen stand ein Blick, der mich vor Liebe zerfließen ließ. Natürlich runzelte er immer noch die Stirn – das würde er sich wahrscheinlich noch lange Zeit nicht abgewöhnen können. Aber in seinen Augen standen Emotionen, die mir das Gefühl gaben, mich an einem heißen Sommertag auf einer Wiese zu befinden. »Ich will nicht, dass du dich in Gefahr begibst«, sagte er leise. »Ich wäre außer mir, wenn dir etwas passierte.«

Ich schluckte, weil ich plötzlich einen Kloß im Hals hatte. Ich hätte ihm so gerne gesagt, was ich für ihn empfand. Ich zögerte, weil ich nicht sicher war, wie er reagieren würde, aber ich konnte mich nicht zurückhalten.

Ich trat dicht an ihn heran, drückte meine Lippen auf seine und flüsterte: »Ich liebe dich, Kostya, schwarzer Drache. Ich liebe dich, wenn du finster guckst, und ich liebe dich, wenn deine Augen aufleuchten, sodass sie aussehen wie ein nächtlicher Sternenhimmel, und ich liebe dich, wenn du stur und nervig bist und ich dich einfach nur hauen möchte. Und ich glaube langsam, ohne dich könnte auch ich nicht weiterleben.«

Seine Augen weiteten sich, und er warf einen Blick über meine Schulter zu seinem Bruder, der sich leise mit Aisling stritt. »Das sagst du mir gerade jetzt?«

»Du hast damit angefangen. Außerdem dachte ich, du würdest es vielleicht gerne wissen«, sagte ich lächelnd und rieb meine Nase an seiner. »Du sollst wissen, dass du so böse gucken kannst, wie du willst; du kannst herumstampfen und mürrisch wie die Hölle …«

»Abaddon!«

»Hör auf zu lauschen, Jim. Du kannst mit mir streiten und mich wahnsinnig vor Lust machen, und dich an deine Wunden klammern, die immer noch tief im Inneren wehtun, aber nichts wird etwas an der Tatsache ändern, dass ich dich zutiefst liebe.«

Einen Moment lang arbeitete es in ihm, dann zog er mich an sich und küsste mich so, dass ich keine Luft mehr bekam. »Du hast das schlechteste Gespür für Timing, das ich je bei einer Frau erlebt habe, und du machst mich wahnsinnig, wenn ich es nicht schon bin, aber ich werde jeden, der denkt, er kann meine Gefährtin anrühren, bis aufs Blut bekämpfen.«

Die Hitze seines Kusses brachte mein Blut zum Kochen, und mein ganzer Körper prickelte vor Verlangen und Liebe. Und über allem lag ein Hauch von reinster Lust. Freude erfüllte mich, mein Herz sang Halleluja, weil es tatsächlich jemanden auf der Welt gab, für den ich bestimmt war, und der trotz seiner Proteste ganz mein war, mit Herz, Seele und Körper.

Ich sagte ihm, wie viel mir das bedeutete, dass ich ihn immer ehren und schützen und ihm die Liebe geben würde, die er so sehr brauchte. Ich versprach, ihm immer treu zu sein, und Himmel und Erde in Bewegung zu setzen, um ihm ein glückliches Leben zu bescheren. Ich schwor, ich würde ihn lieben bis ans Ende meiner Tage. Und all das sagte ich nicht in Worten, sondern in der Liebe, die ich verströmte und die sich mit seinem Feuer vermischte.

Er war alles für mich, und ich wusste in diesem Moment, dass sich die Hölle, durch die ich gegangen war, gelohnt hatte, und wenn auch nur, weil ich im richtigen Moment da gewesen war, um Kostya aus dem düsteren Ort zurückzuholen, in dem er so lange gelebt hatte.

Es war ein wundersamer Augenblick, und mir wurde nicht nur die Bedeutung von Liebe klar, sondern auch unser Platz in der Welt. Leider war er nicht von Dauer.

»Also wirklich, ist das alles, was ich von euch erwarten kann? Ich hatte mir etwas Unterhaltsameres erhofft«, knurrte Bael in einem Tonfall, der vor Langeweile nur so triefte.

»Da bin ich ganz bei dir«, stimmte Jim ihm zu. »Kostya hat die Hände nur an ihrem Hintern. Ich finde es viel schärfer, wenn er ihre Brüste anfasst und sie nach seinem Reißverschluss greift.«

»Das habe ich nicht gemeint, Dämon. Du, Hüterin. Befreie mich aus diesem Kreis.«

»Jim, hörst du sofort auf, Kostya und Aoife anzustarren? Sie lieben sich und dürfen sich so benehmen. Obwohl, du liebe Güte, Kostya, muss das sein?«

»Da siehst du es! Davon rede ich doch! Jetzt gleich treiben sie es hier vor aller Augen!«

Die Worte drangen durch die Emotionen, die mich überschwemmten, und ich stellte fest, dass ich die Beine um seine

Hüften geschlungen hatte und an seinen Haaren zog, um noch mehr zu bekommen … mehr Feuer, mehr Küsse, mehr von allem …

Ich löste meine Lippen von seinen und errötete heftig, als ich merkte, dass uns alle (außer Bael) anstarrten.

»Oh! Äh, Entschuldigung. Wir haben uns ein bisschen von unseren Gefühlen davontragen lassen«, sagte ich und tippte Kostya auf die Schultern, damit er mich herunterließ. Er sah so aus, als wolle er sich weigern, aber schließlich seufzte er und ließ zu, dass ich an ihm herabglitt, bis ich wieder Boden unter meinen Füßen spürte.

Es war nicht zu übersehen, dass der Ring aufgeladen war. Er glühte leicht und fühlte sich außergewöhnlich warm und schwer an meinem Finger an. Wenigstens brauchte ich mich nicht erst künstlich aufzuregen, um zu bekommen, was ich wollte.

»Aoife liebt mich«, erklärte Kostya Drake und Aisling. »Es ist nur natürlich, dass sie ihre Zuneigung zum Ausdruck bringen möchte.«

Ich kniff ihn in sein (hinreißendes) Hinterteil. »Das musst du jetzt nicht jedem auf die Nase binden!«

»Warum nicht?« Er schaute mich verständnislos an. »Du hast mir doch gerade deine Liebe erklärt. So schnell kannst du doch deine Meinung nicht geändert haben.«

Ich blickte ihn eine Minute lang schweigend an, dann drehte ich mich zu Aisling um. Sie wies auf Drake. »Er ist schuld.«

»Ich habe daran keine Schuld«, sagte Drake ruhig. »Kostyas Beziehungen haben nichts mit mir zu tun.«

»Außer wenn du mir meine Frauen gestohlen hast«, sagte Kostya.

»Ich habe dir nie eine Frau gestohlen …«

»Paris, 1672. Das Schankmädchen mit den roten Haaren. Sie wollte mit mir ins Bett, aber du hast sie vor meiner Tür verführt.«

Drake war auf einmal sehr beschäftigt damit, sich einen unsichtbaren Fussel von der Jacke zu zupfen.

»Na, wirklich«, sagte Aisling und warf ihm einen Blick zu, der darauf hindeutete, dass sie dazu später noch etwas zu sagen hatte.

»Ganz zu schweigen von Irland im Jahr 1711, als ich mit den Milchmädchen auf einem Hof geschäkert habe. Ich wollte mich mit dem reifsten von ihnen vergnügen, als du auf einmal auftauchtest. Danach hat mich kein einziges der Mädchen mehr angesehen. Und dann die Drillinge in Bayern …«

»Weißt du, ich glaube eigentlich nicht, dass das den gewünschten Effekt hat«, sagte ich zu Kostya. »Wenn du so versuchst zu beweisen, dass du über die Jahre romantische Enttäuschungen erlitten hast, bewirkt das eher das Gegenteil, und es macht mich ehrlich gesagt ein bisschen wütend.«

»Hast du geglaubt, ich hätte in Keuschheit gelebt, bevor ich dir begegnet bin?«, fragte Kostya mich.

Drake verschluckte sich, als er das Wort hörte. Aisling musste ihm auf den Rücken klopfen, damit er sich wieder beruhigte.

»Natürlich nicht. Du glaubst ja auch nicht, dass ich vor dir nie Sex hatte. Aber ich erstelle hier auch keine Liste von all den Männern, mit denen ich je geschlafen habe.«

Er kniff die Augen zusammen. »Wie viele Männer gab es denn?«

»Das geht dich nichts an. Und es ist bestenfalls ein Thema für einen anderen Zeitpunkt.«

»Ich möchte ihre Namen wissen«, sagte Kostya. »Du hast mir von dem einen erzählt, der so dumm war, dich zu verspotten, aber jetzt möchte ich auch wissen, wer die anderen waren.«

»Ach, komm«, sagte ich. Kostyas lächerliche Forderung lenkte mich so ab, dass ich Bael für ein paar Minuten vergaß. »Die Tatsache, dass du eifersüchtig bist, macht mich ja glücklich, aber das geht ja wohl ein wenig an der Realität vorbei.«

»Oh Mann«, sagte Aisling und warf ihrem Mann einen erschöpften Blick zu. »Ich muss dir leider sagen, Aoife, diese Typen finden überhaupt nichts falsch daran, sich die Exmänner vorzuknöpfen. Ich musste Drake mit Gewalt zurückhalten, weil er unbedingt meinem Exehemann an den Kragen wollte.«

»Der Surfer«, sagte Drake. Seine Augen glitzerten. »Du hättest mich besser mal gelassen; dann hätte er dich nicht mehr mit seinen wiederholten Forderungen nach Geld belästigen können.«

»Ich habe es dir doch gesagt, Süßer – Sterbliche zu ermorden ist illegal, und ich weigere mich, den Zwillingen mitzuteilen, dass ihr Vater im Gefängnis sitzt, nur weil er wegen eines Mannes, der mir seit über zehn Jahren nichts mehr bedeutet, komplett ausgerastet ist.«

»Siehst du?«, sagte Kostya zu mir. »Es gibt wichtige Gründe, warum ich alles über deine früheren Liebhaber wissen sollte.«

Drake nickte. »Es ist dein Recht, sie aufzuspüren und zu eliminieren.«

»Das ist es nicht … Ach, dieses Gespräch ist albern. Wir sind völlig vom Thema abgekommen. Ursprünglich ging es doch darum, dass du allen erzählt hast, was für Gefühle ich für dich habe.«

»Wie gesagt, Drake ist schuld«, sagte Aisling. Als ihr Mann wieder protestierte, fügte sie hinzu: »Oder vielmehr, seine Familie. Die Männer finden es alle toll, dass die Frauen sie wahnsinnig lieben, ohne dass sie sich auch nur einmal die Mühe machen, die Gefühle zu erwidern.«

»Wirklich?«

Ich drehte mich zu Kostya um. Er sah mich unbehaglich an. »Und, wie ist es bei dir?«

»Wie du bereits sagtest, jetzt ist nicht der richtige Zeitpunkt für eine solche Diskussion.« Er wies auf Bael, der uns anscheinend ignorierte und irgendwelche Symbole in die Luft zeichnete. »Wir müssen uns um Bael kümmern.«

»Oh, mach dir meinetwegen keine Gedanken, ich bin sowieso nicht mehr lange hier«, sagte Bael, ohne aufzublicken.

»Was tut er da?«, fragte ich Kostya im Flüsterton und beobachtete den Dämonenfürsten mit wachsender Besorgnis.

»Er versucht, Aislings Kreis mit einem Fluch zu brechen.«

»Nun, damit kann er gleich aufhören«, sagte ich laut und ging auf ihn zu.

Ich hatte eigentlich vorgehabt, ein paar Meter von ihm entfernt stehen zu bleiben und zu versuchen, ihn mit dem Ring zu stoppen, aber als ich mich dem Kreis näherte, schrie Aisling, die mit Drake über ihre Liebesbeziehungen gestritten hatte, plötzlich: »Aoife, geh nicht so dicht heran …«

»Hör mal«, sagte ich zur gleichen Zeit, um Bael mit einem Eimer voller Ringmagie zu überschütten, »das wird sowieso nicht …«

Die Worte hatten noch nicht ganz meinen Mund verlassen, als Baels Arm nach vorne schoss. Er packte mich und zerrte mich zu sich in den Kreis. Ich strampelte wie wild, und Kostya stürmte auf mich zu. Aisling schrie ihm zu, er solle aus dem Kreis bleiben, aber er hörte sie gar nicht.

Der Ring wurde ganz eng an meinem Finger, als ich instinktiv sowohl an ihm als auch an Kostyas Feuer zog, um mich zu schützen. Einen Moment lang war es absolut still, so als ob alles Leben den Atem anhalten würde; dann warf mich eine gewaltige Explosion nach hinten. Ich stieß mit dem Kopf an etwas Hartes und sah einen Moment lang Sterne. Mein Körper tat nicht weh, aber meine Lungen brannten, und mein Gehirn war seltsam taub und schien nicht zu funktionieren.

Wie aus weiter Entfernung hörte ich schwach eine Stimme, die sagte: *»Peracta vis est omnis!«*

»Was soll das heißen?«, hörte ich mich fragen, obwohl ich nichts sehen und nichts verstehen konnte.

Das harte Ding, an das ich gestoßen war, bewegte sich unter mir und stöhnte. »Du sprichst kein Latein?«

Ich wartete eine Minute, bis die Schwärze, die um mich herum waberte, sich auflöste und ich etwas sehen konnte. Ich wollte von Kostya herunter und blickte ihn finster an. »Ich bin halb Senegalesin, halb Irin, in Amerika geboren und in Schweden aufgewachsen. Glaubst du etwa, ich spreche Latein?«

»Es könnte doch sein.« Kostya stöhnte erneut, als ich mich auf alle viere erhob und begann, das Feuer auf seinem Oberkörper auszuklopfen, das fröhlich auf ihm tanzte. »Der Satz heißt übersetzt so viel wie ›Alle Kraft ist aufgerufen‹, und ich glaube, es bedeutet, dass Bael gerade sämtliche Dämonen, die unter seinem Kommando stehen, gerufen hat.«

»Oh nein! Das habe ich ausgelöst, oder? Hölle!« Ich wartete einen Moment lang, aber es kam kein »Abaddon« von Jim. Blinzelnd stellte ich fest, dass das, was ich für zeitweilige Blindheit gehalten hatte, hauptsächlich darauf zurückzuführen war, dass die Luft voller Staub und Rauch war. Um uns herum sah man durch den Qualm Flammen, die an den Wänden züngelten, sich über den Fußboden ausbreiteten und Möbel verzehrten, die ihnen im Weg standen. »Überall ist dein Drachenfeuer. Tut dir etwas weh? Hast du dir etwas gebrochen oder innere Verletzungen?«

»Das ist kein Drachenfeuer, und nein, ich bin nicht verletzt. Du?«

»Nein, danke dass du mich aufgefangen hast.« Als er aufstand, zuckte ich zusammen, als ich Kostyas gezackte Umrisse im Wandputz sah. Der arme Kerl hatte mich vor der Explosion geschützt und das Schlimmste abgefangen. Er streckte mir die Hand entgegen, und ich stand ebenfalls auf. Innerlich fluchte ich über meine Dummheit. Ich hustete und keuchte ein bisschen, als er mich über einen teilweise verbrannten Tisch hob.

»Kostya!«, ertönte Drakes Stimme durch den Rauch und den Staub hindurch.

»Wir sind hier.«

Eine große schwarze Gestalt bewegte sich durch den Qualm. Sie stellte sich als Drake heraus, der Aisling auf den Armen trug. Er stellte sie neben mir ab. »Seid ihr beide unverletzt?«

»Ja. Und du?«

»Uns geht es gut. Nur Jims Fell ist ein bisschen angesengt«, antwortete Aisling für Drake. Sie schlug ihm auf die Finger, als er begann, sie abzutasten, anscheinend um nach Verletzungen zu suchen. »Hör endlich auf, Drake! Ich habe dir doch schon gesagt, dass du das Schlimmste von mir abgehalten hast.«

»Ich wünschte, ich könnte das auch sagen«, jammerte Jim und trottete zu uns. Eine Seite seines Kopfes war angesengt, aber am schlimmsten war der Gesichtsausdruck, mit dem er mich ansah. »Mann, Iffi! Wenn du eifersüchtig bist, weil ich jetzt Aislings Dämon bin, hättest du wenigstens vorher Bescheid sagen können. Du brauchtest Bael nicht loszulassen. Mein Fell wird nie wieder so sein wie vorher!«

»Sei still, Jim«, sagte Aisling und klopfte sich den Staub ab. Sie wirkte sehr besorgt, was mir noch ein viel schlechteres Gefühl gab.

»Es tut mir so leid. Ich hatte ja keine Ahnung, dass Bael mich packen und in den Kreis ziehen würde. Ich wusste nicht, dass er dazu in der Lage war. Was war das für eine Explosion?«

»Mein Kreis ist gebrochen.« Aisling blickte Drake an, der den Kopf schüttelte und sich leise mit Kostya beriet. »Das war eine große Überraschung für mich. Ich wusste nicht, dass er brechen konnte. Ich will ja nicht prahlen, aber normalerweise bleiben die Kreise, die ich ziehe, bis ich sie wieder auflöse.«

»Boah, ich habe eine raffinierte Hüterin als Dämonenfürstin. Das ist viel besser als eine ahnungslose Wyvern-Gefährtin«, warf Jim ein.

»Du bist unausstehlich«, sagte Aisling zu ihm. »Entschuldige dich sofort bei Aoife. Sie hat hervorragend für dich gesorgt, und du bist weiß Gott eine Nervensäge!«

Jim verzog zerknirscht das Gesicht. »Entschuldigung, Iffi. Liebst du mich noch?«

»Ja, obwohl du es nicht verdient hast. War es meine Schuld, dass dein Kreis gebrochen ist, Aisling?«

»Nein.« Sie zog die Nase kraus, dann schüttelte sie den Kopf. »Nein, ein Kreis bricht nicht, nur weil noch jemand hereinkommt. Es muss einen anderen Auslöser gegeben haben, der dazu geführt hat, dass der Kreis explodiert ist.«

»Dann war es der Ring«, sagte ich kläglich und zog einen Stuhl, der noch nicht brannte, außer Reichweite der Flammen. Ich schob ihn Aisling hin, damit sie sich setzen konnte. »Ich habe ja nicht gewusst, dass das passieren würde. Aber ich kann es ja nicht ungeschehen machen. Ich werde mich auf die Suche nach Bael machen und den Ring dazu bringen, ihn dorthin zurückzuzappen, wo er hergekommen ist.«

»Das wird leider nicht so einfach sein«, sagte Aisling und wedelte sich Luft zu. »Der Rauch wird schlimmer, was bedeutet, dass sich das Nicht-Drachen-Feuer ausbreitet. Wir sollten besser das Gebäude verlassen; gleich wird die Feuerwehr der Sterblichen eintreffen.«

»Wir können nicht gehen, aber du schon«, sagte Drake und

trat zu Aisling, um ihr aufzuhelfen. »Aoife bringt dich nach Hause.«

»Warum könnt ihr nicht mitkommen?«, fragte ich Kostya, der zum Hinterzimmer schaute. »Ich meine, ich finde es zwar auch nicht richtig, von einem Gebäude wegzurennen, das ich gerade in die Luft gejagt habe, weil meine Eltern mir beigebracht haben, die Verantwortung für meine Fehler zu übernehmen, auch wenn eigentlich der magische Ring schuld an allem ist, aber trotzdem: Der Rauch wird tatsächlich schlimmer.«

»Drake und ich können nicht gehen, weil Bael Dämonen gerufen hat«, sagte Kostya. Er schob ein paar Tische und Stühle beiseite, die die Tür zum hinteren Bereich versperrten. Jovana, deren weißer Anzug voller schwarzer Flecken war, hustete rau, als sie herauskroch. Wenigstens glaubte ich, dass sie hustete, bis Kostya ihr aufhalf. Da stellte sich heraus, dass sie fluchte.

Über mich.

»Götter und Göttinnen, vereinigt euch, um die Person, die für diese Scheußlichkeit verantwortlich ist, zu zermalmen!« Sie keuchte ein wenig, schüttelte Kostyas Hand ab und humpelte zu Aisling und mir. »Du hast das getan.« Sie wies mit dem Finger in meine Richtung. »Du hast versucht, den Club zu zerstören, seitdem du den Fuß hier hineingesetzt hast. Ich dulde das nicht länger, hast du gehört? Ich verbanne dich von diesem Ort! Du wirst nie mehr in meiner Tür stehen! Nie mehr wirst du – sind das *noch mehr* Dämonen?«

Sie hörte auf, mich zu beschimpfen, und warf einen finsteren Blick in den Rauch. Ein Mann kam hindurch, gefolgt von sechs anderen in unterschiedlichen Größen und Formen, sogar Farben, aber alle schienen menschlich zu sein.

»Oh, was für eine Freude! Bael hat ein paar Freunde gerufen!«, sagte Aisling müde. Sie hinterließ Rußflecken, als sie sich mit der Hand durch das Gesicht rieb.

»Kann er das?«, fragte Jovana empört. »Er ist doch gar nicht mehr an der Macht!«

»Nein, aber anscheinend besitzt er noch genug Macht eines Dämonenfürsten, um Dämonen zu rufen, die nicht an einen anderen Dämonenfürsten gebunden sind. Jetzt muss ich sie auch noch verbannen. Süßer, ich brauche Hilfe bei dieser …«

»Du wirst niemanden verbannen. Es ist zu gefährlich«, entschied Drake und stellte sich schützend vor sie.

»Na gut. Und wie werden wir sie dann los?«

Kostya ergriff den nächsten Tisch, riss eines der Beine ab und reichte den Tisch an seinen Bruder weiter, der es ihm nachmachte.

»Ihr macht Witze!«, sagte Aisling.

»Boah, das wird bestimmt ein toller Kampf«, sagte Jim und setzte sich neben Aisling. »Das macht zwar nicht so viel Spaß wie der Kampf mit den roten Drachen in Schweden, der war einfach toll, aber ich liebe Kämpfe, in denen Dämonen zu Brei geschlagen werden.«

»Du bist doch selber ein Dämon«, wandte ich ein.

»Ja, aber Ash sagt, ich gehöre zu den guten.« Er grinste mich an. »Sei nicht eifersüchtig, Babe. Ich habe doch gesagt, dass ich den Kampf mit Kostya und dir besser fand.«

Ich verdrehte die Augen und wandte meine Gedanken Dingen zu, die im Moment wichtiger waren.

»Kostya, das kannst du unmöglich ernst meinen.« Ich zupfte an Kostyas Hemd. Drake und Kostya standen beschützend vor uns und hielten ihre Tischbeine fest in der Hand. »Selbst ich, mit meinem winzigen bisschen Wissen über die Anderwelt weiß, dass du einen Dämon nicht mit einem Stück Holz zusammenschlagen kannst.«

»Vernichtet sie!«, schrie Jovana und zeigte dramatisch auf die sieben Dämonen, die jetzt eine Linie gebildet hatten. Sie blickten sich um und stürzten auf ein unsichtbares Kommando los.

Plötzlich stieg Angst in mir auf, und das Herz klopfte mir bis zum Hals. »Kostya!«, schrie ich und rannte ihm nach.

»Pass auf Aisling auf!«, rief er mir zu.

Ich blieb abrupt stehen. Plötzlich hatte ich eine schreckliche Vision vor Augen. Kostya lag tot auf dem Boden, während das Gebäude um ihn herum brannte, und die Dämonen schleppten Aisling und Jim weg. Die Panik gab mir Kraft, und ich sprang auf einen der heilen Tische. Von dort aus konnte ich Aisling im Auge behalten, aber auch beobachten, was Kostya machte.

Die Dämonen stürzten sich mit rauen Schreien, die mir Gänsehaut verursachten, auf Drake und Kostya, der sich gerade in Drachengestalt verwandelte. Er blies den Dämonen Feuer entgegen, aber anscheinend waren sie dagegen immun, denn sie unterbrachen ihren Angriff nicht.

Drakes behelfsmäßiges Schwert wirbelte und tanzte in der rauchigen Luft, und die Schmerzensschreie der Dämonen zeigten an, dass er sehr versiert im Mann-gegen-Mann-Kampf war. Sie knurrten und spuckten Pfeile, und zweimal hörte ich Kostya vor Schmerz aufstöhnen.

Ich stand ohnmächtig vor Wut auf dem Tisch. Ich hätte Kostya so gerne geholfen, aber Aisling brauchte in ihrem Zustand Extraschutz. Ich tat, was ich konnte, indem ich Kugeln aus Kostyas Drachenfeuer auf die Dämonen schleuderte, aber sie achteten überhaupt nicht auf mich.

Hinter mir schrie Jovana abwechselnd Guillaume, der aus dem Hinterzimmer getaumelt war, Befehle zu und überschüttete die Dämonen und mich mit Schimpfwörtern. Aber sie hielt sich vom Kampfgetümmel fern, und deshalb schenkte ich ihr wenig Aufmerksamkeit.

Aber dann trat Bael vor, und alles Leben erstarrte. Er beobachtete Kostya – mittlerweile hatte er nur noch zwei Dämonen auf sich, die anderen beiden waren im Boden verschwunden – und sagte etwas, was ich nicht hören konnte. Auf einmal hielt er ein riesiges Schwert in der Hand.

»Danke«, sagte er völlig unerwartet. Sein Blick war fest auf mich gerichtet, und ich kam mir wie ein aufgespießter Käfer auf einer Schautafel vor. »Du hast meine Erwartungen bestens erfüllt. Ich werde dir auf ewig dankbar sein, weil du mich befreit hast.«

Lächelnd hob er das Schwert, offensichtlich, um den Mann zu töten, den ich über alles liebte.

Ich versuchte, Kostya zu warnen, aber kein Ton kam über meine Lippen. Ich war wie gelähmt vor Angst und dem entsetzlichen Wissen, dass alles, was geschah, nur meiner Unwissenheit zu verdanken war. Wieder einmal wurde der Ring heiß und schwer an meiner Hand, und ich ballte die Faust und zog sie an meine Brust. Dann streckte ich sie aus in dem verzweifelten Versuch, all das Böse auszulöschen.

Die Luft im Club schien in einen winzig kleinen Punkt in der Mitte des Gebäudes gesaugt zu werden. Von da breitete sie sich aus und schoss mit einem Geräusch, das ich nicht so bald wieder vergessen werde, nach außen und zerstörte alles, was ihr im Weg war.

Als ich zu Boden stürzte, betete ich, dass Kostyas Tod rasch und schmerzlos sein möge.

18

Es waren nicht die Schreie und Rufe, was ich als Erstes hörte. Auch nicht die Sirenen und noch nicht einmal Kostya, der meinen Namen sagte.

Es war das Geräusch seines Herzens, das unter meinem Ohr schlug, stark und sicher, in einem Rhythmus, der sich meinem Herzschlag anpasste. Ich drehte mich zu dem Geräusch. Freude stieg in mir auf bei dem Wissen, dass wir zusammen waren. Kostyas wundervoller Duft hüllte mich ein, und ich fühlte mich seltsam sicher und unglaublich erregt. »Du bist nicht tot«, sagte eine raue Stimme. Mir wurde bewusst, dass ich es war, die das gesagt hatte. Ich legte meine Hand auf meinen Mund, um zu ertasten, ob ich so etwas überhaupt noch hatte.

»Ich habe dir doch gesagt, es ist schwierig, einen Drachen zu töten. Bist du verletzt, Liebste?«

Ich öffnete meine Augen und lächelte, als ich Kostyas Gesicht dicht vor mir sah. Die Silberflecken in seinen Augen funkelten wie polierte Sterne, und sein Blick wärmte mich bis in die Zehenspitzen, was seltsam war, wenn man bedachte, wie nass und kalt ich war. Ich hob die Hand und schob ihm eine Haarsträhne aus der Stirn. »Liebste?«

»Beantworte meine Frage«, befahl er und zog die Brauen zusammen.

»Ich glaube, ich würde dich nicht erkennen, wenn du kein finsteres Gesicht ziehen würdest«, sagte ich lachend und küsste ihn. »Ich bin nicht verletzt, nein, und Liebste gefällt mir. Kann ich auch Liebster zu dir sagen?«

Er blickte mich leicht entsetzt an. »Nein. Es wäre nicht angebracht, einen Wyvern so anzureden. Normalerweise hätte ich das auch nicht in aller Öffentlichkeit getan, aber meine Gefühle haben mich überwältigt.«

»Gut. Wir müssen eben dafür sorgen, dass deine Gefühle dich häufiger überwältigen.« Ich setzte mich auf und blickte mich um. Plötzlich nahm ich alle Geräusche um mich herum wahr. Drei Feuerwehrautos standen einen Häuserblock entfernt und spritzten Wasser auf die verbrannten Überreste vom G&T. Die Straße dazwischen stand voller Polizeiwagen, einem Feuerwehrwagen, Unmengen von Schaulustigen und drei Krankenwagen, von denen nur an einem Geschäftigkeit herrschte. »Was ist passiert? Geht es Aisling gut? Und warum bin ich klatschnass?«

»Aisling geht es gut. Drake ist mit ihr nach Hause gefahren. Du bist nass, weil ich noch bewusstlos war, als die Feuerwehr kam und den Brand gelöscht hat. Und was passiert ist – anscheinend hast du das gesamte Gebäude in die Luft gejagt.«

Ich riss Mund und Augen auf und glotzte ihn sprachlos an. Da erst bemerkte ich den Schnitt an der Seite seines Gesichts und das Blut, das er offensichtlich hastig abgewischt hatte. Der Schnitt blutete immer noch, aber nur noch zäh. Er war ungefähr so lang wie meine Handfläche und verlief von seiner Schläfe bis zu seiner Wange.

»Kostya! Du bist verletzt! Die Sanitäter müssen sich um dich kümmern!«

Er grinste schief und antwortete: »Es heilt von selbst.«

»Ist dir irgendetwas an den Kopf geflogen, als ich … heiliger Bimbam, ich habe das Gebäude in die Luft gejagt? Bist du von einem herumfliegenden Möbelstück getroffen worden? Oh Mann, ich fühle mich so schrecklich. Ich wollte doch nur alles von uns fernhalten. Es sollte dich nicht treffen.«

»Der Schnitt hat nichts mit der Explosion zu tun.« Er stand auf und half mir auf die Beine. Ich schwankte ein paar Sekunden lang und war froh, dass ich mich an ihm festhalten konnte. »Ich habe zuerst dich aus den Trümmern des Gebäudes gezogen, dann habe ich Drake und seinen Bodyguards dabei geholfen, Jovana und ihren Assistenten zu bergen. Da ist Drake und mir die Wahrheit klar geworden.

»Was für eine Wahrheit?«

»Dass wir uns außerhalb der Grenzen des Clubs befanden.« Er berührte die Seite seines Gesichts und zog eine Grimasse. »Drake hat zu dem Tischbein gegriffen, mit dem ich gekämpft hatte.«

Mir traten beinahe die Augen aus den Höhlen. »Er hat dich geschlagen? Oh, diese Ratte! Dem werde ich was erzählen!« Ich drehte an meinem Ring. »Wir wollen doch mal sehen, wer hier unfair eine Situation ausnutzt!«

Zu meiner Überraschung – und Freude – lachte Kostya. Er zog mich in die Arme und sagte in meine Haare: »Liebste, du kannst deinen Ring nicht gegen meinen Bruder einsetzen. Er ist nicht nur mit mir verwandt, sondern Aisling würde uns beiden an den Kragen gehen, wenn wir ihm etwas antun würden.«

Kichernd zog ich seinen Kopf zu mir herunter und küsste ihn. »Na gut, aber ich werde auf jeden Fall René oder Jim auftragen, Aisling davon zu berichten. Waren Jovana und Guillaume verletzt? Es besteht wahrscheinlich keine Chance, dass es Bael getroffen hat, oder?«

»Jovana war leicht verletzt. Ihr Assistent ist ins Krankenhaus der Sterblichen gebracht worden, ich weiß nicht, wie es ihm geht. Und was Bael betrifft …«

Ein leichter Schatten huschte über mich, als er den Namen aussprach, begleitet von einem schlechten Gefühl in der Magengrube.

»Er ist frei«, beendete Kostya den Satz.

Es dauerte ein bisschen, bis ich das verarbeitet hatte. Wahrscheinlich waren die vielen Explosionen so kurz hintereinander für die mangelhafte Gehirnleistung verantwortlich. »Frei? Er läuft frei in der Welt herum?«

»Ja.« Kostyas Augen wurden dunkel, die silbernen Flecken schwächer, als er über die verkohlten Überreste vom G&T blickte. »Weißt du noch, was er kurz vor der Explosion gesagt hat?«

»Nicht wirklich.« Ich versuchte, Ordnung in die Gedanken zu bekommen, die mir durch den Kopf schwirrten. Ich empfand Sorge und Wut und etwas Schlimmeres, das mir Übelkeit bereitete … Schuldgefühl.

Als die Erinnerung wiederkam, zog ich scharf die Luft ein. »Er hat mir gedankt, weil ich ihn befreit habe! Er sagte, ich hätte seine Erwartungen erfüllt.« Ich packte Kostyas Hemd mit beiden Händen. »Was für Erwartungen? Woher kannte er mich? Heiliges Sardinensandwich, Kostya! Was hat er damit gemeint?«

Jim tauchte auf, kam zu uns getrottet und schnüffelte an meinen Beinen. »Hey! Die Beschwörerin ist gerade gekommen und redet mit der Polizei, damit die Sterblichen glauben, es war nur eine Gas-Explosion. Bist du okay, Iffi? Du siehst ein bisschen ausgefranst aus.«

»So fühle ich mich auch«, sagte ich und ließ Kostyas Hemd los. »Mir geht es gut. Und ich danke allen Göttinnen und Göttern, dass die Beschwörerin endlich hier ist. Ich kann sofort anfangen, mit ihr an der Beendigung des Fluchs zu arbeiten.«

»Ich habe ihr gesagt, dass ihr hier seid.« Jim legte den Kopf schief und schaute Kostya an. »Drake hat richtig zugeschlagen, was? Wie gut, dass Pal und Istvan draußen waren und ihn weggezogen haben. Ich dachte, du hättest es überstanden. Hey, denkt ihr, ich könnte in dem Café da was bekommen? Ein oder zwei Sandwiches wären ganz gut. Oh, da ist ja die Beschwörerin. Ich gucke mir mal das Café an. Vielleicht hat der Inhaber ja zu viel zu tun, um sich um einen gut aussehenden, wenn auch leicht angekokelten Neufundländer zu kümmern, der in der Küche herumschnüffelt.«

Ich tupfte noch einmal Kostyas Gesicht ab und gab missbilligende Laute von mir, bis er meine Hand ergriff, meine Finger küsste und leise sagte: »Ich weiß deine Besorgnis zu schätzen, Aoife, aber die Wunde ist nur geringfügig und wird bald verheilt sein. Fühlst du dich in der Lage, mit der Beschwörerin zu sprechen, oder möchtest du dich erst ausruhen?«

»Hallo«, sagte eine Stimme hinter mir ein bisschen atemlos. »Bist du Kostya? Jovana sagte, du hättest einen dringenden Auftrag für mich. Ich sehe, hier hat es ein bisschen Aufregung gegeben.«

Ich erstarrte, und drei Sekunden lang fühlte sich mein ganzer Körper so an, als wäre er in eine Marmorstatue verwandelt worden. Langsam drehte ich mich zu der Beschwörerin um.

Sie starrte mich fassungslos an. »Aoife?«

Ich nickte, einen Moment lang sprachlos.

»Du kennst sie?«, fragte Kostya ungläubig. »Warum hast du mir nicht erzählt, dass du mit der Beschwörerin bekannt bist? Wir hätten Jovana gar nicht um Hilfe bitten müssen.«

Ich starrte die Frau vor mir an, deren Gesicht mir beinahe so vertraut war wie mein eigenes. »Bee, was … wie kannst du … du bist eine Beschwörerin?«

Ihr Blick glitt von mir zu Kostya und wieder zurück. »Du bist mit einem Drachen zusammen.«

Ich nickte wieder und legte Kostya den Arm um die Taille. »Ja.«

»Aoife ist meine Gefährtin«, sagte Kostya und zog mich enger an sich.

Ich starrte ihn genauso fassungslos an. »Ausgerechnet jetzt erklärst du das?«

Ein Hauch von Humor blitzte in seinen Augen auf. »Ja. Ich dachte, du würdest es gerne wissen.«

Ich kniff ihn in die Seite.

»Du bist die Gefährtin eines Wyvern?« Bee verzog erstaunt das Gesicht. »Ich fasse es nicht … ich habe dich doch in Schweden zurückgelassen.«

»Woher kennst du diese Frau?«, fragte Kostya.

»Sie ist meine Schwester.« Ich holte tief Luft und sah Bee an. »Dieselbe Schwester, die dazu beigetragen hat, dass ich ins Irrenhaus eingewiesen wurde, weil sie gesagt hat, die Dinge, die ich auf der Messe gesehen hätte, könnten unmöglich real sein. Und dabei hat sie die ganze Zeit über gewusst, dass es doch so war. Genau diese Schwester.«

»Ah.« Kostya schwieg einen Moment lang, dann drückte er mich ein bisschen. »Diese Situation ist im Moment nicht vordringlich. Wir kümmern uns später darum. Komm, Beschwörerin. Wir haben viel zu besprechen.«

Während wir zum Haus von Drake und Aisling fuhren, wandte ich mich ab. Ich brachte es nicht über mich, mich mit Bee zu unterhalten. Meine Wut war so heiß, dass ich Renés Auto im wahrsten Sinne des Wortes dreimal in Brand setzte, bis es mir schließlich gelang, mich in den Griff zu bekommen. Ich war zutiefst verletzt, und es tat unendlich weh zu wissen, dass meine eigene Schwester mich so hintergangen hatte.

Ich hatte meine Schwester immer geliebt und zu ihr aufgeblickt. Sie ging ihren Weg durchs Leben mit solcher Leichtigkeit. Aber jetzt … jetzt kam sie mir vor wie eine Fremde. Jemand, der vertraut aussah, aber durch eine Person ersetzt worden war, die ich nicht mehr kannte.

Bee bemühte sich ein paarmal, mich ins Gespräch zu ziehen,

aber ich konnte nicht mit ihr darüber sprechen. Stattdessen saß ich stumm da und zog Kraft aus Kostyas Nähe.

Ich blickte aus dem Fenster des Taxis, sah aber nichts von den Straßen, durch die wir fuhren. Ich hörte, wie Bee ihr Erstaunen über unsere jüngsten Abenteuer ausdrückte, von denen Kostya ihr erzählte, aber nicht einmal ihre Aussage, der Ring könne in keinen besseren Händen sein, brachte mich dazu, mit ihr zu reden.

Zehn Stunden später ging endlich die Sonne unter und hüllte die Trümmer vom G&T in den gelblichen Schein der Straßenlaternen. Es roch immer noch nach Rauch, aber die verkohlte Außenhülle des Gebäudes strahlte nicht mehr genug Hitze aus, um uns zu verbrennen, als wir durch die Überreste der Tür traten. Nur zwei Wände waren stehen geblieben, und auch sie sahen so aus, als würden sie jeden Moment einstürzen. Kostya, Drake und die Bodyguards räumten eine Stelle auf der früheren Tanzfläche neben der Theke frei und stellten ein paar Klappstühle auf, die sie mitgebracht hatten.

»Gott sei Dank wirkt die Magie noch«, sagte Aisling, als sie sich setzte. Sie lächelte mich grimmig an. »Es war ein schrecklicher Tag, und dadurch, dass wir zu Hause nicht mehr miteinander reden konnten, war er noch furchtbarer. Kostya, was macht dein Gesicht?«

»Nicht schlimm«, sagte er und stellte einen Stuhl für mich auf. Er streckte die Hand aus. Ich ergriff sie, ohne meine Schwester anzublicken, für die Drake einen Stuhl zurechtgerückt hatte. Pal und Istvan holten noch mehr Stühle und stellten sie im Kreis auf.

»Sind wir alle hier?« Drake blickte sich um. »Dann lasst uns beginnen. René, würdest du uns mitteilen, was du herausgefunden hast?«

René, der sich gerade an Kostyas andere Seite gesetzt hatte, stand wieder auf und räusperte sich. »Es erforderte ein wenig Mühe, aber schließlich habe ich Bael im Haus in der Provence aufgespürt, von dem wir wissen, dass Asmodeus dort einen Eingang zu seinem Palast in Abaddon hat. Ich kann allerdings nicht sagen, ob er schon nach Abaddon zurückgekehrt ist. Ich weiß nur, dass er über dieses Haus Zugang hat. Aber es ist unmöglich zu erraten, was er tun wird.« Er setzte sich wieder. Er sah müde aus.

Stimmen wurden lauter und wieder leiser, als ein Paar am niedergebrannten Club vorbeischlenderte.

Drake, der sich anscheinend selber zum Vorsitzenden dieses Treffens ernannt hatte, wartete, bis ihre Schritte verklungen waren. Dann sagte er: »Danke, René. Das war schnelle Arbeit angesichts der Umstände. Wir werden natürlich so viele Drachen wie möglich zu Baels Bewachung abstellen. Jim?«

»Ich habe meine Eier nicht aus Spaß geleckt!«, sagte Jim rasch und richtete sich auf. »Das nennt man Fellpflege. Für einen Hund ist das völlig normal! Daran ist überhaupt nichts Komisches oder Perverses.«

Drake seufzte. »Was hast du uns zu berichten?«

»Oh, das.« Jim schüttelte sich und setzte sich wieder, wobei er ein wichtiges Gesicht machte. »Aisling hat mich nach Abaddon geschickt, um festzustellen, woher der Wind weht, aber dort gab es nicht den kleinsten Hauch von Bael. Ich glaube, sie wissen noch nicht einmal, dass er aus Akasha heraus ist. Das wird sich allerdings bald ändern. Dämonen quatschen gerne.«

»Er ist also nicht in Abaddon,« sagte Aisling versonnen, und zwischen ihren Augenbrauen erschien eine steile Falte, als sie über die Situation nachgrübelte. »Aber er ist in Asmodeus' Haus, das Zugang dorthin hat. Nun, ich denke, Drake hat recht, und es wäre dumm, nur Vermutungen darüber anzustellen, was er tun wird. Überwachung ist das Beste.«

»Kostya, stimmst du zu?«, fragte Drake seinen Bruder.

»Ja. Ich schicke eine Truppe schwarzer Drachen, die Bael ebenfalls überwachen können.«

»Ich verstehe nicht, warum ihr ihn so genau im Auge behalten wollt«, sagte ich leise zu Aisling. »Du hast doch gesagt, er ist aus Abaddon nach Akasha geschickt worden, also müsste er doch in magischer Hinsicht ziemlich ungefährlich sein, oder?«

Aisling schauderte. »Ich bezweifle, dass irgendetwas außer gründlicher Vernichtung Bael ungefährlich machen könnte. Er ist immer noch äußerst gefährlich, auch wenn er dadurch, dass er aus Abaddon herausgeholt wurde, eingeschränkt ist.«

»Gefährlich für Drachen oder für andere Personen?«

Sie blickte mich an, und in ihren Augen las ich blanke Verzweiflung. »Für alle.«

»Na toll! Und ich habe ihn herausgelassen.«

Drake ignorierte unser geflüstertes Gespräch. »Hervorragend. Wir schicken Nachrichten an Bastian und Gabriel, damit sie auch Drachen schicken, um Bael zu beobachten.«

Ich stieß Kostya mit dem Ellbogen an. Er beugte sich zu mir und flüsterte mir ins Ohr: »Das sind die Wyvern der blauen beziehungsweise der silbernen Drachensippen.«

»Gibt es noch mehr als nur die drei Sippen?«, fragte ich ein wenig überrascht.

»Es gibt noch eine sechste Sippe, aber sie haben nur fünf Mitglieder, von denen zwei noch Kinder sind, deshalb können sie keine Drachen schicken, um Bael zu überwachen.«

»Entschuldigt, dass ich unterbreche«, sagte ich und hob die Hand. Müde Gesichter wandten sich mir zu. »Warum ist Bael so gefährlich? Nach dem, was ihr mir gesagt habt, ist er ein ehemaliger Dämonenfürst. Ja, er hat ein paar Dämonen gerufen, aber ihr habt ja gesagt, sie seien vernichtet und wieder in ihren Käfig zurückgeschickt worden. Oder wo Dämonen hingeschickt werden, wenn sie keine dämonischen Dinge machen. Ich verstehe nicht, warum ihr so aus dem Häuschen seid, weil Bael frei ist.«

»Er ist ein Meistertrickser«, sagten Aisling und Drake gleichzeitig. Als er noch der oberste Fürst war, war er unendlich viel mächtiger als der jetzige regierende Fürst.«

»Aber er ist nicht mehr an der Macht«, sagte ich.

»So funktioniert das nicht, Aoife«, sagte Bee besorgt. »Auch wenn er nicht über seine vollen Kräfte verfügt, ist er immer noch ziemlich furchtbar.«

Aisling nickte. »Der Leiter der Hütergilde wird sich aufregen, wenn ich ihm sage, dass Bael zurück ist. Wir sind verpflichtet, die Sterblichen vor Dämonen und Dämonenfürsten zu beschützen, und wenn Bael, der Mächtigste von allen, jetzt wieder in unserer Welt herumläuft …« Erschauernd rieb sie sich die Arme.

Mir war übel. »Und ich habe ihn freigelassen.«

»Das hast du ja nicht absichtlich gemacht«, sagte Kostya tröstend.

»Nein, aber das spielt jetzt wirklich keine Rolle mehr.« Ich verfiel in Schweigen und fühlte mich elend, während Drake mit der Sitzung weitermachte.

»Jetzt kommen wir zu Bee Ndala, der Beschwörerin, die freundlicherweise eingewilligt hat, uns dabei zu helfen, den Fluch zu brechen.« Drake machte eine kleine Verbeugung zu Bee hin. »Ich habe erfahren, dass du eine Verbindung zu Aoife hast?«

»Wir sind Schwestern«, sagte Bee unterwürfig. Ich warf ihr einen raschen Blick von der Seite zu, spürte aber sofort wieder, wie das Gefühl des Verrats mir die Kehle zuschnürte.

»Was für ein glücklicher Zufall! Das macht es für dich viel einfacher, mit Aoife zusammenzuarbeiten. Was brauchst du von uns, um den Fluch zu brechen?«

»Normalerweise kann ich alles allein bewerkstelligen, da es für gewöhnlich nur darum geht, die Spur des Fluchs zu löschen, aber in diesem Fall … es tut mir leid, aber der Fluch eines Dämonenfürsten ist viel komplizierter als kleinere Flüche. Der Fluch auf euch wird mehr erfordern.«

»Du kannst den Fluch nicht brechen?«, fragte ich empört. »Bist du sicher, dass du eine Beschwörerin bist?«

»Ich bin schon viel länger eine Beschwörerin als du die Gefährtin eines Drachen«, antwortete meine Schwester schnippisch.

»Sprich nicht so mit meiner Gefährtin«, warnte Kostya sie. »Sie hat es nicht verdient.«

»Gefährtin?« Drake zog die Augenbrauen hoch.

»Ja.« Kostya blickte ihn kampflustig an. »Hast du dazu etwas zu sagen?«

»Ich doch nicht.« Drake sah aus, als wollte er lachen, aber es gelang ihm, sich unter Kontrolle zu halten.

»Nun, aber ich habe etwas zu sagen!« Aisling stieß einen Jubelschrei aus und strahlte Kostya und mich an. »Ich bin so froh, dass du endlich vernünftig geworden bist, und ich weiß einfach, dass ihr beide genauso glücklich werdet wie Drake und ich. Eine neue Gefährtin! Ich kann es gar nicht erwarten, es May und Isolde zu erzählen. Sie werden sich freuen, dich in der Verbindung willkommen zu heißen. Habe ich schon erwähnt, dass wir Gefährtinnen unsere eigene Verbindung haben? Früher haben wir uns immer einmal im Monat getroffen, um über alles Mögliche zu diskutieren, aber seit dem Fluch geht das natürlich nicht mehr. Ich kann es kaum erwarten, dass unsere Treffen wieder losgehen – wir hatten immer so viel Spaß. Was ist?«

Der letzte Satz war an Drake gerichtet, der ihr einen seltsamen Blick zuwarf.

»Du plapperst«, sagte er zu ihr.

»Ich darf das! Das ist ein großartiger Anlass! Aber ich werde versuchen, meinen Enthusiasmus zu zügeln, bis der Fluch aufgehoben ist. Red weiter, Bee.«

Bee hob in einer hilflosen Geste die Hände. »Ich kann nicht.«

»Warum nicht?«, fragte Kostya.

Sie verzog bedauernd das Gesicht. »Es liegt in der Natur der Bestie. Bei einem normalen Fluch könnte ich ihn ohne Hilfe von außen auflösen. Aber da der Ursprung bei einem Dämonenfürsten liegt, der in der Welt der Sterblichen ist, brauche ich ein Pfand, einen persönlichen Gegenstand desjenigen, der den Fluch ausgesprochen hat. Und dann ist da noch Aoifes Ring.« Sie warf mir einen Blick zu. Ich hob das Kinn. »Ich würde euch ja gerne sagen, dass ich den Fluch alleine aufheben kann, aber so etwas übersteigt leider die Fähigkeiten einer Beschwörerin. Der Ring ist also eine Notwendigkeit. Er muss mir übergeben werden, und ich bin sicher, dass Aoife ihn nicht aufgeben will. Es liegt bei euch allen, ihn ihr abzunehmen ...«

»Du Luder!«, spuckte ich und sprang auf.

Schockiertes Schweigen folgte.

Ich war so wütend, dass es mir egal war. »Wie kannst du es wagen anzudeuten, ich würde nicht alles in meiner Macht Stehende tun, um die Drachen vor dem Fluch zu retten? Was bist du nur für eine Person, dass du denkst, ich würde nicht alles geben, damit die Drachen wieder in Frieden leben können? Warte – ich *weiß* doch, was für eine Person du bist. Du bist jemand, der seine eigene Schwester, sein eigenes Fleisch und Blut in ein Irrenhaus steckt, obwohl du ganz genau wusstest, dass ich die Wahrheit gesagt habe. So eine Person bist du, deshalb sollte es mich wahrscheinlich nicht überraschen, dass du jetzt glaubst, ich würde mich genauso verräterisch, egoistisch und egozentrisch verhalten!«

Aisling schaute mich aus runden Augen an.

Kostya war mit mir aufgestanden, aber er sagte nichts, er stand lediglich so dicht hinter mir, dass ich seine Hitze spürte.

»Boah«, sagte Jim leise. »Das habe ich nicht erwartet. Iffis Schwester ist diejenige, die sie hat einweisen lassen? Ganz übles Verhalten, Schwester Beschwörerin. Wahrhaft übles Verhalten.«

»Es war keineswegs übles Verhalten«, stieß Bee hervor. Sie sprang auf und marschierte wütend auf mich zu. »Ich habe versucht, dich zu beschützen, du Baby!«

»Mich zu beschützen?«, höhnte ich. »Indem du mir erzählt hast, ich sei verrückt, und mich jahrelang hast einsperren lassen? Was hat wirklich dahintergesteckt, Bee? Warst du eifersüchtig auf mich? Du warst doch diejenige, die ständig in der Weltgeschichte unterwegs war, um den Menschen zu helfen, während ich mich zu Hause um den Haushalt gekümmert habe. Was hatte ich denn, was du unbedingt haben wolltest? Hä? Na los, sag es mir. Ich würde nur zu gerne wissen, was dich dazu getrieben hat, mich zu verraten.«

Sie holte tief Luft und wandte sich an Kostya. »Weißt du, wer ihr den Ring gegeben hat?«

»Nein«, gab er zu. »Er muss wohl ein Mitglied der Anderwelt gewesen sein, aber darüber hinaus weiß ich nichts von ihm.«

»Sein Name ist Terrin, und er ist Verwalter am Hof des Göttlichen Bluts. Ich weiß nicht, wie Asmodeus an den Ring gekommen ist, aber als Aoife mir sagte, wer ihr Freund war und was an jenem Abend auf der Messe passiert war, wusste ich, dass sie in schrecklicher Gefahr war.«

»Ja, klar.« Ich verschränkte die Arme und spürte, wie der

Ring an meinem Finger heiß wurde. Ich wäre ein Übermensch, wenn ich nicht zugeben würde, dass ich eine Sekunde, eine winzige Sekunde lang, daran dachte, ihn gegen sie einzusetzen. Zum Glück jedoch hielten mein Moralgefühl und Kostyas warme Präsenz hinter mir mich davon ab, überstürzt zu handeln.

Der Blick, den sie mir zuwarf, war fast so kalt wie der, mit dem ich sie bedacht hatte. »Du wirst mir natürlich nicht glauben, und ich kann dir nur immer wieder sagen, dass ich keinen anderen Weg wusste, um dich vor dem zu beschützen, was folgen musste. Ich wusste von dem Fluch über die Drachen; wir alle wussten davon. Und der Ring, den nicht nur alle Drachen suchten, sondern ganz Abaddon, befand sich in den Händen meiner kleinen Schwester. Ich hatte einen Auftrag, um den ich mich kümmern musste, und meine kleine Schwester schwebte in ernsthafter Gefahr. Ich tat das Einzige, was ich tun konnte – ich sorgte dafür, dass du und der Ring sowohl vor den Drachen als auch vor Asmodeus versteckt waren.«

»Du hast mich in ein Irrenhaus geschickt!«, schrie ich sie an und fuchtelte aufgebracht mit den Armen. »Du hast mich in dem Glauben gelassen, ich sei verrückt!«

»Es blieb mir nichts anderes übrig!«, schrie sie zurück. »Die gesamte Anderwelt war in Aufruhr. Ich hatte keine Ahnung, was die Drachen tun würden, wenn sie herausfanden, dass du den Schlüssel zu ihrer Rettung in der Hand hieltest, aber was Asmodeus' Dämonen tun würden, konnte ich mir nur allzu gut vorstellen.« Sie holte tief Luft. »Und glaub mir, das würde ich meinem schlimmsten Feind nicht wünschen und ganz bestimmt nicht meiner kleinen Schwester. Oh, Aoife, siehst du das denn nicht? Es war das Einzige, was ich in dieser Situation tun konnte!«

Ich zog mich in Kostyas Umarmung zurück, sein Brustkorb

lag beruhigend an meinem Rücken. Tränen, von denen ich gar nichts gemerkt hatte, liefen mir übers Gesicht. Ich rieb mir über die nassen Wangen. »Ich weiß nicht, was ich denken soll. Es muss doch andere Möglichkeiten gegeben haben. Möglichkeiten *ohne* Elektroschock-Therapie.«

Bee schlug die Augen nieder. Sie hielt ihre Hände so fest zusammengepresst, dass die Knöchel weiß hervortraten. »Das tut mir leid. Ich hatte keine Ahnung, dass sie so etwas mit dir machen würden. Die Leiterin der Anstalt hat mir versichert, dass sie dich ganz sanft behandeln würden.«

Kostyas Arme schlossen sich fester um mich. Ich legte meine Hände auf seine und schmiegte mich an ihn. »Es ist wahrscheinlich müßig, weiter darüber zu reden. Was geschehen ist, ist geschehen, und das Wichtigste ist jetzt, den Fluch zu brechen. Entgegen dem, was du denkst, habe ich nichts dagegen, den Ring weiterzugeben. Du kannst ihn haben.«

Ich zog ihn vom Finger und wollte ihn ihr reichen, aber Kostya hielt mich auf.

»Nein«, sagte er und steckte ihn mir wieder an den Finger. »Der Ring hat dich ausgesucht, Gefährtin. Du musst deiner Schwester dabei helfen, den Fluch zu brechen. Bei ihr wird er nicht funktionieren.«

Ich drehte mich zu ihm um. »Das weißt du doch gar nicht.«

»Doch.« In seinen Augen blitzten wieder die silbernen Flecken wie Sterne auf schwarzem Samt.

Ich musste unwillkürlich lächeln. »Du willst doch nur, dass ich mich mit meinen emotionalen Problemen auseinandersetze, oder? Ich weiß, wie du denkst, Kostya, und ich stimme zu unter einer Bedingung – dass du das ebenfalls machst.«

»Mit der Beschwörerin zusammenarbeiten?«

»Nein.« Ich biss ihn ins Kinn. »Dich mit deinen Problemen auseinandersetzen. Vor allem mit mir.«

Der gewohnt gequälte Ausdruck trat in sein Gesicht. »Du willst mich zwingen, es zu sagen, nicht wahr?«

»Ja.«

»Hier, vor Zeugen?«

»Es ist besser so.«

Er drückte mein Hinterteil. »Besser für wen?«

»Sag es, Kostya.«

»Ich habe doch schon die Sonne und den Mond erwähnt.«

»Und das war wunderschön, etwas, an das ich immer denken werde, aber ich brauche mehr.«

Er seufzte dramatisch, dann küsste er mich und sagte: »Du hast mein Herz, Aoife, und alle Liebe, die ich besitze. Du bist mein Leben. Ohne dich würde ich aufhören zu existieren.«

»Was war das?«, sagte Aisling und hielt sich die Hand ans Ohr. »Ich habe dich nicht verstanden, Kostya.«

»Sei nicht so grausam, Gefährtin«, sagte Drake und verzog schmerzerfüllt das Gesicht. »Es ist schon schlimm genug, wenn du mich dazu bringst, es zu sagen, aber ich brauche mich wenigstens nicht in aller Öffentlichkeit zu erklären.«

Jim schmiss sich weg vor Lachen, als Aisling ihrem Mann antwortete: »Du hast Glück, dass ich mir deiner Liebe so sicher bin, dass du sie nicht hier und jetzt bekunden musst. Für Kostya jedoch ist das alles noch neu. Na los, Kostya, sag es so, dass wir es alle hören können.«

»Einmal«, sagte Kostya an meinen Lippen. »Ich sage es nur einmal.«

»Jeden Tag«, entgegnete ich.

Er sah mich entsetzt an. »In der Öffentlichkeit?«

Ich lachte, wand mich aus seinen Armen und wies auf die anderen. »Nein, nur dieses eine Mal vor Zeugen, und die übrige Zeit unter vier Augen. Okay?«

Er seufzte wieder, dann sagte er rasch: »Nun gut, aber ich

werde mich daran erinnern, wenn wir alleine sind. Ich liebe dich. Können wir jetzt bitte weiter überlegen, wie wir die Dinge besorgen können, die die Beschwörerin braucht, damit mein Bruder aufhört, mich umzubringen?«

Aisling und René applaudierten. Drake verdrehte die Augen und nickte seinen Männern zu, die hinausgingen, um das Auto zu holen.

Bee blickte mich an, dann sagte sie: »Es tut mir leid, dass du gelitten hast, Aoife, aber es freut mich wirklich, dass du so eine helle Zukunft hast.« Ihr Blick glitt zu Kostya, und mit ihrer üblichen, befehlsgewohnten Stimme sagte sie: »Du solltest meine kleine Schwester besser gut behandeln, Drache, sonst bekommst du es mit meinem Bruder und mir zu tun.«

Kostya wollte etwas Scharfes erwidern, aber ich legte ihm die Hand auf die Brust und schmiegte mich an ihn. Ich rieb meine Nase an seiner und sagte: »Nein. Das ist jetzt nicht wichtig. Wichtig ist nur, dass dir endlich klar geworden ist, dass du ohne mich nicht leben kannst. Ich schlage vor, dass wir zu Drakes und Aislings Haus zurückfahren, damit wir ins Schlafzimmer kommen, bevor sie zu Hause sind. Dort kannst du mir noch einmal sagen, wie sehr du mich liebst.

Er zog mich an sich und küsste mich mit einer Leidenschaft, die mein Feuer zum Lodern brachte. Kostyas Drachenfeuer wirbelte um unsere Körper. »Drake hatte recht. Du machst mir das Leben zur Hölle.«

»Das ist richtig«, sagte ich, ohne auf Aislings Lachen und Jims gemurmeltes »Abaddon« zu achten. »Und du wirst jede einzelne Minute mit mir lieben. Und ich werde es genießen, dass du mich wahnsinnig machst. Kostya?«

»Ja?«

»Ich liebe dich auch. Komm, lass uns überprüfen, ob Suzannes Schlafzimmer feuerfest ist.«